ROBERT A. HEINLEIN

TROPAS ESTELARES

TRADUÇÃO
CARLOS ANGELO

ALEPH

A estrofe de "The 'Eathen" de Rudyard
Kipling, no cabeçalho do Capítulo VII,
é usada com permissão dos herdeiros do
Sr. Kipling. Citações da letra da balada
"Rodger Young" são usadas com permissão
do autor, Frank Loesser.

PARA O "SARJA" ARTHUR GEORGE SMITH
– soldado, cidadão, cientista –

e para todos os sargentos de todos os lugares que
trabalharam duro para transformar meninos em homens.

R. A. H.

NOTA À EDIÇÃO BRASILEIRA

Robert A. Heinlein é sem dúvida um dos mais importantes escritores de ficção científica (FC) do século 20, ao lado de nomes como Arthur C. Clarke, Isaac Asimov, William Gibson e Ursula K. Le Guin. Quatro vezes ganhador do Hugo de melhor romance, categoria principal do mais prestigiado prêmio da FC mundial, Heinlein ajudou a cunhar as características desse gênero tão popular nos dias de hoje, tanto no que se refere à temática e a elementos narrativos quanto ao ritmo e à linguagem de grande parte dos escritores de FC.

Em *Tropas estelares*, vencedor do Hugo de 1959, a história de Juan "Johnny" Rico e seus companheiros serve de pano de fundo para a discussão de temas muito mais complexos e, por vezes, extremamente controversos: meritocracia, militarismo, relações de gênero, patriotismo, honra e deveres familiares, entre muitos outros. Heinlein envolve o leitor nessas discussões sem perdê-lo por um minuto sequer, em uma prosa de ritmo rápido, com enredo realista e personagens envolventes. Sua "ficção especulativa" propõe mundos outros, mas sempre estabelecendo um contraponto (ou um paralelo) com o nosso. Essa espécie de espelho cria uma perspectiva interessante, permitindo que o leitor encare de forma mais crítica seu próprio mundo, seus temas, as questões mais importantes da sociedade.

Esta edição inclui uma entrevista concedida ao jornalista francês Jérôme Vincent por Éric Picholle e Ugo Bellagamba, autores de uma biografia de Heinlein lançada em ocasião do centenário de seu nascimento. Nela, ratifica-se a grande importância do escritor não apenas como um mestre da ficção científica, mas como um grande romancista, "com o olhar aprumado no real e a imaginação solidamente alicerçada nas estrelas".

CAPÍTULO I

Vamos lá, seus macacos!
Querem viver pra sempre?

SARGENTO DE PELOTÃO DESCONHECIDO, 1918

Sempre fico com os tremores antes de uma queda. Tomei as injeções, é claro, e a preparação hipnótica, e por isso é lógico que não posso estar com medo de verdade. O psiquiatra da nave tinha conferido as minhas ondas cerebrais e feito perguntas bobas enquanto eu dormia. Disse que não era medo, que não era nada de importante, que é só igual à tremedeira de um cavalo de corrida ansioso no portão de largada.

Eu não podia dizer nada quanto a isso; nunca tinha sido um cavalo de corrida. Mas o fato é que fico apavorado, toda vez.

À Q-menos-trinta, depois de termos passado em revista na sala de queda da *Rodger Young*, nosso comandante de pelotão nos inspecionou. Não era o nosso comandante regular, pois o Tenente Rasczak havia comprado a dele em nossa última queda. Era, na verdade, o nosso sargento de pelotão, o Sargento Embarcado de Carreira Jelal. Jelly era um turco-finlandês de Iskander, na órbita de Próxima do Centauro: um moreno baixo que parecia um escriturário, mas que eu já tinha visto enfrentando dois soldados descontrolados tão grandes que ele precisou se esticar pra agarrar os dois, bater as duas cabeças como se fossem cocos e dar um passo pra trás, saindo do caminho enquanto eles caíam.

Fora de serviço, ele não era mau... para um sargento. Você até podia chamá-lo de "Jelly" na cara dele. Não os recrutas, é claro, mas qualquer um que tivesse feito pelo menos uma queda de combate.

Mas, neste momento, ele estava de serviço. Todos nós tínhamos inspecionado nosso próprio equipamento de combate (veja bem, é o seu próprio pescoço, entende?), o sargento interino de pelotão tinha nos examinado com todo o cuidado após a revista, e agora Jelly nos examinava de novo, seu rosto duro, os olhos não perdendo nada. Ele parou no homem em frente a mim e apertou o botão no cinto dele que dava as leituras do físico.

– Fora de forma!

– Mas, Sarja, é só um resfriado! O médico disse...

Jelly interrompeu:

– *Mas, Sarja!* – ele cortou. – O médico não vai fazer nenhuma queda. Você também não, com um grau e meio de febre. Acha que tenho tempo pra bater papo, logo antes de uma queda? *Fora de forma!*

Jenkins nos deixou, parecendo triste e zangado... E eu também me senti mal. Pois, como o Tenente havia comprado a dele na última queda e o pessoal tinha sido promovido, nesta queda eu era subcomandante de grupo de combate, o segundo GC, e agora ia ter um buraco no meu grupo que não tinha como tapar. Isso não é nada bom; quer dizer que um homem pode se meter em confusão, pedir ajuda e não ter ninguém pra ajudar.

Jelly não reprovou mais ninguém. Em seguida, ele se postou diante de nós, olhou pra gente e balançou a cabeça, com tristeza.

– Que bando de macacos! – rosnou. – Quem sabe se todos vocês comprarem as suas nesta queda, eles possam começar de novo e montar o tipo de unidade que o Tenente esperava que vocês fossem. Mas, pelo jeito, não… com o tipo de recruta que arranjamos hoje em dia. – De súbito, ele se empertigou, gritando: – Quero só lembrar vocês macacos que cada um de vocês custou pro governo, contando armas, armadura, munição, equipagem e treinamento, tudo, inclusive o jeito que vocês enchem a pança, custou, no bruto, mais de meio milhão. Juntem trinta centavos, que é o que vocês valem de fato, e isso dá uma boa soma. – Ele nos encarou. – Então tragam tudo de volta! Podemos descartar vocês, mas não podemos dispensar esse traje de luxo que estão usando. Não quero nenhum herói nesta unidade; o Tenente não ia gostar disso. Vocês têm um trabalho a fazer, vocês descem, vocês fazem o trabalho, vocês ficam de ouvidos abertos para o toque de chamada, vocês aparecem na recolha quicando e como manda o figurino. Entendido?

Ele voltou a nos encarar.

– Vocês já devem conhecer o plano. Mas alguns de vocês não têm sequer uma mente pra ser hipnotizada, por isso vou fazer um resumo. Vocês vão descer em duas linhas de combate, com intervalos calculados de dois mil metros. Peguem a sua direção em relação a mim logo que atingirem o solo, peguem a direção e distância em relação a seus companheiros de esquadra, de ambos os lados, enquanto se abrigam. Vocês já gastaram dez segundos, então esmaguem e destruam qualquer coisa que esteja à mão até que os flanqueadores atinjam o chão.

(Estava falando de mim: como subcomandante de grupo de combate, eu seria o flanqueador esquerdo, com ninguém ao meu lado. Comecei a tremer.)

– Logo que eles chegarem... botem aquelas linhas em ordem! Igualem aqueles intervalos! Larguem o que estiverem fazendo e façam isso! Doze segundos. Então avancem em turnos, ímpar e par, subcomandantes de grupo cuidando da contagem e guiando o cerco. – Ele olhou pra mim. – Se tiverem feito tudo como se deve, o que eu duvido, os flancos farão contato quando a chamada soar... momento em que, pra casa vocês vão. Alguma pergunta?

Não houve nenhuma; nunca havia. Ele prosseguiu:

– Mais uma coisa: isto é só uma incursão, não uma batalha. É uma demonstração de poder de fogo e de terror. Nossa missão é deixar o inimigo saber que podíamos ter destruído a cidade deles, mas não destruímos, e que eles não estão seguros mesmo que a gente não use bombardeio total. Não façam prisioneiros. Matem apenas quando não puderem evitar. Mas toda a área que atingirmos é pra ser esmagada. Não quero ver nenhum de vocês, folgados, de volta a bordo com bombas não usadas. Entendido? – Deu uma olhada nas horas. – Os Rudes de Rasczak têm uma reputação a zelar. O Tenente me disse, antes de comprar a dele, pra avisar que vai ficar sempre de olho em vocês a cada minuto... e que espera que os seus nomes *brilhem*!

Jelly olhou para o Sargento Migliaccio, comandante do primeiro grupo de combate, e disse:

– Cinco minutos para o Padre.

Alguns dos rapazes saíram das fileiras e se ajoelharam em frente a Migliaccio, e não foram necessariamente aqueles de sua crença: muçulmanos, cristãos, gnósticos, judeus, ele estava lá pra todos que quisessem uma palavra antes de uma queda. Ouvi falar que costumava haver unidades militares cujos capelães não lutavam junto com os outros, mas nunca entendi como isso podia funcionar. Quero dizer, como pode um capelão abençoar algo que ele mesmo não está disposto a fazer? De qualquer forma, na Infantaria Móvel, todos desciam e todos lutavam: o capelão, o cozinheiro e o escrevente do Velho. Quando descêssemos pelo tubo não ficaria um Rude a bordo; exceto Jenkins, é claro, e não era culpa dele.

Não saí de forma. Ficava sempre com medo de que alguém pudesse me ver tremendo, se fosse até lá. De qualquer modo, o Padre podia me abençoar de onde estava com a mesma facilidade. Mas, quando os últimos se levantaram, ele veio até mim e apertou o capacete contra o meu para falar em particular.

– Johnnie – ele falou com calma –, esta é sua primeira queda como graduado.

– Isso.

Eu não era um praça graduado de verdade, não mais do que Jelly era um oficial de verdade.

– Apenas uma coisa, Johnnie. Não compre uma campa. Você sabe o seu trabalho; faça ele. Apenas isso. Não tente ganhar uma medalha.

– Hã, obrigado, Padre. Não vou.

Com um tom tranquilo, ele disse mais alguma coisa em uma língua que eu não entendia, deu um tapinha no meu ombro e correu de volta para seu grupo de combate. Jelly gritou:

– Sen... *tido!* – e todos ficamos em posição.

– Pelo*tão!*

– Gru*po!* – Migliaccio e Johnson ecoaram.

– Por grupos, bombordo e estibordo, preparar para queda!

– Gru*po!* Tripular cápsulas! *Marche!*

– Esquadra!

Precisei esperar, enquanto as esquadras quatro e cinco ocupavam suas cápsulas e desciam pro tubo de disparo, antes que a minha cápsula aparecesse no trilho de bombordo e eu pudesse subir nela. Será que os veteranos de antigamente tiveram os tremores enquanto subiam no Cavalo de Troia? Ou era só comigo? Jelly inspecionou cada homem à medida que eram lacrados, e ele mesmo me fechou. Enquanto o fazia, se curvou pra mim e disse:

– Não faça besteira, Johnnie. É igualzinho a um treino.

A tampa se fechou sobre mim e fiquei sozinho. "Igualzinho a um treino", ele diz! Comecei a tremer incontrolavelmente.

Logo em seguida, em meus fones de ouvido, ouvi Jelly falando do tubo da linha central:

– Passadiço! Rudes de Rasczak, prontos para a queda!

– Dezessete segundos, Tenente! – ouvi a Capitã da nave responder animadamente em sua voz de contralto... E não gostei de ela ter chamado Jelly de "Tenente". Claro, nosso tenente havia morrido e talvez Jelly fosse pegar a sua patente... mas ainda éramos os "Rudes de Rasczak".

Ela acrescentou:

– Boa sorte, rapazes!

– Obrigado, Capitã.

– Preparem-se! Cinco segundos.

Eu estava todo preso: barriga, testa, canelas. Mas tremia mais do que nunca.

* * *

Melhora depois que você desembarca. Até então, você fica ali, na escuridão total, embrulhado como uma múmia contra a aceleração, mal podendo respirar... sabendo que tem apenas nitrogênio à sua volta na cápsula, mesmo que pudesse abrir o capacete, o que não pode... E sabendo que, de qualquer forma, a cápsula está cercada pelo tubo de disparo e, se a nave for atingida antes de te dispararem, você não tem nenhuma chance, vai simplesmente morrer ali, incapaz de se mexer, indefeso. É essa espera sem fim na escuridão que provoca os tremores: pensar que te esqueceram... que a nave teve o casco destruído e continuou em órbita, morta, e logo será a sua vez, incapaz de se mexer, sufocando. Ou é uma órbita de impacto e você vai comprar a sua desse jeito, se não torrar na descida.

Nesse momento, o programa de frenagem da nave nos apanhou e eu parei de tremer. Oito gês, eu diria, ou dez, quem sabe. Quando uma mulher manobra uma nave não tem nada de confortável nisso; você vai ter contusões em cada lugar onde está amarrado. Sim, sim, eu sei que elas são pilotos melhores que os homens; as reações delas são mais rápidas e elas podem aguentar mais gês. Podem entrar mais rápido, sair mais rápido e, assim, aumentar as chances de todo mundo, as suas tanto quanto as delas. Mesmo sabendo disso, não tem graça nenhuma ser esmagado contra a espinha com dez vezes o seu peso verdadeiro.

Mas devo admitir que a Capitã Deladrier conhece o seu ofício. Não houve mais movimento após a *Rodger Young* encerrar a frenagem. Logo em seguida, eu a ouvi ordenar:

– Tubo da linha central... *disparar!* – Houve dois baques do coice quando Jelly e seu sargento interino de pelotão desembarcaram, e logo em seguida: – Tubos de bombordo e estibordo... *disparo automático!*

E o resto de nós começou a desembarcar.

"*Bam!*" E a sua cápsula dá um tranco para a frente. "*Bam!*" E dá mais um tranco, exatamente como cartuchos alimentando a câmara de uma antiquada arma automática. Bem, isso é exatamente o que éramos… Só que os canos da arma eram tubos de lançamento gêmeos, embutidos em uma nave de transporte de tropas, e cada cartucho era uma cápsula grande o bastante (apenas o suficiente) para caber um soldado de infantaria com todo o equipamento de campo.

"*Bam!*" Estava acostumado a sair logo, na terceira posição; agora eu era o rabo da fila, o último após três esquadras. É uma espera cansativa, mesmo com uma cápsula sendo lançada a cada segundo. Tentei contar os "bans". "*Bam!*" (Doze.) "*Bam!*" (Treze.) "*Bam!*" (Quatorze, com um som estranho, a cápsula vazia onde era para Jenkins estar.) "*Bam!*"

E "*clam!*" É a minha vez, quando minha cápsula é atirada pra dentro da câmara de disparo. E então: "*vummm!*" A explosão me atinge com uma força que faz a manobra de frenagem da Capitã parecer um tapinha de amor.

E aí, de repente, nada.

Nada de nada. Sem som, sem pressão, sem peso. Flutuando na escuridão… Queda livre, talvez a cinquenta quilômetros de altura, acima da atmosfera de verdade, caindo sem peso em direção à superfície de um planeta que você nunca tinha visto. Mas não estou mais tremendo; é a espera de antes que acaba com a gente. Depois que você desembarca, não tem como se ferir… porque, se algo der errado, vai ser tão rápido que você vai comprar a sua campa sem nem perceber que está morto. Ou quase.

Logo senti a cápsula girar e balançar, e então se firmar de modo que o meu peso ficasse sobre as costas… Peso esse que foi crescendo rapidamente até eu estar com meu peso total para aquele planeta (0,87 gê, nos disseram) à medida que a cápsula atingia a velocidade terminal para a fina atmosfera superior. Um piloto que seja um verdadeiro artista (e a Capitã era) vai se aproximar e frenar de tal forma que a velocidade de lançamento, quando você é disparado do tubo, te deixe parado no espaço em relação à velocidade de rotação do planeta naquela latitude. As cápsulas carregadas são pesadas; elas perfuram através dos rápidos, porém ralos, ventos da alta atmosfera sem serem sopradas muito para fora de posição. Apesar disso, um pelotão não tem como não se dispersar na descida, perdendo um pouco da perfeita formação com que desembarca. Um piloto relaxado pode tornar isso ainda pior, espalhando um grupo de ataque por um terreno tão grande que se torna impossível encontrar uns aos outros para a recolha e muito menos realizar a missão. Um soldado de infantaria pode lutar apenas se outra pessoa cuida de colocá-lo na sua zona; de certo modo, suponho que os pilotos sejam tão essenciais quanto nós.

Pude dizer, pelo modo suave como a cápsula entrou na atmosfera, que a Capitã havia nos colocado com um vetor lateral tão perto do zero quanto se podia desejar. Fiquei contente: não apenas porque teríamos uma formação cerrada e sem desperdício de tempo quando pousássemos, mas também porque um piloto que te manda pra baixo como se deve também é um piloto inteligente e preciso na recolha.

O casco exterior se queimou e se desprendeu – de forma desigual, pois senti um solavanco. Então, o resto dele se foi e me endireitei. Os freios de ar do segundo casco se ativaram e a viagem ficou difícil... E ainda mais difícil à medida que eles se queimavam, um de cada vez, e o segundo casco começava a se despedaçar. Uma das coisas que ajudam um soldado numa cápsula a viver o bastante para poder se aposentar é que as camadas se soltando da cápsula não apenas reduzem a velocidade da queda, mas também enchem o céu sobre a área do alvo com tanto lixo que o radar apanha reflexos de dezenas de alvos para cada homem na queda, qualquer um deles podendo ser um homem, ou uma bomba, ou qualquer coisa. É o bastante pra causar um colapso nervoso num computador balístico. E causa.

Para deixar as coisas ainda mais divertidas, a nave lança uma série de ovos falsos nos segundos logo após a queda, os quais caem mais depressa, já que não descamam. Vão pra baixo de você, explodem, se despedaçam, até funcionam como *transponders*, usam foguetes pra andar de lado e fazem outras coisas para aumentar a confusão do comitê de recepção em terra.

Nesse meio-tempo, a nave está travada firmemente no rádio-farol direcional do seu comandante de pelotão, ignorando o "ruído" de radar que ela criou e te seguindo, calculando o seu ponto de impacto para uso futuro.

Quando o segundo casco se foi, o terceiro automaticamente abriu o primeiro paraquedas de fitas, que não durou muito, mas isso já era esperado; um bom e duro puxão a vários gês e ele seguiu o seu caminho e eu segui o meu. O segundo paraquedas durou um pouquinho mais, e o terceiro durou até que bastante. Começou a ficar quente demais dentro da cápsula e eu comecei a pensar sobre o pouso.

O terceiro casco descamou-se quando seu último paraquedas se foi, e agora eu não tinha nada à minha volta a não ser meu traje blindado e um ovo de plástico. Ainda estava amarrado dentro dele, incapaz de me mover; era hora de decidir como e onde iria pousar. Sem mover meus braços (não podia), pressionei com o polegar o interruptor para uma leitura de proximidade e a li quando ela piscou no refletor de instrumentos dentro do capacete, na frente da minha testa.

Dois mil e novecentos metros; um pouco mais próximo do que eu gostaria, ainda mais sozinho. O ovo interno havia alcançado uma velocidade estável; eu não ganharia nada continuando dentro dele e a temperatura de sua superfície indicava que não iria se abrir sozinho por um tempo ainda; assim, com meu outro dedão, acionei um interruptor e me livrei dele.

A primeira carga cortou todas as amarras; a segunda explodiu o ovo de plástico pra longe de mim em oito pedaços separados... E então eu estava ao ar livre, sentado no ar, e podia *ver*! Melhor ainda, os oito pedaços descartados eram metalizados (exceto o pequeno espaço através do qual eu fiz a leitura de proximidade) e iam mandar de volta o mesmo reflexo de um homem de armadura. Qualquer observador de radar, vivo ou cibernético, passaria agora um mau bocado tentando me distinguir de toda a sucata próxima de mim, pra não falar dos milhares de cacos e pedaços espalhados por quilômetros de cada lado, acima e abaixo. Parte do treinamento de um soldado da Infantaria Móvel é deixar que ele veja, do chão, tanto a olho nu como num radar, como uma queda é confusa para as forças em terra... Porque você se sente terrivelmente exposto lá em cima. É fácil entrar em pânico e abrir o paraquedas cedo demais e virar um pato sentado (patos sentam mesmo? Se sim, pra quê?) ou não abri-lo e quebrar os tornozelos, além da espinha e do crânio.

Por isso, eu me espreguicei, acabando com as cãibras, e olhei em torno. Aí me dobrei de novo e me estiquei em um salto de anjo, com o rosto para baixo, e dei uma boa olhada. Era noite lá embaixo, como planejado, mas os visores infravermelhos deixam você avaliar o terreno bastante bem, depois que se acostuma com eles. O rio que cortava a cidade na diagonal estava quase embaixo de mim e se aproximando depressa, brilhando claramente com uma temperatura mais alta que a da terra. Não me importava em qual lado dele eu ia descer, mas não queria cair nele; isso iria me atrasar.

Notei um clarão do meu lado direito, mais ou menos na minha altitude; algum nativo pouco amistoso lá embaixo tinha queimado o que devia ser um pedaço do meu ovo. Portanto, disparei imediatamente o primeiro paraquedas, pretendendo, se possível, me lançar pra fora de sua tela à medida que ele fosse estreitando o foco para seguir os alvos que desciam. Eu me retesei, antecipando o choque, aguentei-o, e então desci flutuando por uns vinte segundos antes de soltar o paraquedas, não querendo chamar a atenção para mim de outro modo, por não estar caindo à mesma velocidade das outras coisas ao redor.

Deve ter funcionado; não me queimaram.

A cerca de duzentos metros de altura, disparei o segundo paraquedas. Mais que depressa, vi que estava sendo levado pra dentro do rio e percebi que ia passar uns trinta metros acima da laje de um armazém ou algo assim na margem. Soltei o paraquedas e fiz um pouso bom o bastante no teto, mesmo quicando um pouco, usando os jatos de salto do traje. Ao mesmo tempo, esquadrinhava a área em busca do rádio-farol do Sargento Jelal.

E descobri que estava do lado errado do rio: a estrela de Jelly apareceu no círculo da bússola dentro do meu capacete bem mais para o sul de onde devia; eu estava demais para o norte. Corri sobre o teto na direção do rio enquanto media a direção e a distância do comandante de esquadra mais próximo de mim. Descobri que ele estava quase dois quilômetros fora de posição e o chamei:

– Ace! Arrume a sua linha!

Joguei uma bomba atrás de mim enquanto dava um passo pra fora do prédio e entrava no rio. Ace respondeu como eu esperava. Era pra ele ter ficado com o meu posto, mas não quisera abandonar a sua esquadra. Mesmo assim, não gostava de receber ordens de mim.

O armazém foi pelos ares às minhas costas e a explosão me pegou enquanto ainda estava sobre o rio, em vez de abrigado atrás dos prédios da outra margem, como devia. Essa droga deu uma cambalhota nos meus giroscópios e quase que eu dei uma também. Tinha ajustado aquela bomba pra quinze segundos... Ou não tinha? De repente, compreendi que havia me empolgado sem notar, a pior coisa que você pode fazer quando está no chão. "Igualzinho a um treino", esse era o jeito certo, exatamente como Jelly tinha me avisado. Use o tempo de que precisar e faça as coisas direito, mesmo que leve outro meio segundo.

Ao mesmo tempo que pousava, fiz outra leitura da posição de Ace e o avisei de novo pra realinhar sua esquadra. Ele não respondeu, mas já estava fazendo isso. Deixei passar. Contanto que Ace fizesse o seu trabalho, eu podia me dar ao luxo de engolir seu mau humor... por enquanto. Mas, de volta a bordo da nave (caso Jelly resolvesse que eu continuaria a ser subcomandante de grupo), nós teríamos que, mais cedo ou mais tarde, achar um lugar tranquilo e ver quem era o chefe. Ele era um cabo de carreira e eu era apenas um cabo interino cumprindo o meu tempo de serviço, mas ele estava subordinado a mim e você não pode se dar ao luxo de aceitar qualquer falta de respeito nessas circunstâncias. Não permanentemente.

Mas eu não tinha tempo para pensar nisso nessa hora; enquanto estava saltando o rio, percebi um alvo gordo e queria apanhá-lo antes que algum outro o notasse: um belo grupo do que pareciam ser prédios públicos numa colina. Templos, talvez... ou um palácio. Ficavam quilômetros fora da área que estávamos varrendo, mas uma regra de um ataque tipo "esmagar e correr" é gastar pelo menos metade da munição fora da sua área de varredura; desse jeito o inimigo fica confuso sobre onde você realmente está. Isso, e não ficar parado, fazer tudo depressa. Você está sempre em grande inferioridade numérica; a surpresa e a velocidade são o que te salva.

Já estava carregando meu lançador de foguetes enquanto checava a posição de Ace e dizia pela segunda vez pra ele realinhar. Bem naquele momento, a voz de Jelly chegou até mim pelo circuito geral:

– Pelo*tão*! Passar por escalão! *Em frente!*

Meu superior, o Sargento Johnson, ecoou:

– Passar por escalão! Números ímpares! *Avançar!*

Aquilo me deixou com nada pra me preocupar por vinte segundos. Dessa forma, saltei para o topo do prédio mais próximo, ergui o lançador até o ombro, achei o alvo e puxei o primeiro gatilho pra deixar o foguete dar uma olhada nele; puxei o segundo gatilho e mandei um beijo enquanto ele se afastava; pulei de volta para o chão.

– Segundo grupo, números pares! – gritei. Esperei pela contagem em minha mente. Então ordenei: – *Avançar!*

E fiz o mesmo, saltando por cima da próxima fileira de prédios e, enquanto estava no ar, usando o lança-chamas manual em leque na primeira fileira de prédios junto ao rio. Pareciam feitos de madeira e achei que era hora de acender uma bela fogueira; com sorte, alguns daqueles armazéns guardariam produtos inflamáveis ou até explosivos. Quando pousei, o lançador em Y nas minhas costas disparou duas pequenas bombas de alto explosivo a uns duzentos metros, uma para cada um dos meus flancos, mas não cheguei a ver o efeito delas, pois justo nesse momento o meu primeiro foguete atingiu o alvo: aquele inconfundível (se você já viu um) clarão de uma explosão atômica. Foi só um pequetitico, é claro, menos de dois quilotons de potência nominal, com refletor de nêutrons e compressão por implosão pra funcionar com uma massa abaixo da crítica, mas quem vai querer uma catástrofe cósmica por perto? Foi o bastante pra arrasar o topo daquela colina e fazer todo mundo na cidade se abrigar contra a radiação. Melhor ainda, qualquer um dos caipiras do lugar que por acaso estivesse ao ar livre e olhando praquele lado não ia ver mais nada por umas horas. Ou seja, não ia *me* ver. O brilho não havia me cegado, nem ia cegar nenhum de nós; a redoma de vidro que cobre nosso rosto tem bastante chumbo e usamos visores sobre os olhos, além de sermos treinados pra nos jogarmos no chão e aguentar a explosão sobre a armadura, caso aconteça de estarmos olhando pro lado errado.

Dessa forma, apenas fechei os olhos com força... e os abri para encarar um cidadão local que acabava de sair de uma abertura no prédio à minha frente. Ele olhou pra mim, eu olhei pra ele, e ele começou a erguer algo, imagino que uma arma, quando Jelly gritou:

– Números ímpares! *Avançar!*

Não tinha tempo pra brincar com ele: estava uns bons quinhentos metros pra trás de onde devia estar nessa hora. Ainda tinha o lança-chamas na mão esquerda; torrei o sujeito e saltei sobre o prédio de onde ele havia saído, ao mesmo tempo que comecei a contar. Um lança-chamas manual é, em princípio, para trabalho incendiário, mas é uma boa arma defensiva antipessoal em lugares apertados: você não tem que fazer muita mira.

Entre a empolgação e a ansiedade para alcançar os outros, pulei alto demais e longe demais. Há sempre a tentação de tirar o máximo do seu mecanismo de salto... Mas *não faça isso*! Deixa você suspenso no ar por segundos, um grande alvo indefeso. O jeito certo de avançar é passar por cima de cada prédio à medida que chega a eles, passar raspando por eles, e tirar vantagem total da cobertura enquanto está embaixo. E nunca ficar em um lugar mais que um segundo ou dois, nunca dar tempo a eles de mirar em você. Esteja em algum outro lugar, qualquer lugar. Não fique parado.

Desta vez, eu bobeei: pulei alto demais para uma fileira de prédios, e baixo para a fileira seguinte; acabei caindo em cima de um telhado. Mas não uma bela laje, onde eu podia ter me demorado três segundos pra lançar outro foguetinho atômico. Este teto era uma selva de canos, suportes e ferragens variadas; talvez uma fábrica, quem sabe de produtos químicos. Nenhum lugar pra pousar. Pior ainda, tinha meia dúzia de nativos ali em cima. Esses caras são humanoides, uns dois metros e meio de altura, muito mais magros que a gente e com a temperatura do corpo mais alta; não usavam roupa nenhuma e se destacavam num par de visores que nem um anúncio de néon. Ficam ainda mais esquisitos à luz do dia e a olho nu, mas prefiro lutar contra eles do que contra os aracnídeos. Aqueles insetos me dão um nó no estômago.

Se esses camaradinhas estavam ali em cima trinta segundos antes, quando meu foguete explodiu, então não podiam me ver, nem qualquer coisa. Mas eu não podia ter certeza e, de qualquer forma, não queria me engalfinhar com eles; não era o objetivo deste tipo de ataque. Assim, pulei de novo enquanto ainda estava no ar, espalhando um punhado de pílulas incendiárias de dez segundos pra deixá-los ocupados, pousei, imediatamente saltei de novo, e gritei:

– Segundo grupo! Números pares!... Avançar!

E continuei em frente pra tirar o atraso, ao mesmo tempo que tentava identificar, cada vez que saltava, algo em que valesse a pena gastar um foguete. Tinha mais três dos foguetinhos atômicos e com certeza não tinha intenção de levar nenhum de volta comigo. Mas tinham martelado na minha cabeça que você *precisa* fazer o dinheiro valer quando se trata de armas atômicas; esta era apenas a segunda vez que me deixavam trazer esse tipo de arma.

Nesse momento, eu tentava localizar a estação de tratamento de água deles. Um tiro direto ali seria capaz de tornar a cidade inteira inabitável, forçando a evacuação da população sem matar diretamente ninguém. Bem o tipo de transtorno que tínhamos vindo provocar. Ela devia, de acordo com o mapa que estudáramos sob hipnose, estar a uns cinco quilômetros rio acima de onde eu me encontrava.

Mas eu não a avistava; talvez meus saltos não tivessem me levado alto o bastante. Fiquei tentado a ir mais alto, mas aí me lembrei do que Migliaccio havia dito sobre não cavar uma medalha, e me prendi à doutrina. Coloquei o lançador em Y no automático e deixei que mandasse pro alto um par de pequenas bombas cada vez que eu pousava. No meio-tempo, botava fogo em coisas mais ou menos ao acaso e tentava achar a estação de tratamento de água, ou algum outro alvo que valesse a pena.

Bom, tinha *alguma coisa* ali em cima e estava na distância certa; uma estação de tratamento ou o que quer que fosse, e era grande. Então pulei pra cima do prédio mais alto nas proximidades, mirei nela e mandei brasa. Enquanto saltava pra baixo, ouvi Jelly:

– Johnnie! Red! Comecem a curvar os flancos.

Acusei o recebimento e ouvi Red fazer o mesmo; mudei o meu rádio-farol para piscante, de modo que Red pudesse me distinguir bem, medi a distância e a direção do dele, enquanto gritava:

– Segundo grupo! Curvar e envolver! Comandantes de esquadra, acusar recebimento!

A quarta e a quinta esquadras responderam:

– Entendido.

Ace disse:

– Já estamos fazendo isso; mexa esses pés.

O rádio-farol de Red mostrava que a ala direita estava quase à minha frente, a uns bons vinte e cinco quilômetros. Nossa! Ace estava certo; eu tinha que mexer os pés ou nunca ia fechar a brecha a tempo... E eu ainda com uns cem quilos de munição e malvadezas diversas que precisava achar tempo de usar. Havíamos pousado numa formação em v, com Jelly no fundo do v e Red e eu nas pontas dos dois braços; agora precisávamos fechá-la num círculo em volta da área de recolha... O que significava que nós dois tínhamos mais terreno a cobrir do que os outros e ainda precisávamos cumprir toda a nossa quota de estragos.

Pelo menos a passagem por escalão estava encerrada a partir do momento em que começamos a fechar o círculo; eu não precisava mais ficar contando e podia me concentrar na rapidez. Estava ficando menos que saudável estar em qualquer lugar, mesmo me movendo depressa. Tínhamos começado com a enorme vantagem da surpresa, alcançado o solo sem sermos atingidos (pelo menos eu esperava que ninguém tivesse sido atingido na descida), e irrompemos furiosamente entre eles, de tal forma que nos permitia atirar à vontade sem medo de atingir uns aos outros, enquanto eles tinham uma grande chance de atingir o próprio povo quando atiravam em nós – se conseguissem nos achar, pra começo de conversa. (Não sou nenhum especialista em teoria dos jogos, mas duvido que algum computador pudesse ter analisado o que estávamos fazendo a tempo de prever onde estaríamos em seguida.)

Apesar disso, as defesas locais estavam começando a contra-atacar, com ou sem coordenação. Desviei de um par de explosões que não me atingiram por pouco, passando perto o bastante pra me fazer bater os dentes, mesmo dentro da armadura, e uma vez fui pego de raspão por algum raio que fez meu cabelo ficar em pé e me deixou meio paralisado por um momento, como se eu tivesse batido o cotovelo, só que no corpo todo. Se o traje não tivesse já recebido o comando para saltar, acho que eu nunca teria saído de lá.

Coisas como essas fazem você parar pra pensar em por que você quis ser um soldado… Só que eu estava ocupado demais pra parar por qualquer motivo. Duas vezes, pulando às cegas por cima dos prédios, pousei bem no meio de um grupo deles… e saltei imediatamente enquanto punha fogo em tudo à minha volta com o lança-chamas manual.

Com esse incentivo, cobri mais ou menos metade da minha quota da brecha, acho que uns seis quilômetros, em tempo mínimo, mas sem causar muito mais que danos casuais. Meu lançador em Y tinha se esvaziado dois saltos atrás. Achando-me sozinho no meio de uma espécie de pátio, parei pra colocar nele a minha reserva de bombas de alto explosivo enquanto achava a posição de Ace. Descobri que eu estava à frente da esquadra do flanco, o suficiente pra pensar em gastar meus dois últimos foguetes atômicos. Saltei para o topo do prédio mais alto nas vizinhanças.

Já estava claro o bastante pra enxergar; ergui os visores pra minha testa e dei uma rápida passada de olhos pela área, procurando por qualquer coisa atrás de nós em que valesse a pena atirar. Qualquer coisa mesmo. Não tinha tempo pra ficar escolhendo.

Havia algo no horizonte, na direção do espaçoporto deles... Talvez a administração e o controle, ou quem sabe até uma nave estelar. Quase na mesma direção e mais ou menos na metade da distância, havia uma estrutura enorme que não consegui identificar nem vagamente. O espaçoporto estava longe demais, mas deixei o foguete dar uma olhada nele, e disse:

– Vai lá, garoto! – e mandei brasa.

Meti o último no lançador, mandei-o pro alvo mais próximo e saltei.

O prédio levou um impacto direto bem quando eu saía dele. Ou um magrelo havia resolvido (com razão) que valia a pena destruir um de seus prédios pra pegar um de nós, ou um dos meus próprios camaradas estava ficando bem descuidado com os rojões. Fosse como fosse, achei melhor não saltar dali, mesmo que num rasante. Decidi passar através do próximo par de prédios, em vez de por cima deles. Por isso, ao mesmo tempo que pousava, tirei o lança-chamas pesado das costas e desci os visores para os meus olhos, atacando a parede em frente com um feixe de corte a toda potência. Uma parte da parede caiu e eu me lancei pra dentro.

E recuei ainda mais depressa.

Não sabia o que é que eu tinha estourado. Uma igreja durante a missa, um pulgueiro de magrelos, quem sabe até o quartel-general da defesa deles. Tudo o que sabia é que era um salão enorme cheio com mais magrelos do que eu queria ver em toda a minha vida.

Não devia ser uma igreja, pois alguém atirou em mim enquanto eu pulava de volta pra fora. Foi apenas uma bala, que ricocheteou na minha blindagem, fez meus ouvidos zumbirem e me deixou confuso, sem me ferir. Mas isso me lembrou de que não devia ir embora sem deixar uma lembrança da minha visita. Apanhei a primeira coisa no meu cinto e a joguei pra dentro... e a ouvi começar a grasnar. Como eles não cansam de repetir na instrução básica, fazer algo construtivo na hora é melhor do que pensar na melhor coisa a se fazer horas mais tarde.

Por pura sorte, havia feito a coisa certa. Era uma bomba especial – cada um tinha recebido apenas uma para esta missão, com instruções de usá-la apenas se achássemos um modo de torná-la efetiva. O grasnado que ouvi enquanto atirava a bomba era ela gritando na fala dos magrelos (tradução livre): "Sou uma bomba de trinta segundos! Sou uma bomba de trinta segundos! Vinte e nove!... Vinte e oito!... Vinte e sete!..."

O plano era deixar os nervos deles em frangalhos. Talvez tenha conseguido; com certeza deixou os meus. É mais humano dar um tiro num homem. Não esperei pela contagem. Saltei, enquanto me perguntava se conseguiriam achar portas e janelas suficientes pra cair fora a tempo.

No topo do salto, fiz uma leitura do piscante de Red, e uma de Ace enquanto pousava. Estava ficando pra trás de novo. Hora de correr.

Mas três minutos depois tínhamos fechado a brecha; eu tinha Red no meu flanco esquerdo, a menos de um quilômetro de distância. Ele informou isso a Jelly. Ouvimos o resmungo tranquilo de Jelly para todo o pelotão:

– O círculo está fechado, mas o rádio-farol ainda não desceu. Avancem devagar e dando voltas, causem um pouco mais de problemas... Mas lembrem-se do camarada a seu lado; não causem problemas pra *ele*. Um bom trabalho, até agora; não vão estragar. Pelo*tão*! Por grupos... *em forma*!

Pra mim, também parecia um bom trabalho; boa parte da cidade estava queimando e, embora fosse quase dia, era difícil saber se o olho nu seria melhor que os visores, tão grossa era a fumaça.

Johnson, nosso comandante de GC, começou:

– Segundo grupo, em forma!

Eu ecoei:

– Esquadras quatro, cinco e seis; chamada e relatório!

A variedade de circuitos seguros que tínhamos disponíveis neste novo modelo de comunicador sem dúvida agilizava as coisas: Jelly podia falar para todo o pelotão ou só para os comandantes de grupo de combate; um comandante de GC podia falar para todo o seu grupo ou só para os seus praças graduados; e o pelotão podia se agrupar duas vezes mais rápido, quando os segundos contavam. Enquanto ouvia a chamada da quarta esquadra, eu fazia um inventário do meu poder de fogo restante e jogava uma bomba contra um magrelo que botou a cabeça pra fora numa esquina. Ele caiu fora e eu também. "Avancem dando voltas", o chefão tinha mandado.

A quarta esquadra encalhou na chamada até que o seu comandante se lembrou de cobrir o número de Jenkins; a quinta esquadra foi contando como um ábaco, e eu comecei a ficar feliz... até que a chamada parou após o número quatro na esquadra de Ace. Gritei:

– Ace, cadê o Dizzy?

– Quieto! – foi a resposta dele. – Número seis! Chamada!

– Seis! – Smith respondeu.

– Sete!

– Sexta esquadra, Flores faltando – Ace completou. – Comandante de esquadra saindo para recolha.

– Um homem ausente – informei a Johnson. – Flores, esquadra seis.

– Desaparecido ou morto?

– Não sei. Comandante de esquadra e subcomandante de grupo saindo para recolha.

– Johnnie, deixa o Ace cuidar disso.

Mas eu não ouvi e, assim, não respondi. Ouvi Johnson informando a Jelly e ouvi Jelly praguejando. Veja bem, eu não estava cavando uma medalha; é *o trabalho* do subcomandante de GC fazer a recolha; ele é o que vai atrás, o último homem, sacrificável. Os comandantes de esquadra têm outras coisas pra fazer. Como você sem dúvida já percebeu, o subcomandante do grupo de combate não é necessário enquanto o comandante do GC estiver vivo.

Naquele exato momento, eu estava me sentindo extraordinariamente sacrificável, quase sacrificado, pois ouvia o som mais doce do universo: o rádio-farol em que o veículo de recolha ia pousar, emitindo o nosso toque de chamada. O rádio-farol é um foguete-robô, disparado à frente do veículo de recolha, uma simples estaca que se enterra no solo e começa a emitir aquela música tão bem-vinda. O veículo de recolha automaticamente vai direto até ele três minutos depois e é melhor você estar lá, pois o ônibus não pode esperar e não vai passar outro.

Só que você não abandona um camarada, não enquanto houver uma chance de que ele esteja vivo. Não nos Rudes de Rasczak. Não em nenhuma unidade da Infantaria Móvel. Você tenta fazer a recolha.

Ouvi Jelly ordenar:

– Levantem a cabeça, rapazes! Fechar o círculo pra recolha e interdição! Quicando!

E ouvi a doce voz do rádio-farol: "*...para a eterna glória da infantaria, brilha o nome, brilha o nome de Rodger Young!*", e queria tanto ir pra ele que até sentia o gostinho.

Em vez disso, estava indo pro outro lado, me aproximando do rádio-farol de Ace e gastando o que tinha me sobrado de bombas, pílulas incendiárias e qualquer coisa mais que pudesse me sobrecarregar.

– Ace! Pegou o farol dele?

– Peguei. Volta pra lá, inútil!

– Já consigo ver você daqui. Onde ele está?

– Bem à minha frente, uns quatrocentos metros. Some! Ele é *meu* homem!

Não respondi; apenas desviei pra esquerda de modo a alcançar Ace perto de onde ele disse que Dizzy estava.

E achei Ace debruçado sobre ele, um par de magrelos queimados e outros fugindo. Pousei a seu lado.

– Vamos tirar o Dizzy da armadura! A nave de recolha vai pousar a qualquer instante!

– Está ferido demais!

Dei uma olhada e vi que era verdade: tinha realmente um *buraco* na armadura, com sangue saindo. E eu estava sem saber o que fazer. Pra recolher um ferido, você o tira da armadura... e então simplesmente o apanha nos braços, o que não é problema num traje mecanizado, e pula pra fora dali. Um homem, sem o traje, pesa menos que a munição e o resto que você gastou.

– O que a gente vai *fazer*?

– Vamos carregar assim mesmo – Ace respondeu, muito sério. – Pegue do lado esquerdo do cinturão dele. – Ele pegou do lado direito e pusemos Flores em pé. – Trave! Agora... na contagem, fique pronto pra saltar... um... *dois!*

Saltamos. Não muito longe, não muito bem. Um homem sozinho não teria conseguido tirar Dizzy do chão; um traje blindado é pesado demais. Mas, dividido entre dois homens, podia ser feito.

Saltamos, e saltamos, e de novo, e de novo, com Ace contando e nós dois firmando e apanhando Dizzy em cada pouso. Os giroscópios dele pareciam ter parado de funcionar.

Ouvimos o rádio-farol silenciar quando o veículo de recolha aterrissou. Eu o vi aterrissar... E estava longe demais. Ouvimos o comando do sargento de pelotão interino:

– Em sequência, preparar para embarque!

E Jelly gritou:

– Cancele essa ordem!

Chegamos por fim ao campo aberto e vimos o veículo apoiado sobre sua cauda, ouvimos o barulho do seu aviso de decolagem... e vimos o pelotão ainda no solo em torno dele, formando um círculo de interdição, agachados atrás do escudo que haviam formado.

Ouvimos Jelly gritar:

– Em sequência, para o veículo... *mexam-se*!

E *ainda* estávamos longe demais! Pude ver a primeira esquadra sair da formação e entrar no veículo conforme o círculo se estreitava.

E um vulto solitário saiu do círculo, vindo em nossa direção numa velocidade possível apenas para um traje de comando.

Jelly nos apanhou enquanto estávamos no ar, agarrou Flores pelo lançador em Y e nos ajudou a erguê-lo.

Três saltos nos levaram até o veículo. Todo mundo já estava dentro, mas a porta ainda estava aberta. Colocamos Flores pra dentro e a fechamos, enquanto a piloto do veículo berrava que a gente a tinha feito perder o ponto de encontro e agora *todos nós* íamos comprar uma campa! Jelly não prestou atenção; deitamos Flores no chão e nos deitamos ao lado dele. Quando o impacto nos atingiu, Jelly estava dizendo pra si mesmo:

– Todos presentes, Tenente. Três homens feridos, mas todos presentes!

Vou dizer uma coisa sobre a Capitã Deladrier: não fazem pilotos melhores. O encontro de um veículo com uma nave em órbita é precisamente calculado. Não sei como, mas é, e você não muda isso. *Não tem como.*

Só que ela mudou. A Capitã viu pelo visor que o veículo não tinha sido lançado na hora; freou, ganhou velocidade de novo... e emparelhou e nos pegou, só pelo olho e pelo tato, sem tempo de computar a manobra. Se o Todo Poderoso algum dia precisar de um assistente para manter as estrelas em seus cursos, sei onde pode procurar.

Flores morreu na subida.

CAPÍTULO II

Me assustou tanto que eu corri,
não me recordo de ter parado,
nem me volvi até em casa estar,
no quarto da minha mãe trancado.
Yankee Doodle, continue assim,
Yankee Doodle, sempre elegante,
atente à música e ao passo,
e com as garotas seja galante.

Eu nunca pretendi realmente me alistar.

E muito menos na infantaria! Nossa, eu teria preferido tomar dez chicotadas em praça pública e ouvir do meu pai que eu era uma desgraça para um sobrenome honrado.

Ah, eu tinha comentado com meu pai, lá pelo fim do último ano do colégio, que estava pensando em ser voluntário para o Serviço Federal. Acho que todo garoto faz a mesma coisa quando está chegando perto de completar dezoito anos... E meu aniversário caía bem na semana em que eu me formava. É claro que a maior parte só pensa a respeito, brinca um pouco com a ideia e então vai fazer outra coisa: vai pra faculdade, ou arranja um emprego, o que quer que seja. Acho que teria sido desse jeito comigo... se o meu melhor amigo não tivesse, com muita seriedade, planejado se alistar.

Carl e eu tínhamos feito tudo juntos no colégio: olhado garotas juntos, saído juntos como pares delas, participado juntos da equipe de debates, empurrado elétrons juntos no laboratório caseiro dele. Eu mesmo não era grande coisa na eletrônica teórica, mas tenho uma boa mão com a pistola de solda. Carl entrava com os miolos e eu colocava em prática suas instruções. Era divertido; qualquer coisa que fazíamos juntos era divertida. A família de Carl não tinha nem de longe o dinheiro do meu pai, mas isso não importava entre a gente. Quando fiz quatorze anos e meu pai me comprou um cóptero da Rolls, ele era de Carl tanto quanto meu; da mesma forma, o laboratório no porão dele era meu.

Desse modo, quando Carl me contou que não ia direto pra faculdade, mas serviria um período primeiro, isso me fez parar pra pensar. Ele falava a sério mesmo; parecia achar que era natural e correto e óbvio.

Por isso, falei pra ele que ia me alistar também.

Carl olhou estranho pra mim.

– O seu velho não vai deixar.

– Hã? Como ele pode me impedir?

E, de fato, não podia, não legalmente. É a primeira escolha cem por cento livre que alguém faz (e talvez a última); quando um garoto, ou uma garota, chega aos dezoito anos, ele ou ela pode ser voluntário e ninguém tem nada a dizer sobre isso.

– Você vai ver. – E Carl mudou de assunto.

Dessa forma, levantei a questão com meu pai, mas hesitante, indo pelas beiradas.

Ele abaixou o jornal e o charuto e me encarou.

– Filho, você perdeu o juízo?

Resmunguei que achava que não.

– Bom, certamente parece. – Soltou um suspiro. – Mesmo assim, eu devia ter esperado; é uma fase previsível no crescimento de um garoto. Eu me lembro de quando você aprendeu a andar e não era mais um bebê... Pra ser franco, você foi um diabinho por um bom tempo. Quebrou um dos vasos Ming da sua mãe... De propósito, tenho certeza. Mas você era novo demais pra saber o valor dele, por isso só apanhou na mão. Lembro do dia em que afanou um dos meus charutos, e de como passou mal depois. Eu e a sua mãe tivemos o cuidado de não reparar que não conseguiu comer o jantar naquele dia e nunca falei nada com você antes. Os garotos precisam experimentar essas coisas e descobrir sozinhos que os vícios dos homens não são pra eles. Ficamos de olho quando você entrou na adolescência e começou a notar que as garotas eram diferentes... e maravilhosas. – Outro suspiro. – Todas as fases normais. E a última, bem no fim da adolescência, é quando um garoto resolve se alistar e usar um belo uniforme. Ou resolve que está apaixonado, apaixonado como nenhum homem esteve antes, e que precisa se casar imediatamente de qualquer jeito. Ou as duas coisas. – Ele deu um sorriso sem alegria. – Comigo foram as duas. Mas consegui superar tanto uma como outra a tempo de não fazer uma besteira e arruinar a minha vida.

– Mas, pai, não vou arruinar a minha vida. É só um período de serviço... Não uma carreira.

– Vamos deixar pra decidir mais tarde, está bem? Só ouça, e deixe que *eu* te diga o que *você* vai fazer... porque você *quer*. Em primeiro lugar, esta família tem se mantido fora da política e cuidado do próprio jardim por mais de cem anos. Não vejo motivo pra você quebrar essa bela tradição. Aposto que é influência daquele sujeito no seu colégio... Qual é mesmo o nome dele? Sabe de quem estou falando.

Ele falava do nosso instrutor de História e Filosofia da Moral. Um veterano, é claro.

– O Professor Dubois.

– *Humpf*, um nome idiota. Combina com ele. Estrangeiro, sem dúvida. Devia ser contra a lei usar as escolas como postos de recrutamento disfarçados. Acho que vou escrever uma carta curta e grossa a respeito disso... Um contribuinte tem *alguns* direitos!

– Mas, pai, ele não faz nada disso! Ele... – Parei, não sabendo como explicar. O Prof. Dubois tinha um jeito arrogante e convencido; agia como se nenhum de nós fosse realmente bom o suficiente para prestar o serviço. Eu não gostava dele. – Hã, se ele faz algo, é desencorajar a gente.

– *Humpf*! Sabe como se conduz um porco? Deixa pra lá. Quando se formar, vai estudar Administração em Harvard; você sabe disso. Depois, vai continuar os estudos na Sorbonne, ao mesmo tempo que viaja um pouco, se encontrando com alguns dos nossos distribuidores, descobrindo como se faz negócios em outros lugares. Então vai voltar pra casa e trabalhar. Vai começar por baixo, como almoxarife ou algo assim, só pra manter as aparências... Mas vai virar um executivo antes de conseguir recuperar o fôlego, porque não estou ficando nem um pouco mais jovem, e quanto antes você puder pegar o fardo, melhor. Logo que for capaz e quiser, vai ser o chefe. Aí está! Que acha desse plano? Comparado com jogar fora dois anos da sua vida?

Fiquei calado. Nada disso era novidade pra mim; já havia pensado a respeito. Ele se levantou e pôs a mão no meu ombro.

– Filho, não pense que não te entendo; eu entendo. Mas olhe pros fatos da vida. Se houvesse uma guerra, eu seria o primeiro a te aplaudir... E a colocar a empresa em pé de guerra. Mas não há e, graças a Deus, nunca mais haverá. Deixamos as guerras pra trás. Este planeta agora é pacífico e feliz e temos relações boas o suficiente com os outros planetas. Então, o que esse tal de "Serviço Federal" significa? Parasitismo, puro e simples. Um órgão sem função, totalmente obsoleto, vivendo dos contribuintes. Um jeito indiscutivelmente caro de gente inferior, que do contrário estaria desempregada, viver à custa do público por uns anos, e então se dar ares de importância pelo resto da vida. É isso o que você quer pra você?

– O Carl não é inferior!

– Desculpe. Não, ele é um bom garoto... Apenas mal orientado. – Ele franziu as sobrancelhas, e então sorriu. – Filho, eu tinha planejado guardar uma coisa como surpresa pra você, um presente de formatura. Mas vou te contar agora pra que fique mais fácil tirar essa besteira da cabeça. Não que eu me preocupe com o que você pode fazer; acredito no seu bom senso, mesmo sendo tão novo. Mas você está preocupado, eu sei. E isto vai clarear suas ideias. Consegue adivinhar o que é?

– Hã, não.

Ele arreganhou os dentes.

– Uma viagem de férias pra Marte.

Devo ter parecido abobado.

– Nossa, pai, eu não fazia ideia...

– Queria te fazer uma surpresa e vejo que consegui. Sei como vocês, garotos, se sentem a respeito de viajar, embora eu não entenda o que alguém veja nisso depois da primeira vez fora. Mas esta é uma boa hora pra você fazer isso... E sozinho, eu mencionei? Vai ser bom matar essa vontade, porque, assim que assumir seus deveres, vai ficar ocupado demais pra tirar até mesmo uma semana de folga em Luna.

– Ele apanhou o seu jornal. – Não, não me agradeça. Só vá dar uma volta e me deixe acabar o jornal; uns senhores vêm falar comigo hoje, daqui a pouco. Negócios.

Deixei assim. Acho que ele pensou que isso resolvia o assunto... E acho que eu também pensei. Marte! E sozinho! Mas não contei a Carl; eu tinha uma desconfortável suspeita de que ele veria isso como um suborno. Bem, talvez fosse. Em vez disso, contei apenas que eu e meu pai parecíamos ter opiniões diferentes sobre o assunto.

– É – Carl respondeu –, o meu também. Só que é a *minha* vida.

Pensei a respeito durante nossa última aula de História e Filosofia da Moral. H&FM era diferente das outras matérias, pois todo mundo tinha que assistir à aula, mas ninguém tinha que passar... e o Prof. Dubois nunca parecia ligar se a gente entendia ou não. Ele simplesmente apontava pra você com o coto do braço esquerdo (nunca se dava ao trabalho de usar nomes) e atirava uma pergunta. Então o debate começava.

Mas, no último dia, ele parecia estar tentando descobrir o que a gente tinha aprendido. Uma garota disse a ele, sem rodeios:

– Minha mãe diz que violência nunca resolve nada.

– É mesmo? – O Prof. Dubois olhou pra ela, sem se alterar. – Tenho certeza de que os fundadores de Cartago ficariam contentes de saber disso. Por que a sua mãe não diz isso pra eles? Ou por que *você* não faz isso?

Os dois já haviam discutido antes. Como você não podia levar bomba na matéria, não precisava agradar o professor. Ela respondeu numa voz estridente:

– O senhor está me gozando! Todo mundo sabe que Cartago foi destruída!

– Você parecia não saber – ele disse, muito sério. – Visto que sabe, não diria que a violência decidiu a sorte deles de forma bastante definitiva? No entanto, eu não estava ridicularizando você pessoalmente; estava cobrindo de desprezo uma ideia indesculpavelmente tola; uma prática que sempre adoto. Para qualquer um que se apegue à doutrina historicamente falsa, e completamente imoral, de que "violência nunca resolve nada", eu aconselharia a invocar os fantasmas de Napoleão Bonaparte e do Duque de Wellington e deixar que eles discutam o assunto. O fantasma de Hitler poderia servir de árbitro, e o júri podia muito bem ser o dodó, o arau-gigante e o pombo-passageiro. Violência, força bruta, resolveu mais questões na história do que qualquer outro fator, e a opinião contrária é uma ilusão da pior espécie. Gerações que se esqueceram dessa verdade básica sempre pagaram com a vida e a liberdade.

Soltou um suspiro e continuou:

– Outro ano, outra turma… e, para mim, outro fracasso. Pode-se levar uma criança ao conhecimento, mas ninguém pode fazer com que ela pense. – De repente, ele apontou o coto pra mim. – Você. Qual a diferença moral, se houver, entre o soldado e o civil?

– A diferença reside no campo da virtude cívica – comecei a responder com cautela. – O soldado aceita responsabilidade pessoal pela segurança do corpo político de que é parte, defendendo-o, se preciso for, com a própria vida. O civil, não.

– As palavras exatas do livro – ele disse, desdenhoso. – Mas você compreende isso? *Acredita* nisso?

– Hã, não sei, senhor.

– É claro que não sabe! Duvido que qualquer um de vocês aqui reconhecesse "virtude cívica", mesmo que ela aparecesse bem debaixo dos seus narizes! – Deu uma olhada no relógio. – E isso é tudo, um tudo definitivo. Quem sabe nos encontremos de novo em melhores circunstâncias. Dispensados.

* * *

A formatura foi logo depois disso e, em mais três dias, o meu aniversário, seguido em menos de uma semana pelo de Carl... E eu ainda não tinha falado a ele que não ia me alistar. Tenho certeza de que ele estava apostando que eu não ia, mas não discutimos o assunto às claras... Era constrangedor. Apenas combinei de a gente se encontrar um dia depois do seu aniversário e fomos para o posto de recrutamento juntos.

Na entrada do Edifício Federal, encontramos por acaso Carmencita Ibañez, colega de classe nossa e uma das boas coisas em ser parte de uma raça com dois sexos. Carmen não era minha garota; não era a garota de ninguém: nunca saía duas vezes seguidas com o mesmo cara e nos tratava todos com a mesma doçura, embora de modo um tanto impessoal. Mas eu a conhecia bem, já que sempre vinha usar a nossa piscina, por ser de comprimento olímpico, umas vezes com um cara, outras com outro. Ou sozinha, como a Mãe insistia para que viesse. A Mãe via Carmen como uma "boa influência". Pelo menos dessa vez, ela estava certa.

Carmen nos viu e esperou, sorrindo.

– Oi, gente!

– Olá, *Ochee Chyornya* – respondi. – O que faz por aqui?

– Não consegue adivinhar? É meu aniversário hoje.

– Hã? Parabéns!

– Então, vou me alistar.

– Ah... – Acho que Carl ficou tão surpreso quanto eu.

Mas Carmencita era assim mesmo. Nunca fofocava e guardava sua vida pra si mesma.

– Sem brincadeira? – o gênio aqui acrescentou.

– Por que seria? Vou ser piloto de nave espacial. Ou, pelo menos, vou tentar.

– Não vejo motivo pra não conseguir – Carl disse rapidamente.

Ele estava certo... Sei agora o quanto estava certo. Carmen era pequena e habilidosa, tinha saúde perfeita e reflexos perfeitos; ela fazia uma competição de salto ornamental parecer fácil... e era ligeira na matemática. Quanto a mim, passei raspando com um c em álgebra e b em matemática financeira; já ela, fez todos os cursos de matemática que a nossa escola tinha e mais aulas particulares de matemática avançada. Mas eu nunca tinha nem pensado no motivo. O fato era que a pequena Carmen era tão ornamental que você simplesmente nunca a imaginava sendo útil.

– Nós... Hã, eu – disse Carl – vim me alistar também.

– E eu também – concordei. – Nós dois.

Não, eu não havia tomado nenhuma decisão; minha boca tinha criado vida.

– Ah, que maravilha!

– E quero ser piloto espacial também – acrescentei, com firmeza.

Ela não riu. Respondeu, bastante séria:

– Ah, que legal! Quem sabe a gente se esbarra no treinamento. Espero que sim.

– Cursos de colisão? – perguntou Carl. – Não é assim que se pilota.

– Não seja bobo, Carl. Em terra, é claro. Você vai ser piloto também?

– Eu? – Carl respondeu. – Não sou caminhoneiro. Você me conhece... P&D Sideral, se eles me aceitarem. Eletrônica.

– "Caminhoneiro", tá bom! Espero que te enfiem em Plutão e te deixem virar picolé! Não, estou brincando... Boa sorte! Vamos entrar?

O posto de recrutamento ficava atrás de um balcão no saguão. Tinha um sargento da Esquadra lá, numa escrivaninha, em uniforme de gala, chamativo que nem um circo. O peito dele estava cheio de fitas que eu não conseguia ler. Mas o braço direito havia sido cortado tão curto que tinham feito o uniforme sem a manga... E, quando você encostava no balcão, dava pra ver que ele não tinha pernas.

Isso não parecia incomodá-lo. Carl disse:

– Bom dia. Quero me alistar.

– Eu também – acrescentei.

Ele nos ignorou e deu um jeito de se curvar, mesmo estando sentado, e disse:

– Bom dia, minha jovem. O que posso fazer por você?

– Também quero me alistar.

Ele sorriu.

– Boa garota! Se você der uma subidinha até a sala 201 e perguntar pela Major Rojas, ela vai cuidar de você. – Ele a olhou de cima a baixo. – Piloto?

– Se possível.

– Você tem jeito. Bem, fale com a Senhorita Rojas.

Ela se foi, agradecendo ao sargento e nos dando um até logo. Ele voltou sua atenção pra gente e nos olhou sem nenhum sinal do prazer que tinha demonstrado ao ver a pequena Carmen, dizendo:

– E então? Para quê? Batalhões de trabalho?

– Ah, não! – eu disse. – Vou ser piloto.

Ele me encarou e simplesmente desviou os olhos.

— E você?

— Estou interessado no Corpo de Pesquisa e Desenvolvimento — Carl disse, com calma —, em especial Eletrônica. Ouvi falar que as chances são bastante boas.

— São, se você for capaz — o sargento disse, de cara fechada —, e não são, se não tiver o que é preciso, tanto em preparo como em talento. Olhem aqui, rapazes, vocês têm alguma ideia de por que eles me colocam aqui na frente?

Eu não entendi. Carl disse:

— Por quê?

— Porque o governo não dá a mínima pro fato de vocês se alistarem ou não! Porque agora virou moda entre algumas pessoas, pessoas demais, servir um período pra ganhar o direito de voto e poder usar uma fita na lapela dizendo que é um "vet'rano"... quer tenha ou não entrado em combate alguma vez na vida. Mas, se você *quiser* servir e eu não conseguir te fazer mudar de ideia, então somos obrigados a te aceitar, já que é seu direito constitucional. A constituição diz que todas as pessoas, homens e mulheres, têm o direito inalienável de prestar o serviço e assumir a cidadania plena... Mas o fato é que está ficando difícil achar algo pra todos os voluntários fazerem que não seja apenas uma forma disfarçada de descascar batatas. Vocês não podem ser todos soldados de verdade; não precisamos de tantos e, de qualquer modo, a maior parte não é bom material pra carreira militar. Fazem alguma ideia do que é preciso pra ser um soldado?

— Não — admiti.

— A maior parte das pessoas acha que tudo que é preciso são duas mãos, dois pés e pouco cérebro. Talvez sim, pra bucha de canhão. Talvez fosse tudo o que Júlio César exigia. Mas um soldado raso de hoje é um especialista tão altamente treinado, que seria considerado um "mestre" em qualquer outro ofício; não podemos nos dar ao luxo de pegar idiotas. Então, para os que fazem questão de servir o período, mas não têm o que queremos e precisamos, temos de bolar toda uma lista de trabalhos sujos, nojentos e perigosos pra ou fazê-los correr pra casa com o rabo entre as pernas e sem acabar o período... ou pelo menos fazer lembrarem pelo resto da vida o valor da cidadania, pois pagaram um alto preço por ela. Vejam aquela jovem que estava aqui; quer ser piloto. Espero que consiga; sempre precisamos de bons pilotos, nunca temos o suficiente. Quem sabe ela consiga. Mas, se não conseguir, pode acabar na Antártida, seus olhos bonitos vermelhos de nunca ver nada além de luz artificial e os dedos calejados do trabalho duro e sujo.

Eu quis dizer pra ele que o mínimo que Carmencita iria conseguir seria programadora para a vigilância celeste; ela era mesmo um ás da matemática. Mas ele continuou falando.

– Por isso, eles me colocam aqui pra tirar as esperanças de vocês, garotos. Olhem pra isto. – Ele empurrou a cadeira para ter certeza de que podíamos ver que não tinha pernas. – Vamos supor que vocês não acabem cavando túneis em Luna ou dando uma de cobaias humanas pra novas doenças, por simples falta de talento; vamos supor que a gente transforme vocês em combatentes. Deem uma olhada em *mim*; isto é o que vocês podem comprar... se não comprarem a campa toda e fizerem suas famílias receberem um telegrama de "imenso pesar". O que é o mais provável, já que hoje em dia, em treinamento ou combate, não há muitos feridos. Se comprarem, o mais provável é que eles entrem com o caixão. Eu sou uma rara exceção; tive sorte... embora talvez vocês não chamassem isto de sorte.

Ele fez uma pausa e acrescentou:

– Então, por que vocês, garotos, não voltam pra casa, vão pra faculdade e viram químicos ou corretores de seguro ou algo assim? Um período de serviço não é um acampamento infantil; ou é serviço militar de verdade, duro e perigoso, mesmo em tempo de paz... ou uma imitação bem pouco razoável. Não são férias. Não é uma aventura romântica. E então?

Carl respondeu:

– Eu vim aqui pra me alistar.

– Eu também.

– Vocês entendem que não podem escolher o serviço?

Carl disse:

– Achei que podíamos declarar a nossa preferência?

– Claro. E essa vai ser a última escolha que vão fazer até o fim do período. E o oficial de colocação presta mesmo atenção à sua escolha. A primeira coisa que ele faz é conferir se tem alguma procura por sopradores de vidro canhotos nesta semana, se for isso o que você acha que vai te fazer feliz. Tendo a contragosto admitido que existe demanda para o que você escolheu, talvez no fundo do Pacífico, ele então testa a sua habilidade natural e o seu preparo. Mais ou menos uma vez a cada vinte, ele é forçado a admitir que tudo combina e você fica com a vaga... até algum engraçadinho te dar ordens de despacho pra fazer algo bem diferente. Mas nas outras dezenove vezes, ele te reprova e resolve que você é exatamente do que eles estavam precisando para o teste de campo do equipamento de sobrevivência em Titã. – Ele acrescentou, pensativo: – Faz muito frio em Titã. E é espantoso quantas vezes o equipamento experimental dá defeito. Mas precisamos de testes de campo reais; os laboratórios nunca têm todas as respostas.

– Posso passar em Eletrônica – Carl disse, confiante –, se tiverem vagas abertas.

– Mesmo? E você, meu chapa?

Fiquei indeciso... e, de repente, me dei conta de que, se não tentasse, ficaria imaginando pelo resto da vida se eu não passava do filho do chefe.

– Vou arriscar.

– Bem, vocês não podem dizer que não tentei. Trouxeram as certidões de nascimento? E me deem os RGs.

Dez minutos depois, ainda sem prestar juramento, estávamos no último andar, sendo espetados e cutucados e radiografados. Cheguei à conclusão de que a filosofia de um exame físico é que, se você *não* estiver doente, eles vão fazer o pior que puderem pra te *deixar* doente. Se não conseguirem, você está dentro.

Perguntei a um dos médicos qual porcentagem das vítimas levava bomba no exame físico. Ele pareceu espantado:

– Ora, nós *nunca* reprovamos ninguém. A lei não permite.

– Hã? Quero dizer, me desculpe, Doutor? Então pra que serve ficar desfilando pelado por aqui?

– Ora, o objetivo é – ele respondeu, erguendo um martelo e batendo no meu joelho (acertei um chute nele, mas não muito forte) – descobrir que serviços você está fisicamente apto a realizar. Mas, se você chegar aqui em uma cadeira de rodas e cego dos dois olhos, e mesmo assim for idiota o bastante pra insistir no alistamento, eles vão achar algo idiota o bastante pra combinar com você. Contar os pelos de uma lagarta pelo toque, quem sabe. O único jeito de ser reprovado é se os psiquiatras julgarem que você não é capaz de compreender o juramento.

– Ah. Hã... Doutor, o senhor já era médico quando se alistou? Ou eles resolveram que devia ser e o mandaram pra faculdade?

– *Eu?* – Ele parecia chocado. – Meu jovem, eu pareço tão idiota? Sou um funcionário civil.

– Ah. Desculpe.

– Não tem nada. Mas serviço militar é para formigas. Pode ter certeza. Vejo como eles vão e vejo como voltam... Se é que voltam. Vejo o que fazem com eles. E pra quê? Por um privilégio político puramente nominal que não vale um centavo e que, de qualquer forma, a maioria não sabe usar bem. Agora, se eles deixassem o pessoal da saúde dirigir as coisas... Mas deixa pra lá; você pode achar que estou falando em traição, com ou sem liberdade de expressão. Mas, meu jovem, se você for esperto o bastante para contar até dez, vai desistir enquanto pode. Aqui, leve estes papéis de volta ao sargento recrutador... E não se esqueça do que eu disse.

Voltei ao saguão. Carl já estava lá. O sargento deu uma olhada nos meus papéis e disse, de mau humor:

– Parece que vocês dois têm saúde até demais... a não ser pelos parafusos a menos. Só um momento, enquanto arranjo testemunhas.

Apertou um botão e apareceram duas escriturárias, uma velhota mal-encarada e outra até que bonitinha.

Ele apontou para os formulários de exame físico, as certidões de nascimento e os RGs, e disse, com toda a formalidade:

– Convido e solicito que vocês, em separado e com seriedade, examinem estas provas, determinem o que elas são e determinem, cada uma independentemente, que relação há, se houver, entre cada documento e estes dois homens aqui em sua presença.

Elas trataram do assunto como uma rotina chata, o que tenho certeza de que era; apesar disso, examinaram com atenção todos os documentos, tiraram nossas digitais (de novo!) e a bonitinha pôs uma lupa de joalheiro no olho e comparou as impressões desde o nascimento até hoje. Fez o mesmo com as assinaturas. Comecei a duvidar de que eu fosse eu mesmo.

O sargento acrescentou:

– Encontraram provas referentes à presente competência deles para prestar o juramento de alistamento? Caso sim, quais?

– Encontramos – a mais velha disse –, anexo a cada ficha de exame físico, um laudo devidamente atestado por uma junta de psiquiatras, autorizada e incumbida, declarando que cada um deles é mentalmente competente para prestar o juramento e que nenhum deles está sob a influência de álcool, narcóticos, outras drogas incapacitantes e nem de hipnose.

– Muito bem. – Ele se voltou para nós. – Repitam comigo... Eu, sendo maior de idade, pela minha própria vontade...

– Eu – nós dois repetimos –, sendo maior de idade, pela minha própria vontade...

"...Sem coerção, promessas, ou indução de nenhum tipo, depois de ter sido devidamente aconselhado e alertado do significado e consequências deste juramento...

"...Agora me alisto no Serviço Federal da Federação Terrana por um período de não menos que dois anos e tão longo quanto se faça exigir pelas necessidades do Serviço..."

(Travei um pouco nessa parte. Sempre havia pensado no "período" como dois anos, mesmo que soubesse da verdade, porque é assim que todo mundo fala dele. Ora, estávamos nos alistando *pelo resto da vida*.)

– Juro preservar e defender a Constituição da Federação contra todos os inimigos, na Terra ou fora dela; proteger e defender as liberdades e privilégios constitucionais de todos os cidadãos e residentes legais da Federação, seus Estados associados e territórios; desempenhar, na Terra ou fora dela, tais deveres de qualquer natureza lícita que me sejam atribuídos por autoridade legalmente constituída, seja direta ou delegada, e...

"...Obedecer a todas as ordens lícitas do Comandante em Chefe da Federação Terrana e de todos os oficiais ou pessoas delegadas em posição superior a mim...

"...E exigir tal obediência de todos os membros do Serviço ou outras pessoas ou seres não humanos que estejam legalmente sob as minhas ordens...

"...E, ao dar baixa honrosa ao término de meu período integral de serviço ativo ou ao ser reformado com status de inativo após ter completado tal período integral, levar a cabo todos os deveres e obrigações, além de desfrutar de todos os privilégios da cidadania da Federação, incluindo, entre outros, o dever, a obrigação e o privilégio de exercer o direito de voto soberano pelo resto de minha vida natural, a menos que seja despojado da honra por veredicto, confirmado em instância final, de uma corte de meus pares soberanos."

(Ufa!) O Prof. Dubois havia analisado o juramento do Serviço nas aulas de História e Filosofia da Moral e tinha feito a gente estudar cada frase dele, uma por uma... mas você não sente de verdade o *tamanho* da coisa até que ela esteja passando por cima de você, toda de uma vez e aos trancos, tão pesada e impossível de parar quanto um rolo compressor.

Pelo menos, isso me fez perceber que não era mais um civil, com a fralda da camisa ao vento e nada na cabeça. Ainda não sabia o que eu era, mas sabia o que não era.

– Que Deus me ajude! – nós dois terminamos, e tanto Carl como a bonitinha fizeram o sinal da cruz.

Depois disso, teve mais assinaturas e digitais, de todos nós, os cinco, e tiraram na hora cromografias planas de mim e de Carl, que gravaram em nossos documentos. Por fim, o sargento ergueu os olhos e disse:

– Nossa, já passou do meio-dia! Hora do rango, garotos. Engoli em seco.

– Hã... Sargento?

– Hein? Fale.

– Posso ligar pra minha família daqui? Contar pra eles que eu... Contar como acabou?

– Podemos fazer melhor que isso.

– Senhor?

– Agora vocês têm uma licença de quarenta e oito horas. – Ele sorriu friamente. – Sabem o que acontece se não voltarem?

– Hã... corte marcial?

– Nada. Nadinha mesmo. Exceto que seus documentos vão ser marcados: "Período não concluído satisfatoriamente", e vocês nunca, nunca, nunquinha vão ter uma segunda chance. Este é o nosso período de arrependimento, em que nos livramos dos bebês supercrescidos, que não levaram a sério e nunca deviam ter prestado o juramento. Economiza o dinheiro do governo e também muita tristeza pra esses garotos e seus pais; os vizinhos não precisam ficar sabendo. Você não precisa nem contar aos seus pais. – Ele empurrou a cadeira para longe da mesa. – Então, vejo vocês ao meio-dia, depois de amanhã. Caso eu os veja. Tragam os seus objetos pessoais.

* * *

Foi uma droga de licença. O Pai ficou berrando, e depois não quis mais falar comigo; a Mãe ficou de cama. Quando finalmente saí de casa, uma hora antes do que precisava, ninguém se despediu de mim além do cozinheiro da manhã e dos criados.

Parei em frente à mesa do sargento recrutador, pensei em fazer continência e me dei conta de que não sabia como. Ele olhou pra cima.

– Ah. Aqui estão os seus documentos. Entregue tudo na sala 201; lá eles vão te colocar na engrenagem. É só bater e entrar.

Dois dias depois eu soube que nunca seria piloto. Algumas das coisas que os examinadores escreveram a meu respeito: "insuficiente compreensão intuitiva de relações espaciais... insuficiente talento matemático... preparo matemático deficiente... tempo de reação adequado... boa visão". Ainda bem que colocaram esses dois últimos; já estava começando a achar que meu nível estava mais pra contar nos dedos.

O oficial de colocação me deixou fazer uma lista de minhas outras preferências, em ordem de prioridade, e ganhei mais quatro dias dos testes vocacionais mais malucos de que já ouvi falar. Quero dizer, o que eles podem descobrir quando uma estenógrafa pula na cadeira dela e grita: "Cobras!"? Não tinha cobra nenhuma, só um inocente pedaço de mangueira.

Os testes orais e escritos eram, na maior parte, tão idiotas quanto esse, mas eles pareceram satisfeitos com os resultados, então eu fui fazendo. A coisa que fiz com mais atenção foi listar minhas preferências. É claro que coloquei todos os serviços da Marinha Espacial (fora piloto) no topo; quer fosse como técnico da sala de força ou como cozinheiro, eu sabia que preferia qualquer trabalho na Marinha do que qualquer trabalho no Exército. Eu queria viajar.

Em seguida, listei Inteligência; um espião também circula bastante, e achava que o trabalho não podia ser monótono. (Estava errado, mas deixa pra lá.) Depois disso, vinha uma longa lista: guerra psicológica, guerra química, guerra biológica, ecologia de combate (não sabia o que era, mas parecia interessante), corpo de logística (um mero engano; eu tinha estudado lógica para a equipe de debate e acontece que "logística" tem dois significados completamente distintos), e mais uma dúzia de outros. Bem no fim, sem muita certeza, coloquei o Corpo K-9, e a Infantaria.

Nem me dei ao trabalho de listar os vários corpos auxiliares não combatentes, pois, se não fosse escolhido para um corpo de combate, não fazia diferença se iam me usar de cobaia ou me enviar como trabalhador braçal para a terranização de Vênus; qualquer dos dois seria um prêmio de consolação.

O Sr. Weiss, o oficial de colocação, mandou me chamar uma semana depois do juramento. Ele era, na verdade, um major da reserva, do corpo de guerra psicológica, em serviço ativo por contrato, mas se vestia à paisana, insistia em ser chamado apenas de "senhor", e você podia relaxar e ficar à vontade com ele. O Sr. Weiss estava com a minha lista de preferências e os laudos de todos os meus testes. Vi que estava olhando meu histórico do colégio, o que me deixou contente, pois tinha ido bem: sempre com notas altas o bastante, mas não tão altas a ponto de ficar marcado como nerd, nunca levando bomba em nenhuma matéria e tendo desistido apenas de uma. Fora isso, eu tinha sido um figurão na escola: equipe de natação, equipe de debate, equipe de atletismo, tesoureiro da classe, medalha de prata no concurso literário anual, presidente do comitê organizador da festa anual, coisas assim. Um belo currículo, e estava tudo lá no histórico.

Quando entrei, ele olhou por cima dos papéis e disse:

– Sente-se, Johnnie – e voltou a olhar o histórico e depois o largou. – Gosta de cachorros?

– Hã? Sim, senhor.

– Quanto gosta deles? O seu cachorro dormia na sua cama? Por falar nisso, onde está o seu cachorro agora?

– Bem, é que não tenho um cachorro no momento. Mas, quando tinha um… Bem, não. Ele não dormia na minha cama. Sabe, a Mãe não deixava o cachorro entrar em casa.

– Mas você não levava o cachorro escondido?

– Hã… – Pensei em explicar o método "não zangada, mas terrivelmente magoada" que a Mãe usava quando você ia contra algo que ela tivesse decidido. Mas desisti. – Não, senhor.

– Hum… Já viu um neocão?

– Hã, só uma vez, senhor. Exibiram um no Teatro Macarthur, dois anos atrás. Mas a Sociedade Protetora encrencou com eles.

– Deixe eu te explicar como é ser parte de uma equipe к-9. Um neocão não é apenas um cachorro que fala.

– Não consegui entender aquele neo no Macarthur. Eles falam mesmo?

– Falam. Você precisa apenas treinar seu ouvido para o sotaque deles. A boca deles não consegue formar o '*b*', o '*m*', o '*p*' e o '*v*'. Por isso, você tem que se acostumar com os equivalentes que eles usam; algo parecido com a deficiência de alguém com o palato fendido, só que com letras diferentes. Não importa, a fala deles é tão clara quanto a de qualquer ser humano. Mas um neocão não é um cachorro que fala; não é nem mesmo um cachorro. É um simbionte, uma mutação artificial derivada do material genético dos cães. Um neo, um Caleb treinado, é umas seis vezes mais inteligente que um cachorro. Digamos, tão inteligente quanto um débil mental humano, exceto que a comparação não é justa para o neo; um débil mental é um deficiente, enquanto que um neo é um gênio estável em sua linha de trabalho. – O Sr. Weiss franziu a testa.

– Desde que, é claro, ele tenha o seu simbionte. Aí é que está o problema. Hum... Você é jovem demais pra ter sido casado, mas já devo ter visto um casal, pelo menos os seus pais. Consegue se imaginar casado com um Caleb?

– Hã? Não. Não, não consigo.

– Numa equipe K-9, o relacionamento emocional entre o cachorro-homem e o homem-cachorro é bem mais estreito e muito mais importante que o da maior parte dos casais. Se o dono morre, matamos o neocão... na hora! É tudo o que podemos fazer pelo coitado. Eutanásia. Se o neocão morre... Bem, não podemos matar o homem, mesmo que essa fosse a solução mais simples. Em vez disso, ele é contido e hospitalizado, e então lentamente o deixamos inteiro de novo. – Ele pegou uma caneta e fez uma marca. – Acho que não podemos nos arriscar a designar para o K-9 um garoto que nem conseguiu enganar a mãe pra dormir junto com seu cachorro. Então, vamos pensar em outra coisa.

Foi só então que percebi que já devia ter levado bomba em todas as opções da minha lista acima do Corpo K-9... E agora tinha sido reprovado nessa também. Estava tão surpreso que quase nem ouvi o seu comentário seguinte. O Major Weiss disse, pensativo, sem nenhuma expressão e como se falasse de outra pessoa, alguém que morreu há muito tempo e bem longe:

– Já fui metade de uma equipe K-9. Quando o meu Caleb se tornou uma baixa, eles me deixaram sedado por seis semanas e então me reabilitaram pra outro serviço. Johnnie, essas matérias que você fez... Por que é que não estudou algo de útil?

– Senhor?

– Tarde demais, agora. Deixa pra lá. Hum... Parece que o seu professor de História e Filosofia da Moral pensa bem de você.

– É mesmo? – Eu estava surpreso. – O que ele disse?

Weiss sorriu.

– Disse que você não é idiota, apenas ignorante e prejudicado pelo seu ambiente. Vindo dele, isto é um alto elogio. Conheço o seu professor.

Pra mim, não parecia um elogio! Aquele velhote convencido, turrão...

– Além disso – Weiss continuou –, um garoto que pega um c-menos em Apreciação de Televisão não pode ser de todo mau. Acho que vamos aceitar a recomendação do Sr. Dubois. O que acha de ser um soldado de infantaria?

*　*　*

Saí do Edifício Federal me sentindo abatido, embora não realmente triste. Pelo menos eu era um soldado; tinha documentos no bolso que provavam isso. Não haviam me classificado como burro e inútil demais pra qualquer coisa além de trabalho braçal.

Tinha passado um pouco do fim do horário de trabalho e o prédio estava vazio, a não ser pelo pouco pessoal do turno da noite e uns poucos retardatários. No saguão, cruzei com um homem que estava saindo; o rosto dele me pareceu familiar, mas não conseguia me lembrar de onde.

Só que ele me pegou olhando e me reconheceu.

– Boa noite! – ele disse, animado. – Ainda não te despacharam?

E aí eu o reconheci: o sargento que havia nos juramentado. Acho que fiquei de boca aberta; este homem estava em roupas civis, andando por ali com duas pernas e dois braços.

– Hã, boa noite, Sargento – murmurei.

Ele entendeu perfeitamente a minha expressão, deu uma olhada pra si mesmo e sorriu, tranquilo.

– Relaxe, garoto. Não sou obrigado a continuar com o show de horrores depois do horário, então não continuo. Ainda não foi designado?

– Acabei de receber minhas ordens.

– Para quê?

– Infantaria Móvel.

Seu rosto se partiu num grande sorriso de felicidade, e sua mão agarrou a minha.

– Minha unidade! Aperte aqui, filho! Vamos fazer de você um homem... Ou te matar tentando. Quem sabe os dois.

– É uma boa escolha? – perguntei, incerto.

– "Uma boa escolha"? Filho, é a única escolha! A Infantaria Móvel é o Exército. Todos os outros são ou apertadores de botão ou professores, estão lá só pra nos passar o serrote; *nós* fazemos o trabalho. – Apertou a minha mão de novo e acrescentou: – Mande um cartão: "Sargento de Esquadra Ho, Edifício Federal", que ele chega. Boa sorte! – E se foi, ombros pra trás, batendo os calcanhares, cabeça pra cima.

Olhei pra minha mão. A mão que ele havia me oferecido era a que não existia... a mão direita. Mesmo assim, pareceu de carne e apertou a minha com firmeza. Já havia lido sobre essas próteses mecanizadas, mas é espantoso da primeira vez que você cruza com uma.

Voltei para o hotel onde os recrutas ficavam acantonados durante a colocação. Ainda não tínhamos nem uniformes, apenas macacões simples que usávamos durante o dia, e nossas próprias roupas depois do expediente. Fui para o meu quarto e comecei a fazer as malas, já que embarcaria de manhã cedinho. Fazendo as malas para mandar as coisas pra casa, quero dizer. Weiss tinha me avisado pra não levar comigo nada além de fotos de família e talvez um instrumento musical, se tocasse algum (e eu não tocava). Carl havia partido três dias antes, tendo conseguido o serviço de P&D que ele queria. Eu estava contente por isso, pois ele teria ficado perplexo se soubesse do bilhete que eu havia tirado. A pequena Carmen também já havia partido, com o posto de guarda-marinha cadete (aspirante). Ela ia ser piloto, claro, se passasse em tudo... E eu desconfiava que ia passar.

Meu colega de quarto temporário entrou, enquanto eu fazia as malas.

– Recebeu suas ordens? – perguntou.

– Sim.

– O quê?

– Infantaria Móvel.

– A *Infantaria*? Ah, seu pobre palhaço! Tenho pena de você, tenho mesmo.

Eu me endireitei e disse, zangado:

– Cala a boca! A Infantaria Móvel é a melhor unidade do Exército. Ela é o Exército! O resto de vocês, panacas, só estão lá pra passar o serrote pra gente. *Nós* fazemos o trabalho.

Ele riu.

– Você vai ver só!

– Quer uma boca cheia de cacos?

CAPÍTULO III

Ele os regerá com cetro de ferro.

APOCALIPSE 2:27

Fiz o Básico no Acampamento Militar Arthur Currie, nas pradarias do norte, junto com umas duas mil outras vítimas. E quando digo "acampamento", quero dizer isso mesmo, pois as únicas construções permanentes que havia por lá eram para abrigar equipamentos. A gente dormia e comia em barracas; vivíamos ao ar livre. Isto é, se você chamar aquilo de "viver", o que eu não fazia, na época. Estava acostumado a um clima quente; pra mim, parecia que o Polo Norte estava a menos de dez quilômetros ao norte do acampamento e se aproximando. A Era Glacial estava voltando, tinha certeza.

Mas exercícios te mantêm aquecido e eles cuidavam pra que a gente os tivesse pra dar e vender.

Na primeira manhã ali, acordaram a gente antes de o dia raiar. Tive problemas pra me adaptar à mudança de fuso horário, e parecia que tinha acabado de ir dormir; não podia acreditar que alguém quisesse seriamente que eu me levantasse no meio da noite.

Mas eles queriam exatamente isso. Um alto-falante, sei lá onde, trombeteava uma marcha militar, sob medida para acordar os mortos, e um chato de galocha correu pela rua da companhia gritando:

– *Todo mundo pra fora! De pé! Quicando!*

Ele voltou a atacar justo quando eu tinha acabado de puxar os cobertores por cima da cabeça, virando a minha cama de armar e me jogando no chão duro e frio.

Foi uma atenção impessoal; ele nem esperou pra ver se eu caí.

Dez minutos depois, já de calças, camiseta e botas, eu estava alinhado com os outros, em fileiras malfeitas, para exercícios de ginástica, bem quando o sol aparecia no horizonte leste. De frente pra nós estava um homem grande, de ombros largos e cara de mau, vestido igual a nós, exceto que eu parecia e me sentia como um trabalho de embalsamamento feito de qualquer jeito, enquanto ele estava com o queixo tão bem raspado que brilhava, as calças bem passadas – você podia ter usado as botas dele como espelho – e se portava de um jeito vivo, alerta, tranquilo e descansado. Ele dava a impressão de que nunca precisava dormir: apenas revisões a cada dez mil quilômetros e tirar o pó de vez em quando.

Ele rugiu:

– *C'pniia! Sen... tido!* Sou o Sargento Embarcado de Carreira Zim, o seu comandante de companhia. Quando falarem comigo, vocês farão continência e dirão "senhor". Vocês farão continência e tratarão por "senhor" qualquer um portando um bastão de instrutor... – Ele estava com uma bengalinha e fez um rápido malabarismo com ela para mostrar o que queria dizer com "bastão de instrutor"; eu tinha notado homens com eles quando chegamos, na noite anterior, e tive vontade de arranjar um pra mim, já que pareciam maneiros. Agora mudei de ideia. – ...Porque não temos oficiais o bastante por aqui pra vocês praticarem. Então vocês vão praticar com a gente. Quem espirrou?

Ninguém respondeu.

– QUEM ESPIRROU?

– Eu – uma voz respondeu.

– *Eu*, o quê?

– Eu que espirrei.

– *Eu que espirrei, SENHOR!*

– Eu que espirrei, senhor. Estou com frio, senhor.

– O-ho! – Zim andou com passos largos até o homem que havia espirrado, colocou a ponta da bengala alguns centímetros abaixo do nariz dele, e perguntou: – Nome?

– Jenkins... senhor.

– Jenkins... – Zim repetiu como se a palavra fosse de alguma forma repugnante, vergonhosa até. – Imagino que uma noite dessas, em patrulha, você vai espirrar só por estar com o nariz escorrendo. Hein?

– Espero que não, senhor.

– Também espero. Mas você está com frio. Hum... Vamos dar um jeito nisso. – Ele apontou com a vara. – Está vendo aquele arsenal lá? – Olhei e não vi nada além de pradaria, exceto por uma construção que parecia estar quase no horizonte. – Fora de forma. Corra em volta dele. *Corra*, eu disse. Rápido! Bronski! Marque o ritmo dele.

– Positivo, Sarja.

Um dos cinco ou seis outros donos de bastão saiu atrás de Jenkins, alcançou-o com facilidade e estalou o bastão na altura do traseiro dele.

Zim virou-se para o resto de nós, ainda arrepiados em posição de sentido. Caminhou pra lá e pra cá, nos examinando, e pareceu terrivelmente descontente. Por fim, afastou-se um pouco e parou à nossa frente, balançou a cabeça e disse, aparentemente para si mesmo, mas tinha uma voz que se projetava:

– E pensar que isto tinha que acontecer *comigo*! – Olhou pra gente e disse: – Seus macacos... Não, não "macacos"; vocês não merecem tanto. Seu triste bando de micos doentes... Seus babões de peito afundado e barriga mole, que fugiram de uma barra de saia. Em toda a minha vida, nunca vi um amontoado tão vergonhoso de filhinhos da mamãe em... Você aí! Barriga pra dentro! Olhos pra frente! Estou falando com *você*!

Encolhi a barriga, mesmo não tendo certeza de que era comigo. Zim continuou sem parar e eu comecei a esquecer que estava morrendo de frio, ouvindo como ele esbravejava. Nunca se repetia e nunca usava nem blasfêmia nem obscenidade. (Mais tarde, fiquei sabendo que guardava essas coisas para ocasiões *muito* especiais, o que esta não era.) Mas descreveu nossas deficiências, físicas, mentais, morais e genéticas, em muitos e insultuosos detalhes.

Mas, de alguma forma, não me senti ofendido; achei muito interessante estudar seu domínio da língua. Queria que ele tivesse feito parte da nossa equipe de debate.

Por fim, ele parou, parecendo a ponto de chorar.

– Não *aguento* isto – disse, amargurado. – Preciso botar um pouco pra fora... Com seis anos, eu tinha soldados de madeira melhores que isso. MUITO BEM! Tem algum de vocês, piolhos gigantes, que acha que pode me bater? Tem algum *homem* nesse bando? Falem!

Houve um breve silêncio para o qual eu contribuí. Não tinha dúvida nenhuma de que ele podia me bater; estava convencido.

Ouvi uma voz lá do fim da fileira, na ponta dos mais altos.

– Tenho pra mim qu'eu posso… sôr.

Zim pareceu feliz.

– Ótimo! Um passo à frente, onde dê pra eu te ver. – O recruta obedeceu, e era impressionante; quase dez centímetros mais alto que o Sargento Zim, e mais largo nos ombros.

– Qual o seu nome, soldado?

– Breckinridge, sôr. E tenho noventa e cinco quilo e num são *ne'um* de "baiga mole".

– Prefere lutar de algum jeito especial?

– Sôr, o sôr escoie como qué morrê. Num sô fresco.

– Okay, sem regras. Comece quando quiser – Zim disse, jogando seu bastão pro lado.

Começou… e já tinha acabado. O recruta gigante estava sentado no chão, segurando o pulso esquerdo com a mão direita. Em silêncio.

Zim se curvou sobre ele.

– Quebrado?

– Tenho pra mim qui po'sê… sôr.

– Sinto muito. Você me apressou um pouco. Sabe onde é o dispensário? Não importa. Jones! Leve Breckinridge ao dispensário. – Quando eles estavam saindo, Zim deu um tapinha no ombro direito de Breckinridge e disse baixinho: – Vamos tentar de novo daqui a um mês ou algo assim. Vou te mostrar o que aconteceu.

Acho que aquilo era pra ser só entre eles, mas estavam parados a uns dois metros de onde eu lentamente congelava.

Zim deu um passo para trás e gritou:

– Okay, temos um homem nesta companhia, pelo menos. Já me sinto melhor. Temos mais algum? Temos mais dois? Será que tem dois de vocês, seus sapos escrofulosos, que acham que podem me enfrentar? – Ele olhou para um lado e para o outro ao longo de nossas fileiras. – Seus bananas, molengas... Ho, ho! Que é? Um passo à frente.

Dois homens, que estavam lado a lado nas fileiras, deram um passo pra frente juntos; acho que tinham combinado em sussurros ali mesmo, mas estavam lá pro fim da fila, do lado dos mais altos, então não ouvi nada.

Zim sorriu pra eles e disse:

– Nomes, para os parentes mais próximos, por favor.

– Heinrich.

– Heinrich, *o quê?*

– Heinrich, senhor. *Bitte.* – Ele falou rapidamente com o outro recruta e acrescentou, por educação: – Ele ainda não fala muito de inglês padrão, senhor.

– Meyer, *mein Herr* – o segundo homem completou.

– Não tem problema. Um monte de recrutas não fala muito da língua quando chega aqui. Eu mesmo não falava. Diga a Meyer pra não se preocupar, ele logo aprende. Mas ele sabe o que estamos pra fazer?

– *Jawohl* – concordou Meyer.

– Claro, senhor. Ele entende o inglês padrão, apenas não fala fluentemente.

– Tudo bem. Onde arranjaram essas cicatrizes na cara? Heidelberg?

– *Nein...* Não, senhor. Königsberg.

– Mesma coisa. – Zim havia apanhado o bastão depois da luta com Breckinridge; ele o girou e disse: – Talvez vocês queiram pegar emprestado um destes pra cada um?

– Não seria justo para o senhor, senhor – Heinrich respondeu, cauteloso. – Mãos nuas, por gentileza.

– Como quiser. Achei que podia te enganar. Königsberg, hein? Regras?

– Como pode haver regras, senhor, com três?

– Uma questão interessante. Bem, vamos combinar que, se alguém arrancar o olho do outro, tem que devolver depois. E diga ao seu *Korpsbruder* que já estou pronto. Comecem quando quiser.

Zim jogou fora o seu bastão; alguém o apanhou.

– Está brincando, senhor. Não vamos arrancar olhos.

– Nada de olhos arrancados, combinado. *Dispare quando pronto, bronco.*

– Senhor?

– Venham e lutem! Ou voltem pras fileiras!

Agora, não tenho certeza de que vi acontecer deste jeito; posso ter aprendido parte daquilo depois, no treinamento, mas aqui está o que acho que aconteceu: os dois se afastaram, um pra cada lado de nosso comandante de companhia, até que o tinham completamente flanqueado, mas bem fora de contato. Nesta posição, o homem que está atuando sozinho tem quatro opções de movimentos básicos, que tiram vantagem de sua própria mobilidade e da coordenação superior de um homem quando comparado a dois. O Sargento Zim diz (com razão) que qualquer grupo é mais fraco que um homem sozinho, a não ser que esteja perfeitamente treinado para trabalhar em equipe. Por exemplo, Zim podia ter fintado um deles, saltado rápido para o outro com um golpe incapacitante, como uma rótula partida, e então acabado com o primeiro sem pressa.

Em vez disso, deixou que o atacassem. Meyer foi pra cima dele rápido, querendo jogá-lo ao chão, acho, enquanto Heinrich atacaria por cima em seguida, talvez com as botas. Foi desse jeito que pareceu começar.

E aqui está o que eu acho que vi: Meyer nunca o alcançou para poder derrubá-lo. O Sargento Zim rodopiou, de modo a ficar de frente pra ele, ao mesmo tempo que dava um chute na barriga de Heinrich… E logo Meyer estava voando pelo ar, sua arremetida auxiliada pela ajuda generosa de Zim.

Mas estou certo apenas de que a luta começou e logo havia dois rapazes alemães dormindo pacificamente, quase encostados, um virado pra cima e outro pra baixo, e Zim em pé ao lado deles, sua respiração nem sequer alterada.

– Jones – ele disse. – Não, Jones saiu, não é? Mahmud! Traz o balde de água, e depois os ponha de volta nos lugares. Quem ficou com o meu palito?

Alguns minutos depois, eles estavam conscientes, molhados e de volta às fileiras. Zim olhou pra nós e perguntou, em tom suave:

– Alguém mais? Ou devemos continuar com os exercícios?

Eu não esperava que alguém mais aparecesse e duvido que Zim esperasse. Mas lá do fim do lado esquerdo, onde ficavam os baixinhos, um cara deu um passo pra fora das fileiras e foi até Zim, que baixou os olhos para encará-lo.

– Só você? Ou quer escolher um parceiro?

– Só eu mesmo, senhor.

– Como quiser. Nome?

– Shujumi, senhor.

Os olhos de Zim se arregalaram.

– Algum parentesco com o Coronel Shujumi?

– Tenho a honra de ser seu filho, senhor.

– Ah, mesmo? Ora! Faixa preta?

– Não, senhor. Ainda não.

– Fico feliz que tenha esclarecido isso. Bem, Shujumi, vamos usar regras de torneio, ou preciso mandar vir a ambulância?

– Como desejar, senhor. Mas acho, se me for permitido ter uma opinião, que usar regras de torneio seria mais prudente.

– Não sei em que sentido você quer dizer, mas concordo.

Zim atirou de lado seu distintivo de autoridade e então, até onde lembro, eles se afastaram, se encararam e se curvaram em sinal de respeito.

Depois disso, andaram em círculos, um em volta do outro, meio agachados, fazendo passes hesitantes com as mãos, parecendo um par de galos.

De repente, eles se tocaram… e o pequenino estava no chão e o Sargento Zim voando no ar por sobre sua cabeça. Mas não aterrissou com o baque de parar o coração com que Meyer tinha caído; pousou rolando e estava de pé tão rápido quanto Shujumi, e de frente pra ele.

– *Banzai*! – Zim gritou e sorriu.

– *Arigatô* – Shujumi respondeu e sorriu de volta.

Eles se tocaram de novo, quase sem pausa, e pensei que o Sargento ia sair voando de novo. Mas não; esgueirou-se pra perto do outro, houve uma confusão de braços e pernas e, quando os movimentos ficaram mais lentos, deu pra ver que Zim estava enfiando o pé esquerdo de Shujumi na orelha direita dele… Um mau encaixe.

Shujumi bateu no chão com a mão livre; Zim o deixou se levantar na hora. Eles se curvaram de novo um para o outro.

– Outra queda, senhor?

– Desculpe. Temos trabalho a fazer. Uma outra hora, hein? Pela diversão… e pela honra. Talvez eu devesse ter te contado: seu honorável pai me treinou.

– Eu já suspeitava, senhor. Outra hora será.

Zim deu um tapa forte no ombro dele.

– De volta em forma, soldado. *C'pniia!*

Então, por vinte minutos, passamos por uma malhação que me deixou tão suado de calor quanto antes eu havia tremido de frio. Zim conduziu os exercícios ele mesmo, fazendo tudo com a gente e gritando a contagem. Que eu pudesse ver, não estava desarrumado nem sem fôlego quando terminamos. Depois daquela manhã, nunca mais comandou os exercícios (nunca o vimos de novo antes do café; o posto tem seus privilégios), mas o fez naquela manhã, e quando acabou e estávamos todos pregados, ele nos liderou numa corrida até a barraca do rancho, gritando com a gente todo o caminho:

– Mais rápido! Quicando! Estão fazendo corpo mole!

Sempre corríamos *pra todo lugar* no Acampamento Arthur Currie. Nunca descobri quem foi Currie, mas deve ter sido um corredor.

Breckinridge já estava na barraca do rancho, com o pulso engessado, mas os dedos de fora. Ouvi quando ele disse:

– Ná, só trincô... Já joguei quinzi minuto c'uma pió. Ma'spere só... Vô dá u'jeito neli.

Tinha minhas dúvidas. Shujumi, talvez, mas não esse gorila. Ele simplesmente não sabia quando não tinha chance. Não gostei de Zim desde o primeiro momento em que o vi. Mas ele tinha estilo.

O café até que estava bom; todas as refeições eram assim. Não havia nada daquelas besteiras que alguns internatos fazem pra tornar a vida da gente um inferno na hora de comer. Se quisesse cair de boca e meter a comida pra dentro com as duas mãos, ninguém ia te amolar. O que era bom, já que as refeições eram praticamente a única hora em que não tinha ninguém mandando em você. O cardápio do café não era nada parecido com o que eu estava acostumado em casa, e os civis que nos serviam esparramavam a comida de um jeito que teria feito a Mãe ficar pálida e se retirar para o quarto dela. Mas a comida era quente, era farta e era bem preparada, mesmo sendo simples. Comi umas quatro vezes o que normalmente comia e empurrei tudo pra baixo com canecas e mais canecas de café com leite e uma tonelada de açúcar. Teria comido um tubarão, sem nem parar pra tirar a pele.

Jenkins apareceu, seguido pelo Cabo Bronski, quando eu estava começando a segunda rodada. Pararam por um momento na mesa onde Zim estava comendo sozinho, e depois Jenkins se jogou num banco vago ao meu lado. Parecia totalmente acabado: pálido, esgotado e com um chiado quando respirava. Eu disse:

– Toma, bebe um pouco de café.

Ele balançou a cabeça.

– É melhor comer – insisti. – Um pouco de ovos mexidos, eles descem fácil.

– Não posso. Ah, aquele sujo, sujo desgraçado. – Começou a xingar Zim numa voz baixa, invariável, quase sem expressão. – Tudo que eu pedi foi pra me deixar ir deitar em vez de vir pro café. Bronski não quis, disse que eu precisava falar com o comandante da companhia. Então fui lá e *disse* pra ele que eu estava doente, eu *disse* pra ele. Ele apenas pôs a mão na minha bochecha e depois tomou meu pulso e disse que o toque de visita médica era às nove em ponto. Não me deixou voltar pra minha barraca. Ah, aquele rato! Vou pegar o desgraçado numa noite escura, ah, se vou.

Mesmo assim, coloquei um pouco de ovos no prato dele e servi café. Daí a pouco, ele começou a comer. O Sargento Zim se levantou para sair enquanto a maior parte de nós ainda estava comendo, e parou em nossa mesa.

– Jenkins.

– Hã? Sim, senhor.

– Às zero-nove-zero-zero, entre em forma para o toque de visita médica e fale com o doutor.

Os músculos do queixo de Jenkins se repuxaram. Ele respondeu devagar:

– Não preciso de nenhum comprimido... senhor. Vou ficar bem.

– Zero-nove-zero-zero. É uma ordem. – E foi embora.

Jenkins recomeçou a sua cantilena repetitiva. Depois de um tempo foi parando, deu uma mordida nos ovos e disse em voz alta:

– Não consigo imaginar que tipo de mãe gerou *aquilo*. Queria só dar uma olhada nela, só isso. Será que ele teve mãe?

Era uma pergunta retórica, mas foi respondida. Na ponta da nossa mesa, a vários bancos de distância, estava um dos cabos-instrutores. Havia terminado de comer e estava ao mesmo tempo fumando e palitando os dentes; era óbvio que tinha escutado.

– Jenkins...

– Hã... Senhor?

– Não sabe nada sobre sargentos?

– Bem... estou aprendendo.

– Eles não têm mães. Pergunte pra qualquer soldado treinado. – Soltou fumaça em nossa direção. – Se reproduzem por divisão... Igual a todas as bactérias.

CAPÍTULO IV

O Senhor disse a Gedeão: "A gente que te acompanha é demasiado numerosa... Manda, pois, publicar este aviso para que todos ouçam: Quem for medroso ou covarde, volte para trás..." E retiraram-se vinte e dois mil homens, ficando somente dez mil. O Senhor disse a Gedeão: "Ainda é muita gente. Leva-os à água e ali farei uma escolha..." Gedeão levou, pois, o povo junto à água e o Senhor disse-lhe: "Apartarás todos aqueles que levarem a água à boca com a mão, como fazem os cães com a língua, daqueles que se puserem de joelhos para a beberem". Ora, o número dos que beberam a água levando-a à boca, com a mão, foi de trezentos homens... O Senhor disse a Gedeão: "Com os trezentos homens... te salvarei... todo o povo que resta, volte para suas casas..."

JUÍZES 7:2-7

Duas semanas depois de chegarmos, eles tiraram os nossos catres. Quero dizer, tivemos o duvidoso prazer de dobrá-los, carregá-los por seis quilômetros e guardá-los num depósito. Mas, nessa altura, não importava; o chão parecia muito mais quente e bastante macio... em especial quando o alerta soava no meio da noite e tínhamos que nos arrastar pra fora e brincar de soldado. O que acontecia umas três vezes por semana. Mas depois de um desses exercícios simulados, eu conseguia pegar no sono na hora; tinha aprendido a dormir em qualquer lugar, a qualquer hora: sentado, em pé, até marchando em forma. Ora, eu conseguia até dormir durante a revista ao anoitecer, em pé, na posição de sentido, apreciando a música sem deixar que ela me acordasse... e acordar instantaneamente ao comando de apresentar armas.

Fiz uma descoberta muito importante no Acampamento Currie: a felicidade consiste em dormir o suficiente. Só isso, mais nada. Todas as pessoas ricas e infelizes que você já conheceu tomam remédio pra dormir; soldados da Infantaria Móvel não precisam disso. Dê um beliche a um soldado e tempo pra se enfiar nele, e ele vai ficar tão feliz quanto um bichinho dentro de uma maçã... dormindo.

Teoricamente, eles te davam oito horas completas de sono a cada noite e uns noventa minutos depois da janta pra usar como quisesse. Só que, na verdade, o tempo de sono estava sujeito a alertas, deveres noturnos, marchas de campo, além dos imprevistos e dos caprichos dos superiores. E o tempo livre ao anoitecer, se não fosse arruinado por deveres chatos da esquadra ou deveres extras por infrações leves, era quase sempre ocupado engraxando as botas, lavando a roupa, cortando o cabelo uns dos outros (alguns de nós chegamos a ser barbeiros até que bons, mas raspar tudo, estilo bola de bilhar, era aceitável, e isso qualquer um consegue fazer). Isso tudo pra não falar das mil outras pequenas tarefas a ver com os equipamentos, cuidados pessoais e as exigências dos sargentos. Por exemplo, aprendemos a responder, na chamada da manhã: "Banho tomado!" Isso queria dizer que você havia tomado pelo menos um banho desde o toque de alvorada. Um cara podia mentir e se safar (eu fiz isso, duas ou três vezes), mas pelo menos um de nossa companhia, que tentou esse truque diante de fortes indícios de que não havia tomado banho nenhum, acabou sendo lavado com escovas duras e detergente de chão pelos companheiros de esquadra, enquanto um cabo-instrutor supervisionava e fazia sugestões úteis.

Mas, se você não tinha coisas mais urgentes pra fazer depois da ceia, podia escrever uma carta, vadiar, fofocar, discutir a infinidade de deficiências mentais e morais dos sargentos e, acima de tudo, falar sobre a fêmea da espécie (ficamos convencidos de que não havia tais criaturas, de que eram apenas mitos criados por imaginações inflamadas; um cara da nossa companhia que dizia ter visto uma garota, lá no quartel-general do regimento, foi unanimemente considerado mentiroso e fanfarrão). Ou podia jogar cartas. Eu aprendi, da pior maneira, a não ser otimista demais e nunca mais fiz isso. De fato, nunca mais joguei cartas.

Ou, se realmente te sobrassem vinte minutos todos seus, podia dormir. Esta era uma escolha muito estimada; estávamos sempre com várias semanas de sono atrasado.

Posso ter dado a impressão de que o campo de treinamento era mais duro do que seria preciso. Isso não é correto.

Era *o mais duro possível*, e de propósito.

Todo recruta tinha a convicção de que aquilo era pura maldade, sadismo calculado, a alegria perversa de idiotas inconsequentes que gostavam de fazer os outros sofrerem.

Não era. Era programado demais, intelectual demais, organizado de forma eficiente e impessoal demais para ser crueldade pelo prazer doentio da crueldade; era planejado como uma cirurgia e com propósitos tão desapaixonados quanto os de um cirurgião. Ah, reconheço que pode ser que alguns dos instrutores gostassem, mas não *sei* se eles gostavam... e *sei* (agora) que os oficiais psicólogos tentavam podar qualquer sádico ao selecionarem os instrutores. Procuravam artesões hábeis e dedicados para exercer a arte de fazer as coisas tão duras quanto possível para o recruta; um sádico não seria eficiente por ser obtuso demais, envolver-se emocionalmente demais, além de poder enjoar da brincadeira e afrouxar.

Ainda assim, podia haver alguns sádicos no meio deles. Mas ouvi falar que alguns cirurgiões (e não necessariamente ruins) gostam dos cortes e do sangue que acompanham a arte humanitária da cirurgia.

Era isso o que era: cirurgia. O propósito imediato era se livrar, botar pra fora da unidade os recrutas que fossem moles demais ou imaturos demais para um dia ser um soldado da Infantaria Móvel. E conseguia isso, aos montes. (Por bem pouco, não se livraram de *mim*.) Nas primeiras seis semanas, nossa companhia encolheu para o tamanho de um pelotão. Alguns deles foram descartados sem prejuízo e tiveram permissão para, se quisessem, dar duro até o fim de seus períodos em serviços não combatentes; outros pegaram "exclusão por mau comportamento" ou "exclusão por desempenho insatisfatório" ou "exclusão médica".

Geralmente, você não sabia por que um homem foi embora, a não ser que o visse saindo e ele quisesse te contar. Mas alguns ficavam de saco cheio, diziam isso pra todo mundo ouvir, e se exoneravam, perdendo pra sempre a chance de conquistar o direito de voto. Alguns, em especial os mais velhos, simplesmente não aguentavam fisicamente o ritmo, por mais que tentassem. Lembro-me de um deles, um tiozão legal chamado Carruthers, devia ter uns trinta e cinco anos; eles o levaram embora numa padiola, enquanto ele ainda gritava, com a voz fraca, que não era justo!... e que ia voltar.

Foi um pouco triste, pois a gente gostava de Carruthers e ele *tentou* de verdade; por isso, olhamos pro outro lado e imaginamos que nunca mais o veríamos, que ele sem dúvida pegaria uma exclusão médica e roupas civis. Só que eu o *vi* de novo, muito mais tarde. Havia recusado a exclusão (você não é obrigado a aceitar uma exclusão médica) e acabou como terceiro cozinheiro num transporte de tropas. Ele se lembrou de mim e quis falar dos velhos tempos, tão orgulhoso de ter sido um aluno do Acampamento Currie quanto o Pai era do seu sotaque de Harvard; ele se achava um pouco melhor que um homem qualquer da Marinha. Bem, talvez fosse.

No entanto, muito mais importante que a finalidade de cortar logo fora a gordura, poupando ao governo o custo do treinamento de quem nunca seria capaz, o propósito fundamental era ter tanta certeza quanto humanamente possível de que nenhum soldado jamais subisse numa cápsula para uma queda de combate se não estivesse preparado pra isso: em boas condições, decidido, disciplinado e hábil. Do contrário, não seria justo para a Federação, certamente não seria justo para seus companheiros e, pior de tudo, não seria justo pra *ele*.

Mas o campo de treinamento era mais duro e cruel do que seria preciso?

Tudo o que posso dizer é: da próxima vez que eu precisar fazer uma queda de combate, quero que os homens nos meus flancos tenham se formado no Acampamento Currie ou no seu equivalente siberiano. Do contrário, vou me negar a entrar na cápsula.

* * *

Mas, com certeza, na época eu achava que era tudo um monte de bobagem suja e cruel. Pequenas coisas… Uma semana depois que chegamos, eles nos deram uns uniformes castanhos de parada, além dos uniformes de trabalho que vínhamos usando. (Uniformes de verdade e uniformes de gala vieram muito depois.) Levei a jaqueta de volta ao barracão de distribuição e reclamei com o sargento de provisões. Como ele era apenas um sargento de provisões e tinha um jeito bastante paternal, eu pensava nele como um semicivil. Naquela época, eu não sabia interpretar as insígnias no peito dele, ou nunca teria me atrevido a falar.

– Sargento, este casaco é enorme. Meu comandante de companhia diz que parece uma barraca em mim.

Ele olhou para a roupa, mas não a tocou.

– Sério?

– É. Quero um que sirva.

Ele nem se mexeu.

– Deixa eu te contar uma coisa, filhinho. Neste exército, tem só dois tamanhos: grande demais e pequeno demais.

– Mas o meu comandante de companhia...

– Não duvido.

– Mas, então, o que é que eu vou *fazer*?

– Ah! É um *conselho* o que você quer! Bem, isso eu tenho em estoque... Uma nova remessa, chegou hoje mesmo. Hum... Vou te contar o que vou fazer. Aqui está uma agulha e vou te dar até mesmo um carretel de linha. Não vai precisar de tesoura; uma lâmina de barbear é melhor. Agora, você aperta bem o casaco nos quadris, mas deixa pano sobrando nos ombros; vai precisar dele depois.

O único comentário do Sargento Zim sobre a minha habilidade como alfaiate foi:

– Você pode fazer melhor que isso. Duas horas de serviço extra.

Então, fiz melhor que aquilo para a próxima parada.

Aquelas primeiras seis semanas foram só de endurecimento e maus-tratos, com montes de desfiles de treino e montes de marchas de estrada. Com o tempo, à medida que os recrutas desistiam e iam pra casa ou pra onde fosse, chegamos ao ponto em que, no plano, conseguíamos fazer oitenta quilômetros em dez horas, o que é uma boa quilometragem para um bom cavalo, no caso de você nunca ter usado suas pernas. Descansávamos, não parando, mas mudando de ritmo: marcha lenta, marcha rápida e trote. Às vezes, fazíamos a distância inteira, montávamos acampamento, comíamos ração de campanha, dormíamos em sacos de dormir e marchávamos de volta no dia seguinte.

Uma vez, começamos numa dessas marchas comuns de um dia, mas sem os sacos de dormir nos ombros, nem rações. Quando não paramos pro almoço, não fui pego de surpresa, pois já tinha aprendido a surrupiar açúcar, pão duro e coisas assim da barraca do refeitório e as esconder na roupa. Quando continuamos a marchar pra longe do acampamento durante a tarde, comecei a me preocupar, mas já tinha aprendido a não fazer perguntas idiotas.

Paramos pouco antes de escurecer, três companhias, agora um tanto reduzidas. Formamos um batalhão e fizemos uma parada, sem música, postamos guardas e então fomos debandados. Logo procurei o Cabo-Instrutor Bronski, já que ele era um pouco mais fácil de lidar que os outros… e também porque me sentia um pouco responsável; por acaso eu era, naquela época, um cabo-recruta. Aquelas divisas entre os recrutas não queriam dizer muito; era mais o privilégio de ser castigado por qualquer coisa que a sua esquadra tivesse feito, assim como pelas que você tivesse. E podiam sumir tão depressa quanto tinham aparecido. Zim havia testado primeiro todos os homens mais velhos como graduados temporários, e eu tinha herdado um braçal com divisas alguns dias antes, quando nosso líder de esquadra não aguentou e foi pro hospital.

Eu disse:

– Cabo Bronski, qual é a informação oficial? Quando vai ter a chamada do rancho?

Ele deu um sorrisinho irônico.

– Trouxe uns biscoitos comigo. Quer que eu rache com você?

– Hã? Ah, não, senhor. Obrigado. (Eu tinha bem mais que uns biscoitos; estava aprendendo.) Não vai ter chamada do rancho?

– Também não me contaram, garoto. Mas não estou vendo nenhum cóptero chegando. Agora, se eu fosse você, ia reunir a minha esquadra e fazer algo. Quem sabe um de vocês consegue pegar um coelho do mato com uma pedrada.

– Sim, senhor. Mas… a gente vai ficar aqui a noite toda? Não estamos com os sacos de dormir.

As sobrancelhas dele se ergueram.

– Sem sacos de dormir? Mas que coisa! – Ele pareceu pensar no assunto. – Hum… Já viu como as ovelhas se amontoam durante uma nevasca?

– Hã, não, senhor.

– Experimente. Elas não congelam; quem sabe vocês também não. Ou, se não gosta de companhia, pode ficar andando por aí a noite toda. Ninguém vai te encher; é só ficar dentro do perímetro de guarda. Não vai congelar, se ficar se mexendo. É claro que você pode estar um pouco cansado amanhã. – Ele sorriu de novo.

Prestei continência e voltei pra minha esquadra. Rachamos a comida em partes iguais… e eu acabei com menos do que tinha começado; alguns daqueles idiotas ou não tinham afanado nada pra comer ou tinham comido tudo o que trouxeram enquanto a gente marchava. Mas uns biscoitos e umas ameixas secas fazem milagres para aquietar o sinal de alerta do estômago.

O truque das ovelhas também funciona; todo o nosso grupo, três esquadras, se amontoou. Não recomendo como método pra dormir; ou você está na camada externa, congelando de um lado e tentando cavar o caminho pra dentro, ou está dentro, um pouco aquecido, mas sendo vítima dos cotovelos, pés e mau hálito de todos. Você migra de uma condição pra outra ao longo de toda a noite, numa espécie de movimento browniano, nunca completamente acordado e nunca realmente dormindo. Tudo isso faz com que uma noite dure mais ou menos um século.

Saímos do amontoado ao alvorecer, com o familiar grito de:

– Levantem! Quicando!

Além disso, fomos encorajados pelos bastões dos instrutores, aplicados com animação nos traseiros que saíam dos montes... e então fizemos exercícios de aquecimento. Eu me sentia como um cadáver e não via como seria possível tocar na ponta dos pés... mas consegui, embora doesse, e vinte minutos depois, quando começamos a marchar, eu me sentia apenas idoso. O Sargento Zim não estava nem amarrotado e, de algum modo, o filho da mãe deu um jeito até de se barbear.

O sol aquecia nossas costas enquanto marchávamos, e Zim nos colocou pra cantar, primeiro as antigas, como "Le Regiment de Sambre et Meuse", "Caissons" e "Halls of Montezuma", e aí a nossa própria "Cap Trooper's Polka" que te põe em passo acelerado e te empurra até um trote. O Sargento Zim estava longe de ser afinado; tudo o que ele tinha era uma voz alta. Breckinridge, por outro lado, tinha uma condução forte e segura, e conseguia fazer com que o resto de nós o acompanhasse, apesar das terríveis notas em falso de Zim. Todos nos sentíamos confiantes e cobertos de espinhos.

Oitenta quilômetros depois, porém, não nos sentíamos mais confiantes. Tinha sido uma longa noite; e agora um dia sem fim... e então Zim nos esculachou por nossa aparência na parada e vários recrutas foram punidos por não terem se barbeado nos nove minutos inteirinhos que tivemos entre o momento em que saímos de forma após a marcha e o momento em que entramos em forma de novo para a parada. Vários recrutas se exoneraram antes de irmos dormir e eu pensei em fazer o mesmo. Só não fiz porque tinha aquelas divisas de recruta idiotas e ainda não havia sido rebaixado.

Naquela noite, tivemos um alerta de duas horas.

Mas acabei aprendendo a apreciar o simples luxo de duas ou três dúzias de corpos quentes em que se aconchegar, pois, doze semanas depois, eles me largaram totalmente nu numa área primitiva das Rochosas canadenses, e tive que achar meu caminho através de sessenta e cinco quilômetros de montanhas. Consegui... e odiei o Exército a cada centímetro do caminho.

Porém, não estava em tão mau estado assim quando me apresentei. Um par de coelhos não ficou tão alerta quanto eu, por isso eu não estava totalmente faminto... nem totalmente nu: tinha uma bela, grossa e quente camada de gordura de coelho e terra no corpo e mocassins nos pés, já que os coelhos não precisavam mais das peles. É espantoso o que dá pra fazer com uma lasca de rocha quando você precisa. Aposto que nossos ancestrais das cavernas não eram tão estúpidos quanto normalmente pensamos.

Os outros também conseguiram, aqueles que ainda estavam por lá pra tentar e não se exoneraram em lugar de fazer o teste... Todos, exceto dois rapazes que morreram tentando. Então voltamos todos para as montanhas e levamos treze dias para encontrá-los, trabalhando com cópteros no ar pra nos dirigir e com todos os melhores equipamentos de comunicação pra nos ajudar, além de nossos instrutores em trajes mecanizados de comando pra supervisionar e conferir suspeitas, porque a Infantaria Móvel não abandona os seus enquanto ainda houver um fio de esperança.

Então nós os enterramos com honras completas ao som de "This Land Is Ours" e com o posto póstumo de Soldado Raso de Primeira Classe, os primeiros de nosso regimento a chegar tão alto, porque não se exige necessariamente que um soldado fique vivo (morrer é parte do trabalho)... mas eles se importam muito com *como* você morre. Tem que ser de cabeça erguida, quicando, e ainda tentando.

Breckinridge foi um deles; o outro foi um cara australiano que eu não conhecia. Não foram os primeiros a morrer em treinamento; não foram os últimos.

CAPÍTULO V

Ele tem que ser culpad'ou não estaria aqui!
Canhão de estibordo... fogo!
Disparar é bom demais pr'ele, chutem o piolho daqui!
Canhão de bombordo... fogo!

ANTIGA CANTILENA USADA PARA INTERVALAR UMA SALVA.

Mas isso foi depois de termos deixado o Acampamento Currie, e um monte de coisas havia acontecido nesse meio-tempo. Na maior parte, treinamento de combate: prática de combate, exercícios de combate e manobras de combate, usando de tudo, desde mãos nuas até armas atômicas simuladas. Eu não imaginava que houvesse tantas formas diferentes de lutar. Pra começar, mãos e pés; e se você acha que mãos e pés não são armas, é porque não viu o Sargento Zim e o Capitão Frankel, nosso comandante de batalhão, demonstrando *la savate*, ou o pequeno Shujumi dar um jeito em você apenas com as mãos e um sorriso dentuço. Zim logo fez de Shujumi um instrutor para esse propósito e exigiu que acatássemos as suas ordens, embora não precisássemos fazer continência ou dizer "senhor" pra ele.

À medida que nossas fileiras diminuíam, Zim foi parando de se importar tanto com as formações, exceto a parada, e passava mais e mais tempo na instrução pessoal, ajudando os cabos-instrutores. Ele era morte súbita com qualquer coisa, mas amava as facas. Fazia e balanceava as suas próprias, em vez de usar as de dotação, que eram perfeitamente boas. Também ficou um bocado mais suave como treinador pessoal, tornando-se apenas insuportável em vez de totalmente intragável. Conseguia ter até bastante paciência com perguntas idiotas.

Uma vez, durante um dos poucos períodos de descanso de dois minutos que tínhamos, espalhados ao longo de cada dia de trabalho, um dos rapazes, um cara chamado Ted Hendrick, perguntou:

– Sargento? Acho legal esse negócio de atirar facas... Mas pra que a gente precisa aprender isso? Qual a utilidade?

– Bem – respondeu Zim –, imagine que tudo o que você tiver for uma faca. Ou talvez nem mesmo uma faca. O que você faz? Vai apenas fazer suas orações e morrer? Ou vai atacar e fazer o outro comprar a dele mesmo assim? Filho, isto é sério. Não é um jogo de damas que você pode desistir caso veja que está com uma desvantagem grande demais.

– Mas é disso mesmo que falo, senhor. Suponha que o senhor não tenha arma nenhuma? Ou, vamos dizer, somente um destes brinquedos? E o homem que o senhor está enfrentando tem todo tipo de armas perigosas? Não há nada que possa fazer; ele te pega à primeira vista.

Zim respondeu, em tom quase amável:

– Você entendeu tudo errado, filho. Não existe essa coisa de "arma perigosa".

– Hã? Senhor?

– Não há armas perigosas; o que há são homens perigosos. Estamos tentando te ensinar a ser perigoso... para o inimigo. Perigoso, mesmo sem uma faca. Letal enquanto ainda tiver uma mão ou um pé e estiver vivo. Se não sabe o que eu quero dizer, leia *Horácio na ponte* ou *A morte do bon homme Richard*; tem os dois na biblioteca do acampamento. Mas veja o caso que você mencionou primeiro: eu sou você e tudo o que você tem é uma faca. O alvo atrás de mim, aquele que você sempre erra, o número três, é um sentinela, armado com tudo menos uma bomba H. Você tem que pegá-lo... em silêncio, imediatamente, e sem deixar que ele chame ajuda. – Zim se virou levemente... *Thunk!* Uma faca, que não estava sequer na mão dele, agora vibrava no centro do alvo número três. – Vê? É melhor levar duas facas... mas você tem que pegá-lo, mesmo com as mãos nuas.

– Hã...

– Ainda tem algo te preocupando? Fale. É pra isso que estou aqui, pra responder a suas perguntas.

– Hã, sim, senhor. O senhor disse que o sentinela não tinha uma bomba H. Mas ele *tem* uma bomba H; esse é que é o ponto. Bem, pelo menos nós temos, se estamos de guarda... E é provável que qualquer sentinela que a gente ataque também tenha. Não falo do sentinela, falo do lado em que ele está.

– Eu te entendo.

– Bem... entende, senhor? Se a gente pode usar uma bomba H... e, como o senhor disse, não é nenhum jogo de damas, é de verdade, é guerra e ninguém está pra brincadeira... Não é meio ridículo ficar por aí se arrastando no mato, atirando facas e quem sabe sendo morto, e até perder a guerra, quando tem uma arma de verdade que pode usar pra vencer? Qual o sentido de um monte de homens arriscar a vida com armas ultrapassadas, quando um sujeito tipo intelectual pode fazer muito mais apenas apertando um botão?

Zim não respondeu de imediato, o que não era de modo algum típico dele. Então disse suavemente:

– Está feliz na Infantaria, Hendrick? Pode se exonerar, você sabe.

Hendrick resmungou algo. Zim disse:

– Fale alto!

– Não estou querendo me exonerar, senhor. Vou aguentar até o fim do meu período.

– Entendo. Bem, a pergunta que você fez é uma que um sargento não é realmente qualificado pra responder... e uma que você não devia ter me feito. Era pra você saber a resposta antes de ter se alistado. Ou devia saber. Sua escola tinha a matéria História e Filosofia da Moral?

– Quê? Claro... Sim, senhor.

– Então já sabe a resposta. Mas vou te dar a minha própria visão a respeito, não oficial. Se você quisesse ensinar uma lição a um bebê, iria cortar a sua cabeça?

– Quê?... Não, senhor!

– É claro que não. A gente dá uma palmada nele. Pode haver casos em que é tão idiota atacar a cidade do inimigo com uma bomba H quanto seria bater em um bebê com um machado. Guerra não é violência e matança, pura e simples; a guerra é violência *controlada*, com um objetivo. O objetivo da guerra é apoiar as decisões do seu governo pela força. Nunca é matar o inimigo apenas por matar... mas sim forçá-lo a fazer o que você quer que ele faça. Não é matança... mas violência controlada e com um objetivo. Mas não cabe a você ou a mim decidir esse objetivo nem esse controle. Nunca é da conta de um soldado decidir quando ou onde ou como... ou *por que* ele luta; isso cabe aos estadistas e generais. Os estadistas decidem por que e o quanto; os generais pegam daí e nos dizem onde e quando e como. *Nós* entramos com a violência; outras pessoas, "cabeças mais velhas e sábias", como dizem, entram com o controle. Que é como deve ser. Essa é a melhor resposta que posso te dar. Se não estiver satisfeito com ela, te dou um bilhete pra ir falar com o comandante do regimento. Se *ele* não puder te convencer... então vá pra casa e seja um civil! Porque, nesse caso, com certeza nunca será um soldado.

Zim se levantou num salto.

– Acho que você me fez ficar falando só pra molengar. De pé, soldados! Quicando! A seus postos, nos alvos! Hendrick, você primeiro. Desta vez, quero que atire essa faca pro sul. *Sul*, entendeu? Não pro norte. O alvo está bem ao sul de você e eu quero que essa faca vá, pelo menos, na direção geral do sul. Sei que não vai acertar o alvo, mas veja se consegue botar um pouco de medo nele. Não vá cortar fora a sua orelha nem soltar a faca e machucar alguém atrás de você. Apenas mantenha o pouco de cérebro que você tem concentrado na ideia de "sul"! Pronto, no alvo! *Atira!*

Hendrick errou de novo.

Treinamos com bastões e treinamos com arame (há montes de coisas maldosas que você pode improvisar com um pedaço de arame) e aprendemos o que dá pra fazer com armas realmente modernas e como fazer isso, além de como consertar e manter o equipamento: armas nucleares simuladas e foguetes de infantaria, além de vários tipos de gás e venenos e técnicas incendiárias e de demolição. E outras coisas que talvez seja melhor não comentar. Mas também aprendemos um monte sobre armas "ultrapassadas". Baionetas em fuzis de mentira, por exemplo, e também fuzis que não eram de mentira, mas quase idênticos aos da infantaria do século XX: muito parecidos com os rifles usados em caça esportiva, exceto que atirávamos apenas balas sólidas, projéteis de chumbo com camisa metálica, tanto em alvos a distância fixa como em alvos-surpresa escondidos em percursos de escaramuça. Supostamente, isso ia nos preparar para aprender a usar qualquer arma de pontaria e nos treinava para ficarmos quicando, alertas e prontos pra qualquer coisa. Bem, suponho que conseguiu. Tenho bastante certeza disso.

Também usamos aqueles fuzis em exercícios de campo para simular um monte de armas de pontaria mais letais e maldosas. Usamos um monte de simulações; precisávamos. Uma granada ou bomba "explosiva", contra material ou pessoal, explodia apenas o bastante pra lançar um monte de fumaça preta; outro tipo soltava um gás que te deixava chorando e espirrando (essa te dizia que você estava morto ou paralisado) e era ruim o bastante pra fazer você prestar atenção às precauções antigás, pra não falar da bronca que iria levar, se fosse apanhado por ela.

Dormíamos ainda menos; mais da metade dos exercícios eram de noite, com visores e radar e equipamento de áudio e coisas assim.

Os fuzis usados pra simular armas de pontaria eram carregados com cartuchos de festim, exceto um em cada quinhentos ao acaso, que era uma bala de verdade. Perigoso? Sim e não. Só estar vivo já é perigoso... e uma bala não explosiva provavelmente não te mataria, a menos que acertasse na cabeça ou no coração, e talvez nem assim. O que essa uma-em-quinhentas "pra valer" fazia era nos dar um profundo interesse em buscar abrigo, em especial sabendo que alguns dos fuzis eram disparados por instrutores craques de tiro e que realmente estavam dando o melhor deles pra te acertar... no caso de aquele tiro não ser de festim. Eles nos garantiam que não iriam acertar ninguém na cabeça intencionalmente... mas acidentes acontecem.

Essa garantia amigável não era muito reconfortante. Essa bala em quinhentas transformava exercícios monótonos numa roleta-russa em grande escala; você para de se entediar da primeiríssima vez que ouve uma bala fazer *zuiiit!* pertinho da sua orelha, antes de ouvir o estampido do fuzil.

Mesmo assim, a gente amoleceu e os chefões disseram que, se não ficássemos quicando, a incidência das reais passaria a ser uma em cem... E, se isso não funcionasse, uma em cinquenta. Não sei se mudaram ou não, pois não tínhamos como saber, mas sei que voltamos a dar duro, pois um cara de outra companhia levou um tiro de raspão, de um lado até o outro do traseiro, com uma bala de verdade. O resultado disso foi uma cicatriz espantosa e um monte de piadinhas bobas, além da renovação do interesse geral em buscar abrigo. Demos risada daquele cara por ter levado a bala bem naquele lugar... mas todos sabíamos que podia ter sido a cabeça dele... ou as *nossas*.

Os instrutores que não estavam disparando fuzis não se abrigavam. Usavam camisas brancas e andavam por lá em pé, com suas bengalinhas idiotas, parecendo ter uma certeza tranquila de que nem mesmo um recruta iria atirar de propósito num instrutor... O que pode ter sido excesso de confiança da parte de alguns deles. Apesar disso, as chances eram de quinhentas para uma de que mesmo um tiro dado com intenção de matar não fosse de verdade e o fator de segurança era ainda mais elevado porque, de qualquer forma, a chance de que um recruta atirasse tão bem assim era pequena. Um fuzil não é uma arma fácil; não tem absolutamente nenhuma capacidade de busca de alvo. Ouvi falar que mesmo no tempo em que as guerras eram travadas e decididas apenas com esses fuzis, era comum precisarem em média de vários milhares de disparos para matar um só homem.

Isso parece impossível, mas todos os livros de História Militar dizem que é verdade. Parece que a maior parte dos disparos era feita sem mira nenhuma, apenas para forçar o inimigo a ficar de cabeça baixa e atrapalhar a pontaria *dele*.

Em todo caso, não tivemos nenhum instrutor ferido ou morto por disparo de fuzil. Também nenhum recruta morreu por balas; as mortes foram todas de outras armas ou coisas... algumas das quais podiam voltar e te pegar se você não fizesse tudo conforme o manual. Bom, um cara deu um jeito de quebrar o pescoço, se abrigando com entusiasmo demais quando começaram a atirar nele... mas nenhuma bala o tocou.

Contudo, por uma reação em cadeia, esse negócio das balas e de se abrigar me levou ao meu ponto mais baixo no Acampamento Currie. Em primeiro lugar, havia perdido as minhas divisas de recruta, não por algo que eu tivesse feito, mas por algo que um cara da minha esquadra fez quando eu nem estava por perto... Do que reclamei. Bronski me disse pra ficar de boca fechada. Por isso, fui falar com Zim a respeito. Ele me disse friamente que eu era responsável, não importasse o quê, pelo que meus homens fizessem... e, além de me rebaixar, me deu mais seis horas de trabalho extra por ter ido falar com ele sem a permissão de Bronski. Então recebi uma carta que me deixou muito chateado: minha mãe finalmente me escreveu. E depois distendi um ombro em meu primeiro treino com a armadura mecanizada (eles tinham aqueles trajes de treinamento adaptados de tal forma que o instrutor podia causar baixas nos trajes quando quisesse, por radiocontrole; eu caí e machuquei o ombro) e isso me pôs em serviços leves e com tempo demais pra pensar, numa época em que, me parecia, eu tinha muitas razões pra sentir pena de mim mesmo.

Em virtude do "serviço leve", eu estava como ordenança naquele dia, no escritório do comandante do batalhão. Fiquei ansioso no começo, já que nunca havia estado ali e queria causar boa impressão. Descobri que o Capitão Frankel não queria zelo, mas sim que eu ficasse ali sentado, não dissesse nada e não o incomodasse. Isso me deixou com muito tempo pra ficar com pena de mim mesmo, já que não me atrevia a pegar no sono.

Então, pouco depois do almoço, perdi todo o sono de repente: o Sargento Zim entrou, seguido por três homens. Zim estava bem-vestido e asseado como sempre, mas a expressão em seu rosto o fazia parecer a própria Morte montada a cavalo, além de ter uma marca no olho direito que parecia estar virando um olho roxo... o que, é claro, era impossível. Dos outros três, o do meio era Ted Hendrick. Ele estava sujo... Bem, a companhia estava num exercício de campo; ninguém lava o chão daquelas pradarias e você passa um monte de tempo se aninhando na terra. Só que o lábio dele estava partido, ele tinha sangue no queixo e na camisa, e estava sem o boné. Parecia fora de si.

Os homens de cada lado dele eram recrutas. Eles tinham fuzis; Hendrick, não. Um era da minha esquadra, um cara chamado Leivy. Parecia agitado e satisfeito, e me deu uma piscadela quando ninguém estava olhando.

O Capitão Frankel pareceu surpreso.

– O que é isto, Sargento?

Zim ficou parado como uma estátua e falou como se estivesse recitando algo de cor.

– Senhor, Comandante da Companhia H se apresentando ao Comandante do Batalhão. Disciplina. Artigo nove-um-zero-sete. Descumprimento de doutrina e comando tático, estando a tropa em combate simulado. Artigo nove-um-dois-zero. Desobediência de ordens, mesmas condições.

O Capitão Frankel ficou perplexo.

– Está trazendo isto pra *mim*, Sargento? Oficialmente?

Não sei como alguém poderia parecer tão embaraçado quanto o Sargento e ainda assim não demonstrar nenhum tipo de expressão no rosto ou na voz.

– Senhor. Se o Capitão me permite. O homem recusou a disciplina administrativa. Insistiu em ver o Comandante do Batalhão.

– Sei. Um advogado de caserna. Bem, ainda não entendo, Sargento, mas, tecnicamente, ele tem esse privilégio. Qual foi a doutrina e o comando tático?

– Um "congelar", senhor.

Olhei para Hendrick, pensando: "Oh-oh! Ele vai se dar mal". Num "congelar" você vai pro chão, se abriga como puder, o mais depressa que puder, e então *congela*: não se mexe de jeito nenhum, nem mesmo pisca um olho, até que seja liberado. Ou podem te mandar congelar quando já está abrigado. Contam histórias de homens que foram atingidos enquanto congelados... e morreram lentamente, sem soltar um pio ou se mexer.

As sobrancelhas de Frankel se ergueram.

– Segunda parte?

– A mesma coisa, senhor. Após ter quebrado a manobra, não retornou a ela quando assim ordenado.

O Capitão Frankel fechou a cara.

– Nome?

Zim respondeu:

– Hendrick, T. C., senhor. Soldado Recruta S-R-sete--nove-meia-zero-nove-dois-quatro.

– Muito bem. Hendrick, está privado de todos os privilégios por trinta dias e restrito à sua barraca quando não em serviço ou nas refeições, exceção apenas para necessidades sanitárias. Prestará três horas de serviço extra por dia sob a supervisão do Cabo da Guarda, uma hora a ser prestada imediatamente antes do toque de silêncio, uma hora antes do toque de alvorada e uma hora no horário da refeição do meio--dia e no lugar dela. Sua refeição da noite será pão e água, tanto pão quanto puder comer. Prestará dez horas de serviço extra a cada domingo, o horário a ser ajustado de modo que possa frequentar serviços religiosos, se assim escolher.

(Pensei: "Nossa! O Capitão despejou o livro todo em cima dele".)

O Capitão Frankel continuou:

– Hendrick, a única razão pela qual está se saindo desta com uma punição tão leve é que não posso te dar uma maior sem convocar uma corte marcial... e não quero sujar a ficha da sua companhia. Dispensado.

Seus olhos voltaram aos papéis na mesa, o incidente já esquecido... quando Hendrick berrou:

– O senhor nem ouviu o *meu* lado da história!

O Capitão ergueu os olhos da mesa.

– Ah. Desculpe. Você tem um lado?

– Pode ter certeza de que tenho! O Sargento Zim me odeia! Está atrás de mim, atrás de mim, atrás de mim, o dia inteiro desde que cheguei aqui! Ele...

– Esse é o trabalho dele – o Capitão disse friamente. – Você nega as duas acusações contra você?

– Não, mas... *Ele não contou que eu estava deitado num formigueiro!*

Frankel parecia enojado.

– Ah. Então você escolheria ser morto e quem sabe provocar a morte dos seus companheiros por causa de umas formiguinhas?

– Não eram "umas". Tinha centenas. Das que mordem!

– Mesmo? Jovem, deixe-me ser direto. Mesmo que fosse um ninho de cascavéis, seria esperado, e exigido, que você congelasse. – Frankel ficou em silêncio por um momento. – Tem alguma coisa, qualquer coisa para dizer em sua defesa?

A boca de Hendrick estava aberta.

– Claro que tenho! Ele me bateu! *Pôs as mãos em mim!* Todo esse bando está sempre se exibindo com esses bastões idiotas, te dando pancadas na bunda, te cutucando no meio dos ombros e dizendo pra se endireitar... e eu aguentei tudo isso. Mas ele me bateu com as mãos. Ele me atirou no chão e gritou: *"Congele!,* seu burro idiota!" O que acha *disso?*

O Capitão Frankel baixou os olhos para as próprias mãos, e voltou a olhar para Hendrick.

– Jovem, você está cometendo um equívoco muito comum entre civis. Acha que seus oficiais superiores não têm permissão para, como disse, "pôr as mãos em você". Sob circunstâncias puramente sociais, isso é verdade. Digamos que por acaso nos encontrássemos num cinema ou numa loja: eu não teria mais direito, enquanto você me tratasse com o respeito devido a meu posto, de lhe dar uma bofetada do que você teria de dar uma em mim. Mas, no cumprimento do dever, a regra é totalmente diferente...

O Capitão girou em sua cadeira e apontou para alguns livros-fichários.

– Ali estão as leis sob as quais você vive. Pode procurar em cada artigo naqueles livros, em cada caso de corte marcial que surgiu sob eles, e não vai achar *nenhuma palavra* que diga, ou sugira, que o seu oficial superior não pode "pôr as mãos em você" ou te bater de qualquer outra forma no cumprimento do dever. Hendrick, eu podia quebrar o seu queixo... e seria responsável apenas diante dos meus próprios oficiais superiores quanto à necessidade e adequação do ato.

Mas não seria responsável perante *você*. Eu poderia fazer mais do que isso. Há circunstâncias nas quais um oficial superior, comissionado ou não, tem não apenas a permissão, mas a *obrigação* de matar um oficial ou um soldado sob suas ordens, sem demora e talvez sem aviso... E, longe de ser punido, ele seria elogiado. Por dar fim a uma conduta fraca diante do inimigo, por exemplo.

O Capitão pôs a mão na mesa.

– Agora, sobre esses bastões... Eles têm dois usos. Primeiro, identificam os homens com autoridade. Segundo, eles *são* para serem usados em vocês, como estímulo para ficarem quicando. Não tem como você se machucar com eles, não do jeito como são usados; no máximo, ardem um pouco. Mas economizam milhares de palavras. Digamos que você não se levante quicando no toque de alvorada. Sem dúvida, o cabo de serviço poderia te agradar, pedir "por favorzinho", perguntar se gostaria do café na cama esta manhã... Isso se pudéssemos dispensar um cabo de carreira só pra ser a sua babá. Não podemos, por isso ele dá uma pancada no seu saco de dormir e continua correndo pela fileira, aplicando o estímulo onde for preciso. É claro que ele poderia simplesmente te dar um chute, o que seria tão lícito e quase tão efetivo. Mas o general encarregado do treinamento e disciplina acha que é mais digno, tanto para o cabo de serviço como pra você, tirar um dorminhoco do mundo dos sonhos com um bastão impessoal de autoridade. E eu concordo. Não que importe o que eu ou você achemos; esse é o nosso jeito de fazer as coisas.

O Capitão Frankel suspirou.

– Hendrick, te expliquei essas coisas, pois é inútil punir um homem, a menos que ele saiba a razão de estar sendo punido. Você tem sido um mau menino. E digo "menino" porque está bem claro que ainda não é um homem, e por isso vamos continuar tentando. Um menino excepcionalmente mau, considerando a fase do seu treinamento. Nada do que disse serve como defesa, nem ao menos como atenuante; parece que você não sabe como as coisas são, nem tem ideia do seu dever como soldado. Então, me conte com suas próprias palavras porque se sente maltratado; quero resolver o seu caso. Pode ser que ainda haja algo a seu favor, embora eu confesse que não consiga imaginar o que poderia ser.

Eu havia dado uma ou duas olhadelas para o rosto de Hendrick enquanto o Capitão lhe passava a reprimenda. De alguma forma, suas palavras brandas eram uma reprimenda pior do que qualquer coisa que Zim nos tivesse falado. A expressão de Hendrick tinha passado de indignação para uma perplexidade pasmada e então para obstinação.

– Fale! – Frankel acrescentou, de repente.

– Hã... Bom, a gente recebeu a ordem de congelar e então eu me joguei no chão e descobri que estava em cima de um formigueiro. Por isso, fiquei de joelhos, pra me mover meio metro, e aí me acertaram por trás e me jogaram no chão, e ele gritou comigo... e eu pulei em pé e dei uma porrada nele e aí...

– PARE!

De repente, o Capitão Frankel estava em pé e com três metros de altura, embora fosse só um pouco mais alto que eu. Olhava fixamente para Hendrick.

– Você... *agrediu*... o seu... comandante de companhia?

– Hã? Foi o que eu disse. Mas ele me bateu primeiro. Por trás, eu nem ao menos vi. Não aturo isso de ninguém. Acertei nele e aí ele me bateu de novo e aí...

– Silêncio!

Hendrick parou. E então acrescentou:

– Quero sair desta droga de unidade.

– Acho que podemos te atender – Frankel disse, com voz gélida. – E bem rápido.

– É só me dar um papel. Estou me exonerando.

– Um momento. Sargento Zim.

– Sim, senhor.

Zim não havia dito nada por um longo tempo. Apenas ficou ali parado, olhos pra frente e rígido como uma estátua, nada se movendo além da contração dos músculos de sua mandíbula. Olhei pra ele agora e vi que era com certeza um olho roxo... Uma beleza. Hendrick deve ter apanhado o Sargento direitinho. Mas ele não tinha falado nada a respeito e o Capitão Frankel também não perguntou. Quem sabe achasse que Zim tivesse batido numa porta e fosse explicar mais tarde, se quisesse.

– Os artigos pertinentes foram divulgados para a sua companhia, como é obrigatório?

– Sim, senhor. Divulgados e registrados, todas as manhãs de domingo.

– Sei que foram. Perguntei apenas para os autos.

Logo antes do toque de igreja aos domingos, eles nos enfileiravam e liam alto os artigos disciplinares das Leis e Regulamentos das Forças Militares. Também eram afixados no quadro de avisos, do lado de fora da barraca do oficial de dia. Ninguém prestava muita atenção nisso: era só outro treino; você podia ficar ali em pé e dormir durante a leitura. A única coisa que a gente notava, se é que notávamos algo, devia ser o que chamávamos de "os trinta e um jeitos de se ferrar". Afinal, os instrutores davam um jeito de martelar na sua mente todos os regulamentos que você precisasse conhecer, através do seu crânio. Os "jeitos de se ferrar" eram uma velha piada, como o "óleo do toque de alvorada" ou o "macaco de levantar barracas"... Eram os trinta e um delitos capitais. De vez em quando, alguém se gabava, ou acusava outro, de ter descoberto um trigésimo segundo jeito... Sempre alguma coisa sem cabimento e, em geral, obscena.

– *Agressão a um oficial superior!*

De repente, tudo perdeu a graça. Dar uma porrada no Sargento? *Enforcar* alguém por isso? Ora, quase todo mundo na companhia já tentara acertar Zim, e alguns de nós tínhamos até conseguido... quando ele estava nos instruindo em combate corpo a corpo. Ele nos pegava após os outros instrutores terem nos aquecido e começarmos a nos sentir convencidos e bons na coisa... e aí nos dava o polimento final. Ora, uma vez eu vi Shujumi deixar Zim desacordado. Bronski jogou água nele e Zim se levantou, sorriu e apertou a mão de Shujumi... e então o atirou do outro lado do horizonte.

O Capitão Frankel olhou em volta e fez um sinal pra mim.

– Você. Ligue para o comando do regimento.

Fiz isso, todo desajeitado, dei um passo pra trás quando o rosto de um oficial apareceu, e passei a ligação para o Capitão.

– Adjunto do Comandante – o rosto disse.

Frankel disse secamente:

– Os cumprimentos do Comandante do Segundo Batalhão para o Comandante do Regimento. Solicito e requisito um oficial para participar de uma corte marcial.

O rosto disse:

– Pra quando precisa, Ian?

– O mais rápido que ele possa vir.

– Agora mesmo. Tenho certeza de que o Jake está no QG dele. Artigo e nome?

O Capitão Frankel identificou Hendrick e citou um número de artigo. O rosto na tela assobiou e se indignou.

– Quicando, Ian. Se não conseguir pegar o Jake, vou eu mesmo... logo que avisar o Chefão.

O Capitão Frankel se voltou para Zim.

– Esta escolta, eles são testemunhas?

– Sim, senhor.

– O comandante de grupo dele viu o ocorrido?

Zim mal hesitou.

– Acredito que sim, senhor.

– Traga-o. Tem alguém naquela direção com um traje mecanizado?

– Sim, senhor.

Zim usou o fone enquanto Frankel perguntava a Hendrick:

– Que testemunhas deseja chamar em sua defesa?

– Hã? Não preciso de ninguém pra testemunhar, ele sabe o que fez! É só me dar um papel, estou saindo daqui.

– Tudo a seu tempo.

Um tempo bem rápido, me pareceu. Menos de cinco minutos depois o Cabo Jones chegou quicando em um traje de comando, carregando o Cabo Mahmud nos braços. Ele soltou Mahmud e quicou pra longe, bem quando o Tenente Spieksma chegava. Ele disse:

– Boa tarde, Capitão. Réu e testemunhas presentes?

– Tudo pronto. Pode assumir, Jake.

– Gravador ligado?

– Agora está.

– Muito bem. Hendrick, dê um passo à frente. – Hendrick assim o fez, parecendo confuso e como se estivesse a ponto de perder a coragem. Sem demora, o Tenente Spieksma continuou: – Corte marcial de campo, convocada por ordem do Major F. X. Malloy, comandante do Terceiro Regimento de Treinamento do Acampamento Arthur Currie, sob a Ordem Geral Número Quatro, dada pelo General Comandante do Comando de Treinamento e Disciplina, em conformidade com as Leis e Regulamentos das Forças Militares da Federação Terrana. Oficial de custódia: Capitão Ian Frankel, I.M., destacado para o Segundo Batalhão do Terceiro Regimento como seu comandante. Juiz: Tenente Jacques Spieksma, I. M., destacado para o Primeiro Batalhão do Terceiro Regimento como seu comandante. Réu: Hendrick, Theodore C., Soldado Recruta SR-sete-nove-meia-zero-nove-dois-quatro. Artigo nove-zero-oito-zero. Acusação: agressão a oficial superior, com a Federação Terrana estando em estado de emergência.

O que me espantou foi a *rapidez* da coisa. Vi a mim mesmo subitamente nomeado como "oficial da corte" e instruído a "remover" as testemunhas e tê-las prontas. Não fazia ideia de como ia "remover" o Sargento Zim caso ele não quisesse sair, mas ele, só com o olhar, chamou Mahmud e os dois recrutas pra fora, onde não pudessem ouvir. Zim se isolou dos outros e apenas ficou esperando. Mahmud sentou no chão e enrolou um cigarro... que teve de apagar, pois foi o primeiro a ser chamado. Em menos de vinte minutos, todos os três tinham sido ouvidos, todos contando a mesma história de Hendrick. Zim nem foi chamado.

O Tenente Spieksma disse a Hendrick:

– Deseja interrogar as testemunhas? O Juiz o ajudará, se você assim desejar.

– Não.

– Fique em posição de sentido e diga "senhor" quando se dirigir ao Juiz.

– Não, senhor. – Ele acrescentou: – Quero um advogado.

– A Lei não permite advogados em cortes marciais de campo. Deseja testemunhar em sua própria defesa? Não é obrigado a fazê-lo e, em vista dos indícios até o momento, o Juiz não levará em consideração se você optar por não fazê-lo. Mas esteja ciente de que qualquer testemunho que preste poderá ser usado contra você e que você será submetido a acareação.

Hendrick deu de ombros.

– Não tenho nada a dizer. Que bem isso ia me fazer?

– O Juiz repete: você testemunhará em sua própria defesa?

– Hã, não, senhor.

– O Juiz precisa lhe fazer uma pergunta técnica. O artigo sob o qual está sendo acusado lhe foi divulgado *antes* do momento do suposto delito de que é acusado? Pode responder positiva ou negativamente, ou permanecer calado, mas é responsável por sua resposta em conformidade com o Artigo nove-um-seis-sete, que trata de perjúrio.

O réu permaneceu calado.

– Muito bem. O Juiz irá reler o artigo da acusação em voz alta e repetir a pergunta. "Artigo nove-zero-oito-zero: Qualquer pessoa das Forças Militares que agredir ou atacar, ou tentar agredir ou atacar…"

– Ah, acho que sim. Eles leem um monte dessas coisas, toda manhã de domingo; uma lista enorme de coisas que a gente não pode fazer.

– Este artigo específico foi ou não lido para você?

– Hã… Sim, senhor. Foi.

– Muito bem. Tendo declinado de testemunhar, tem alguma declaração a fazer que possa servir como atenuante?

– Senhor?

– Quer dizer ao Juiz algo sobre o caso? Quaisquer circunstâncias que acredite que possam afetar os indícios já apresentados? Ou algo que possa diminuir o suposto delito? Coisas como estar doente, ou sob efeito de drogas ou medicamentos. Não está sob juramento neste ponto; pode dizer qualquer coisa que acredite poder ajudá-lo. O que o Juiz está tentando descobrir é: há algo sobre este caso que lhe pareça injusto? Em caso positivo, por quê?

– Hã? É claro que sim! Tudo isto é injusto! Ele me bateu primeiro! O senhor ouviu o que eles disseram! *Ele me bateu primeiro!*

– Algo mais?

– Hã? Não, senhor. Não é o bastante?

– O julgamento está encerrado. Soldado Recruta Theodore c. Hendrick, um passo à frente!

O Tenente Spieksma havia ficado em posição de sentido todo o tempo; agora o Capitão Frankel também se levantava. De repente, o lugar parecia gelado.

– Soldado Hendrick, você foi considerado culpado das acusações.

Meu estômago se revirou. Eles iam fazer aquilo com ele… iam pendurar Ted Hendrick pelo pescoço. E eu havia tomado o café da manhã ao lado dele hoje mesmo.

– O Juiz o sentencia – ele continuou, enquanto eu passava mal – a dez chibatadas e a baixa desonrosa.

Hendrick engoliu em seco.

– Quero me exonerar!

– O Juiz não permite que se exonere. O Juiz deseja acrescentar que sua pena é leve apenas porque este Juiz não possui competência para imputar uma pena maior. A autoridade que o custodiou pediu uma corte marcial de campo. Sobre o motivo dessa escolha, este Juiz não especulará. Mas se tivesse sido enviado para a corte marcial geral, parece certo que os indícios apresentados diante deste Juiz teriam feito com que fosse sentenciado a ser pendurado pelo pescoço até a morte. Você teve muita sorte... e a autoridade que o enviou a este Juiz foi muito piedosa. – O Tenente Spieksma parou por um momento, e então continuou: – A sentença será levada a cabo tão logo a autoridade devida tenha examinado e aprovado os registros, caso ela os aprove. A corte está suspensa. Remova-o para confinamento.

A última frase foi dirigida a mim, mas na verdade não tive que fazer nada, a não ser ligar para a barraca da guarda e pegar um recibo por Hendrick quando o levaram embora.

No toque de visita médica da tarde, o Capitão Frankel me tirou da ordenança e mandou que eu falasse com o médico, que me mandou de volta para o serviço. Voltei pra minha companhia bem a tempo de me vestir e entrar em forma para a parada... e de levar uma reprimenda de Zim por "uniforme manchado". Bem, ele tinha uma mancha maior no olho, mas não mencionei isso.

Alguém havia preparado um poste na praça de armas, bem atrás de onde ficava o adjunto do comandante. Quando chegou a hora de divulgarem as ordens, em vez da "ordem do dia" rotineira ou outra coisa sem importância, eles divulgaram a corte marcial de Hendrick.

Então o fizeram avançar, entre dois guardas armados, com as mãos algemadas pra frente.

Nunca tinha visto um açoitamento. Lá na minha terra, embora os açoitamentos sejam em público, é claro, são feitos atrás do Edifício Federal... e o Pai tinha me dado ordens estritas pra que ficasse longe dali. Tentei desobedecer uma vez... mas o açoitamento foi adiado e nunca mais tentei.

Uma vez é demais.

Os guardas ergueram os braços dele e prenderam as algemas num gancho enorme, bem alto no poste. Então tiraram sua camisa e deu pra notar que ela estava preparada de modo a que pudesse sair, e não tinha uma camiseta por baixo. O ajudante do comandante disse secamente:

– Execute-se a sentença da corte.

Um cabo-instrutor de outro batalhão deu um passo à frente com o chicote. O Sargento da Guarda fez a contagem.

É uma contagem lenta, cinco segundos entre cada chibatada e parece muito mais que isso. Ted não soltou um pio até a terceira, e então soluçou de choro.

A próxima coisa de que tomei consciência foi de estar olhando para o Cabo Bronski. Ele estava batendo na minha cara e me olhando com atenção. Parou e perguntou:

– Está bem agora? Certo, de volta pra formação. Quicando; estamos pra passar em revista.

Passamos em revista e depois marchamos de volta para as áreas de nossas companhias. Não comi muito no jantar, mas um monte de gente também não.

Ninguém disse uma palavra sobre eu ter desmaiado. Mais tarde, descobri que não fui o único... Umas duas ou três dúzias tinham desmaiado.

CAPÍTULO VI

O que obtemos barato demais, muito pouco estimamos...
sem dúvida, seria estranho se um artigo tão celestial
quanto a liberdade não fosse tão altamente estimado.

THOMAS PAINE

Foi na noite depois de Hendrick ter sido expulso que cheguei a meu ponto mais baixo no Acampamento Currie. Não conseguia dormir... e só você passando pelo treinamento para ter ideia do quanto um recruta precisa afundar antes que isso possa acontecer. Contudo, eu não tinha feito nenhum exercício de verdade o dia todo, de modo que não estava fisicamente cansado, e meu ombro ainda doía, mesmo que eu já tivesse sido marcado como "em serviço", e eu tinha aquela carta da minha mãe corroendo o meu cérebro. Além disso, cada vez que fechava os olhos eu ouvia aquele "*crack!*" e via Ted arriar contra o poste de açoitamento.

Não estava mais esquentando por ter perdido minhas divisas de recruta. Isso não importava mais, pois eu já estava pronto para me exonerar, decidido a isso. Se não fosse por estar no meio da noite e sem papel e caneta à mão, teria me exonerado naquela mesma hora.

Ted havia cometido um grande engano, um que durou todo um meio segundo. E tinha sido mesmo apenas um engano, pois, embora ele odiasse a unidade (quem gostava dela?), havia tentado aguentar e conseguir o seu direito de voto; queria entrar na política e falava bastante de como, quando conquistasse a cidadania, "algumas coisas vão mudar, esperem só".

Bem, agora ele nunca iria ocupar um cargo público; bobeou por um instante, e estava fora.

Se podia acontecer com ele, podia acontecer comigo. E se eu bobeasse? Amanhã ou na semana seguinte? Não iriam deixar nem que me exonerasse... Seria expulso com vergões nas costas.

Hora de admitir que eu estava errado e que o Pai estava certo, hora de assinar aquele papelzinho, ir pra casa com o rabo entre as pernas e dizer que eu estava pronto pra ir pra Harvard e depois trabalhar na empresa... se ele ainda me deixasse. Hora de procurar o Sargento Zim, a primeira coisa de manhã, e dizer que eu já havia tido o bastante. Mas não até de manhã, pois não se acorda o Sargento Zim, exceto por algo que você esteja certo de que *ele* classificaria como emergência... Pode ter certeza, você não faz isso! Não com o Sargento Zim.

O Sargento Zim...

Ele me preocupava tanto quanto o caso de Ted. Depois da corte marcial estar encerrada e de terem levado Ted embora, ele ficou pra trás e disse ao Capitão Frankel:

– Eu poderia ter um momento com o Comandante do Batalhão, senhor?

– Claro. Estava pensando mesmo em pedir que ficasse para uma palavrinha. Sente-se.

Zim moveu os olhos na minha direção e o Capitão olhou pra mim e ninguém precisou me dizer pra cair fora; sumi. Não tinha ninguém na antessala, só um par de escreventes civis. Eu não ousava ir pra fora, pois o Capitão podia me chamar; achei uma cadeira atrás de uma fila de arquivos e me sentei.

Podia ouvi-los falando, através da divisória onde encostei a cabeça. O QG do batalhão era um prédio, não uma barraca, já que abrigava equipamento permanente de comunicação e registro, mas era uma "construção mínima de campo", um barracão; as divisórias internas não eram grande coisa. Duvido que os civis pudessem ouvir, já que estavam inclinados sobre seus teclados e usando fones de transcrição... Além do quê, eles não importavam. Eu não queria bisbilhotar. Hã, bem, talvez quisesse.

Zim disse:

— Senhor, solicito transferência para uma equipe de combate.

Frankel respondeu:

— Não estou ouvindo, Charlie. Meu ouvido ruim está me incomodando de novo.

Zim:

— Estou falando a sério, senhor. Este não é meu tipo de trabalho.

Frankel disse, irritado:

— Pare de me encher com seus problemas, Sargento. Ou pelo menos espere até liquidarmos os assuntos de serviço. Que diabos aconteceu?

Zim disse, bastante formal:

— Capitão, aquele garoto não merecia dez chibatadas.

Frankel respondeu:

— Claro que não. Você sabe quem bobeou... e eu também.

– Sim, senhor. Eu sei.

– Então? Sabe até melhor que eu que esses garotos são animais selvagens nesta fase. Sabe quando é seguro virar as costas pra eles e quando não é. Conhece a doutrina e as ordens permanentes sobre o artigo nove-zero-oito-zero: *nunca* deve dar aos recrutas a chance de violá-lo. É claro que alguns vão tentar; se não fossem agressivos, não seriam material para a I. M. São dóceis nas fileiras; é até seguro virar as costas pra eles quando estão comendo, ou dormindo, ou sentados nos rabos e ouvindo uma preleção. Só que quando os leva pra fora, no campo, num exercício de combate, ou qualquer coisa que os deixe ligados e cheios de adrenalina, eles ficam tão explosivos quanto uma boa porção de fulminato de mercúrio. Você sabe disso, todos vocês instrutores sabem disso; vocês são treinados... treinados pra ficar de olho nisso, treinados pra cortar o pavio antes que exploda. Então, me explique como um recruta sem treinamento conseguiu te dar esse olho? Não devia nem ter conseguido pôr as mãos em você; devia ter posto o idiota pra dormir logo que viu o que ele estava pra fazer. Por que não estava quicando? Está ficando mole?

– Não sei – Zim respondeu devagar. – Acho que deve ser isso.

– Hum! Se for verdade, uma equipe de combate é o último lugar pra você. Mas não é verdade. Ou pelo menos não era, da última vez que treinamos juntos, três dias atrás. Então o que foi que deu errado?

Zim foi lento em responder.

– Acho que eu tinha Hendrick marcado em minha mente como um dos mais seguros.

– Não existe tal coisa.

– Sim, senhor. Mas ele era tão esforçado, tão obstinado a aguentar até o fim... Não tinha nenhuma aptidão, mas continuava tentando… Então devo ter feito isso, subconscientemente. – Zim ficou em silêncio, depois acrescentou: – Acho que era porque eu gostava dele.

Frankel bufou.

– Um instrutor não pode se dar ao luxo de gostar de um soldado.

– Sei disso, senhor. Mas eu gosto. São uma bela turma de garotos. Já nos livramos dos merdinhas de verdade. O único defeito do Hendrick, fora ser desastrado, era achar que tinha todas as respostas. Eu não ligava pra isso; nessa idade, também tinha todas as respostas. Os merdinhas foram embora e os que sobraram são ansiosos, loucos pra agradar, e quicando… Tão adoráveis quanto uma ninhada de cachorrinhos. Muitos deles vão ser soldados.

– Então *esse* era o ponto fraco. Você gostava dele… e por isso não cortou suas asas a tempo. De modo que ele acaba com uma corte marcial, o chicote e uma baixa desonrosa. Que beleza.

Zim disse, seriamente:

– Queria muito que houvesse alguma forma de receber eu mesmo aquelas chibatadas, senhor.

– Ia ter que esperar a sua vez; sou seu superior. O que acha que eu fiquei desejando durante a última hora? Do que acha que eu estava com medo desde o momento em que te vi chegar exibindo esse olho? Fiz o melhor que pude pra resolver o caso com uma punição administrativa, só que o idiota não quis deixar como estava. Mas nunca imaginei que seria tão louco a ponto de falar que tinha te dado uma porrada… Ele é *burro*; você devia tê-lo posto pra fora da unidade semanas atrás… em vez de ter ficado paparicando o idiota tempo o bastante pra ele se meter numa enrascada. Só que ele contou tudo, pra mim, e na frente de testemunhas, me forçando a tomar conhecimento oficial… e aí ficamos arranjados. Não tinha como deixar isso fora dos registros, não tinha como evitar uma corte marcial… O único jeito era enfrentar toda a maldita bagunça, fazer o que era preciso e terminar com mais um civil que vai nos odiar pelo resto de seus dias. Pois ele *tem* que ser açoitado; nem você nem eu podemos ficar no lugar dele, mesmo que o erro tenha sido nosso. Porque o regimento precisa ver o que acontece quando o nove-zero-oito-zero é violado. Nosso erro… mas os vergões são dele.

– *Meu* erro, Capitão. É por isso que pedi pra ser transferido. Hã, senhor, acho que é o melhor para a unidade.

– Acha, é? Só que eu decido o que é melhor para o meu batalhão; não você, Sargento. Charlie, quem você acha que te escolheu? E por quê? Pense sobre doze anos atrás. Você era um cabo, lembra? Onde estava?

– Aqui, como sabe muito bem, Capitão. Bem aqui nesta mesma pradaria esquecida por Deus… e queria nunca ter voltado!

– Todos nós. Mas acontece que este é o trabalho mais importante e delicado do Exército: transformar rapazinhos mimados em soldados. Quem era o pior rapazinho mimado no seu grupo?

– Hum… – Zim respondeu lentamente. – Não chegaria a dizer que o senhor era o pior, Capitão.

– Não, é? Mas ia ter que pensar bem pra achar outro candidato. Eu te odiava, "Cabo" Zim.

Zim soou surpreso, e um pouco magoado.

– É mesmo, Capitão? Eu não te odiava… Até gostava do senhor.

– Mesmo? Bem, *odiar* é outro luxo ao qual um instrutor nunca pode se dar. Não podemos ter ódio por eles, não podemos gostar deles; precisamos ensiná-los. Mas, se você gostava de mim… hum, acho que tinha modos muito estranhos de demonstrar. Ainda gosta de mim? Não responda; não ligo se gosta ou não. Ou melhor, não quero saber, o que quer que seja. Não importa; eu te desprezava e costumava sonhar com um jeito de te pegar. Só que você estava sempre quicando e nunca me deu uma chance pra conseguir minha própria condenação por nove-zero-oito-zero. Assim, aqui estou, graças a você. Agora, sobre o seu pedido: você tinha uma ordem que me dava vez após vez quando eu era recruta. Tantas vezes que eu a detestava mais que qualquer outra coisa que você fizesse ou dissesse. Lembra dela? *Eu* me lembro e agora vou te dar a ordem de volta: "Soldado, cale a boca e seja um soldado!"

– Sim, senhor.

– Não vá, ainda. Esta droga de confusão não é de todo má; todo regimento de recrutas precisa de uma lição rigorosa do significado do nove-zero-oito-zero, como nós dois sabemos. Ainda não aprenderam a pensar, não leem e raramente escutam… mas podem *ver*. E o azar do pobre Hendrick pode evitar que algum dos seus companheiros, algum dia, seja pendurado pelo pescoço até estar morto, morto, morto. Apenas sinto muito que o exemplo tenha vindo do meu batalhão, e pode ter certeza de que não pretendo deixar que ele forneça outro. Reúna os seus instrutores e dê o aviso. Por umas vinte e quatro horas, esses garotos vão ficar em estado de choque. Depois, vão ficar emburrados e a tensão vai crescer. Lá pela quinta ou sexta-feira, algum garoto que esteja pra desistir mesmo vai começar a pensar que Hendrick nem apanhou tanto, que não foi nem o número de chibatadas por dirigir bêbado… e aí vai ficar matutando se pode valer a pena, para apanhar o instrutor que mais detesta. Sargento… *esse golpe nunca deve chegar ao alvo!* Entendido?

— Sim, senhor.

— Quero que sejam oito vezes mais cautelosos do que têm sido. Quero que mantenham distância. Quero que tenham olhos atrás da cabeça. Quero que fiquem tão alertas quanto um rato numa exposição de gatos. Bronski... Precisa ter uma conversa séria com o Bronski; ele tende a confraternizar.

— Vou dar um jeito no Bronski, senhor.

— Faça isso. Porque, quando o próximo garoto começar a dar o soco, ele *tem* que ser impedido. E não recebido, como hoje. O garoto tem que ser nocauteado, e o instrutor precisa fazer isso sem sequer ser tocado... Ou eu juro que vou rebaixá-lo por incompetência. Deixe isso claro. Eles precisam ensinar esses garotos que não é apenas caro, mas também *impossível* violar o nove-zero-oito-zero... Que só pela tentativa já ganham uma cochilada, um balde de água na cara e um queixo muito dolorido... e nada mais.

— Sim, senhor. Deixarei claro.

— É melhor que deixe. O instrutor que falhar não só vai ser rebaixado, mas também vai passear comigo pro meio da pradaria e ganhar uns vergões... porque *eu não vou ter outro dos meus rapazes amarrado naquele poste* por causa de um descuido da parte de seus professores. Dispensado.

— Sim, senhor. Boa tarde, Capitão.

— O que tem de bom nela? Charlie...

— Sim, senhor?

— Se não estiver ocupado demais esta noite, por que não leva suas sapatilhas e protetores até a rua dos oficiais e podemos dançar? Digamos, às oito horas.

— Sim, senhor.

— Não é uma ordem, é um convite. Se está mesmo ficando mole, então quem sabe eu consiga deslocar suas omoplatas.

– Hã, o Capitão se importaria de fazer uma pequena aposta sobre isso?

– Quê? Comigo aqui nesta mesa, engordando nessa cadeira giratória? Não mesmo! Não, a menos que você concorde em lutar com um pé dentro de um balde de concreto. Falando a sério, Charlie, este foi um dia dos infernos e vai ficar pior antes de ficar melhor. Se eu e você suarmos um pouco e trocarmos umas pancadas, quem sabe a gente consiga dormir esta noite, apesar de todos os queridinhos da mamãe.

– Estarei lá, Capitão. Não coma muito no jantar... Também preciso tirar um pouco da tensão.

– Não vou jantar; vou ficar bem aqui sentado e acabar este relatório trimestral... o qual o Comandante do Regimento ficará muito satisfeito de ver logo depois do jantar *dele*... e no qual alguém cujo nome não devo mencionar me atrasou em duas horas. Por isso, posso chegar uns minutos atrasado pra nossa valsa. Vá embora agora, Charlie, e não me atrapalhe. Vejo você mais tarde.

O Sargento Zim saiu tão de repente que mal tive tempo de me abaixar pra amarrar o cadarço e, assim, ficar fora de vista, atrás das caixas de arquivo, quando ele passou pela antessala. O Capitão Frankel já estava gritando:

– Ordenança! *Ordenança!* ORDENANÇA! Eu tenho que te chamar três vezes? Qual o seu nome? Inscreva a si mesmo para uma hora de serviço extra, com equipamento completo. Ache os comandantes das companhias E, F e G. Dê a eles os meus cumprimentos e diga que gostaria de vê-los antes da parada. Então quique até a minha barraca e apanhe um uniforme de cerimônia limpo, quepe, armas de cinto, sapatos e faixas... sem medalhas. Arrume-o aqui pra mim. Depois compareça ao toque de visita médica. Se consegue se coçar com esse braço, como te vi fazendo, seu ombro não pode estar doendo tanto. Tem treze minutos até o toque de visita médica. Quicando, soldado!

Consegui... apanhando dois deles nos chuveiros dos instrutores de alta patente (um ordenança pode entrar em qualquer lugar) e o terceiro na mesa dele; as ordens que a gente recebe não são impossíveis de cumprir, apenas parecem, por serem quase impossíveis. Estava arrumando o uniforme do Capitão Frankel para a parada, quando soou o toque de visita médica. Sem erguer os olhos, ele resmungou:

– Cancele aquele serviço extra. Dispensado.

Assim, voltei bem a tempo de apanhar serviço extra por "Uniforme, Desleixado, Dois Detalhes", e ver o desagradável fim do período de Ted Hendrick na I. M.

Por isso, tive bastante sobre o que pensar enquanto estava acordado naquela noite. Eu já sabia que o Sargento Zim trabalhava duro, mas nunca tinha me ocorrido que ele pudesse não estar completa e presunçosamente satisfeito com o que fazia. Parecia tão presunçoso, tão autoconfiante, tão em paz com o mundo e com ele mesmo.

A ideia de que esse robô invencível pudesse sentir que havia falhado, pudesse se sentir tão profunda e pessoalmente desgraçado a ponto de querer fugir, esconder seu rosto entre estranhos, com a desculpa de estar saindo porque seria "melhor para a unidade", me abalou tanto e, de certo modo, até mais, do que ver Ted sendo açoitado.

O Capitão Frankel ter concordado com ele – quanto à seriedade da falha, quero dizer – e então esfregado o nariz dele nisso, passar-lhe uma reprimenda... Ora! Quero dizer, sério! Sargentos não recebem reprimendas; eles as dão. É uma lei da natureza.

Mas precisava admitir que a bronca que o Sargento Zim tinha levado (e aceitado) era tão completamente humilhante e devastadora a ponto de fazer o pior que eu já tivesse ouvido de um sargento parecer uma canção de amor. No entanto, o Capitão não tinha nem levantado a voz.

Todo o incidente era tão absurdamente inverossímil que nunca fiquei sequer tentado a contar pra alguém.

E o próprio Capitão Frankel... Os oficiais, a gente não via muito. Apareciam na hora da parada do anoitecer, caminhando despreocupados, bem em cima da hora e sem fazer nada que custasse uma gota de suor; inspecionavam a gente uma vez por semana, fazendo comentários em particular para os sargentos, comentários que sempre implicavam algo de ruim para os outros, não pra eles; e decidiam a cada semana que companhia tinha ganhado a honra de guardar a bandeira do regimento. Fora isso, apareciam de vez em quando para inspeções de surpresa, com a roupa bem passada, imaculados, distantes e com um leve cheiro de colônia... e sumiam de novo.

Ah, um ou mais deles sempre iam com a gente nas marchas de estrada, e duas vezes o Capitão Frankel tinha nos demonstrado a sua maestria no *savate*. Mas os oficiais não trabalhavam, não trabalho de verdade, nem tinham preocupações, pois os sargentos estavam *abaixo* deles e não *acima*.

No entanto, parecia que o Capitão Frankel trabalhava tão duro que perdia as refeições, ficava tão ocupado com uma coisa ou outra que reclamava de falta de exercício, e estava disposto a gastar o seu próprio tempo livre apenas pra suar um pouco.

Quanto às preocupações, ele tinha parecido estar sinceramente ainda mais aborrecido do que Zim com o que tinha acontecido a Hendrick. E, no entanto, ele não conhecia Hendrick nem de vista; tinha precisado perguntar o nome dele.

Eu tinha uma incômoda sensação de que havia me enganado completamente sobre a própria natureza do mundo em que vivia, como se cada parte dele fosse algo muito diferente do que parecia ser, como descobrir que a sua mãe não era ninguém que você tivesse visto antes, mas uma estranha numa máscara de borracha.

Só que de uma coisa eu estava certo: não queria nem saber o que a I. M. era de verdade. Se era tão dura que mesmo os deuses de plantão, os sargentos e oficiais, eram infelizes por causa dela, então com certeza era dura demais para o Johnnie! Como você podia evitar cometer erros numa organização que nem entendia? Não queria ser pendurado pelo pescoço até que estivesse morto, morto, morto! Não queria nem correr o risco de ser açoitado... mesmo que o médico ficasse por perto pra garantir que não causasse nenhum dano permanente. Ninguém na nossa família *jamais* tinha sido açoitado (a não ser palmatórias na escola, é claro, o que não é de modo algum a mesma coisa). Não havia criminosos de nenhum lado da família, ninguém que tivesse sido sequer indiciado. Éramos uma família orgulhosa; a única coisa que faltava era a cidadania, e o Pai achava que isso não era uma honra verdadeira, que era algo vão e inútil. Mas se eu fosse açoitado... Bem, acho que ele teria um ataque.

E, no entanto, Hendrick não havia feito nada que eu não tivesse pensado em fazer umas mil vezes. Por que não tinha feito? Medo, eu acho. *Sabia* que aqueles instrutores, qualquer um deles, podia acabar comigo, por isso havia fechado o bico e não tinha tentado. Você não tem peito, Johnnie. Pelo menos Ted Hendrick teve peito. Eu não tinha... E, antes de tudo, um homem sem coragem não tem o que fazer no Exército.

Além disso, o Capitão Frankel não havia nem considerado tudo culpa de Ted. Mesmo que eu não comprasse um nove-zero-oito-zero, por falta de coragem, quando faria alguma outra coisa, algo que não fosse culpa minha, e acabaria caído sobre o poste de um jeito ou de outro? Hora de cair fora, Johnnie, enquanto ainda está por cima.

A carta da minha mãe apenas confirmava a minha decisão. Eu tinha conseguido endurecer meu coração para os meus pais enquanto eles me rejeitavam... Mas quando eles amoleceram, não aguentei. Ou quando a Mãe amoleceu, pelo menos. Ela havia escrito:

...mas sinto dizer que seu pai ainda não permite a menção do seu nome. Mas, meu bem, esse é o jeito dele de sofrer, já que não pode chorar. Você precisa entender, meu querido bebê, que ele te ama mais que a própria vida, mais do que me ama, e que você o magoou fundo demais. Ele diz para todo mundo que você é um homem crescido, capaz de tomar suas próprias decisões, e que está orgulhoso de você. Mas isso é o próprio orgulho dele falando, a dor mais amarga de um homem orgulhoso que foi ferido profundamente por quem ele mais amava. Você precisa entender, Juanito, que ele não fala de você nem te escreve porque não consegue... Não ainda, não até que a dor fique suportável. Quando isso acontecer, eu vou saber, e então vou interceder por você... e vamos ficar todos juntos de novo.

E eu? Como algo que o garotinho dela faça poderia deixar sua mãe zangada? Você pode me magoar, mas não pode me fazer te amar menos. Onde quer que esteja, o que quer que escolha fazer, será sempre o meu garotinho que machuca o joelho e vem correndo pro meu colo querendo carinho. Meu colo encolheu, ou quem sabe você tenha crescido (mesmo que eu nunca tenha acreditado nisso), mas mesmo assim ele vai estar sempre à espera, pra quando você precisar dele. Garotinhos nunca deixam de precisar do colo da mãe, não é, querido? Espero que não. Espero que você me escreva e diga que não.

Mas devo dizer também que, em vista do tempo terrivelmente longo que você não escreve, acho melhor (até que eu diga o contrário) escrever para mim aos cuidados de sua tia Eleanora. Ela vai me passar a carta sem demora, e sem provocar mais problemas. Compreende?

Um milhão de beijos pro meu bebê,
SUA MÃE.

Eu entendi, perfeitamente... E se o Pai não podia chorar, eu podia. E chorei.

E enfim consegui dormir... e fui imediatamente acordado por um alerta. Quicamos até a faixa de bombardeio, o regimento inteiro, e fizemos um exercício simulado, sem munição. Usávamos equipamento completo, mas sem armadura, incluindo receptores intra-auriculares, e tínhamos acabado de nos espalhar quando veio a ordem de congelar.

Seguramos esse congelar por mais de uma hora... e quando digo seguramos, quero dizer isso mesmo, mal respirando. Um ratinho que passasse por ali na ponta dos pés teria parecido barulhento. Alguma coisa realmente passou correndo bem por cima de mim; um coiote, eu acho. Nem estremeci. Ficamos morrendo de frio segurando esse congelar, mas eu não ligava; sabia que era o meu último.

* * *

Nem mesmo ouvi o toque de alvorada na manhã seguinte; pela primeira vez em semanas tive que ser chutado pra fora do meu saco e mal cheguei a tempo na formação para os exercícios da manhã. Bom, não havia motivo pra tentar me exonerar antes do café, já que o primeiro passo era falar com o Sargento Zim. Mas ele não apareceu no café da manhã. Pedi permissão a Bronski pra ir falar com o c. c. e ele disse:

– Claro. Fique à vontade – e não me perguntou o motivo.

Mas você não pode falar com um homem que não está lá. Depois do café, começamos uma marcha pela estrada e eu ainda não tinha visto o Comandante da Companhia. Era uma marcha tipo ida e volta, com o almoço vindo pra gente de cóptero. Um luxo inesperado, já que, em geral, não recebermos rações de campo antes da marcha significava treino prático de inanição, exceto por qualquer coisa que você tivesse escondido... e eu não tinha nada; coisas demais na minha cabeça.

O Sargento Zim veio com as rações e fez o toque de distribuição do correio no campo, o que não era um luxo inesperado. Uma coisa eu digo da i. m.: eles podem cortar a sua comida, água, sono, qualquer coisa, sem avisar, mas nunca atrasavam a entrega das cartas de uma pessoa um minuto a mais do que as circunstâncias exigissem. A correspondência era sua, e eles a levavam aonde você estivesse, no primeiro transporte disponível, e você podia ler na primeira pausa que tivesse, mesmo em manobras. Isso não tinha sido tão importante pra mim, já que (fora um par de cartas de Carl) não tinha recebido nada além de malas-diretas, até que a Mãe me escreveu.

Nem cheguei perto quando o Sargento Zim estava entregando as cartas; achei melhor não falar com ele até voltarmos. Não ia ganhar nada dando motivo pra ele me notar até estarmos perto do comando. Por isso, fiquei surpreso quando ele chamou meu nome, mostrando uma carta. Quiquei até lá e a apanhei.

E tive mais uma surpresa: era do meu professor de História e Filosofia da Moral do colégio, o Prof. Dubois. Teria ficado menos surpreso se fosse uma carta do Papai Noel.

Então, quando a li, ainda parecia que era um engano. Precisei conferir o destinatário e o remetente pra me convencer de que ele tinha escrito aquela carta e que era mesmo pra mim.

MEU CARO RAPAZ:

Eu teria lhe escrito muito antes para expressar minha felicidade e meu orgulho em saber que você tinha não apenas se voluntariado para servir, mas também escolhido o meu próprio serviço. Mas não para expressar surpresa; era o que eu esperava de você, exceto, talvez, o bônus muito pessoal de ter escolhido a I. M. Este é o tipo de consagração, bastante rara, que, apesar de tudo, faz os esforços de um professor compensarem. Precisamos peneirar muitas pedras, muita areia, para cada pepita, mas elas são a recompensa.

A esta altura, a razão de eu não ter escrito de imediato deve ser óbvia para você. Muitos jovens, não necessariamente por alguma falha condenável, são descartados durante o treinamento dos recrutas. Aguardei (tenho me mantido em contato por meio de minhas próprias conexões) até que você tivesse superado a colina (como nós todos conhecemos bem essa colina!) e tivesse a certeza de que, salvo acidentes ou doenças, você completaria o treinamento e tempo de serviço.

Você agora vai passar pela parte mais difícil do seu tempo de serviço. Não a mais difícil fisicamente (embora dificuldades físicas nunca mais irão lhe causar problemas; você já teve a sua parte), porém a mais difícil espiritual-

mente... As readaptações e reavaliações profundas, de revirar a alma, necessárias para transformar um cidadão potencial em um de verdade. Ou talvez eu deva dizer: você já passou pela parte mais difícil, a despeito de todas as tribulações que ainda tem pela frente e de todas as barreiras, uma mais alta que a outra, pelas quais ainda tem que passar. Mas é aquela "colina" que conta. E, conhecendo você, rapaz, sei que já esperei tempo suficiente para estar certo de que já ultrapassou a sua, ou estaria em casa agora.

Quando alcançou aquele topo de montanha espiritual, você sentiu algo, alguma coisa nova. Talvez não tenha palavras para isso (eu sei que não tinha, quando era recruta). Então, talvez permita que um camarada mais velho lhe empreste as palavras, pois geralmente ajuda ter as palavras certas. Apenas isto: o destino mais nobre que um homem pode enfrentar é colocar o seu próprio corpo mortal entre seu amado lar e a desolação da guerra. As palavras não são minhas, é claro, como você deve reconhecer. Verdades básicas não podem mudar e, uma vez que um homem de visão expresse uma delas, nunca é preciso reformulá-las, não importa o quanto mude o mundo. Esta é uma verdade imutável em qualquer lugar, em qualquer época, para todos os homens e nações.

Mande-me notícias, se puder dispensar a um velho um pouco do seu precioso tempo de sono para escrever uma carta de vez em quando. E, se acontecer de cruzar com algum dos meus antigos companheiros, dê a eles os meus mais calorosos cumprimentos.

Boa sorte, soldado! Você me deixou orgulhoso.
JEAN V. DUBOIS
Ten.-Cel., I. M., ref.

A assinatura era tão espantosa quanto a própria carta. O Velho Boca Torta era um quase coronel? Puxa, o comandante do nosso regimento era apenas um major. O Prof. Dubois nunca tinha usado nenhum tipo de título na escola. Achávamos (se é que achávamos alguma coisa) que ele devia ter sido cabo ou algo assim, e dispensado quando perdeu a mão – e aí arranjaram um emprego tranquilo pra ele, ensinando uma matéria que não precisava ser passada, nem sequer ensinada... apenas frequentada. É claro que sabíamos que ele era um veterano, já que só um cidadão pode ensinar História e Filosofia da Moral. Mas um soldado da i. m.? Não parecia nem um pouco com um. Metido, um tanto desdenhoso, parecia um professor de dança... não um macaco que nem a gente.

Mas foi desse jeito que ele havia assinado.

Passei toda a longa marcha de volta ao acampamento pensando nessa carta espantosa. Não parecia nem um pouco com nada do que ele dizia na classe. Ah, não quero dizer que contradissesse qualquer coisa que tivesse dito pra gente em aula; era apenas o tom que era inteiramente diferente. Desde quando um quase coronel chama um soldado recruta de "camarada"?

Quando ele era apenas o "Prof. Dubois" e eu era um dos alunos que precisava fazer a matéria, ele mal parecia me ver... a não ser uma vez, quando me irritou dando a entender que eu tinha dinheiro demais e juízo de menos. (Se o meu velho podia ter comprado a escola e me dado de presente de Natal, isso era algum crime? Não era da conta dele.)

Naquele dia, ele vinha arengando sobre "valor", comparando a teoria marxista com a teoria ortodoxa do "uso". O Prof. Dubois havia dito:

– É claro, a definição marxista de valor é ridícula. Todo o trabalho que alguém se importe em agregar a uma torta de lama não vai transformá-la numa torta de maçã; ela continua sendo uma torta de lama, de valor zero. Por outro lado, trabalho malfeito pode facilmente subtrair valor; um cozinheiro sem talento pode transformar massa saudável e maçãs verdes frescas, que já têm algum valor, numa mistureba indigesta, de valor zero. Inversamente, um grande chefe de cozinha pode moldar esses mesmos materiais num confeito de maior valor que uma torta de maçã comum, com não mais esforço do que um cozinheiro comum usa para preparar um doce comum.

"Esses exemplos culinários deitam por terra a teoria marxista do valor, a falácia da qual provém toda a fraude magnífica do comunismo, além de demonstrar a verdade da definição sensata do valor, medida em termos de uso."

Dubois havia apontado seu coto pra gente.

– Apesar disso… Acorde, aí atrás! Apesar disso, o velho místico desgrenhado do *Das Kapital*, inchado, atormentado, confuso e neurótico, não científico, ilógico, essa fraude pomposa chamada Karl Marx, *apesar disso* teve um lampejo de uma verdade muito importante. Se ele possuísse uma mente analítica, poderia ter formulado a primeira definição adequada de valor… e este planeta poderia ter sido poupado de um sofrimento sem fim.

– Ou talvez não – acrescentou. – Você!

Eu me endireitei num pulo.

– Já que não consegue prestar atenção, quem sabe possa dizer à classe se "valor" é algo relativo, ou absoluto?

Eu estava prestando atenção; apenas não via nenhum motivo pra não fazer isso de olhos fechados e com a espinha relaxada. Mas esta pergunta me apanhou; não havia lido o texto do dia.

– Absoluto – respondi, chutando.

– Errado – ele disse, friamente. – "Valor" não tem significado a não ser em relação a seres vivos. O valor de algo é sempre relativo a uma pessoa específica, é completamente pessoal e diferente em quantidade para cada humano vivo. O "valor de mercado" é uma ficção, apenas uma estimativa grosseira da média dos valores pessoais, todos os quais devem ser quantitativamente diferentes ou o comércio seria impossível.

(Fiquei imaginando o que o Pai diria se ouvisse o "valor de mercado" sendo chamado de "ficção"; bufaria de desgosto, eu acho.)

– Essa relação extremamente pessoal, o "valor", tem dois fatores para um ser humano: primeiro, o que ele pode fazer com uma coisa, a sua utilidade para ele... e, segundo, o que ele precisa fazer para consegui-la, o seu custo para ele. Há uma velha canção que defende que "as melhores coisas da vida são de graça". Falso! Completamente falso! Essa foi a trágica falácia que provocou a decadência e o colapso das democracias do século xx; aqueles nobres experimentos falharam porque o povo foi levado a acreditar que podia simplesmente votar por qualquer coisa que eles quisessem... e recebê-la, sem trabalho duro, sem suor, sem lágrimas. Nada de valor é grátis. Mesmo o sopro da vida é pago no nascimento, lutando e sofrendo para respirar. – Ele ainda estava olhando pra mim e acrescentou: – Se vocês, meninos e meninas, tivessem que suar por seus brinquedos do jeito como um bebê recém-nascido tem que lutar pra viver, seriam mais felizes... e muito mais ricos. Como as coisas são, com alguns de vocês, tenho pena da pobreza da sua riqueza. Você! Acabei de te dar o prêmio pela corrida de cem metros rasos. Fica feliz com isso?

– Hã, acho que sim, ficaria.

– Nada de evasivas, por favor. Você tem o prêmio. Olhe, vou escrever: "Grande prêmio do campeonato, corrida de velocidade de cem metros". – Ele veio mesmo até a minha carteira e prendeu aquilo no meu peito. – Aí está! Ficou feliz? Isso vale algo pra você... ou não?

Fiquei irritado. Primeiro aquela gracinha sobre crianças ricas... o pouco-caso típico de quem não é... E, agora, esta farsa. Arranquei o papel e joguei na direção dele.

O Prof. Dubois pareceu surpreso.

– Não ficou feliz com isso?

– Sabe muito bem que eu fiquei em quarto!

– *Exato!* O prêmio pelo primeiro lugar não tem nenhum valor pra você... porque não o conquistou. No entanto, sente uma pequena satisfação por ter ficado em quarto; você conquistou esse lugar. Confio que alguns dos sonâmbulos aqui presentes compreenderam este pequeno auto de edificação. No meu entender, ao compor aquela canção, o poeta quis dizer que as melhores coisas da vida precisam ser compradas com outra coisa, não com dinheiro. O que é *verdade*, da mesma forma que o significado literal das palavras é falso. As melhores coisas da vida estão além do dinheiro; o preço delas é sofrimento e suor e dedicação... e o preço exigido pela mais preciosa de todas as coisas da vida é a própria vida. O supremo custo em troca do perfeito valor.

*   *   *

Enquanto voltávamos ao acampamento, eu refletia sobre as coisas que tinha ouvido o Prof. Dubois (*Coronel* Dubois) dizer, assim como sobre a extraordinária carta que me enviou. Então parei de pensar porque a banda veio pra perto de nossa posição no fim da coluna e começamos a cantar, um grupo de francesas: a "Marseillaise", é claro, e "Madelon" e "Sons of Toil and Danger" e, em seguida, a "Legion Étrangère" e "Mademoiselle d'Armentières".

É bom ter a banda tocando; ela te dá uma levantada quando você já está arrastando os pés na pradaria. No começo, não tínhamos nada além de música enlatada e isso apenas para a parada e os toques. Mas os poderosos de plantão logo descobriram quem sabia e quem não sabia tocar; deram instrumentos e organizaram uma banda regimental, com todos os membros escolhidos dentre nós: até o regente e o tambor-mor eram recrutas.

Isso não queria dizer que eles se safassem de qualquer coisa. Ah, não! Queria dizer apenas que tinham permissão e encorajamento para praticar em seu próprio tempo, ao anoitecer e nos domingos e tal... E que podiam se pavonear e contramarchar e se exibir durante a parada, em vez de ficarem nas fileiras com seus pelotões. Um monte de coisas que a gente fazia era desse jeito. Nosso capelão, por exemplo, era recruta. Era mais velho que a maior parte de nós e tinha sido ordenado por alguma pequena seita obscura da qual eu nunca tinha ouvido falar. Mas, fosse ortodoxa ou não a sua teologia (não me pergunte), colocava muito ardor na pregação e com certeza estava em posição de entender os problemas de um recruta. E a cantoria era divertida. Além do quê, não tinha nenhum outro lugar pra ir no domingo entre a faxina da manhã e o almoço.

A banda teve muitas perdas, mas sempre davam um jeito de continuar. O acampamento possuía quatro gaitas de fole e alguns uniformes escoceses, doados por Lochiel de Cameron, cujo filho tinha sido morto ali em treinamento. E, por acaso, um de nós sabia tocar, pois havia aprendido com os escoteiros escoceses. Logo, logo tínhamos quatro gaiteiros, que talvez não fossem bons, mas que tocavam alto. Gaitas de fole são muito estranhas da primeira vez que você as ouve, e um novato praticando é de ranger os dentes. Soa e se parece como se ele tivesse um gato debaixo do braço, com o rabo na boca, e o mordesse.

Mas elas te conquistam com o tempo. A primeira vez que nossos gaiteiros bateram os calcanhares à frente da banda, guinchando a "Alamein Dead", meu cabelo ficou tão em pé que levantou o quepe. Aquilo te pega; deixa seus olhos molhados.

Não podíamos levar uma banda completa nas marchas de estrada, é claro, já que não faziam concessões especiais para a banda. Tubas e bombos não podiam ir, pois um cara da banda precisava carregar o equipamento completo, igual a todo mundo, e podia fazer isso apenas com um instrumento pequeno o bastante para pôr junto com sua carga. Só que a I. M. tem instrumentos que eu duvido que alguém mais tenha, como uma caixinha um pouco maior que uma gaita de boca, uma engenhoca eletrônica que faz um trabalho fantástico simulando uma trompa e é tocada do mesmo jeito. Quando soa o toque de banda e você está marchando rumo ao horizonte, cada homem da banda larga a mochila, sem parar, seus companheiros de esquadra dividem o peso e ele corre para a posição na coluna da companhia da bandeira e começa a tocar.

Isso ajuda.

A banda foi aos poucos para a retaguarda, quase fora de alcance, e paramos de cantar porque nosso próprio canto abafa o compasso quando está longe demais.

De repente, percebi que me sentia bem.

Tentei pensar no motivo. Por que em um par de horas íamos chegar e eu ia poder me exonerar?

Não. Quando decidi me exonerar, aquilo havia me concedido um pouco de paz, acalmado meu terrível nervosismo e me permitido dormir. Mas isto era algo mais... E sem nenhuma razão que eu pudesse ver.

Então eu soube. *Tinha passado a minha colina!*

Estava em cima da "colina" de que o Coronel Dubois falara. Na verdade, eu passava por cima dela e começava a descer, andando tranquilamente. A pradaria ali era toda plana como uma panqueca, mas, mesmo assim, eu antes me arrastava, exausto, subindo durante toda a ida e cerca de metade da volta. Então, em algum ponto – acho que foi quando estávamos cantando – eu tinha passado pela colina e agora era tudo descida. Meu equipamento parecia mais leve e eu não estava mais preocupado.

Quando chegamos, não falei com o Sargento Zim; não precisava mais. Em vez disso, ele falou comigo, me fez sinal quando saímos de forma.

– Sim, senhor?

– Esta é uma pergunta pessoal... Então não responda, se não quiser. – Ele parou, e me perguntei se ele suspeitava de eu ter ouvido a bronca que ele tinha levado, e tremi. – No toque do correio hoje – ele continuou –, tinha uma carta pra você. Notei, totalmente por acidente, não era da minha conta, o nome de quem mandou. É um nome um tanto comum, em certos lugares, mas... Esta é a pergunta pessoal que não precisa responder: por acaso a pessoa que escreveu aquela carta tinha o braço esquerdo cortado no pulso?

Acho que meu queixo caiu.

– Como sabe? Senhor?

– Estava perto quando aconteceu. É o Coronel Dubois, certo?

– Sim, senhor. Foi meu professor de História e Filosofia da Moral no colégio.

Acho que essa foi a única vez que deixei o Sargento Zim impressionado, mesmo que só um pouco. Suas sobrancelhas se levantaram uns três milímetros e seus olhos se arregalaram levemente.

– Mesmo? Você deu muita sorte. – E acrescentou: – Quando responder à carta, se não se importar, poderia dizer que o Sargento Embarcado Zim lhe envia os seus cumprimentos?

– Sim, senhor. Ah… Acho que talvez ele tenha mandado um recado pro senhor.

– *Quê?*

– Hã, não tenho certeza. – Apanhei a carta e li apenas: – "…se acontecer de cruzar com algum dos meus antigos companheiros, dê a eles os meus mais calorosos cumprimentos". É para o senhor?

Zim ficou meditativo, seus olhos olhando através de mim, para algum outro lugar.

– É? Sim, é. Para mim, entre outros. Muito obrigado. – Então, de repente, havia acabado e ele disse rápido: – Nove minutos até a parada. E você ainda precisa tomar banho e se trocar. Quicando, soldado.

CAPÍTULO VII

O jovem recruta é tolo. Ele
pensa em se matar.
Perdeu sua coragem; ele
não pode se orgulhar.
Todo dia um chute nele,
o que o ajuda um teco,
Até que se vê com aquele
equipamento completo.
Lavando a sujeira, aquele
mistifório arrumando,
De fazer as coisas dele
nas coxas parando.

RUDYARD KIPLING

Não vou falar muito mais sobre o treinamento. A maior parte era simples trabalho, mas me deixou bem preparado. Não é preciso dizer mais nada.

Mas quero falar um pouco dos trajes mecanizados, em parte porque fiquei fascinado por eles e também porque foram eles que me meteram em problemas. Não estou reclamando; mereci o que recebi.

Um soldado da I. M. vive de seu traje da mesma forma que um do K-9 vive de, com e ao lado de seu parceiro canino. A armadura mecanizada é metade da razão pela qual nos chamamos de "Infantaria Móvel" em vez de apenas "Infantaria". (A outra metade são as naves que nos transportam e as cápsulas em que descemos.) Nossos trajes nos dão olhos melhores, ouvidos melhores, costas mais fortes (para carregar armas mais pesadas e mais munição), pernas melhores, mais inteligência ("inteligência" no sentido militar; um homem num traje pode ser tão burro quanto qualquer um... mas é melhor que não seja), mais poder de fogo, maior resistência, menor vulnerabilidade.

Um traje não é um traje espacial... embora possa servir como um. Não é fundamentalmente uma armadura... embora os Cavaleiros da Távola Redonda não fossem tão bem blindados quanto nós. Não é um tanque... mas um único soldado da i. m. poderia enfrentar um esquadrão daquelas coisas e acabar com elas sem ajuda, se alguém fosse tolo o bastante para usar tanques contra a i. m. Um traje não é uma nave, mas pode voar, um pouco... por outro lado, nem naves nem aviões podem lutar contra um soldado num traje, exceto por bombardeio de saturação da área em que ele está (como queimar uma casa para matar uma pulga!). Inversamente, podemos fazer muitas coisas que não seriam possíveis para nenhuma nave (aérea, submarina ou espacial).

Há uma dúzia de jeitos diferentes de infligir destruição impessoal por atacado, via naves e mísseis de um tipo ou de outro, catástrofes tão generalizadas, tão pouco seletivas, que a guerra acaba porque a nação ou o planeta deixou de existir. O que fazemos é inteiramente diferente. Tornamos a guerra tão pessoal quanto um soco no nariz. Podemos ser seletivos, aplicando com precisão a quantidade necessária de pressão num ponto especificado e num momento designado. Nunca recebemos ordens de descer e matar ou capturar todas as ruivas canhotas numa área específica, mas temos a capacidade para fazer isso, se nos mandarem. E faremos.

Somos os caras que vão a um lugar específico, na hora h, ocupamos um terreno determinado, ficamos nele, arrancamos o inimigo de seus buracos e fazemos com que ele, ali e na hora, se renda ou morra. Somos a maldita infantaria, os pracinhas, os "pé de poeira", o soldado a pé que vai até onde o inimigo está e o enfrenta em pessoa. Temos feito isso, com mudanças nas armas, mas poucas no ofício, pelo menos desde cinco mil anos atrás, quando os marchadores de Sargão, o Grande, forçaram os sumérios a pedir água.

Quem sabe um dia eles possam fazer as coisas sem a gente. Quem sabe algum gênio louco com miopia, testa saliente e mente cibernética invente uma arma que possa descer num buraco, agarrar o adversário e forçá-lo a se render ou morrer... sem matar aquele grupo da nossa gente que eles prenderam lá embaixo. Não tenho como saber; não sou um gênio, sou um soldado da I. M. Enquanto isso, até que eles construam uma máquina pra ficar no nosso lugar, meus companheiros podem dar conta do serviço... e talvez eu também possa ajudar um pouco.

Quem sabe um dia eles deixem tudo bonito e em ordem, e aí teremos aquela coisa sobre a qual cantamos, quando "não vamos mais estudar a guerra". Quem sabe. Quem sabe no mesmo dia em que o leopardo tire as manchas e arranje um emprego de vaca leiteira. Mas, repito, não tenho como saber; não sou um professor de cosmopolítica; sou um soldado da I. M. Quando o governo manda, eu vou. Entre as missões, durmo pra caramba.

Mas, embora ainda não tenham feito uma máquina pra nos substituir, eles certamente pensaram em algumas coisinhas pra nos ajudar. O traje, em especial.

Não é preciso descrever a aparência dele, já que eles estão sempre aparecendo na mídia. Trajado, você parece um gorilão de aço, carregando armas tamanho gorila. (Quem sabe seja por isso que os sargentos comecem seus comentários com: "Seus macacos...", embora ache mais provável que os sargentos de César usassem o mesmo epíteto.)

Só que os trajes são bem mais fortes que um gorila. Se um homem da I. M. em um traje trocasse abraços com um gorila, o gorila acabaria morto, esmagado; o homem e o traje não ficariam nem amarrotados.

Os "músculos", a pseudomusculatura, ganham toda a publicidade, mas é o controle de toda essa força que merece a fama. A coisa de gênio no projeto é que você não precisa controlar o traje; precisa apenas vesti-lo, como as suas roupas, como a sua pele. Qualquer tipo de nave, você tem que aprender a pilotar; demora demais, todo um novo conjunto de reflexos, um jeito diferente e artificial de pensar. Mesmo andar de bicicleta exige uma habilidade adquirida, muito diferente de caminhar, enquanto uma espaçonave... Ah, cara! Eu não vou viver o bastante. Espaçonaves são para acrobatas que também sejam matemáticos.

Mas um traje, você apenas veste.

Pesa talvez uns novecentos quilos, com equipamento completo. No entanto, da primeiríssima vez que te encaixam dentro de um, você já consegue andar, correr, saltar, deitar, apanhar um ovo sem quebrar (precisa de um pouquinho de prática pra isso, mas qualquer coisa melhora com a prática), dançar uma giga (isto é, caso você saiba dançar uma giga, *sem* o traje), além de pular por cima da casa do vizinho e pousar como uma pluma.

O segredo está na realimentação negativa e na amplificação.

Não me peça pra desenhar os circuitos de um traje; eu não sei. Mas ouvi falar que alguns violinistas profissionais muito bons também não sabem fabricar um violino. Posso fazer a manutenção e reparos de campo, além de conferir os trezentos e quarenta e sete itens desde "frio" até pronto para vestir, e isso é tudo o que se espera que um soldado de infantaria burro faça. Porém, se meu traje fica doente de verdade, chamo o doutor... Um doutor em Ciência (Engenharia Eletromecânica), que é um oficial de estado-maior da Marinha, geralmente um tenente ("capitão", pela nossa hierarquia), parte da companhia embarcada do transporte de tropas, ou que é designado, contra a vontade, para um quartel de regimento no Acampamento Currie, um "destino pior que a morte" para alguém da Marinha.

Mas se você está mesmo interessado nos desenhos técnicos, nos estéreos e nos diagramas da fisiologia de um traje, pode achar a maior parte, a parte não secreta, em qualquer biblioteca pública de tamanho razoável. Para a pequena parte que é secreta, só procurando um agente inimigo confiável. Digo "confiável" porque espiões são uma raça de pilantras; é provável que te vendam as partes que você pode conseguir de graça na biblioteca pública.

Mas aqui está como funciona, sem os esquemas. O lado de dentro do traje é uma massa de receptores de pressão, centenas deles. Você empurra com as costas da mão; o traje sente isso, amplifica, empurra com você para retirar a pressão dos receptores que deram a ordem para empurrar. É confuso, mas a realimentação negativa é sempre uma ideia confusa da primeira vez, mesmo que o seu corpo tenha feito isso desde que parou de chutar desamparado quando era um bebê. As crianças pequenas ainda estão aprendendo a realimentação negativa; é por isso que são desajeitadas. Os adolescentes e adultos fazem isso sem sequer imaginar que um dia precisaram aprender... E um homem com a doença de Parkinson tem os circuitos dessa área danificados.

O traje tem uma realimentação que o faz imitar *qualquer* movimento que você faça, exatamente... só que com grande força.

Força controlada... Controlada sem você precisar pensar a respeito. Você pula, aquele traje pesado pula, apenas mais alto do que você poderia pular se estivesse sem ele. Pule realmente forte, e os jatos do traje entram em ação, amplificando o que os "músculos" das pernas do traje fizeram, te dando um empurrão de três jatos, o eixo de pressão dos quais passa através do seu centro de massa. Desse modo, você pula por cima daquela casa. O que te faz descer tão rápido quanto subiu... O que o traje percebe por meio de um mecanismo de proximidade e aproximação (um tipo de radar simplificado, parecido com uma espoleta de proximidade) e, dessa forma, volta a acionar os jatos com a força exata para amortecer a aterrissagem sem você ter que pensar nisso.

E *essa* é a beleza de um traje mecanizado: você não precisa pensar nele. Não precisa dirigi-lo, pilotá-lo, guiá-lo, operá-lo; você apenas o veste e ele recebe ordens diretamente dos seus músculos e faz por você o que seus músculos estão tentando fazer. Isso te deixa com toda a sua mente livre para manejar as armas e prestar atenção ao que acontece ao redor... o que é de *vital* importância para um soldado que deseje morrer na cama. Se você sobrecarrega um "pé de poeira" com um monte de engenhocas que ele precisa monitorar, alguém com um equipamento muito mais simples... digamos, um machado de pedra, vai chegar de mansinho e rachar a cabeça dele enquanto ele está tentando ler um mostrador.

Seus "olhos" e "ouvidos" também são equipados pra te ajudar sem estorvar a sua atenção. Digamos que você tenha três circuitos de áudio, o usual num traje de assalto. O controle de frequência para manter a segurança tática é muito complexo, pelo menos duas frequências para cada circuito, ambas necessárias para todo e qualquer sinal e cada uma delas mudando sob o controle de um relógio de césio sincronizado com a outra ponta com precisão de um micromicrossegundo... No entanto, tudo isso não é problema seu. Você quer o circuito A, pra falar com o seu líder de esquadra, você mexe o queixo pra baixo, como se estivesse mordendo, uma vez; para o circuito B, duas vezes, e assim por diante. O microfone fica preso com fita adesiva na sua garganta, os fones ficam dentro dos seus ouvidos e não têm como cair; é só você falar. Além disso, microfones externos de cada lado do capacete proporcionam audição estereofônica para a vizinhança imediata, como se a sua cabeça estivesse nua, ou você pode suprimir qualquer vizinho barulhento e não perder o que o seu comandante de pelotão está dizendo, simplesmente virando a cabeça.

Visto que a cabeça é a única parte do corpo que não fica envolvida pelos receptores de pressão controlando os músculos do traje, você a usa (os músculos da mandíbula, o queixo, o pescoço) para acionar coisas e, assim, manter as mãos livres para lutar. A placa em frente ao queixo controla todas as apresentações visuais da mesma forma que a do maxilar faz com o áudio. Todos os visores são projetados num espelho, na frente da testa, a partir de onde o trabalho realmente é feito, acima e atrás da cabeça. Todo esse equipamento no capacete te deixa parecido com um gorila hidrocéfalo, mas, com sorte, o inimigo não vai viver o bastante pra ficar ofendido com a sua aparência. Além disso, é um arranjo muito prático: você pode chavear entre vários tipos de monitores de radar mais rápido do que pode mudar de canal pra fugir dos comerciais, pode pegar um ângulo e distância, localizar seu chefe, verificar seus homens do flanco, o que quiser.

Se você jogar a cabeça para trás, como faz um cavalo incomodado por uma mosca, seus visores infravermelhos sobem pra sua testa; jogue a cabeça de novo e eles descem. Se soltar o lançador de foguetes, o traje o puxa de volta até que você precise dele de novo. Não há motivo para discutir bicos de água, suprimento de ar, giroscópios etc. O objetivo de todos os arranjos é o mesmo: deixar você livre para exercer o seu ofício: massacrar.

É claro que essas coisas exigem prática, e você pratica até que escolher o circuito que quer se torna tão automático quanto escovar os dentes, e assim por diante. Mas apenas vestir o traje, se mexer nele, não exige quase nenhuma prática. Você pratica pular porque, apesar de fazer isso com um movimento completamente natural, você pula mais alto, mais rápido, mais longe e fica mais tempo no ar. Só esta última diferença já exige uma nova orientação; esses segundos no ar podem ser usados. Em combate, segundos são joias inestimáveis. Enquanto você está fora do chão num salto, pode fazer uma leitura de direção e distância, escolher um alvo, falar e ouvir, disparar uma arma, recarregá-la, decidir saltar de novo sem pousar e passar por cima do sistema automático para reativar os jatos. Você pode fazer *tudo* isso numa quicada só, com prática.

No entanto, em geral, a armadura mecanizada não exige prática; ela simplesmente faz as coisas por você, do jeitinho que você faria, apenas melhor. Tudo, menos uma coisa: você *não* tem como alcançar onde está coçando. Se algum dia eu achar um traje que me deixe coçar as costas, caso com ele.

Existem três tipos principais de armadura na I. M.: de assalto, de comando e de reconhecimento. Trajes de reconhecimento são bem rápidos e têm longo alcance, porém com armamento leve. Trajes de comando têm bastante energia e combustível de salto, são rápidos e conseguem pular alto; têm o triplo do equipamento de comunicação e radar dos outros trajes, além de um rastreador de posição estimada, inercial. Os de assalto são praqueles sujeitos nas fileiras com olhar de sono: os carrascos.

* * *

Como acho que já disse, me apaixonei pelas armaduras mecanizadas, mesmo que tenha ganhado um ombro distendido na minha primeira experiência com elas. Depois disso, qualquer dia em que o meu grupo de combate tivesse permissão de praticar com os trajes era um grande dia pra mim. No dia em que fiz besteira, eu tinha divisas de sargento simuladas, era um comandante de GC simulado, e estava armado com foguetes atômicos simulados para usar contra um inimigo simulado na escuridão simulada. Esse foi o problema: tudo era simulado... Mas você era obrigado a se comportar como se fosse tudo real.

Estávamos em retirada – "avançando pela retaguarda", quero dizer –, e um dos instrutores, por controle remoto, cortou a força de um dos meus homens, fazendo dele uma baixa indefesa. Conforme a doutrina da I. M., ordenei a recolha e me senti todo orgulhoso por ter conseguido dar a ordem antes de o meu número dois sair correndo, por conta própria, pra fazer exatamente isso. Eu me voltei para a próxima coisa que tinha a fazer, que era arranjar um rebuliço atômico simulado, de modo a fazer o inimigo simulado desistir de nos alcançar.

Nosso flanco estava girando; era para eu disparar meio que na diagonal, mas com o espaçamento necessário para proteger meus próprios homens da explosão, ao mesmo tempo que perto o bastante para estorvar os bandidos. Quicando, é claro. Tínhamos discutido de antemão o movimento sobre o terreno e o problema em si; ainda estávamos verdes. A única variável que devia ficar em aberto eram as baixas.

A doutrina exigia que eu localizasse *exatamente*, pelo farol-radar, meus próprios homens que pudessem ser afetados pela explosão. Só que tudo isso precisava ser feito depressa, e a verdade é que eu não estava tão afiado em ler aqueles visores de radar pequenos. Trapaceei só um pouquinho: levantei os visores e dei uma olhada, a olho nu e à luz do dia. Tinha espaço de sobra. Droga, dava pra *ver* o único homem afetado, a quase um quilômetro, e tudo que eu tinha era só um foguetinho de alto explosivo, que servia pra fazer um monte de fumaça e não muito mais. Por isso, escolhi um lugar pelo olho, peguei o lançador de foguetes e mandei brasa.

Em seguida, quiquei pra longe, me achando o máximo: não tinha perdido nem um segundo.

E minha força foi cortada no ar. Isso não te machuca; é uma ação com retardo, executada no pouso. Aterrissei e fiquei ali empacado, de cócoras, mantido na vertical pelos giroscópios, mas incapaz de me mover. Você não, repito, *não* se mexe quando está cercado por uma tonelada de metal e com a força desligada.

Em vez disso, fiquei xingando pra mim mesmo. Não tinha imaginado que podiam me tornar uma baixa, quando era eu que devia liderar o exercício. Droga e outros comentários.

Devia ter imaginado que o Sargento Zim ia ficar monitorando o comandante do grupo de combate.

Ele veio quicando até mim e falou comigo em particular, cara a cara. Sugeriu que talvez eu conseguisse trabalho limpando o chão, já que era burro, estabanado e relapso demais pra cuidar de pratos sujos. Discutiu o meu passado e meu provável futuro, além de várias outras coisas que eu preferia não ouvir. Terminou dizendo, em tom frio:

– Ia gostar se o Coronel Dubois visse o que você fez?

Então ele foi embora. Eu fiquei ali esperando, agachado, por duas horas, até que o treino acabasse. O traje, que antes era leve como uma pluma, botas de sete léguas reais, parecia agora uma donzela de ferro. Por fim, ele voltou pra me pegar, restaurou a força, e quicamos juntos à velocidade máxima até o comando do batalhão.

O Capitão Frankel disse menos e, ainda assim, machucou mais.

Então ele fez uma pausa e acrescentou naquela voz sem tom nenhum que os oficiais usam quando citam regulamentos:

– Você tem o direito de pleitear ser julgado por uma corte marcial, se assim decidir. O que diz?

Engoli em seco e disse:

– Não, senhor!

Até aquela hora, eu não havia entendido bem o *tamanho* do problema em que tinha me metido.

O Capitão Frankel pareceu relaxar um pouco.

– Então vamos ver o que o Comandante do Regimento diz. Sargento, escolte o prisioneiro.

Andamos rapidamente até o comando regimental e, pela primeira vez, me vi face a face com o Comandante do Regimento... e nessa altura eu já estava certo de que ia ter de encarar um c. j. m., não importava o que acontecesse. Mas eu me lembrava muito bem de como Ted Hendrick tinha ido parar em um; fiquei quieto.

O Major Malloy me dirigiu um total de cinco palavras. Após ouvir o Sargento Zim, disse três delas:

– Isso está correto?

Respondi:

– Sim, senhor – o que encerrou a minha parte da conversa.

O Major Malloy perguntou ao Capitão Frankel:

– Há alguma chance de recuperar este homem?

O Capitão Frankel respondeu:

– Acredito que sim, senhor.

O Major Malloy disse:

– Então vamos tentar uma punição administrativa.

Virou-se para mim e disse:

– Cinco chibatadas.

* * *

Bem, eles com certeza não me deixaram esperando. Quinze minutos depois, o médico tinha acabado de examinar o meu coração e o Sargento da Guarda estava me vestindo com aquela camisa especial que sai sem ter de passar pelas mãos; tinha zíperes descendo do pescoço até a ponta das mangas. Tinham acabado de soar o toque de reunir para a parada. Eu me sentia distante, irreal… O que, descobri depois, era uma forma de estar com medo a ponto de perder os sentidos. A alucinação de um pesadelo…

Zim entrou na barraca da guarda bem na hora em que o toque acabava de soar. Deu uma olhada para o Sargento da Guarda, o Cabo Jones, e Jones saiu. Zim veio até mim e pôs algo em minha mão.

– Morda isto – ele disse baixinho. – Ajuda. Eu sei.

Era um protetor bucal de borracha do tipo que usávamos para evitar quebrar os dentes nos treinos de combate corpo a corpo. Zim saiu. Coloquei o protetor na boca. Então eles me algemaram e me conduziram pra fora.

A ordem dizia:

– …em combate simulado, flagrante negligência que poderia, em combate, ter provocado a morte de um companheiro.

Em seguida, minha camisa foi retirada e me dependuraram.

Agora, tem uma coisa muito estranha: um açoitamento não é tão difícil de receber quanto é de *assistir*. Não quero dizer que seja um passeio. Dói mais que qualquer coisa que já tenha acontecido comigo, e a espera entre os golpes é pior que os próprios golpes. Mas o protetor realmente ajudou e o único grito que deixei escapar não passou por ele.

E outra coisa estranha: ninguém jamais tocou no assunto comigo, nem mesmo os outros recrutas. Até onde deu pra notar, Zim e os instrutores me trataram depois disso exatamente do mesmo jeito que antes. A partir do momento em que o médico pincelou os vergões e me disse pra voltar ao serviço, o assunto estava completamente encerrado. Até consegui comer um pouco naquela noite, no jantar, e fingi tomar parte na conversa fiada da mesa.

Outra coisa sobre punições administrativas: não fica uma marca negra permanente. Os registros são destruídos no fim do treinamento e você começa limpo. O único registro é aquele que conta mais.

Dele, você *não* se esquece.

CAPÍTULO VIII

*Ensina ao jovem o caminho que deve seguir;
mesmo quando envelhecer, não se afastará dele.*

PROVÉRBIOS 22:6

Houve outros açoitamentos, mas bem poucos. Hendrick foi o único do regimento a ser açoitado por sentença de uma corte marcial; os outros foram punições administrativas, como a minha, e para açoitar alguém era preciso cobrir todo o caminho até o Comandante do Regimento, algo que um comandante subordinado acha desagradável, pra dizer o mínimo. Mesmo então, o Major Malloy preferia chutar um homem com uma "exclusão de indesejável" do que ter o poste erigido. De certo modo, um açoite administrativo é o tipo mais fraco de elogio: significa que os seus superiores pensam haver uma débil chance de que você possa, um dia, ter o caráter para ser um soldado e um cidadão, por mais que pareça improvável neste momento.

Fui o único a pegar a punição administrativa máxima; nenhum dos outros pegou mais que três chibatadas. Ninguém mais chegou tão perto quanto eu de pegar roupas civis e ainda assim escapou. É uma espécie de distinção social. Uma que não recomendo.

Mas tivemos outro caso, muito pior que o meu ou o de Ted Hendrick; um de revirar o estômago. Uma vez em que eles erigiram a forca.

Agora, olhe, entenda isto direito. O caso na verdade não tinha nada a ver com o Exército. O crime não foi no Acampamento Currie e o oficial de colocação que aceitou aquele cara para a i. m. devia devolver o uniforme.

Ele desertou, apenas dois dias após chegarmos ao Currie. Ridículo, é claro, mas nada sobre o caso fazia sentido. Por que não se exonerou? Deserção, naturalmente, é um dos "trinta e um jeitos de se ferrar", mas o Exército não invoca a pena de morte por causa dela a não ser que haja circunstâncias especiais, tais como "diante do inimigo" ou alguma coisa que a transforme de um jeito altamente informal de se exonerar em algo que não possa ser ignorado.

O Exército não faz nenhum esforço para encontrar desertores e trazê-los de volta. E isso faz todo o sentido. Somos todos voluntários; somos da i. m. porque queremos ser, temos orgulho de ser da i. m. e a i. m. tem orgulho de nós. Se alguém não se sente assim, desde os pés calejados até as orelhas cabeludas, não vou querer esse homem no meu flanco quando os problemas começarem. Se eu comprar uma parte de uma campa, quero homens à minha volta que vão me recolher porque são da i. m. e eu também sou, e a minha pele significa tanto pra eles quanto a deles mesmos. Não quero nenhum soldado de mentira, arrastando os pés e pulando fora quando a coisa fica preta. É muito mais seguro ter uma falha na fila no seu flanco do que ter um pretenso soldado que está alimentando a síndrome do "conscrito". Então, se eles fogem, que fujam; é perda de tempo e dinheiro trazer esses de volta.

É claro que a maioria volta, ainda que, às vezes, leve anos. Nesse caso, o Exército, indiferente, os deixa receber as suas cinquenta chibatadas, em vez de enforcá-los, e depois os solta. Imagino que deve acabar com os nervos de alguém ser um fugitivo quando todo mundo é ou um cidadão ou um residente legal, mesmo quando a polícia não está atrás dele. "O perverso foge quando ninguém o persegue." Deve ser esmagadora a tentação de se entregar, receber seus vergões e poder respirar aliviado de novo.

Mas esse cara não se entregou. Já fazia quatro meses que havia desaparecido e duvido que sua própria companhia se lembrasse dele, já que o sujeito ficou com eles apenas um par de dias; devia ser nada mais que um nome sem rosto, "Dillinger, N. L.", que, na formatura da manhã, precisava ser marcado, dia após dia, como ausente sem licença.

E então ele matou uma garotinha.

Foi julgado e condenado por um tribunal local, mas uma verificação de identidade mostrou que era um soldado sem dispensa; o Departamento precisou ser notificado e o nosso general comandante interveio de pronto. Dillinger nos foi devolvido, já que a lei e a jurisdição militares têm precedência sobre o código civil.

Por que o general se deu ao trabalho? Por que não deixou o xerife local fazer o serviço?

Pra "nos ensinar uma lição"?

De modo algum. Tenho absoluta certeza de que o general não achava que algum dos seus rapazes precisasse ficar mal do estômago pra não matar garotinhas. Hoje, acredito que ele teria nos poupado daquela cena... se fosse possível.

Aprendemos, sim, uma lição, mesmo que ninguém a tenha comentado na época, uma que demora bastante para absorver até se tornar uma segunda natureza:

A I. M. toma conta dos seus, não importa o que aconteça. Dillinger era um de nós, ainda estava em nossas listas. Muito embora não o quiséssemos, muito embora nunca devêssemos tê-lo recebido, muito embora teríamos nos alegrado em renegá-lo, ele era parte do nosso regimento. Não podíamos fazer de conta que não existia e deixar que um xerife a mais de mil quilômetros de distância cuidasse do assunto. Se precisa ser feito, um homem, um homem de verdade, atira ele mesmo no seu cachorro; não paga um intermediário que pode fazer um serviço malfeito.

Os registros do regimento diziam que Dillinger era nosso, por isso tomar conta dele era nosso dever.

Naquele fim de tarde, marchamos lentamente até a praça de armas, sessenta batidas por minuto (um compasso difícil de manter, quando se está acostumado com cento e quarenta), enquanto a banda tocava a "Marcha Fúnebre para os Não Lamentados". Então Dillinger foi conduzido, vestido com uniforme completo da I. M., tal qual estávamos, e a banda tocou a "Danny Deever" enquanto eles removiam todo traço de insígnia, mesmo os botões e quepe, deixando--o com uma roupa castanha e azul-clara que não era mais um uniforme. Os tambores rufaram longamente, e então estava acabado.

Passamos em revista e voltamos pras barracas a passo rápido. Acho que ninguém desmaiou e acho que ninguém passou exatamente mal, muito embora a maioria não tenha comido muito no jantar daquela noite e eu nunca tenha ouvido a barraca do rancho tão quieta. No entanto, apesar de ter sido horrendo (foi a primeira vez que vi a morte, a primeira vez para a maioria de nós), não foi um choque como foi o açoitamento de Ted Hendrick. Quero dizer, você não podia se colocar no lugar de Dillinger, não havia qualquer sensação de: "Podia ter sido *eu*". Não contando a questão técnica da deserção, Dillinger havia cometido pelo menos quatro crimes capitais; se a sua vítima tivesse sobrevivido, ele ainda assim teria dançado a Danny Deever por qualquer um dos outros três: rapto, pedido de resgate, negligência criminosa, etc.

Não tive nenhuma pena dele e ainda não tenho. Aquele velho dito de que "tudo compreender é tudo perdoar" é uma grande bobagem. Algumas coisas, quanto mais você as compreende, mais as abomina. Minha compaixão é reservada para Barbara Anne Enthwaite, que eu nunca vi, e para os pais dela, que nunca mais veriam a sua garotinha.

Assim que a banda guardou os instrumentos naquela noite, começamos trinta dias de luto por Barbara e de vergonha para nós, com nossa bandeira coberta de preto, sem música na parada, sem canto nas marchas de estrada. Apenas uma vez ouvi alguém reclamar, e na mesma hora outro recruta perguntou se ele ia gostar de uma coleção completa de vergões. Claro, não tinha sido culpa nossa… mas o nosso trabalho era proteger garotinhas, não matá-las. Nosso regimento havia sido desonrado; tínhamos que limpar essa nódoa. Estávamos desmoralizados e *nos sentíamos* desmoralizados.

Naquela noite, tentei imaginar como essas coisas podiam ser evitadas. Claro, elas quase nunca acontecem hoje em dia… mas mesmo uma vez é demais. Nunca cheguei a uma resposta que me satisfizesse. Esse Dillinger… parecia um sujeito igual a qualquer um, e o seu comportamento e passado não deviam ser muito estranhos, ou nunca teria chegado ao Acampamento Currie pra começar. Suponho que fosse uma daquelas personalidades patológicas que a gente lê a respeito; não tem como identificá-las.

Bem, se não tinha jeito de evitar que isso acontecesse uma vez, havia um único jeito seguro de não deixar acontecer duas vezes: o que tínhamos usado.

Se Dillinger entendia o que estava fazendo (algo difícil de acreditar), então recebeu o merecido... exceto que era uma pena ele não ter sofrido tanto quanto a pequena Barbara Anne. Ele praticamente não tinha sofrido nada.

Mas, vamos supor, como parecia mais provável, que ele fosse tão louco que nunca teve consciência de que estava fazendo algo errado. E aí?

Bem, a gente mata cachorros loucos, não é?

Sim, mas estar louco daquele jeito é uma doença...

Eu podia ver apenas duas possibilidades. Ou ele não podia ser curado, caso em que estava melhor morto para seu próprio bem e a segurança dos outros, ou podia ser tratado e recuperar a sanidade. Nesse caso (eu achava), se ele algum dia ficasse mentalmente são o bastante para a sociedade civilizada... e pensasse sobre o que havia feito enquanto estava "doente"... o que restaria a ele além do suicídio? Como iria poder viver com ele mesmo?

E suponha que ele escapasse *antes* que estivesse curado e fizesse a mesma coisa outra vez. E quem sabe *mais outra vez*? Como você explica *isso* para os pais desolados? Em vista do passado dele?

Eu podia ver apenas uma resposta.

Percebi que estava me lembrando de uma discussão em nossa classe de História e Filosofia da Moral. O Prof. Dubois falava sobre as desordens que precederam o colapso da república da América do Norte, no século xx. De acordo com ele, houve uma época logo antes de eles entrarem pelo ralo em que crimes como os de Dillinger eram tão comuns quanto brigas de cachorros. O Terror não tinha sido apenas na América do Norte... A Rússia, as Ilhas Britânicas tiveram o mesmo problema, assim como outras partes do mundo. Mas alcançou o pico na América do Norte logo antes de as coisas irem por água abaixo.

– Pessoas cumpridoras da lei – Dubois nos contou – raramente se atreviam a ir a um parque público à noite. Fazer isso era se arriscar a ser atacado por alcateias de crianças, armadas com correntes, facas, armas de fogo caseiras, porretes... Se arriscar a, no mínimo, ser ferido, quase com certeza roubado, provavelmente aleijado para o resto da vida... ou até morto. Isso continuou por anos, até a guerra entre a Aliança Russo-Anglo-Americana e a Hegemonia Chinesa. Assassinato, vício em drogas, roubo, assalto e vandalismo eram coisas comuns. E os parques não eram os únicos lugares. Essas coisas também aconteciam nas ruas, à luz do dia, nos pátios das escolas, até dentro dos prédios escolares. Mas os parques eram tão notoriamente inseguros que gente honesta ficava longe deles depois do escurecer.

Eu havia tentado imaginar essas coisas acontecendo em nossas escolas. Simplesmente não conseguia. Nem em nossos parques. Um parque era um lugar pra se divertir, não pra se machucar. E ser morto em um...

– Professor, eles não tinham polícia? Ou tribunais?

– Tinham muito mais polícia do que nós. E mais tribunais. Todos com sobrecarga de trabalho.

– Acho que não entendo.

Se um garoto da nossa cidade tivesse feito metade daquilo... Bem, ele e o pai teriam sido açoitados lado a lado. Mas essas coisas simplesmente não aconteciam.

O Prof. Dubois então me intimou:

– Defina um "delinquente juvenil".

– Hã, um daqueles garotos... aqueles que espancavam as pessoas.

– Errado.

– Hã? Mas o livro diz...

– Minhas desculpas. O seu livro didático realmente diz isso. Só que chamar um rabo de perna não faz com que o nome esteja certo. "Delinquente juvenil" é uma contradição em termos, uma que nos dá uma pista para o problema deles e a sua incapacidade de resolvê-lo. Você já criou um cachorrinho?

– Sim, senhor.

– E o treinou para não fazer as necessidades dentro de casa?

– Bem... Sim, senhor. Depois de um tempo. – Foi a minha lerdeza nisso que fez a minha mãe decretar que cães deviam ficar fora de casa.

– Ah, sim. Quando o seu cachorrinho fazia besteira, você ficava zangado?

– Quê? Ora, ele não sabia o que estava fazendo; era só um cachorrinho.

– E o que você fazia?

– Ora, eu dava uma bronca, esfregava o nariz dele na sujeira e dava umas palmadas.

– Certamente ele não entendia as suas palavras?

– Não, mas podia notar que eu estava bravo com ele!

– Mas acabou de dizer que não estava zangado.

O Prof. Dubois tinha um jeito de confundir as pessoas que deixava a gente furioso.

– Não, mas eu tinha que fazer ele *pensar* que eu estava. Ele tinha que aprender, não é?

– Concordo. Só que, tendo deixado claro pra ele a sua desaprovação, como pôde ser tão cruel a ponto de também bater nele? Disse que o pobre bichinho não sabia que estava fazendo algo de errado. Mesmo assim, fez com que ele sofresse. Justifique-se! Ou você é um sádico?

Na época, eu não sabia o que era um sádico... mas sabia de cachorrinhos.

– Professor, o senhor *tem que* fazer assim! Dar uma bronca pra ele saber que fez algo errado, esfregar o nariz dele naquilo pra que saiba do que você está falando, dar umas palmadas pra ele não fazer mais... e precisa fazer isso na hora! Não ajuda nada castigar o cachorro mais tarde; isso vai só confundir o bicho. Mesmo assim, ele não vai aprender com uma lição, então a gente fica de olho e o pega de novo e bate mais forte. Rapidinho ele aprende. Mas é uma perda de tempo apenas dar bronca nele. – Então acrescentei: – Aposto que o senhor nunca criou um cachorrinho.

– Muitos. Estou criando um bassê agora... usando os seus métodos. Vamos voltar àqueles criminosos juvenis. Os piores de todos eram, em média, um pouco mais novos que vocês aqui nesta classe... E geralmente começavam na carreira do crime bem mais novos. Mas não vamos esquecer daquele cachorrinho. Essas crianças eram apanhadas muitas vezes; a polícia prendia montes delas todos os dias. Elas levavam bronca? Sim, e em geral severas. Os seus narizes eram esfregados no que haviam feito? Raramente. Os órgãos de imprensa e do governo em geral mantinham os nomes delas em segredo... Em muitos lugares isso era exigido por lei para criminosos de menos de dezoito anos. Elas apanhavam? De jeito nenhum! Muitas não tinham apanhado nem quando eram pequenas; havia uma crença generalizada de que bater nas crianças, ou aplicar qualquer punição que envolvesse dor, provocava um dano psíquico permanente.

(Cheguei à conclusão de que o meu pai nunca tinha ouvido falar dessa teoria.)

– Qualquer punição física nas escolas era proibida por lei – ele continuou. – O açoitamento, como sentença de um tribunal, era lícito apenas em uma pequena província, o Delaware, e mesmo lá apenas para uns poucos crimes e raramente era invocado; era considerado como uma "punição cruel e incomum". – Dubois pensou em voz alta: – Não entendo essas objeções a punições "cruéis e incomuns". Mesmo que um juiz deva ser benevolente em seus propósitos, suas sentenças devem fazer com que o criminoso sofra, do contrário não há punição... E a dor é o mecanismo básico, incorporado em nós por milhões de anos de evolução, que nos protege, nos avisando quando algo ameaça a nossa sobrevivência. Por que a sociedade iria se recusar a usar um mecanismo de sobrevivência tão altamente aperfeiçoado desses? No entanto, aquela época estava recheada de absurdos pseudopsicológicos pré-científicos.

– Quanto a "incomum", uma punição tem que ser incomum, ou não serve pra nada. – Então ele apontou o coto para outro cara. – O que ia acontecer se alguém batesse em um cachorrinho de hora em hora?

– Hã... Acho que ele ficaria maluco!

– Também acho. Sem dúvida não aprenderia coisa nenhuma. Quando tempo faz desde a última vez que o diretor desta escola teve que usar a vara em um aluno?

– Hã, não tenho certeza. Uns dois anos. Foi o cara que roubou...

– Não importa. Tempo suficiente. Isso quer dizer que é uma punição incomum o bastante para ser significativa, para desencorajar, para ensinar. De volta àqueles jovens criminosos... É provável que não tenham apanhado quando pequenos; sem dúvida não foram açoitados por seus crimes. A sequência habitual era: por um primeiro delito, um aviso; uma bronca, quase sempre sem julgamento. Depois de vários delitos, uma sentença de prisão, mas com a sentença suspensa e o jovem colocado em um período de experiência. Um garoto podia ser preso muitas vezes e condenado várias vezes antes que fosse punido... e então a punição seria o mero confinamento, junto de outros como ele, de quem aprenderia ainda mais hábitos criminosos. Caso não se metesse em maiores confusões enquanto confinado, podia em geral se safar da maior parte dessa punição já suave, e ser colocado em um período de experiência... "Liberdade condicional", no jargão da época.

"Essa incrível série de acontecimentos podia continuar por anos, enquanto os seus crimes aumentavam em frequência e perversidade, sem nenhuma punição a não ser pelos raros confinamentos, que eram aborrecidos, porém confortáveis. Então, de repente, por lei, em geral em seu aniversário de dezoito anos, esse assim chamado 'delinquente juvenil' se tornava um criminoso adulto... e, algumas vezes, em questão de semanas ou meses, acabava numa cela do corredor da morte, esperando a execução por assassinato. *Você...*"

Tinha me escolhido de novo.

– Suponha que desse apenas broncas no seu cachorrinho, nunca o punisse, deixasse o animal continuar a fazer sujeira dentro da casa... e de vez em quando o trancasse numa casinha, mas logo o deixasse voltar pra dentro de casa, com um aviso pra não fazer mais aquilo. Então um dia você se dá conta de que ele já é um cachorro adulto e *ainda* não aprendeu a fazer sujeira no lugar certo. Então você saca uma arma e o mata. Algum comentário?

– Hã... Esse é o jeito mais maluco de criar um cachorro de que eu já ouvi falar!

– Concordo. Ou uma criança. De quem seria a culpa?

– Hã... Ora, minha, eu acho.

– Concordo de novo. Mas não é um palpite.

– Mas, Prof. Dubois – uma garota disse, num impulso –, mas *por quê?* Por que eles não batiam nas crianças pequenas quando elas precisavam, nem usavam uma boa dose de couro nos mais velhos que mereciam? O tipo de lição que nunca mais iriam esquecer! Falo daqueles que faziam coisas realmente *más*. Por que não?

– Eu não sei – ele respondeu, franzindo a cara –, exceto que esse método testado pelo tempo de instilar virtude social e respeito pela lei nas mentes dos jovens não agradava a uma classe pré-científica e pseudoprofissional que chamavam a si mesmos de "assistentes sociais" ou, algumas vezes, "psicólogos infantis". Pelo jeito, isso era simples demais para eles, já que qualquer um podia fazê-lo, usando apenas a paciência e a firmeza necessárias para treinar um cachorrinho. Algumas vezes me perguntei se eles nutriam um interesse velado na desordem, mas não devia ser: adultos quase sempre agem pelos "mais elevados motivos" conscientes, não importa qual seja o seu comportamento.

– Mas... Deus meu! – a garota respondeu. – Eu não gostava de apanhar, como nenhuma criança gosta, mas quando precisei, mamãe me bateu. A única vez que apanhei de vara na escola, apanhei de novo quando cheguei em casa... e isso foi anos e anos atrás. Não espero nunca ser arrastada pra frente de um juiz e condenada a um açoitamento; você se comporta e essas coisas não acontecem. Não vejo nada de errado com o nosso sistema; é muito melhor do que não ser capaz de ir pra rua por medo de morrer... Nossa, isso é *horrível!*

– Concordo. Minha jovem, o erro trágico que aquelas pessoas bem-intencionadas cometeram, comparado com o que elas *pensavam* estar fazendo, é muito profundo. Eles não tinham uma teoria científica da moral. Tinham uma teoria da moral e tentavam viver por ela (eu não devia ter zombado de seus motivos), mas a teoria deles estava *errada*... Metade dela era uma ilusão tonta, a outra metade era charlatanismo racionalizado. Quanto mais seguros dela, mais perdidos ficavam. Veja bem, eles pressupunham que o Homem tem um instinto moral.

– Senhor? Mas eu pensava... Mas ele tem! *Eu* tenho.

– Não, minha querida, você tem uma consciência cultivada, muito cuidadosamente treinada. O Homem *não tem instinto moral*. Ele não nasce com um senso de moral. Você não nasceu com um, nem eu nasci... e um cachorrinho não tem nenhum. Nós *adquirimos* um senso moral, quando o fazemos, por meio de treinamento, experiência e trabalho duro da mente. Aqueles infelizes criminosos juvenis nasceram sem nenhum senso moral, da mesma forma que eu e você, e não tiveram nenhuma chance de adquirir um; suas experiências não permitiram. O que é um "senso moral"? É uma elaboração do instinto de sobrevivência. O instinto de sobrevivência é a natureza humana em si, e cada aspecto de nossas personalidades deriva dele. Qualquer coisa que entre em conflito com o instinto de sobrevivência faz com que, cedo ou tarde, o indivíduo seja eliminado e, dessa forma, deixa de aparecer em gerações futuras. Essa verdade é matematicamente demonstrável, verificável em qualquer lugar; é o único imperativo eterno controlando tudo o que fazemos.

"Mas o instinto de sobrevivência pode ser cultivado em motivações mais sutis e muito mais complexas que a necessidade cega e bruta do indivíduo de permanecer vivo. Minha jovem, o que você por engano chamou de seu 'instinto moral' foi o resultado de os mais velhos terem instilado em você a verdade de que a sobrevivência pode ter imperativos mais fortes que a sua própria sobrevivência pessoal. A sobrevivência da sua família, por exemplo. Dos seus filhos, quando os tiver. Da sua nação, se você se esforçar para chegar tão alto na escala. E assim por diante. Uma teoria da moral cientificamente verificável precisa estar enraizada no instinto de sobrevivência do indivíduo... *e em nenhum outro lugar!*... e precisa descrever corretamente a hierarquia da sobrevivência, apontar as motivações em cada nível e resolver todos os conflitos.

"Temos uma teoria assim agora; podemos resolver qualquer problema moral, em qualquer nível. Interesse próprio, amor à família, dever para com a nação, responsabilidade para com a raça humana... Estamos até desenvolvendo uma ética exata para relações extra-humanas. Mas todos os problemas morais podem ser exemplificados por uma citação errônea: 'Nenhum homem tem um amor maior que o de uma gata que morre para defender seus gatinhos.' Uma vez que você entenda o problema com que se defrontou aquela gata e como ela o resolveu, você estará pronta para examinar a si mesma e descobrir a que altura da escada da moral é capaz de subir.

"Esses criminosos juvenis chegaram a um baixo nível. Nascidos apenas com o instinto de sobrevivência, a moralidade mais elevada a que chegaram foi uma duvidosa lealdade a um grupo de seus iguais, uma gangue de rua. Mas os fazedores-do-bem tentaram 'apelar para suas boas naturezas', tentaram 'chegar a eles', tentaram 'despertar o senso de moral deles'. *Tolice!* Eles *não tinham* 'boas naturezas'; a experiência havia lhes ensinado que aquilo que estavam fazendo era o modo de sobreviver. O cachorrinho nunca apanhou; sendo assim, o que ele fazia com prazer e sucesso devia ser 'moral'.

"A base de toda moralidade é o dever, um conceito que tem a mesma relação com o grupo que o interesse próprio tem com o indivíduo. Ninguém pregou o dever para essas crianças de um jeito que pudessem entender... Ou seja, com uma sova. Mas a sociedade em que estavam contou a elas inúmeras vezes sobre os seus 'direitos'.

"Os resultados deviam ter sido previsíveis, já que o ser humano *não tem nenhum tipo de direito natural.*"

O Prof. Dubois fez uma pausa. E alguém mordeu a isca.

– Senhor? E quanto à "vida, liberdade e busca da felicidade"?

– Ah, sim, os "direitos inalienáveis". Todo ano alguém cita aquela magnífica poesia. Vida? Que "direito" à vida tem um homem que está se afogando no Pacífico? O oceano não vai dar atenção aos seus gritos. Que "direito" à vida tem um homem que precisa morrer se quiser salvar seus filhos? E caso ele escolha salvar a sua própria vida, ele faz isso por uma questão de "direito"? Se dois homens estão morrendo de fome e a única alternativa é o canibalismo, o direito de qual homem é "inalienável"? E isso é "direito"? Quanto à liberdade, os heróis que assinaram aquele grande documento se comprometeram a *pagar* pela liberdade com suas vidas. A liberdade *nunca* é inalienável; ela precisa ser reconquistada constantemente com o sangue dos patriotas, ou ela *sempre* desaparece. De todos os supostos "direitos humanos naturais" que tenham alguma vez sido inventados, a liberdade é aquele com menor probabilidade de ser barato, e *nunca* é grátis.

"O terceiro 'direito'? A 'busca da felicidade'? Sem dúvida é inalienável, mas não é um direito. É apenas uma condição universal que tiranos não podem roubar nem patriotas restaurar. Me joguem numa masmorra, me queimem numa fogueira, me coroem rei dos reis, eu posso 'buscar a felicidade' enquanto meu cérebro viver... Mas nem deuses nem santos, sábios ou drogas sutis podem garantir que vou alcançá-la."

O Prof. Dubois então se virou para mim.

– Eu te disse que "delinquente juvenil" é uma contradição em termos. "Delinquente" significa "o que falhou no dever". Mas *dever* é uma virtude *adulta*. De fato, um jovem se torna um *adulto* quando, e apenas quando, adquire conhecimento dos deveres e se dedica a eles com mais apreço que ao amor-próprio com que nasceu. Nunca houve, não pode *haver*, um "delinquente juvenil". Mas para cada criminoso juvenil, há sempre um ou mais adultos delinquentes: pessoas de idade madura que ou não sabem o seu dever, ou que, sabendo, falharam em cumpri-lo.

"E *esse* foi o ponto fraco que destruiu aquilo que foi, em vários aspectos, uma cultura admirável. Os arruaceiros mirins que vagavam pelas ruas eram sintomas de uma doença maior; seus cidadãos (todos eles eram considerados como tais) glorificavam a tal mitologia dos 'direitos'... e perderam de vista os deveres. Nenhuma nação, assim constituída, pode perdurar."

* * *

Pensei sobre como o Coronel Dubois teria classificado Dillinger. Seria ele um criminoso juvenil que merecia compaixão, mesmo que você tivesse que se livrar dele? Ou seria um delinquente adulto que não merecia mais que desprezo?

Eu não sabia, jamais saberia. A única coisa de que eu tinha certeza é que ele nunca mais iria matar nenhuma garotinha.

Isso era o bastante pra mim. Fui dormir.

CAPÍTULO IX

Não temos lugar nesta unidade para bons perdedores.
Queremos hombres duros que vão até lá e vençam!

ALMIRANTE JONAS INGRAM, 1926

Quando já tínhamos feito tudo o que um "pé de poeira" pode fazer em terreno plano, nos mudamos para umas montanhas rudes de modo a fazer coisas mais rudes ainda: as Rochosas Canadenses, entre o Pico Good Hope e o Monte Waddington. O Acampamento Sargento Spooky Smith era muito parecido com o Acampamento Currie (fora o cenário acidentado), porém muito menor. Bem, o Terceiro Regimento também era muito menor agora: menos de quatrocentos, ao passo que tínhamos começado com mais de dois mil. Agora, a Companhia H estava organizada como um só pelotão, e o batalhão passava em revista como se fosse uma companhia, mas ainda éramos chamados de "Companhia H" e Zim era "Comandante de Companhia", não comandante de pelotão.

O que esse encolhimento significava, na verdade, era muito mais instrução individual; tínhamos mais cabos-instrutores que esquadras, e o Sargento Zim, com apenas cinquenta homens na cabeça, no lugar dos duzentos e sessenta com que havia começado, mantinha seus olhos de Argos em cada um de nós o tempo todo... até quando não estava lá. Pelo menos, se você fizesse besteira, acontecia de ele estar em pé bem atrás de você.

No entanto, agora as broncas que a gente levava tinham um caráter quase amigável, ainda que de um modo horrível, pois nós também havíamos mudado, tanto quanto o regimento: aquele um entre cada cinco recrutas que sobrou era quase um soldado, e Zim parecia estar tentando torná-lo um, em vez de correr com ele pra longe.

Também víamos muito mais o Capitão Frankel; agora, ele passava a maior parte do tempo nos ensinando, em vez de ficar atrás de uma mesa, e conhecia todos pelo nome e pelo rosto, além de parecer ter um fichário na cabeça, com os dados do progresso que cada homem fazia com cada arma, cada equipamento... pra não falar de quanto serviço extra você tinha, seu histórico médico e se havia ou não recebido uma carta de casa ultimamente.

Ele não era tão severo com a gente quanto Zim; suas palavras eram mais brandas e você precisava fazer uma burrada fenomenal pra tirar aquele sorriso camarada do rosto dele... Mas não se engane com isso: havia uma couraça de berílio por baixo do sorriso. Nunca consegui decidir qual era o melhor soldado, Zim ou o Capitão Frankel... Quero dizer, se você tirasse as insígnias e pensasse neles como soldados rasos. Sem dúvida, os dois eram melhores soldados que qualquer um dos outros instrutores... Mas qual era o melhor? Zim fazia tudo com precisão e estilo, como se estivesse numa parada; o Capitão Frankel fazia a mesma coisa com ímpeto e prazer, como se fosse um jogo. Os resultados eram mais ou menos parecidos... e nunca acontecia de as coisas serem tão fáceis quanto o Capitão Frankel fazia parecer.

Precisávamos da abundância de instrutores. Pular num traje (como eu disse) era fácil em terreno plano. Bem, o traje pula tão alto e com a mesma facilidade nas montanhas... só que faz uma tremenda diferença quando você tem que pular pra subir um paredão de granito vertical, entre dois pinheiros juntinhos, e intervir no controle dos jatos no último segundo. Tivemos três baixas graves nos exercícios com trajes em terreno acidentado: dois mortos e uma reforma por razões médicas.

Mas aquele paredão de rocha é mais espinhoso ainda sem um traje, quando atacado com cordas e grampos. Na verdade, eu não conseguia ver como treinamento de alpinismo poderia ser útil para um soldado da i. m., mas havia aprendido a ficar de boca fechada e tentar aprender o que eles nos empurrassem. Aprendi, e não foi tão difícil. Se alguém tivesse me contado, um ano antes, que eu podia escalar um bloco maciço de rocha, tão plano e perpendicular quanto uma parede, usando apenas um martelo, uns pininhos de aço de nada e um pedaço de varal, eu teria rido na cara dele; sou um sujeito do nível do mar. Correção: *era* um sujeito do nível do mar. Havia passado por algumas mudanças.

Comecei a descobrir exatamente o quanto eu havia mudado. No Acampamento Sargento Spooky Smith, tínhamos liberdade... Para ir à cidade, quero dizer. Ah, também tivemos "liberdade" depois do primeiro mês no Acampamento Currie. Isso queria dizer que, na tarde de domingo, se você não estivesse no pelotão de serviço, podia assinalar a sua saída na barraca do ordenança e caminhar pra tão longe do acampamento quanto desejasse, tendo em mente que precisava estar de volta para a formatura do anoitecer. Só que não havia coisa nenhuma dentro da distância de uma caminhada, a não ser que você contasse os coelhos do mato. Nada de garotas, nada de cinemas, nada de salões de baile, nada de nada.

Apesar disso, a liberdade, mesmo no Acampamento Currie, não era um privilégio para se desprezar; algumas vezes é, sem dúvida, muito importante ser capaz de ir pra tão longe que você não consiga ver nenhuma barraca, nenhum sargento, nem mesmo as caras feias dos seus melhores amigos entre os recrutas... nem ter que estar quicando pra coisa nenhuma, ter tempo de botar a alma pra fora e olhar pra ela. Você podia perder esse privilégio em vários graus: podia ficar restrito ao acampamento... ou podia ficar restrito à rua da sua companhia, o que significava que não poderia ir até a biblioteca ou ao que era, enganosamente, chamado de barraca de "recreação" (na maior parte, alguns tabuleiros de ludo e outras coisas igualmente animadas)... ou podia ficar sob restrição rigorosa, sendo obrigado a permanecer na barraca quando a sua presença não fosse exigida em outro lugar.

Este último tipo não queria dizer muito, já que era geralmente acompanhado de serviço extra tão exigente que você não ia mesmo passar nenhum tempo na barraca, a não ser pra dormir; era um enfeite, acrescentado como uma cereja no topo de uma tigela de sorvete, para deixar você e o mundo informados de que havia cometido não uma mancada rotineira, mas alguma coisa que não condizia com um membro da I. M. e, por isso, era indigno de se associar aos outros soldados até que tivesse removido essa mácula.

Mas no Acampamento Spooky podíamos ir à cidade... se a nossa condição de serviço, condição de conduta etc., permitissem. Tinha ônibus que iam pra Vancouver toda manhã de domingo, logo depois das cerimônias religiosas (que passaram a ser trinta minutos depois do café) e voltavam logo antes da ceia e, de novo, logo antes do toque de silêncio. Os instrutores podiam até passar a noite de sábado na cidade, ou cavar um passe de três dias, caso o serviço permitisse.

Eu mal havia descido do ônibus, na minha primeira licença, quando percebi em parte que havia mudado. O Johnnie não se encaixava mais. Na vida civil, quero dizer. Toda ela parecia tão complexa a ponto de me espantar e tão desordenada a ponto de ser difícil de acreditar.

Não estou falando mal de Vancouver. É uma bela cidade, num cenário encantador; o povo é muito simpático, estão acostumados a ter o pessoal da i. m. por lá e fazem um soldado se sentir bem-vindo. No centrão da cidade, tem um centro social pra gente, onde dão bailes toda semana e cuidam pra que haja jovens anfitriãs à mão para dançarmos, e anfitriãs mais velhas para garantir que um cara tímido (*eu*, para meu espanto… mas experimente você passar meses sem nenhuma fêmea por perto a não ser coelhas do mato) será apresentado e terá o pé de uma parceira pra pisar.

No entanto, não fui ao centro social nessa primeira licença. Passei a maior parte do tempo andando por ali, embasbacado… com os belos prédios, com as vitrines cheias de todo tipo de coisas desnecessárias (e nenhuma arma entre elas), com todas aquelas pessoas andando apressadas ou até passeando, fazendo exatamente o que bem entendiam e nenhuma delas vestida igual… e com as garotas.

Especialmente com as garotas. Não tinha percebido antes o quanto elas eram maravilhosas. Veja bem, eu apreciava as garotas desde quando comecei a notar que a diferença não era só que elas se vestiam diferente. Não me lembro de ter passado por aquele período que dizem que os meninos atravessam, quando sabem que as garotas são diferentes, mas não gostam delas; *sempre* gostei de garotas.

Naquele dia, porém, me dei conta de que, por muito tempo, não tinha dado o devido valor a elas.

Garotas são simplesmente maravilhosas. Só ficar parado numa esquina, olhando elas passarem, é um prazer. Elas não *andam*. Pelo menos, não o que fazemos quando andamos. Não sei como descrever, mas é muito mais complexo e totalmente encantador. Não mexem apenas os pés; tudo se mexe e em direções diferentes... e tudo cheio de graça.

Podia ter ficado parado ali até agora, se um policial não tivesse aparecido. Ele nos olhou e disse:

– Olá, rapazes. Estão se divertindo?

Rapidamente li as fitas no peito dele e fiquei impressionado.

– Sim, *senhor*!

– Não precisa dizer "senhor" pra mim. Não tem muito o que fazer aqui. Por que não vão até o centro de hospitalidade?

Ele nos deu o endereço, indicou o caminho e partimos naquela direção, Pat Leivy, "Gatinho" Smith e eu. Ele ainda disse, enquanto partíamos:

– Divirtam-se rapazes... e fiquem longe de encrencas.

– O que foi exatamente o que o Sargento Zim havia nos dito, quando pegamos o ônibus.

Contudo, não fomos pra lá. Pat Leivy havia morado em Seattle quando era pequeno e queria dar uma olhada na velha cidade natal. Tinha dinheiro e se ofereceu pra pagar as passagens se a gente fosse com ele. Eu não me importava e estava de acordo com a licença; os ônibus saíam a cada vinte minutos e nossos passes não eram restritos a Vancouver. Smith também decidiu ir junto.

Seattle não era muito diferente de Vancouver e tinha a mesma fartura de garotas; gostei do lugar. Só que Seattle não estava tão acostumada a ter muita gente da i. m. por lá, e escolhemos um mau lugar pra comer, onde não éramos muito bem-vindos... um bar-restaurante, perto das docas.

Agora, olhe, não estávamos bebendo. Bem, o Gatinho Smith havia tomado uma, repito, *uma* cerveja durante o jantar, mas ele nunca deixava de ser amistoso e gentil. Foi por isso que ganhou esse nome; da primeira vez que tivemos treino de combate corpo a corpo, o Cabo Jones havia dito a ele, com desgosto: "Um gatinho teria me acertado mais forte que *isso*!" O apelido pegou.

Éramos os únicos fardados no lugar; a maior parte dos outros clientes era da marinha mercante: por Seattle passa uma imensa tonelagem de carga. Naquela época, eu ainda não sabia que o pessoal da marinha mercante não gostava da gente. Parte disso tinha a ver com o fato de que as associações deles tentaram vez após vez fazer o seu ofício ser classificado como equivalente ao Serviço Federal, sem sucesso... Mas ouvi falar que parte disso vai longe na história, séculos.

Havia também alguns jovens lá, mais ou menos da nossa idade, a idade certa para servir, só que não estavam. Tinham cabelo comprido e despenteado, e uma aparência meio suja. Bem, digamos que era mais ou menos como eu me parecia, eu acho, antes de me alistar.

Daí a pouco começamos a perceber que, na mesa de trás, dois desses merdinhas e dois marinheiros (a julgar pelas roupas) estavam fazendo comentários de modo a nos fazer ouvir. Não vou tentar repetir o que diziam.

Não dissemos nada. Daí a pouco, quando os comentários ficaram ainda mais pessoais e as risadas mais altas, e todo mundo do lugar estava em silêncio e escutando, o Gatinho cochichou pra mim:

– Vamos sair daqui.

Olhei para Pat Leivy; ele fez sinal que sim. Não tínhamos uma conta para acertar; era um daqueles lugares em que você paga quando é servido. Apenas nos levantamos e saímos.

Eles nos seguiram pra fora.

Pat sussurrou pra mim:

– Fique de olho.

Continuamos caminhando, sem olhar pra trás.

Eles nos atacaram.

Ao mesmo tempo que girava, dei em meu homem uma cutelada no pescoço e o deixei cair atrás de mim, me virando para ajudar meus companheiros. Mas já estava acabado. Quatro vieram, quatro caíram. O Gatinho havia cuidado de dois deles, e Pat havia meio que enrolado o outro em volta de um poste quando o jogou longe um tanto forte demais.

Alguém, imagino que o proprietário, devia ter chamado a polícia assim que nos levantamos pra sair, pois ela chegou enquanto ainda estávamos ali parados, imaginando o que fazer com aquela carne toda. Dois policiais; era aquele tipo de vizinhança.

O mais velho queria que a gente desse queixa, mas nenhum de nós estava disposto... Zim havia dito para "ficarmos longe de encrencas". O Gatinho, com o rosto inexpressivo e parecendo ter uns quinze anos de idade, disse:

– Acho que eles tropeçaram.

– Estou vendo – concordou o guarda, enquanto, com o pé, afastava uma faca da mão estirada do sujeito que eu enfrentei, colocava-a contra o meio-fio e quebrava a lâmina. – Bom, é melhor vocês, rapazes, irem indo... pro outro lado da cidade.

Fomos embora. Eu estava contente que nem Pat nem o Gatinho quiseram fazer caso daquilo. É uma coisa bastante séria, um civil atacar um membro das Forças Armadas, mas que diabo? Estávamos quites. Eles nos atacaram e ganharam seus calombos. Tudo certo.

No entanto, é uma boa coisa que a gente *nunca* saia de licença armados... e que recebamos treinamento para incapacitar sem matar. Porque cada mínimo detalhe daquilo aconteceu por reflexo. Não acreditei que eles fossem mesmo nos atacar até que já o tivessem feito, e não pensei em absolutamente nada até estar acabado.

Mas foi assim que descobri o quanto eu havia mudado.

Andamos de volta até a estação e pegamos o ônibus pra Vancouver.

*   *   *

Começamos a praticar quedas tão logo nos mudamos para o Acampamento Spooky: um pelotão de cada vez, em rodízio (um pelotão completo, ou seja, uma companhia), descia de ônibus até o campo ao norte de Walla Walla, embarcava, ia pro espaço, fazia uma queda, passava por um exercício e voltava pra casa por rádio-farol. Um dia de trabalho. Com oito companhias, isso não dava nem uma queda por semana, mas depois isso passou a nos dar um pouco mais de uma queda por semana, já que continuávamos a encolher. Em seguida, as quedas ficaram mais duras: sobre montanhas, no gelo ártico, no deserto australiano e, logo antes de nos graduarmos, na superfície da Lua, onde a cápsula é colocada a apenas trinta metros de altura e explode ao ser ejetada... e você precisa ser rápido e pousar apenas com o traje (sem atmosfera, sem paraquedas) e um pouso ruim pode deixar o seu ar escapar e te matar.

Um pouco do encolhimento foi provocado pelas baixas, mortes ou ferimentos, e um pouco foi de apenas se recusar a entrar na cápsula... o que alguns fizeram, e estava acabado;

nem levavam uma bronca; eram apenas colocados de lado e, naquela noite, exonerados. Mesmo um cara que já tinha feito várias quedas podia entrar em pânico e se recusar... e os instrutores eram gentis com ele, tratavam-no do modo como você trata um amigo doente que não vai melhorar.

Nunca exatamente me recusei a entrar na cápsula... mas, sem dúvida, fiquei ciente dos tremores. Sempre os tinha, ficava morrendo de medo a cada vez. E ainda fico.

Só que você não é um soldado da I. M. se não faz quedas.

Contam uma história, não deve ser verdade, sobre um cara da I. M. que estava fazendo turismo em Paris. Ele visitou Les Invalides, olhou para o ataúde de Napoleão e perguntou a um guarda francês: "Quem é esse?"

O francês ficou devidamente escandalizado. "O *monsieur* não *sabe*? Esta é a tumba de *Napoleão*! Napoleão Bonaparte, o maior soldado que já existiu!"

O soldado pensou no assunto e, em seguida, perguntou: "Mesmo? E onde foi que ele fez suas quedas?"

Quase certeza que isso não é verdade, porque tem uma placa enorme, do lado de fora, que diz exatamente quem foi Napoleão. Mas é desse jeito que um soldado da Infantaria Móvel pensa.

* * *

Finalmente, chegou a nossa graduação.

Posso ver que deixei de fora quase tudo. Nem uma palavra sobre a maior parte do nosso armamento, nada a respeito de quando largamos tudo e combatemos um incêndio florestal por três dias, nenhuma menção do alerta simulado que era real (apenas não soubemos disso até que havia acabado), nem sobre o dia em que a barraca da cozinha saiu voando… De fato, nenhuma menção ao tempo e, acredite em mim, o tempo é importante para um pé de poeira, em especial a chuva e a lama. No entanto, embora o tempo seja importante na hora em que acontece, acho que é muito sem graça ficar se lembrando dele. Você pode pegar descrições de quase qualquer tipo de tempo num almanaque e encaixá-las onde quiser nesta narrativa; provavelmente servirão.

O regimento havia começado com 2.009 homens; graduamos 187. Dos outros, quatorze estavam mortos (um executado e seu nome riscado) e o resto foi exonerado, desistiu, foi transferido, sofreu exclusão médica etc. O Major Malloy fez um breve discurso, cada um de nós recebeu um certificado, passamos em revista pela última vez, e o regimento foi dissolvido, sua bandeira enrolada e coberta até que fosse necessária (três semanas depois) para dizer a outros dois mil civis que eram uma tropa e não um bando.

Eu era um "soldado treinado", com o direito de usar "st" na frente do meu número de série, em vez do "sr". Um grande dia.

O maior que já tive.

CAPÍTULO X

A Árvore da Liberdade precisa ser regada de tempos em tempos com o sangue dos patriotas...

THOMAS JEFFERSON, 1787

Isto é, eu achava que era um "soldado treinado" até que me apresentei em minha nave. Tem alguma lei contra ter uma opinião errada?

Vejo que não fiz nenhuma menção a como a Federação Terrana mudou de "estado de paz" para "estado de emergência" e, em seguida, para "estado de guerra". Eu mesmo não percebi isso tão atentamente. Quando me alistei, era "paz", a condição normal, ou pelo menos as pessoas achavam que era (quem esperara outra coisa?). Então, enquanto estava no Currie, tornou-se "estado de emergência", mas eu ainda não havia notado, pois o que o Cabo Bronski achava do meu corte de cabelo, uniforme, treino de combate e equipamento era muito mais importante... e o que o Sargento Zim achava dessas coisas era tremendamente mais importante. De qualquer modo, "emergência" ainda é "paz".

"Paz" é uma condição em que nenhum civil presta atenção às baixas militares que não cheguem a ter o destaque de matéria de capa ou primeira página, a não ser que aquele civil seja parente próximo de uma das baixas. No entanto, se é que houve uma época da história quando "paz" significou que não havia combates em curso, não fui capaz de descobri--la. Quando me apresentei à minha primeira unidade, os "Gatos Selvagens de Gary", algumas vezes conhecida como a Companhia κ do Terceiro Regimento da Primeira Divisão da I. M., e embarquei com eles na *Valley Forge* (com aquele certificado enganoso na mochila), o combate já durava vários anos.

Os historiadores parecem nunca chegar a um acordo sobre se devem chamá-la "Terceira Guerra Espacial" (ou "Quarta"), ou se "Primeira Guerra Interestelar" seria melhor. Nós a chamamos simplesmente de "Guerra dos Insetos", se é que a chamamos de algo, o que normalmente não fazemos. De qualquer forma, os historiadores colocam a data do início da "guerra" depois da época em que me juntei à minha primeira unidade e nave. Tudo o que havia acontecido até então, e mesmo depois, eram "incidentes", "patrulhas" ou "ações de policiamento". No entanto, você está tão morto se compra uma campa em um "incidente" quanto estaria se a comprasse em uma guerra declarada.

Contudo, pra dizer a verdade, um soldado não nota uma guerra muito mais que um civil, exceto na sua própria minúscula parte dela, e isso apenas nos dias em que alguma coisa está acontecendo. No resto do tempo, ele está muito mais preocupado com arranjar tempo pra dormir, com os caprichos dos sargentos e em bajular o cozinheiro pra conseguir alguma coisa entre as refeições. Contudo, quando o Gatinho Smith, Al Jenkins e eu nos juntamos a eles em Base

Luna, cada um dos Gatos Selvagens de Gary já havia feito mais de uma queda de combate; eles eram soldados e nós não éramos. Não fomos tratados mal por isso (eu não fui, pelo menos), e era espantosamente fácil de lidar com os sargentos e cabos, depois do terror calculado dos instrutores.

Levou algum tempo para descobrir que esse tratamento comparativamente gentil queria dizer apenas que não éramos ninguém, mal merecíamos uma bronca, até provarmos numa queda, numa queda de verdade, termos alguma chance de substituir os verdadeiros Gatos Selvagens, os que haviam lutado e comprado a deles, e cujos beliches agora ocupávamos.

Vou te dar uma ideia do quanto eu estava verde. Enquanto a *Valley Forge* ainda estava em Base Luna, aconteceu de eu cruzar com meu comandante de grupo de combate bem quando ele chegava à terra firme, todo engomado no uniforme de cerimônia. Ele usava no lóbulo da orelha esquerda um brinco bem pequeno, um minúsculo crânio de ouro muito bem-feito e, debaixo dele, em vez dos costumeiros ossos cruzados da antiga bandeira pirata, havia um amontoado de ossinhos de ouro, quase pequenos demais pra se ver.

Lá em casa, eu sempre usava brincos e outras joias quando saía para um encontro; tinha uns belos brincos de pressão com rubis tão grandes quanto a ponta do meu dedinho, que haviam sido do avô da minha mãe. Gosto de joias e fiquei bastante chateado de ter sido obrigado a deixar todas pra trás quando fui pro Básico... mas aqui estava um tipo de joia que, pelo jeito, podíamos usar com o uniforme. Minhas orelhas não eram furadas (minha mãe não aprovava isso, pra meninos), mas eu podia mandar o joalheiro montá-lo numa mola... e eu ainda tinha algum dinheiro sobrando do pagamento na graduação e estava ansioso pra gastá-lo antes que mofasse.

– Hã... Sargento? Onde a gente arranja brincos desses? Muito bacana.

Ele não pareceu desdenhoso, ele nem ao menos sorriu. Apenas disse:

– Gosta deles?

– Com certeza! – O ouro puro e rústico realçava o dourado dos galões e dos metais da farda até melhor que pedras preciosas. Estava pensando que um par seria ainda mais elegante, com apenas dois ossos cruzados no lugar daquela confusão embaixo. – Tem na lojinha da base?

– Não, a lojinha aqui nunca vende destes. – Ele acrescentou: – Pelo menos eu acho que você nunca vai poder comprar um aqui... Eu espero. Mas vou fazer o seguinte: quando chegarmos num lugar onde dê pra comprar um, vou dar um jeito de você saber. Prometo.

– Hã, obrigado!

– De nada.

Depois disso, vi vários dos pequenos crânios, alguns com mais "ossos", alguns com menos; meu palpite estava correto, era permitido usar essas joias com a farda, pelo menos durante uma licença. Quase imediatamente depois disso, tive a minha chance de "comprar" um... e descobri que os preços eram absurdamente altos, para uns ornamentos tão simples.

Foi a Operação Enxame, a Primeira Batalha de Klendathu nos livros de História, logo depois de Buenos Aires ter sido esmagada. Foi preciso perdermos B. A. pra que os caipiras da Terra percebessem que alguma coisa estava acontecendo, porque pessoas que nunca estiveram fora não acreditam realmente em outros planetas, não lá no fundo, onde isso conta. Eu sei que era assim comigo, e olha que eu era doido pelo espaço desde bebê.

Buenos Aires, porém, realmente mexeu com os civis e provocou altos brados para trazer todas as nossas forças pra casa, de todo lugar, colocá-las em órbita ao redor do planeta praticamente ombro a ombro e interditar o espaço que a Terra ocupa. Isso é besteira, claro; não se vence uma guerra defendendo, mas, sim, atacando. Nenhum "Ministério da Defesa" jamais venceu uma guerra; veja os livros de História. Só que a reação civil padrão parece ser gritar por táticas defensivas tão logo percebam uma guerra. Em seguida, eles querem conduzir a guerra... como um passageiro tentando arrancar os controles do piloto numa emergência.

Contudo, ninguém pediu a minha opinião na época; recebi ordens. Fora a impossibilidade de trazer as tropas para casa, em vista de nossas obrigações estipuladas em tratados e das consequências para os planetas-colônias da Federação e para nossos aliados, estávamos terrivelmente ocupados fazendo outra coisa, a saber: levando a guerra até os insetos. Acho que notei a destruição de B. A. muito menos que a maior parte dos civis. Já estávamos a um par de parsecs de distância, na propulsão Cherenkov, e as notícias não chegaram a nós até as recebermos de outra nave, depois de termos saído da propulsão.

Eu me lembro de ter pensado: "Nossa, que horror!" e de ter ficado com pena do único *porteño* a bordo. No entanto, B. A. não era a minha casa, a Terra estava longe demais e eu ocupado demais, já que o ataque a Klendathu, o planeta natal dos insetos, foi preparado logo depois daquilo e passamos o tempo até o encontro com as outras naves amarrados nos beliches, dopados e inconscientes, com o campo de gravidade interno da *Valley Forge* desligado, de modo a economizar energia e aumentar a velocidade.

A perda de Buenos Aires significou muito pra mim; mudou imensamente a minha vida, mas só fiquei sabendo disso muitos meses depois.

Quando chegou a hora de fazermos a queda em Klendathu, fui designado para o Soldado de Primeira Classe "Holandês" Bamburger, como extranumerário. Ele conseguiu disfarçar o quanto ficou feliz com a notícia e, tão logo o sargento de pelotão estava longe o bastante para não ouvir, me disse:

— Presta atenção, recruta: você fica colado atrás de mim e fora do meu caminho. Se você me atrasar, quebro o seu pescoço idiota.

Apenas assenti com a cabeça. Estava começando a perceber que esta não era uma queda de treino.

Então tive os tremores por um tempo e logo estávamos lá embaixo...

A Operação Enxame devia se chamar "Operação Vexame". *Tudo* deu errado. Havia sido planejada como um ataque em massa, para deixar o inimigo de joelhos, ocupar sua capital e os pontos-chave do seu planeta natal, e terminar a guerra. Em vez disso, por muito pouco não nos fez perder a guerra.

Não estou criticando o General Diennes. Não sei se é verdade que ele requisitou mais tropas e mais apoio, e então aceitou que o pedido fosse indeferido pelo Marechal Sideral em Chefe... ou não. Nem era da minha conta. Além disso, duvido que algum desses palpiteiros espertalhões conheça todos os fatos.

O que eu sei é que o General fez a queda com a gente, nos comandou no solo e, quando a situação ficou impossível, ele pessoalmente liderou o ataque diversionário que permitiu a uns poucos de nós (incluindo eu) sermos recolhidos... e, fazendo isso, comprou a sua campa. Ele virou resíduo radioativo em Klendathu e é tarde demais para levá-lo à corte marcial, então, pra que falar disso?

Tenho um comentário a fazer para qualquer estrategista de poltrona que nunca fez uma queda. Sim, eu concordo que o planeta dos insetos podia ter sido coberto de bombas H até ficar revestido com uma camada de vidro radioativo. Mas isso teria vencido a guerra? Os insetos não são que nem a gente. Os pseudoaracnídeos não são nem mesmo como as aranhas. São artrópodes que, por acaso, se parecem com a ideia que um louco teria de aranhas gigantes inteligentes, mas a sua organização, psicológica e econômica, é mais como a das formigas ou cupins; são entidades comunais, a suprema ditadura da colmeia. Explodir a superfície do planeta teria matado soldados e operários; não teria matado a casta dos cérebros e as rainhas. Duvido que alguém tenha certeza de que mesmo um impacto direto de um foguete H penetrante mataria uma rainha; não sabemos a que profundidade elas estão. E não estou ansioso pra descobrir: nenhum dos rapazes que desceram naqueles buracos voltou.

Então, suponha que tivéssemos arruinado a superfície produtiva de Klendathu. Eles ainda teriam naves, colônias e outros planetas, assim como nós temos, e o Q. G. deles ainda estaria intacto... Então, a não ser que se rendessem, a guerra não teria acabado. Não tínhamos bombas-supernova naquela época; não podíamos partir Klendathu em dois. Caso eles absorvessem o castigo sem se render, a guerra continuaria.

Se é que eles *podem* se render...

Os soldados deles não podem. Seus operários são incapazes de lutar (e você pode perder um monte de tempo e munição atirando em operários que não podem nem dizer "buu!") e sua casta de soldados é incapaz de se render. Mas não cometa o engano de pensar que os insetos são apenas bichos irracionais só por terem aquela aparência e não saberem como se render. Seus guerreiros são espertos, habilidosos e agressivos... Mais espertos do que você, pela única regra universal, se ele atirar primeiro. Você pode queimar uma de suas pernas, duas, três, e ele apenas continua avançando; queime quatro de um lado e ele tomba... mas continua atirando. Você tem que mirar na caixa de nervos e acertar... E então ele vai continuar correndo em frente, passando por você, atirando no nada, até bater numa parede ou outra coisa.

A queda foi uma carnificina desde o começo. Havia cinquenta naves do nosso lado e elas deviam sair da propulsão Cherenkov e acionar a propulsão por reação de modo tão perfeitamente coordenado que entrariam em órbita e nos lançariam, em formação e aonde devíamos chegar, sem sequer darem uma volta no planeta para ajeitar a sua formação. Imagino que isso seja difícil. Droga, eu sei que é difícil. Só que, quando dá errado, deixa a I. M. segurando a bomba.

Tivemos sorte, porque a *Valley Forge* e todo o pessoal da Marinha a bordo comprou a deles antes de nós sequer tocarmos o solo. Naquela formação rápida e cerrada (7,5 km/s de velocidade orbital não é nenhum passeio), ela colidiu com a *Ypres* e ambas as naves foram destruídas. Tivemos sorte de sair dos tubos... os que saíram, pois ela ainda estava disparando cápsulas quando foi abalroada. No entanto, eu não sabia disso; estava dentro do meu casulo, rumo ao solo. Acho que o nosso comandante de companhia soube que a nave tinha sido perdida (e metade dos seus Gatos Selvagens com ela), já que ele saiu primeiro e perceberia quando perdeu contato de repente, pelo circuito de comando, com a capitã da nave.

Mas não tem como perguntar a ele, pois não foi recolhido. Tudo o que eu tive foi uma lenta percepção de que as coisas estavam uma bagunça.

As próximas dezoito horas foram um pesadelo. Não vou falar muito a respeito, pois não me lembro de muita coisa, apenas fragmentos, cenas de horror truncadas. Nunca gostei de aranhas, venenosas ou não; uma papa-moscas na cama já me dá arrepios. Tarântulas são simplesmente impensáveis, e não consigo comer lagosta, caranguejo nem nada do tipo. Quando vi um inseto pela primeira vez, meu cérebro pulou pra fora do crânio e começou a berrar. Apenas segundos depois eu percebi que o havia matado e podia parar de atirar. Suponho que era um operário; duvido que eu estivesse preparado para enfrentar um guerreiro e vencer.

No entanto, nessa área, eu estava em melhores condições que o Corpo k-9. Eles deviam ter descido (se tivesse dado tudo certo na queda) na periferia de nossa área-alvo e os neocães deviam sair explorando e fornecer inteligência tática para as esquadras de interdição, cujo trabalho era proteger o perímetro. Aqueles calebs não estavam armados, é claro, a não ser por seus dentes. O trabalho de um neocão é ouvir, ver, cheirar e contar a seu parceiro, pelo rádio, o que descobriu; tudo o que ele carrega é um rádio e uma bomba de destruição com a qual ele (ou seu parceiro) pode explodir o cão em caso de ferimentos graves ou captura.

Aqueles pobres cães não esperaram pela captura; ao que parece, a maior parte se suicidou tão logo fez contato. Eles se sentiram do mesmo jeito que eu sobre os insetos, apenas pior. Agora eles têm neocães que são inculcados desde filhotes a observar e evadir, sem enlouquecer apenas com a visão ou o cheiro de um inseto. Mas aqueles não foram.

E aquilo não foi tudo o que deu errado. O que quer que você imagine, tudo foi um desastre. É claro que eu não sabia o que estava acontecendo; apenas fiquei logo atrás do Holandês, tentando atingir ou queimar qualquer coisa que se mexesse, jogando granadas nos buracos sempre que via um. Logo descobri que podia matar um inseto sem desperdiçar munição ou combustível, embora não tivesse aprendido a distinguir os que eram inofensivos dos que não eram. Apenas um em cinquenta é um guerreiro... mas ele compensa pelos outros quarenta e nove. Suas armas pessoais são menos pesadas que as nossas, mas são letais do mesmo jeito. Eles têm um raio que penetra a armadura e fatia a carne como se fosse um ovo cozido. Além disso, cooperam até melhor que nós... pois o cérebro que está fazendo o grosso do raciocínio de uma "esquadra" não está onde você possa alcançá-lo; está no fundo de um dos buracos.

Eu e o Holandês tivemos sorte por um bom tempo, nos movendo ao acaso por uma área de quase dois quilômetros de lado, tapando buracos com bombas, matando o que encontrássemos na superfície, guardando o máximo possível dos jatos para emergências. A ideia era defender a área-alvo e permitir que os reforços e o material pesado descessem sem nenhuma oposição séria; não se tratava de uma incursão, era uma batalha para estabelecer uma cabeça de praia, ficar nela, mantê-la e permitir que tropas descansadas e com equipamento mais pesado capturassem ou pacificassem o planeta inteiro.

Só que não conseguimos.

Nosso próprio grupo de combate estava fazendo tudo certo. Só que estava no lugar errado e sem contato com o outro GC... O comandante e o sargento de pelotão estavam mortos e não chegamos a nos reorganizar. Mesmo assim, demarcamos um território, nossa seção de armas especiais havia equipado uma posição fortificada, e estávamos prontos para entregar o nosso terreno às novas tropas tão logo elas aparecessem.

Só que elas não apareceram. Desceram onde nós devíamos ter descido, encontraram nativos inamistosos e tiveram seus próprios problemas. Nunca os vimos. Por isso, ficamos onde estávamos, pagando um alto preço em baixas, de tempos em tempos, e as devolvendo, quando surgia a oportunidade... enquanto ficávamos sem munição, combustível para os saltos e até energia para manter os trajes se movendo. Isso pareceu continuar por uns dois mil anos.

Nós dois corríamos junto a um paredão, rumo a nosso esquadrão de armas especiais, em resposta a um grito de socorro, quando o chão se abriu de repente na frente do Holandês, um inseto pulou pra fora e o Holandês caiu.

Queimei o inseto, joguei uma granada e o buraco se fechou; então, me virei para ver o que tinha acontecido com o Holandês. Estava caído, mas não parecia machucado. Um sargento de pelotão pode monitorar o estado físico de cada homem de seu pelotão, separar os mortos daqueles que apenas não conseguem se mover sem ajuda e precisam ser recolhidos, mas você pode fazer o mesmo, manualmente, a partir do painel no cinturão do traje do homem.

O Holandês não respondeu quando chamei. Sua temperatura estava em trinta e sete graus e meio, sua respiração, batimento cardíaco e ondas cerebrais estavam em zero... o que parecia ruim, mas talvez fosse o traje que estivesse morto em vez dele mesmo. Ou assim eu quis pensar, esquecendo que o indicador de temperatura não daria leitura nenhuma se fosse o traje que estivesse morto e não o homem. De qualquer modo, agarrei a chave de abrir lata do meu cinturão e comecei a tirá-lo do traje ao mesmo tempo que tentava vigiar tudo em volta.

Então ouvi um toque no circuito geral do meu capacete que espero nunca mais ouvir: "*Sauve qui peut!* Retirada! Retirada! Recolher e *retirar*! Qualquer rádio-baliza que você ouça. Seis minutos! Chamada geral, salvem-se, recolham seus companheiros. Retirada em qualquer rádio-baliza! *Sauve qui...*"

Eu me apressei.

A cabeça dele se soltou do corpo quando tentei arrastá--lo pra fora do traje, por isso o larguei e caí fora dali. Numa queda posterior eu teria tido senso o bastante para apanhar a munição dele, só que estava apalermado demais pra pensar; simplesmente quiquei pra longe dali e tentei alcançar a posição fortificada pra onde íamos.

Ela já havia sido evacuada e eu me senti perdido... perdido e abandonado. Então ouvi um toque de chamada, não o toque que deveria ser, "Yankee Doodle" (se fosse um veículo da *Valley Forge*), mas "Sugar Bush", uma música que eu não conhecia. Não importava, era uma rádio-baliza; rumei pra ela, usando generosamente o resto do combustível de salto. Subi a bordo bem quando estavam a ponto de fechar e logo depois eu estava na *Voortrek*, em tal estado de choque que nem conseguia me lembrar do meu número de série.

Ouvi dizerem que foi uma "vitoria estratégica"... só que eu estava lá e digo que levamos uma surra.

* * *

Seis semanas depois (e eu me sentindo umas seis décadas mais velho), na Base da Esquadra em Santuário, subi a bordo de outro veículo e me apresentei ao Sargento Embarcado Jelal, na *Rodger Young*. Eu estava usando, no meu lóbulo esquerdo furado, um crânio partido, com um osso. Al Jenkins estava comigo e usava um exatamente igual (o Gatinho não chegou a sair do tubo). Os poucos Gatos Selvagens sobreviventes foram distribuídos pela Esquadra; tínhamos perdido mais ou menos metade da nossa força na colisão entre a *Valley Forge* e a *Ypres*; aquele pandemônio desastroso no chão havia aumentado as baixas para oitenta por cento, e os chefões decidiram que era impossível reconstruir a unidade com os sobreviventes... Melhor encerrá-la, colocar os registros em arquivo, e esperar até que as cicatrizes se curassem antes de reativar a Companhia K (Gatos Selvagens) com novas caras, mas velhas tradições.

Além do mais, havia um monte de posições vazias para preencher em outras unidades.

O Sargento Jelal nos recebeu calorosamente, disse que estávamos nos juntando a uma unidade refinada, "a melhor da Esquadra", numa nave em ordem, e não pareceu notar nossos crânios nas orelhas. Mais tarde, naquele mesmo dia, ele nos levou para ver o Tenente, que sorriu acanhado e nos recebeu com ar paternal. Notei que Al Jenkins não estava usando o crânio de ouro. Eu também não... porque já havia notado que ninguém nos Rudes de Rasczak usava isso.

Não usavam porque, nos Rudes de Rasczak, não importava nem um pouco quantas quedas em combate você tinha feito, nem quais; ou você era um Rude ou não era... e se você não fosse, eles não ligavam pra quem você era. Como tínhamos chegado não como recrutas, mas como veteranos de combate, eles nos deram todo o benefício da dúvida possível e nos receberam bem, com não mais que o inevitável traço de formalidade que qualquer um sempre demonstra a uma visita que não é da família.

No entanto, menos de uma semana depois, quando tínhamos feito uma queda de combate com eles, éramos Rudes cem por cento, membros da família, chamados pelos primeiros nomes, levando broncas de vez em quando, sem nenhum sentimento, de ambos os lados, de que isso nos tornava menos que irmãos de sangue. Emprestávamos coisas uns aos outros, participávamos das rodinhas de conversa fiada e tínhamos o privilégio de expressar nossas próprias opiniões idiotas com total liberdade... e vê-las rechaçadas com a mesma liberdade. Até chamávamos os não graduados pelo primeiro nome, exceto em ocasiões estritamente de serviço. É claro que o Sargento Jelal estava sempre de serviço, a não ser que você cruzasse com ele em terra, caso em que ele era "Jelly" e se esforçava pra se comportar como se o seu grandioso posto não significasse nada entre os Rudes.

O Tenente, porém, era sempre "o Tenente", nunca "Sr. Rasczak" ou mesmo "Tenente Rasczak". Apenas "o Tenente", sempre na terceira pessoa, fosse quando falávamos com ele ou quando falávamos dele. Não havia outro deus senão o Tenente, e o Sargento Jelal era o seu profeta. Caso Jelly dissesse "não" para algo em seu próprio nome, isso poderia estar sujeito a discussão, pelo menos de sargentos subordinados, mas se ele dissesse: "O Tenente não ia gostar disso", estava sendo categórico e o assunto era abandonado de vez. Ninguém nunca tentava confirmar se o Tenente gostaria ou não daquilo; a Palavra havia sido dita.

O Tenente era um pai pra gente, nos amava e nos mimava, e, apesar disso, estava sempre distante de nós a bordo da nave... e mesmo em terra... a não ser que chegássemos a terra por meio de uma queda. Numa queda, porém... bem, você não ia imaginar que um oficial conseguiria se preocupar com cada homem de um pelotão espalhado por mais de duzentos e cinquenta quilômetros quadrados de terreno. Só que ele consegue. Consegue ficar angustiado por cada um deles. Como conseguia acompanhar todos nós, eu não sei explicar, mas, no meio da confusão, a sua voz se impunha pelo circuito de comando: "Johnson! Veja a esquadra seis! Smitty está com problemas". E era batata que o Tenente havia notado isso antes até do comandante da esquadra de Smith.

Além disso, você sabia com total e absoluta certeza que, enquanto você estivesse vivo, o Tenente não entraria no veículo de recolha sem você. Houve prisioneiros na Guerra dos Insetos, mas nenhum dos Rudes de Rasczak.

Jelly era uma mãe pra gente, ficava próximo de nós, tomava conta de nós e não nos mimava de jeito nenhum. Mesmo assim, não se queixava de nós para o Tenente: nunca houve uma corte marcial entre os Rudes e *jamais* um homem foi açoitado. Em geral, Jelly nem mesmo nos passava serviço extra; tinha outros meios de nos castigar. Podia olhar você da cabeça aos pés na inspeção diária e dizer apenas: "Na Marinha você estaria bem. Por que não pede transferência?" E conseguia resultados, já que era uma profissão de fé entre nós que os tripulantes da Marinha dormiam com os uniformes e nunca se lavavam abaixo do pescoço.

No entanto, Jelly não precisava manter a disciplina entre os soldados rasos, pois a mantinha entre os praças graduados e esperava que eles fizessem o mesmo. Meu líder de esquadra, quando me juntei a eles, era o "Ruivo" Greene. Depois de um par de quedas, quando eu sabia o quanto era *bom* ser um Rude, comecei a me sentir brincalhão e um tanto grande para as minhas roupas... e dei uma resposta atravessada para o Ruivo. Ele não se queixou de mim pro Jelly; apenas me levou para os chuveiros e me deu uma coleção média de calombos, e acabamos nos tornando bons amigos. De fato, mais adiante, ele me recomendou para segundo cabo.

Na verdade, não sabíamos se os membros da tripulação dormiam com as roupas ou não; ficávamos na nossa parte da nave e os homens da Marinha na deles, porque fazíamos com que não se sentissem bem-vindos se aparecessem no nosso território, não sendo a serviço. Afinal, a gente tem padrões sociais que precisa manter, não é? O Tenente tinha a sua cabine na área masculina dos oficiais, uma parte da Marinha, mas nunca íamos lá, exceto em serviço e raramente. Íamos em direção à proa para o serviço de guarda, pois a *Rodger Young* era uma nave mista, com uma capitã e oficiais de pilotagem e algumas graduações da Marinha do sexo feminino; atrás da antepara trinta, ficava o território das damas... e dois soldados armados da I. M. ficavam ali de guarda, dia e noite, na única porta de acesso. (Quando em postos de combate, aquela porta, como todas as portas estanques, ficava fechada; ninguém perdia uma queda.)

Quando em serviço, os oficiais tinham o privilégio de ir à frente da antepara trinta, e todos os oficiais, incluindo o Tenente, comiam num refeitório misto logo depois dela. No entanto, não se demoravam por lá; comiam e saíam. Talvez as coisas fossem diferentes em outras corvetas de transporte de tropas, mas era desse jeito na *Rodger Young*. Tanto o Tenente como a Capitã Deladrier queriam uma nave em ordem, e a tinham.

Apesar disso, o trabalho de guarda era um privilégio. Era um sossego ficar em pé ao lado daquela porta, de braços cruzados, pés separados, pegando no sono e não pensando em nada... mas sempre com o entusiasmo de saber que, a qualquer momento, você podia ver uma criatura feminina, mesmo que não tivesse o privilégio de falar com ela, a não ser em serviço. Uma vez fui chamado ao escritório da Capitã e ela falou comigo. Ela olhou diretamente pra mim e disse: "Leve isto ao Primeiro Maquinista, por favor".

Meu trabalho diário a bordo, fora limpeza, era a manutenção do equipamento eletrônico, sob a supervisão atenta do "Padre" Migliaccio, o comandante do primeiro grupo de combate, exatamente como costumava fazer com Carl. As quedas não aconteciam com muita frequência, e todo mundo trabalhava todos os dias. Se um homem não tivesse nenhum outro talento, sempre podia esfregar anteparas; nada jamais estava limpo o bastante para o Sargento Jelal. Seguíamos a regra da ɪ. ᴍ.: todos lutam, todos trabalham. Nosso primeiro cozinheiro era Johnson, o sargento do segundo ɢᴄ, um grandalhão simpático da Geórgia (a do hemisfério ocidental, não a outra) e um chefe de cozinha muito talentoso. Também era fácil de enrolar; ele mesmo gostava de comer entre as refeições e não via motivo para os outros não fazerem igual.

Com o Padre comandando um ɢᴄ e o cozinheiro o outro, estávamos bem cuidados, tanto de corpo como de alma… Mas e se um dos dois comprasse a dele? Qual você ia escolher? Uma ótima pergunta que nunca tentamos responder, mas podíamos sempre discutir.

A *Rodger Young* se manteve ocupada e fizemos várias quedas, todas diferentes. Cada uma precisava ser diferente pra que o inimigo nunca pudesse descobrir um padrão. No entanto, não tivemos mais batalhas campais; operávamos sozinhos, patrulhando, rapinando e atacando de surpresa. A verdade é que, naquele momento, a Federação Terrana não estava em condições de preparar uma grande batalha; o desastre que foi a Operação Enxame tinha nos custado naves demais e homens treinados mais que demais. Era preciso dar tempo para recuperar e treinar mais homens.

Nesse meio-tempo, naves pequenas e rápidas, entre elas a *Rodger Young* e outras corvetas de transporte, tentavam estar em todo lugar ao mesmo tempo, mantendo o inimigo confuso, atacando e fugindo. Sofríamos baixas e preenchíamos as lacunas quando voltávamos a Santuário para pegar mais cápsulas. Eu ainda tinha os tremores a cada queda, mas quedas pra valer não aconteciam com tanta frequência, nem ficávamos lá embaixo por muito tempo... e entre elas havia dias e dias de vida a bordo entre os Rudes.

Foi o período mais feliz da minha vida, embora eu não me desse conta plenamente disso... Reclamava de tudo, como todos os outros, e gostava disso também.

Não estávamos *realmente* mal até que o Tenente comprou a dele.

* * *

Acho que essa foi a pior época da minha vida. Eu já estava em más condições por uma razão pessoal: a minha mãe estava em Buenos Aires quando os insetos esmagaram a cidade.

Descobri isso numa das vezes em que fomos a Santuário pegar mais cápsulas e recebemos a correspondência atrasada. Um bilhete da tia Eleanora, um que não havia sido codificado e enviado por via expressa, já que ela não havia marcado essa opção; a própria carta veio. Eram umas três linhas cheias de amargura. De algum modo, ela parecia me culpar pela morte da minha mãe. Não ficava muito claro se era minha culpa por eu estar nas Forças Armadas e, por isso, ter a obrigação de haver impedido o ataque, ou se ela achava que minha mãe tinha ido a Buenos Aires por eu não estar em casa como deveria; ela dava a entender ambas as coisas na mesma frase.

Rasguei a carta e tentei me esquecer dela. Achei que meus dois pais estavam mortos... já que o Pai nunca teria deixado a Mãe ir numa viagem longa dessas sozinha. Tia

Eleanora não havia dito isso, mas ela não teria mencionado o Pai, em qualquer caso; sua devoção era inteiramente para com a irmã. Quase acertei: mais tarde, descobri que o Pai havia planejado ir com ela, só que alguma coisa aconteceu e ele ficou para resolver, pretendendo ir no dia seguinte. No entanto, tia Eleanora não me contou isso.

Um par de horas mais tarde, o Tenente mandou me chamar e perguntou de forma muito terna se eu gostaria de sair de licença em Santuário, enquanto a nave seguia em patrulha. Destacou que eu tinha bastante tempo de R&R acumulado e podia muito bem usar um pouco dele. Não sei como ele soube que eu havia perdido alguém da família, mas estava na cara que sabia. Eu disse não, obrigado, senhor; preferia esperar até que toda a unidade saísse junta em R&R.

Estou feliz de ter feito isso, pois, do contrário, não estaria junto quando o Tenente comprou a dele... e isso teria sido demais para suportar. Aconteceu muito rápido e logo antes da recolha. Um homem da terceira esquadra estava ferido, não muito mal, mas estava caído; o subcomandante do GC se aproximou para o resgate... e comprou uma pequena parte ele mesmo. O Tenente, como sempre, estava de olho em todo mundo ao mesmo tempo; deve ter conferido o estado físico de cada um a distância, mas nunca vamos saber ao certo. O que ele fez foi se certificar de que o subcomandante de GC ainda estava vivo e, em seguida, fez o resgate dos dois pessoalmente; um em cada braço do traje.

Nos últimos seis metros, ele os jogou pra nós e eles foram passados para o veículo de recolha... e, com todo mundo lá dentro, sem o escudo e sem interdição, foi atingido e morreu na hora.

* * *

Não mencionei de propósito os nomes do soldado e do subcomandante de GC. O Tenente estava resgatando *todos* nós, com seu último suspiro. Talvez eu fosse o soldado. Não importa quem era. O que importa é que a nossa família teve a cabeça cortada. O chefe da família, do qual tiramos o nosso nome, o pai que fazia de nós o que éramos.

Depois que o Tenente precisou nos deixar, a Capitã Deladrier convidou o Sargento Jelal para comer na proa, com os outros chefes de departamento, mas ele pediu para ser dispensado. Já testemunhou uma viúva de caráter austero manter a família junta, comportando-se como se o chefe da família tivesse apenas saído e fosse voltar a qualquer momento? Foi isso o que Jelly fez. Foi só um pouco mais severo conosco do que antes, e se chegasse a precisar dizer: "O Tenente não ia gostar disso", era quase mais do que um homem podia suportar. Ele raramente dizia isso.

Jelly deixou a organização de nossa equipe de combate quase inalterada; em vez de mudar todo mundo de lugar, moveu o subcomandante do segundo grupo de combate para o lugar (nominal) do sargento de pelotão, deixando os comandantes de GC onde eram necessários, com suas seções, e me passou de segundo cabo e subcomandante de esquadra para cabo interino, como um quase ornamental subcomandante de GC. Então, Jelly se comportou como se o Tenente apenas estivesse fora de vista e ele estivesse apenas passando as suas ordens adiante, como sempre.

Isso nos salvou.

CAPÍTULO XI

*Não tenho nada a oferecer senão sangue,
labuta, lágrimas e suor.*

W. CHURCHILL, SOLDADO-ESTADISTA DO SÉCULO XX

Quando voltávamos para a nave, após o ataque aos magrelos, o ataque em que Dizzy Flores comprou a dele, e a primeira queda do Sargento Jelal como comandante do pelotão, um artilheiro da nave, encarregado da comporta do veículo, falou comigo:

– Como foi?

– Rotina – respondi, sem me alongar.

Suponho que ele estava sendo amistoso, mas eu me sentia muito confuso e sem disposição pra conversar; triste por Dizzy, feliz por termos feito o resgate, bravo pelo resgate ter sido inútil, e tudo isso misturado com aquela sensação de estar exausto, porém feliz de ter voltado à nave e ser capaz de fazer a chamada dos braços e pernas e notar que estão todos presentes. Além do mais, como você pode falar sobre uma queda para um homem que nunca fez uma?

– Mesmo? – ele respondeu. – Vocês só têm moleza. Trinta dias de folga, trinta minutos de trabalho. Já eu, pego um quarto em cada três *e* dou duro.

– É, sei – fiz que concordava e me virei pra ir embora.

– Alguns de nós nascemos com sorte.

– Soldado, você não está dizendo nenhuma mentira – ele disse às minhas costas.

E, no entanto, havia muita verdade no que o artilheiro da Marinha dissera. Nós, da infantaria, somos como os aviadores das primeiras guerras mecanizadas; uma longa e ativa carreira militar podia conter apenas umas poucas horas de combate real diante do inimigo, o resto sendo: treinamento, preparação, ida... depois a volta, limpeza da bagunça, preparação para a próxima e, nesse ínterim, prática, prática, prática. Só fizemos outra queda depois de quase três semanas, essa num outro planeta, em órbita de outra estrela... uma colônia dos insetos. Mesmo com a propulsão Cherenkov, as estrelas são bem espaçadas.

Nesse meio-tempo, recebi minhas divisas de cabo, indicado por Jelly e confirmado pela Capitã Deladrier, na ausência de um oficial de carreira dos nossos. Teoricamente, o posto não seria definitivo até que fosse aprovado em face das vagas, pela burocracia da I. M. da Esquadra. Contudo, isso não queria dizer nada, pois a porcentagem de baixas era tal que sempre havia mais vagas no quadro de organização do que corpos quentes para preenchê-las. Eu era um cabo a partir do momento em que Jelly disse que eu era; o resto era papelada.

Só que o artilheiro não estava inteiramente certo a respeito da "folga"; tínhamos cinquenta e três trajes de armadura mecanizada para inspecionar, além de fazer a manutenção e os reparos entre as quedas, pra não falar das armas e equipamentos especiais. Às vezes, Migliaccio rejeitava um traje, Jelly confirmava, e o engenheiro de armas da nave, o Tenente Farley, decidia que não podia consertá-lo sem os recursos da base. Em consequência, um novo traje precisava ser retirado do estoque e levado do estado "frio" até o "quente", um processo minucioso que exigia vinte e seis horas-homem, sem contar o tempo do homem para o qual estava sendo adaptado.

Ficávamos ocupados.

No entanto, também nos divertíamos. Havia sempre várias competições em curso, desde gamão até esquadra de honra, e tínhamos a melhor banda de jazz em vários anos-luz cúbicos (bem, talvez a única), com o Sargento Johnson no trompete, conduzindo de forma suave e doce em hinos religiosos ou rasgando o aço das anteparas, dependendo da ocasião. Após aquele acoplamento de mestre (ou devo dizer "de mestra"?), sem uma balística programada, o metalúrgico do pelotão, Soldado de Primeira Classe Archie Campbell, fez um modelo da *Rodger Young* para a Capitã, e então todos nós assinamos e Archie gravou nossas assinaturas na placa da base: "Para a Excelente Piloto Yvette Deladrier, com os agradecimentos dos Rudes de Rasczak". Convidamos a Capitã para vir à popa, comer com a gente, e a Rude Blues Band tocou durante o jantar e depois o soldado mais novo entregou a ela o modelo. Ela derramou lágrimas e deu um beijo nele… e outro em Jelly, que ficou roxo de vergonha.

Depois de ter recebido as minhas divisas, eu precisava mesmo acertar as coisas com Ace, uma vez que Jelly me manteve como subcomandante de grupo de combate. Isso não é bom. O certo é um homem passar por todos os postos na hierarquia; eu devia ter me tornado comandante de esquadra, em vez de ser jogado de segundo cabo e subcomandante de esquadra direto para cabo e subcomandante de GC. Jelly sabia disso, é claro, mas eu sei muito bem que ele estava tentando manter o pelotão tanto quanto possível do jeito que era quando o Tenente estava vivo... o que significava não mexer nos comandantes de esquadra e de grupo de combate.

Só que isso me deixou com um problema delicado: todos os três cabos abaixo de mim, comandantes de esquadra, eram, na verdade, mais antigos que eu... mas se o Sargento Johnson comprasse a dele na próxima queda, não apenas perderíamos um tremendo cozinheiro, como eu também ficaria comandando o GC. Não pode haver nenhuma sombra de dúvida quando você dá uma ordem, não em combate; precisava deixar tudo claro antes de fazermos a próxima queda.

Ace era o problema. Ele era não apenas o mais antigo dos três, mas também um cabo de carreira, além de mais velho que eu. Caso Ace me aceitasse, eu não teria nenhum problema com as outras duas esquadras.

Na verdade, eu não havia tido nenhum problema com ele a bordo. Depois de termos resgatado Flores juntos, ele vinha sendo cortês o bastante. Por outro lado, não havia surgido nenhum motivo para discutirmos; nossos trabalhos a bordo não nos colocavam juntos, a não ser na chamada diária e na rendição da guarda, onde tudo era rotina. Só que ficava evidente que ele não me tratava como alguém de quem recebesse ordens.

Assim, procurei Ace fora do horário de serviço. Ele estava deitado no beliche, lendo um livro, *Patrulheiros do espaço contra a galáxia*, uma boa historieta, exceto que eu duvido que alguma unidade militar possa ter tantas aventuras e tão poucos tropeços. A nave tinha uma boa biblioteca.

– Ace, preciso falar com você.

Ele olhou pra cima.

– Mesmo? Acabei de sair da nave, já estou fora de serviço.

– Preciso falar com você agora. Larga esse livro.

– O que é tão urgente assim? Preciso terminar o capítulo.

– Ah, para com isso, Ace! Se não pode esperar, eu conto como termina.

– Faz isso e eu te arrebento.

No entanto, pôs o livro na cama, sentou-se e me escutou. Eu disse:

– Ace, sobre esse negócio da organização do grupo... Você é mais antigo do que eu, devia ser o subcomandante do GC.

– Ah, então é *isso* de novo!

– É. Acho que a gente devia falar com o Johnson e pedir que ele arrume as coisas com o Jelly.

– Acha, né?

– Sim, acho. É assim que tem que ser.

– Mesmo? Olha, Baixote, vamos ser diretos. Não tenho nada contra você. Nadinha. Pra falar a verdade, você estava quicando naquele dia em que precisamos resgatar o Dizzy; reconheço isso. Só que, se você quer uma esquadra, vá batalhar uma pra você. Tira o olho da minha. Meus rapazes não iriam nem descascar batatas pra você.

– Essa é a sua palavra final?

– Essa é a minha primeira, última e única palavra.

Dei um suspiro.

– Tinha imaginado, mas precisava ter certeza. Bem, isso resolve o assunto. Mas eu estava pensando noutra coisa. Por acaso notei que o vestiário precisa de uma limpeza... e acho que nós dois podíamos cuidar disso. Então deixa o livro de lado... como Jelly diz, praças graduados estão sempre em serviço.

Ele não se mexeu de imediato. Disse calmamente:

– Tem certeza de que isso é preciso, Baixote? Como eu disse, não tenho nada contra você.

– Parece que sim.

– Acha que consegue?

– Com certeza posso tentar.

– Está bem. Vamos dar um jeito nisso.

Fomos até o vestiário na popa, enxotamos um soldado que estava pra começar um banho do qual não precisava de verdade, e trancamos a porta. Ace disse:

– Tem alguma restrição em mente, Baixote?

– Bem... não pretendia te matar.

– Confere. E sem ossos quebrados, nada que possa deixar qualquer um de nós de fora da próxima queda... exceto talvez por acidente, é claro. Está bem pra você?

– Está bem – concordei. – Hã, acho que vou tirar a camisa.

– É, não ia querer sujar essa camisa de sangue.

Ele relaxou. Comecei a tirar a camisa e ele mandou um chute pra minha rótula. Não girando, mas com a sola do pé e relaxado.

Só que minha rótula não estava lá... Eu tinha aprendido.

Uma luta de verdade, em geral, dura apenas um segundo ou dois, porque esse é todo o tempo que se leva pra matar um homem, ou deixá-lo desacordado, ou incapacitá-lo a ponto de não poder mais lutar. Só que tínhamos concordado em evitar causar dano permanente; isso muda as coisas. Nós dois éramos jovens, em boas condições, altamente treinados, e acostumados a aguentar castigos. Ace era maior, mas acho que eu era um tiquinho mais rápido. Nessas condições, o negócio miserável simplesmente tinha que seguir até que um de nós estivesse arrasado demais pra continuar... a não ser que um golpe de sorte resolvesse tudo antes. Só que nenhum de nós estava dando chances pra sorte; éramos profissionais e cautelosos.

Então continuamos, por um longo, cansativo e doloroso tempo. Os detalhes não importam; além do mais, não tive tempo de fazer anotações.

Muito tempo depois, eu estava deitado de costas e Ace estava jogando água na minha cara. Ele olhou pra mim, me colocou em pé e me empurrou contra uma antepara, me firmando.

– Me bate!

– Hã? – eu estava atordoado e com visão dupla.

– Johnnie... me bate.

Seu rosto estava flutuando no ar à minha frente; mirei bem nele e dei um murro com toda a força que havia em meu corpo, forte o bastante pra matar um mosquito raquítico. Os olhos dele se fecharam, ele caiu pesadamente no convés e eu tive que me agarrar num balaustre pra não ir junto.

Ace se levantou devagar.

– Certo, Johnnie – ele disse, balançando a cabeça. – Aprendi minha lição. Nunca mais vou te responder torto... nem ninguém do grupo vai. Certo?

Fiz que sim com a cabeça e ela doeu.

– Apertamos as mãos? – ele perguntou.

Apertamos, e isso também doeu.

* * *

Quase todo mundo sabia mais que nós sobre como a guerra estava indo, mesmo que estivéssemos nela. É claro que falo da época em que os insetos já haviam localizado o nosso planeta natal, por meio dos magrelos, e o atacado, destruindo Buenos Aires e transformando "problemas de contato" em uma guerra total, mas *antes* que tivéssemos aumentado nossas forças e antes de os magrelos terem mudado de lado e se tornado nossos cobeligerantes e aliados de fato. Uma interdição parcialmente efetiva da Terra tinha sido organizada a partir de Luna (não sabíamos disso), mas, falando abertamente, a Federação Terrana estava perdendo a guerra.

Também não sabíamos disso. Nem sabíamos dos exaustivos esforços que estavam sendo feitos para subverter a aliança contra nós e trazer os magrelos pro nosso lado. O mais perto que chegamos de ser informados disso foi quando recebemos instruções, antes do ataque em que Flores foi morto, para ir devagar com os magrelos, destruir o máximo de propriedade possível, mas só matar os habitantes quando fosse inevitável.

O que um homem não sabe, ele não pode contar, se for capturado; nem drogas, nem tortura, nem lavagem cerebral, nem uma infindável privação de sono podem tirar dele um segredo que ele não tem. Por isso, eles nos contavam apenas o que precisávamos saber por finalidades táticas. No passado, houve exércitos que fracassaram e desistiram porque os homens não sabiam pelo que estavam lutando, ou pra que, e assim perderam a vontade de lutar. Só que a i. m. não tem essa fraqueza. Pra começar, cada um de nós era voluntário, cada um por uma razão ou por outra... algumas boas, algumas más. No entanto, agora lutávamos porque éramos da i. m. Éramos profissionais, com espírito de corpo. Éramos os Rudes de Rasczak, a melhor (impublicável) unidade em toda a (expurgado) i. m.; subíamos nas cápsulas porque Jelly nos dizia que era hora de fazer isso e lutávamos quando chegávamos lá embaixo, pois é isso que os Rudes de Rasczak fazem.

Com certeza, não sabíamos que estávamos perdendo.

Aqueles insetos botam ovos. Não apenas os botam, mas também os mantêm em reserva e chocam conforme a necessidade. Se matássemos um guerreiro, ou mil deles, ou dez mil, os substitutos eram chocados e postos em serviço quase antes de podermos voltar à base. Você pode imaginar, se quiser, um supervisor de população dos insetos ligando para algum lugar lá embaixo e dizendo: "Joe, aqueça dez mil guerreiros e os apronte pra quarta-feira... e avise o pessoal da engenharia pra ativar as incubadoras de reserva N, O, P, Q e R; a demanda está aumentando".

Não digo que fizessem exatamente isso, mas os resultados eram os mesmos. No entanto, não cometa o engano de pensar que eles atuassem puramente por instinto, como formigas ou cupins. Suas ações eram tão inteligentes quanto as nossas (espécies idiotas não constroem espaçonaves!) e eram muito mais bem coordenadas. Leva, no mínimo, um ano pra treinar um soldado para o combate e para casar o seu combate com o de seus companheiros; um guerreiro inseto já *nasce* pronto pra isso.

Cada vez que matávamos mil insetos ao custo de um homem da I. M., era uma vitória líquida pra eles. Estávamos aprendendo, a duras custas, quanto um comunismo total pode ser eficiente quando usado por uma espécie efetivamente adaptada para isso pela evolução; os comissários dos insetos não se importavam mais sobre gastar soldados do que nós sobre gastar munição. Talvez pudéssemos ter imaginado isso a respeito dos insetos, pensando nas agruras que a Hegemonia Chinesa impôs à Aliança Russo-Anglo-Americana; o problema com as "lições da história" é que as enxergamos melhor depois de quebrarmos a cara.

No entanto, estávamos aprendendo. Instruções técnicas e doutrinas táticas, resultantes de cada choque com eles, eram distribuídas para toda a Esquadra. Aprendemos a diferenciar os operários dos guerreiros. Caso você tivesse tempo, podia diferenciá-los pelo formato da carapaça, mas a regra prática era: se avança, é um guerreiro; se foge, você pode dar as costas pra ele. Aprendemos a não desperdiçar munição nem nos guerreiros, exceto em autodefesa; em vez disso, íamos atrás de suas tocas. Ache um buraco e deixe cair nele primeiro uma bomba de gás. Ela explode suavemente alguns segundos depois, soltando um líquido oleoso, o qual se evapora como um gás de nervos sob medida para os insetos (e inofensivo pra gente) e que é mais pesado que o ar e, assim, continua descendo... Em seguida, você usa uma segunda granada de alto explosivo pra selar o buraco.

Ainda não sabíamos se estávamos chegando ou não fundo o bastante para matar as rainhas... mas tínhamos certeza de que os insetos não gostavam dessas táticas; nossa inteligência, por meio dos magrelos, indo até os próprios insetos, era clara neste ponto. Além disso, limpamos completamente a colônia deles em Sheol com esses métodos. Talvez eles tenham dado um jeito de evacuar as rainhas e os cérebros... mas, pelo menos, estávamos aprendendo a feri-los.

Contudo, no que dizia respeito aos Rudes, esses bombardeios de gás eram apenas outro exercício, pra ser feito de acordo com as ordens, passo a passo, e quicando.

* * *

Finalmente, tivemos que voltar a Santuário para mais cápsulas. Cápsulas são descartáveis (bem, nós também somos) e quando elas acabam, você precisa voltar à base, mesmo que os geradores Cherenkov possam ainda te levar duas vezes em torno da galáxia. Logo antes disso, chegou um despacho colocando Jelly como "Tenente, em substituição a Rasczak". Ele tentou manter isso em segredo, mas a Capitã

Deladrier divulgou o despacho e solicitou a Jelly que comesse lá na frente com os outros oficiais. Ele ainda passava todo o resto do tempo na popa.

A essa altura, porém, já tínhamos feito várias quedas com Jelly como comandante do pelotão e a unidade havia se acostumado com a ausência do Tenente... Ainda doía, mas agora era parte da vida. Depois de Jelal ter recebido a patente, fomos aos poucos discutindo entre nós que já era hora de usarmos o nome do nosso chefe, como as outras unidades.

Johnson era o mais antigo e foi falar com Jelly; ele me escolheu pra ir junto, como apoio moral.

– Que é? – Jelly resmungou.

– Hã, Sarja... Quero dizer, Tenente, a gente estava pensando...

– Com o quê?

– Bem, os rapazes têm, sabe, conversado a respeito e eles pensaram... Bem, eles acham que a unidade devia se chamar "Jaguares de Jelly".

– Eles acham, é? Quantos a favor desse nome?

– É unânime – Johnson disse, sem enrolar.

– Mesmo? Cinquenta e dois a favor... e um contra. Os contras vencem.

Ninguém nunca mais tocou no assunto.

Logo depois disso, entramos em órbita de Santuário. Eu estava contente de estar ali, já que o campo de pseudogravidade interno da nave tinha ficado desligado na maior parte do tempo nos últimos dois dias, enquanto o Primeiro Maquinista o consertava, nos deixando em queda livre... o que eu odeio. Nunca vou ser um verdadeiro homem do espaço. Gosto de terra debaixo dos pés. Todo o pelotão saiu em dez dias de repouso e recreação, e foi transferido para acomodações no quartel da Base.

Eu nunca soube as coordenadas de Santuário, nem o nome ou número de catálogo da estrela que orbita, pois o que você não sabe, não pode contar; a localização é ultrassupersecreta, conhecida apenas pelos capitães das naves, oficiais pilotos e tal... e, ouvi falar, cada um deles tem ordens e compulsões hipnóticas para, se for preciso, se suicidarem de modo a evitar a captura. Por isso, não quero saber. Com a possibilidade de a Base Luna ser capturada e a própria Terra ser ocupada, a Federação mantinha, tanto quanto possível, o máximo de suas forças em Santuário, de modo que um desastre lá em casa não significasse necessariamente a capitulação.

No entanto, posso contar que tipo de planeta ele é: como a Terra, só que retardado.

Literalmente retardado, como um garoto que leva dez anos para aprender a dar tchau e nunca aprende a brincar de bate-palminha. É um planeta tão parecido com a Terra quanto dois planetas podem ser, com a mesma idade, de acordo com os planetologistas, e sua estrela tem a mesma idade que o Sol e é do mesmo tipo, pelo que dizem os astrofísicos. Tem flora e fauna abundantes, a mesma atmosfera da Terra, ou quase, e praticamente o mesmo clima; tem até uma lua de bom tamanho e as mesmas marés excepcionais da Terra.

Com todas essas vantagens, ele mal saiu do portão de largada. Veja, ele tem falta de mutações; não goza do alto nível de radiação natural da Terra.

Sua flora típica e mais desenvolvida é um tipo muito primitivo de samambaia gigante; a fauna mais evoluída é um protoinseto que nem ao menos desenvolveu colônias. Não estou contando a flora e fauna terranas que foram transplantadas... *Nossas* coisas entram e varrem as nativas pro lado.

Com o progresso evolucionário mantido quase em zero pela falta de radiação e a consequente e não muito saudável falta de mutações, as formas de vida nativas de Santuário não tiveram nenhuma chance decente de evoluir e não estão preparadas para a competição. O padrão genético delas permaneceu fixo por um tempo relativamente longo; não são adaptáveis. É como se fossem obrigadas a jogar sempre com as mesmas cartas, rodada após rodada, por eras, sem esperança de conseguir outra mão melhor.

Enquanto elas competiam apenas entre si, isso não importava muito... idiotas contra idiotas, por assim dizer. Só que, quando foram introduzidas espécies que evoluíram num planeta onde desfrutavam de alta radiação e competição acirrada, o material nativo não teve chance.

Bom, tudo isso é perfeitamente óbvio a partir do que a gente aprende de biologia no colégio... mas o geniozinho da estação de pesquisa do planeta, que estava me contando essas coisas, apontou algo em que eu nunca teria pensado.

E os seres humanos que colonizaram Santuário?

Não os de passagem como eu, mas os colonizadores que viviam lá, muitos dos quais nasceram ali, e cujos descendentes iam viver ali, até a enésima geração... Como ficariam esses descendentes? Não faz mal nenhum a uma pessoa não ser irradiada; de fato, é um pouco mais seguro: leucemia e alguns tipos de câncer são quase desconhecidos ali. Além disso, a situação econômica atual é toda em favor deles; quando plantam um campo de trigo (terrano), não precisam nem arrancar as ervas daninhas. O trigo terrano toma o lugar de qualquer coisa nativa.

Só que os descendentes desses colonos não vão evoluir. Não muito, pelo menos. Aquele sujeito me disse que eles poderiam melhorar um pouco por meio de mutações por outras causas, por meio do sangue novo dos imigrantes e por meio da seleção natural entre os padrões de genes que já possuíam... mas isso tudo é muito pouco, comparado com o progresso evolucionário na Terra e em qualquer planeta comum. Então, o que acontece? Ficam congelados no nível atual, enquanto o resto da humanidade os ultrapassa, até que não passem de fósseis vivos, tão deslocados quanto um pitecantropo numa espaçonave?

Ou se preocupariam com o futuro dos descendentes e tomariam uma dose regular de raios x ou, quem sabe, explodissem um monte de bombas nucleares sujas a cada ano para criar um reservatório de radiação na atmosfera? (Aceitando, é claro, os perigos imediatos da radiação para eles mesmos, de modo a fornecer uma herança genética com a quantidade apropriada de mutações para o benefício dos descendentes.)

Aquele cara previa que não iam fazer nada. Disse que a espécie humana é individualista demais, egoísta demais, para se preocupar tanto com as gerações futuras. Disse que o empobrecimento genético de gerações distantes pela falta de radiação é algo com o que a maioria das pessoas é simplesmente incapaz de se preocupar. E, é claro, isso é uma ameaça muito distante; a evolução trabalha tão devagar, mesmo na Terra, que o desenvolvimento de uma nova espécie é algo que leva muitos, muitos milhares de anos.

Eu não sei. Bolas, mais da metade do tempo não sei nem o que eu vou fazer; como posso adivinhar o que fará uma colônia de estranhos? De uma coisa, porém, eu tenho certeza: Santuário vai ser totalmente colonizado, ou por nós ou pelos insetos. Ou por alguém mais. É uma utopia em potencial e, com boas propriedades imobiliárias sendo tão raras nesta ponta da galáxia, não vai ser deixado na posse de formas de vida primitivas que não conseguiram subir na escala.

Agora mesmo, já é um lugar delicioso, melhor de muitas formas, para uns poucos dias de R&R, que a maior parte da Terra. Em segundo lugar, apesar de ter uma enxurrada de civis, mais de um milhão, eles até que não são maus para civis. Sabem que há uma guerra em curso. Toda uma metade deles trabalha ou na Base ou na indústria de guerra; o resto produz alimentos e os vende para a Esquadra. Você poderia dizer que eles têm um interesse velado na guerra, mas, quaisquer que sejam os motivos, eles respeitam uma farda e não se ressentem dos que a usam. Bem pelo contrário. Se um soldado entra numa loja aqui, o proprietário o chama de "senhor", e parece ser sincero, mesmo que esteja tentando vender algo inútil por um preço absurdo.

Mas, em *primeiro* lugar, metade desses civis são mulheres.

Você precisa ter ficado fora numa longa patrulha para apreciar isso direito. Precisa ter aguardado ansiosamente o dia do serviço de guarda, pelo privilégio de ficar em pé duas horas de cada seis, com a espinha encostada na antepara trinta e as orelhas em pé só pelo *som* de uma voz feminina. Acho que é, na verdade, mais fácil em naves só de homens... mas ainda fico com a *Rodger Young*. É bom saber que a razão suprema pela qual você está lutando realmente existe e que elas não são apenas uma criação da imaginação.

Além dos maravilhosos cinquenta por cento de civis, cerca de quarenta por cento dos servidores federais em Santuário são mulheres. Some tudo isso e terá o mais belo cenário do universo conhecido.

Além dessas insuperáveis vantagens naturais, muito foi feito artificialmente para evitar que o R&R seja desperdiçado. A maior parte dos civis parece ter dois empregos; eles têm olheiras de ficar acordados até tarde todas as noites para tornar agradável a licença de alguém que esteja servindo. A Via Churchill, que vai da Base até a cidade, é margeada de ambos os lados de empreendimentos destinados a separar, de forma indolor, um homem do dinheiro que ele, na verdade, não tem mesmo como usar. E isso com o agradável acompanhamento de lanches, entretenimento e música.

Se você for capaz de escapar dessas arapucas, por já ter ficado sem o vil metal, há ainda outros lugares na cidade quase tão satisfatórios (quero dizer que também têm garotas) e que são oferecidos de graça por uma população grata. São muito parecidos com o centro social em Vancouver, só que ainda mais hospitaleiros.

Santuário, e em especial Espírito Santo, a cidade, me impressionou tanto como um lugar ideal que brinquei com a ideia de pedir baixa ali, quando meu período estivesse completo; afinal, no fundo eu não ligava se os meus descendentes (se tivesse algum), dali a vinte e cinco mil anos, teriam longas gavinhas verdes, como todo mundo, ou apenas o equipamento com que eu tinha me virado. Aquele sujeito com cara de professor da Estação de Pesquisa não me assustava com aquela conversa de falta de radiação; para mim, parecia (pelo que podia ver à minha volta) que a humanidade já tinha mesmo alcançado o seu auge.

Tudo bem que um cavalheiro javali sente o mesmo por uma dama javali... mas, se assim for, somos ambos muito sinceros.

Também há outras oportunidades para se divertir por lá. Lembro com um prazer especial certa noite em que uma mesa dos Rudes se envolveu numa discussão amigável com um grupo de homens da Marinha (não da *Rodger Young*) sentados na mesa ao lado. O debate foi acalorado, um tanto barulhento, e apareceram uns policiais da Base que o interromperam com armas de tonteio bem quando estávamos nos aquecendo para a réplica. Não deu em nada, exceto que fomos obrigados a pagar pelos móveis... O Comandante da

Base tem a opinião de que um homem em R&R deve ter um pouco de liberdade, desde que não cometa um dos "trinta e um jeitos de se ferrar".

As acomodações no quartel também eram até que boas... Não luxuosas, porém confortáveis, e o refeitório funcionava vinte e cinco horas por dia, com civis fazendo todo o trabalho. Nada de toque de alvorada, nada de toque de silêncio; você fica realmente de licença e nem sequer precisa ir ao quartel. No entanto, eu fui, pois me pareceu sem cabimento gastar dinheiro em hotéis quando havia uma cama limpa e macia de graça e tantas maneiras melhores de gastar o pagamento acumulado. Aquela uma hora a mais em cada dia também era boa, pois significava que eu podia dormir nove horas direto e ainda ter todo o dia pra mim... Coloquei em dia todo o sono que estava atrasado desde a Operação Enxame.

Estava tão bem quanto num hotel; Ace e eu tínhamos um quarto todo só pra gente nos alojamentos dos praças graduados visitantes. Um dia, quando o R&R estava infelizmente chegando ao fim, por volta do meio-dia local, eu estava me virando pro outro lado da cama, quando Ace começou a chacoalhá-la.

– Quicando, soldado! Os insetos estão atacando.

Eu disse a ele o que devia fazer com os insetos.

– Vamos pra terra firme – ele insistiu.

– *No dinero.*

Eu havia tido um encontro, na noite anterior, com uma química (uma mulher, é claro, e adoravelmente mulher) da Estação de Pesquisas. Ela havia conhecido Carl em Plutão, e ele tinha me escrito para procurá-la se algum dia fosse a Santuário. Era uma ruiva esbelta, com gostos dispendiosos. Pelo jeito, Carl havia dado a entender à ruiva que eu tinha mais dinheiro do que era saudável pra mim, por isso ela decidiu que aquela noite era o momento certo para se familiarizar com o champanhe local. Não confessei a ela que tudo o que eu tinha era o meu soldo, pra não deixar Carl na mão; paguei champanhe pra ela, enquanto eu bebia o que eles diziam que era (mas não era) suco de abacaxi fresco. O resultado foi que, mais tarde, precisei voltar a pé... Os táxis não são de graça. Ainda assim, valeu a pena. Afinal, o que é o dinheiro? Falo de dinheiro dos insetos, é claro.

– Sem choro – Ace respondeu. – Posso te abastecer. Tive sorte na noite passada. Cruzei com um marinheiro que não sabia porcentagens.

Assim, me levantei, me barbeei, tomei um banho e fomos ao refeitório para meia dúzia de ovos frescos e mais umas coisinhas, como batatas e presunto e bolinhos e assim por diante. Em seguida, fomos pra terra firme, arranjar algo pra comer. Estava quente pra subir a Via Churchill, então Ace decidiu parar numa cantina. Fui junto pra ver se o suco de abacaxi deles era de verdade. Não era, mas estava gelado. Não se pode ter tudo.

Falamos de uma coisa e de outra, e Ace pediu outra rodada. Tentei o suco de morango... A mesma coisa. Ace encarou o próprio copo e, então, disse:

– Já pensou em tentar pra oficial?

Eu disse:

– *Hã?* Tá maluco?

– Não. Olha, Johnnie, esta guerra pode durar um bom tempo. Não importa que propaganda eles façam pro pessoal lá em casa, você e eu sabemos que os insetos não estão pra desistir. Então, por que não planejar o futuro? Como se diz, se você precisa estar na banda, é melhor ser o cara que mexe o pauzinho do que o que carrega o bumbo.

Eu estava alarmado com o caminho que a conversa tomou, ainda mais vindo de Ace.

– E você? Está pensando em cavar uma patente?

– Eu? Vá examinar os seus circuitos, filho... Estão te dando respostas erradas. Não tenho estudo e sou dez anos mais velho que você. Mas você tem estudo suficiente pra passar nos exames de seleção da E. C. O. *e* tem o Q. I. que eles gostam. Garanto que, se você seguir carreira, vai chegar a sargento antes de mim... e ser escolhido pra E. C. O. no dia seguinte.

– Agora eu sei que você está maluco!

– Escuta o papai aqui. Detesto te dizer isto, mas você é tapado, esforçado e sincero na dose certa pra ser o tipo de oficial que os homens adoram seguir pra alguma enrascada idiota. Agora, eu... Bem, eu sou um praça graduado nato, com o devido temperamento pessimista pra compensar o entusiasmo de gente como você. Algum dia, chego a sargento... e daí a pouco vou completar os meus vinte anos de serviço, me reformo, pego um daqueles trabalhos reservados, quem sabe policial, e caso com uma boa mulher gorda, com os mesmos gostos simples que eu, e vou assistir aos jogos, pescar e me desmanchar com muito prazer.

Ace parou para molhar a garganta.

– Mas *você*... – continuou. – Você vai ficar e talvez chegar a um alto posto e morrer gloriosamente, e eu vou ler a respeito e contar com orgulho: "Eu conhecia esse cara. Ora, sempre emprestava dinheiro pra ele. Fomos cabos juntos". E aí?

– Nunca pensei nisso – respondi, devagar. – Pretendia apenas servir o meu período.

Ele deu um sorriso amargurado.

– Você vê alguém do pessoal alistado pra um período indo embora hoje em dia? Acha que vai prestar o serviço em apenas dois anos?

Esse era um bom argumento. Enquanto a guerra continuasse, um "período" não acabava... Pelo menos, não para um soldado. Era mais uma diferença de atitude, pelo menos no presente. Aqueles de nós que estávamos servindo o "período" podiam, ao menos, se sentir como se fossem ficar pouco tempo; podíamos dizer: "Quando esta guerrinha à toa acabar". Um homem de carreira não diz isso; ele não vai a lugar nenhum, a não ser se reformando... ou comprando a dele.

Por outro lado, nós também não. Só que se você resolvesse "seguir carreira" e depois não completasse os vinte anos... Bem, eles podiam ser bem chatos quanto ao direito de voto, mesmo que não fossem manter alguém que não quisesse ficar.

– Talvez não dois anos – admiti. – Mas a guerra não vai durar pra sempre.

– Não vai?

– Como pode?

– Sei lá eu. Não me contam essas coisas. Mas sei que não é isso que está te incomodando, Johnnie. Tem uma garota te esperando?

– Não. Bem, tinha... – respondi lentamente – mas ela começou a me tratar por "Caro John".

Como mentira, esta não foi mais que um pequeno enfeite, que incluí porque era o que Ace parecia esperar. Carmen não era minha garota e nunca esperou por ninguém... mas, de fato, ela me *mandava* cartas começadas com "Caro Johnnie", nas raras ocasiões em que me escrevia.

Ace concordou, com ar de quem sabe do que fala.

– Elas sempre fazem isso. Preferem casar com civis e ter alguém por perto pra dar uma bronca quando têm vontade. Não esquenta, filho... Vai encontrar muitas delas, mais que dispostas a casar, quando chegar a sua reforma... e vai estar mais bem preparado pra lidar com uma mulher nessa idade. O casamento é uma desgraça para um jovem e um conforto para um velho. – Ele olhou pro meu copo. – Me dá engulhos ver você bebendo essa água suja.

– Sinto o mesmo sobre essa coisa que você bebe – respondi.

Ele deu de ombros.

– Como eu sempre digo, tem gente pra tudo. Pense no que eu disse.

– Vou pensar.

Ace entrou num jogo de cartas logo depois, me emprestou algum dinheiro e eu saí para uma caminhada; precisava pensar.

Seguir carreira? Fora aquela coisa da patente, eu queria seguir carreira? Ora, eu tinha passado por tudo aquilo pra conseguir meu direito de voto, não tinha? E, se eu seguisse carreira, estaria tão longe do privilégio de votar quanto se nunca tivesse me alistado… pois, enquanto você ainda estiver na ativa, não pode votar. O que era como devia ser, é claro. Ora, se deixassem os Rudes votarem, os idiotas podiam votar pra não fazer uma queda. Não dá.

Entretanto, eu havia me alistado de modo a conquistar o voto.

Ou não?

Em algum momento, eu tinha me interessado em votar? Não, era o prestígio, o orgulho, o status… de ser um cidadão.

Ou não era?

Nem que fosse pra salvar a minha vida eu seria capaz de lembrar *pra que* eu havia me alistado. De qualquer modo, não era o processo eleitoral que fazia um cidadão… O Tenente havia sido um cidadão no verdadeiro sentido da palavra, mesmo que não tivesse vivido o bastante pra colocar seu voto numa urna. Ele tinha "votado" cada vez que fazia uma queda.

E eu também!

Podia ouvir o Coronel Dubois em minha mente: "Cidadania é uma postura, um estado de espírito, uma convicção emocional de que o todo é maior do que a parte... e de que a parte deve ficar humildemente orgulhosa de se sacrificar para que o todo possa viver".

Eu ainda não tinha certeza se ansiava por colocar o meu único e exclusivo corpo "entre meu amado lar e a desolação da guerra"... Ainda tinha os tremores antes das quedas, e aquela "desolação" podia ser bem desolada. Apesar disso, por fim entendi do que o Coronel Dubois estava falando. A i. m. era minha e eu era dela. Se aquilo era o que a i. m. fazia pra quebrar o tédio, então era aquilo o que eu fazia. Patriotismo era um tanto inalcançável pra mim, uma escala grande demais para enxergar, mas a i. m. era a minha turma, eu fazia parte dela. Eles eram toda a família que me restava; eram os irmãos que eu nunca tive, mais próximos de mim do que Carl jamais tinha sido. Se os abandonasse, me sentiria perdido.

Então, por que eu não deveria seguir carreira?

Certo, certo... mas e quanto a essa maluquice de tentar uma patente? Isso era outra coisa. Conseguia me imaginar servindo os vinte anos e depois vivendo tranquilo, do jeito que Ace descreveu, com fitas no peito e pantufas nos pés... ou passando as noitinhas no Clube dos Veteranos, lembrando os velhos tempos com outros desta família. Mas a Escola de Formação? Podia ouvir Al Jenkins, em uma das sessões de debate que tínhamos sobre essas coisas: "Sou um soldado raso! Vou continuar soldado raso! Quando você é um soldado, eles não esperam nada de você. Quem quer ser um oficial? Ou mesmo um sargento? Você respira o mesmo ar que eles, não é? Come a mesma comida. Vai aos mesmos lugares, faz as mesmas quedas. Mas sem esquentar a cabeça."

Esse era um bom argumento. O que aquelas divisas tinham me dado? Só vergões nas costas.

Mesmo assim, eu tinha certeza de que aceitaria ser sargento, se um dia me oferecessem. Você não recusa; um soldado da infantaria não recusa nada, se esforça e dá um jeito. Pra oficial seria a mesma coisa, imaginei.

Não que isso fosse acontecer. Quem era eu pra achar que tinha alguma chance de ser o que o Tenente Rasczak havia sido?

Meu passeio tinha me levado para perto da Escola de Formação de Oficiais, embora eu ache que não pretendesse ir naquela direção. Uma companhia de cadetes estava fora, na praça de armas, se exercitando num passo apressado, parecendo, para o resto do mundo, recrutas no Básico. O sol estava quente e não parecia nem de longe tão confortável quanto uma rodinha de conversa fiada na sala de queda da *Rodger Young*. Ora, eu não tinha marchado mais longe que a antepara trinta desde que terminara o Básico; essas besteiras pra nos domar estavam no passado.

Fiquei olhando pra eles um pouco, suando nos uniformes, levando broncas… de sargentos, também. Lembrei-me dos velhos tempos. Balancei a cabeça e saí dali… e voltei ao quartel, fui até a ala dos oficiais visitantes e achei o quarto de Jelly.

Ele estava lá, os pés em cima da mesa, lendo uma revista. Bati no batente da porta. Ele olhou pra cima e rosnou:

– Que é?

– Sarja… Quero dizer, Tenente…

– Fale de uma vez!

– Senhor, quero seguir carreira.

Jelly tirou os pés da mesa.

– Levante a mão direita.

Ele tomou meu juramento, mexeu na gaveta da mesa e pegou uns papéis.

Tinha os meus papéis já preparados, esperando por mim, prontos pra assinar. E eu não havia nem contado pro Ace. Que acha disso?

CAPÍTULO XII

De modo algum é suficiente que um oficial seja capaz... Ele deve também ser um cavalheiro de cultura geral, maneiras refinadas, cortesia meticulosa e o melhor senso de honra pessoal... Nenhum ato meritório de um subordinado deve escapar à sua atenção, mesmo que a recompensa seja apenas uma palavra de louvor. Por outro lado, ele não deve fechar os olhos para uma falha que seja, de nenhum subordinado.
Por mais legítimos que sejam os princípios políticos pelos quais estamos ora lutando... os navios em si precisam ser governados sob um sistema de despotismo absoluto. Confio em que, agora, eu tenha deixado claras aos senhores as tremendas responsabilidades... Precisamos fazer o melhor que pudermos com o que temos.

JOHN PAUL JONES, 14 DE SETEMBRO DE 1775; EXCERTOS DE UMA CARTA PARA O COMITÊ NAVAL DOS INSURRECTOS NORTE-AMERICANOS.

Mais uma vez, a *Rodger Young* estava retornando à Base para reposição, tanto de cápsulas como de homens. Al Jenkins tinha comprado a campa, cobrindo uma recolha, uma que nos custou também o Padre. Além disso, eu tinha que ser substituído. Estava usando divisas de sargento novinhas (como substituto de Migliaccio), mas tinha um palpite de que Ace as estaria usando tão logo eu saísse da nave... As minhas eram mais honorárias, eu sabia; a promoção era um modo de Jelly me dar uma boa despedida, já que tinha sido destacado para a Escola de Formação de Oficiais.

No entanto, isso não me impedia de ter orgulho delas. No campo de pouso da Esquadra, saí pelo portão com o nariz empinado, enquanto avançava até o balcão da quarentena para carimbar minhas ordens. Enquanto fazia isso, ouvi uma voz educada e respeitosa atrás de mim:

— Desculpe, Sargento, mas aquele veículo que acabou de descer... ele é da *Rodger*...

Virei-me para ver quem estava falando, bati meus olhos em suas mangas, vi que era um cabo de baixa estatura e ombros um tanto curvados, sem dúvida um dos nossos...

— *Pai!*

Logo em seguida, os braços do cabo estavam ao meu redor.

— Juan! Juan! Ah, meu pequeno Johnnie!

Eu o beijei, abracei e comecei a chorar. Acho que aquele escriturário civil no balcão da quarentena nunca tinha visto dois praças graduados se beijarem antes. Bem, se eu o tivesse notado sequer erguendo uma sobrancelha, ele teria ganhado um murro. Só que não estava olhando pra ele; eu estava ocupado. Ele precisou me lembrar de pegar de volta as minhas ordens.

A essa altura, já havíamos assoado os narizes e parado de fazer cena pra todo mundo ver. Eu disse:

— Pai, vamos achar algum canto pra gente poder sentar e conversar. Quero saber... bem, *tudo!* — Respirei fundo. — Achava que você tinha morrido.

— Não. No máximo, cheguei perto de comprar a minha uma ou duas vezes. Mas, filho... Sargento... eu preciso mesmo descobrir sobre aquele veículo de embarque. É que...

— Ah, isso. É da *Rodger Young*. Eu acabei...

Ele pareceu terrivelmente desapontado.

— Então preciso quicar, agora mesmo. Tenho que me apresentar. — Logo acrescentou, ansioso: — Mas você logo vai estar de volta a bordo, não é, Juanito? Ou está saindo em R&R?

— Hã, não. — Pensei rápido. De todas as coisas que podiam acontecer! — Olha, pai, eu sei os horários do veículo. Você só vai conseguir subir a bordo daqui a uma hora e pouco. O veículo não está numa recolha rápida; vai fazer uma acoplagem de mínimo combustível, quando a *Rog* completar esta órbita… isso se a piloto não tiver que esperar a próxima órbita; precisam carregar o veículo primeiro.

Ele disse, em dúvida:

– Minhas ordens dizem para eu me apresentar imediatamente ao piloto do primeiro veículo disponível.

– Pai, pai! Precisa ser assim tão apegado às normas? A garota que está empurrando aquela sucata não liga se você entrar no veículo agora ou quando estiver pra fechar a porta. De qualquer modo, dez minutos antes do lançamento, eles vão avisar e tocar a chamada da nave nos alto-falantes daqui. Não tem como perder.

Ele me deixou levá-lo para um canto vazio. Quando nos sentamos, acrescentou:

– Vai subir no mesmo veículo, Juan? Ou depois?

– Hã… – Mostrei as minhas ordens; parecia a maneira mais simples de lhe dar a notícia. Navios que se cruzam na noite, como na história de Evangeline… Droga, que jeito de as coisas acontecerem!

Ele as leu, ficou com lágrimas nos olhos e eu disse, depressa:

– Olha, pai, vou tentar voltar… Eu não ia querer nenhuma outra unidade a não ser os Rudes. E com você neles… Ah, eu sei que está decepcionado, mas…

– Não é decepção, Juan.

– Hã?

– É orgulho. Meu garoto vai ser um oficial. Meu pequeno Johnnie… Ah, também é uma decepção; eu estava esperando por este dia. Mas posso esperar um pouco mais. – Ele sorriu através das lágrimas. – Você cresceu, rapaz. E ficou mais encorpado também.

– Hã, acho que sim. Mas, pai, ainda não sou um oficial, e pode ser que fique longe da *Rog* só por uns dias. Quero dizer, às vezes eles eliminam os candidatos bem depressa e...

– Chega disso, rapaz!

– Hã?

– Você vai conseguir. Chega de falar de "eliminação". – De repente, ele sorriu. – Essa é a primeira vez que consegui mandar um sargento calar a boca.

– Bem... Pode ter a certeza de que vou tentar, pai. E, se conseguir, pode ter certeza de que vou pedir pra voltar pra velha *Rog*. Mas... – Eu parei.

– Sim, eu sei. O seu pedido não vai valer nada, a não ser que tenha uma vaga aberta. Não importa. Se esta hora é tudo o que temos, vamos aproveitar o máximo que pudermos... e estou a ponto de explodir de orgulho de você. Como tem passado, Johnnie?

– Ah, bem, muito bem. – Eu estava pensando que a situação não era de todo má. Ele estaria melhor com os Rudes do que com qualquer outra unidade. Todos meus amigos... iriam tomar conta dele, mantê-lo vivo. Eu precisava mandar uma mensagem pro Ace... O Pai, sendo como é, jamais ia deixar saberem que somos parentes. – Pai, quanto tempo faz que está na i. m.?

– Pouco mais de um ano.

– E já é cabo!

Ele sorriu, amargurado.

– Estão nos promovendo logo hoje em dia.

Não precisei perguntar o que ele queria dizer. Baixas. Sempre tinha vagas no quadro; impossível conseguir a quantidade necessária de soldados treinados para preenchê-las. Em vez de perguntar, eu disse:

– Hã... mas, pai, você é... Bem, quero dizer, não está um tanto velho pra ser soldado? Quero dizer, a Marinha, ou a Logística, ou...

– Eu queria a I. M. e consegui! – ele disse enfaticamente.
– E não sou mais velho que muitos sargentos… Na verdade,
mais novo que alguns. Filho, o mero fato de ser vinte e dois
anos mais velho que você não me coloca numa cadeira de
rodas. E a idade também tem suas vantagens.

Bem, havia alguma verdade nisso. Lembrei de como o
Sargento Zim sempre testava os homens mais velhos primeiro, quando estava distribuindo as divisas de recruta. E o
Pai nunca teria feito besteira no Básico como eu… Nada de
chicotadas pra ele. É bem possível que já o tivessem marcado como material para graduado antes mesmo de terminar
o Básico. O Exército precisa de um monte de homens cres-
cidos de verdade nos escalões intermediários; é uma organização paternalista.

Não precisei perguntar por que ele havia escolhido a
I. M., nem por que ou como tinha acabado na minha nave.
Apenas me sentia bem por isso, mais lisonjeado do que por
qualquer elogio que ele já tivesse feito em palavras. E não
queria perguntar por que ele havia se alistado; eu suspeitava
que já soubesse. A Mãe. Nenhum de nós havia falado dela…
Doía demais.

Então, mudei de assunto bruscamente.

– Me conta tudo. Me conta onde esteve e o que fez.

– Bem, fiz o treinamento no Acampamento San Martín…

– Hã? Não no Currie?

– Um novo. Mas tão difícil quanto, ouvi dizer. Só que
eles fazem você passar pelo treinamento dois meses mais
rápido. Sem folga aos domingos. Então pedi para ir para a
Rodger Young… e não consegui. Acabei nos Voluntários de
McSlattery. Uma boa unidade.

– Sim, eu sei. – Eles tinham uma reputação de serem
brutos, duros e sujos… Quase tão bons quanto os Rudes.

– Melhor dizendo, eles *eram* uma boa unidade. Fiz várias quedas com eles e alguns dos rapazes compraram as deles e, depois de um tempo, ganhei estas. – Ele apontou para as divisas. – Eu já era cabo quando fizemos a queda em Sheol...

– Você estava *lá*? Eu também!

Com uma repentina torrente calorosa de emoção, me senti mais próximo do meu pai do que jamais havia sentido em toda a minha vida.

– Eu sei. Pelo menos sabia que a sua unidade estava lá. Eu estava a uns oitenta quilômetros ao norte de vocês, pela minha estimativa. Nós seguramos aquele contra-ataque, quando eles saíram fervilhando do chão igual a morcegos de uma caverna. – O Pai encolheu os ombros. – Então, quando terminou, eu era um cabo sem uma unidade. Os que sobraram não eram o bastante pra formar um núcleo saudável. Daí me mandaram pra cá. Podia ter ido com os Ursos Kodiak de King, mas tive uma palavra com o sargento de colocações... e, certo como o nascer do sol, a *Rodger Young* voltou com uma vaga pra cabo. Então, aqui estou.

– E quando se alistou? – Percebi que era a pergunta errada logo que fechei a boca... Contudo, precisava desviar o assunto dos Voluntários de McSlattery; um órfão de uma unidade morta quer se esquecer disso.

O Pai disse, baixinho:

– Logo depois de Buenos Aires.

– Ah. Entendo.

O Pai ficou calado por algum tempo. Então disse suavemente:

– Não tenho certeza de que você entenda, filho.

– Senhor?

– Hum... Não vai ser fácil explicar. Com certeza, perder a sua mãe teve muito a ver com isso. Mas não me alistei pra vingar a morte dela... mesmo que também tivesse isso em mente. Você teve mais a ver com isso...

– *Eu?*

– Sim, você, filho. Sempre entendi o que você estava fazendo melhor que a sua mãe. Não era culpa dela; ela nunca teve chance de saber, não mais que um passarinho pode entender o nado de um peixe. E talvez eu já soubesse, na época, *por que* você fez isso, mesmo que duvide que você mesmo soubesse. Pelo menos metade da minha raiva era puro ressentimento... de que você tivesse feito mesmo algo que eu sabia, bem fundo no meu coração, que eu devia ter feito. Mas você também não foi a razão de eu me alistar... apenas deu o arranque e controlou a força que escolhi.

Ele fez uma pausa.

– Eu não estava bem, na época em que você se alistou. Estava vendo o meu hipnoterapeuta com bastante frequência... Você nunca desconfiou, não é? Só que não conseguimos avançar além de um claro reconhecimento de que eu estava muito insatisfeito. Depois que você foi embora, descontei em você... Mas não era você, e eu sabia disso e meu terapeuta também. Acho que eu soube antes da maioria que logo teríamos problemas sérios; fomos convidados para uma licitação de componentes militares mais de um mês antes de declararem o estado de emergência. Convertemos quase tudo para a produção de guerra enquanto você ainda estava no treinamento. Eu me senti melhor naquela época, me matando de trabalhar e ocupado demais pra ver o terapeuta. Então, comecei a ficar mais transtornado que nunca. – Ele sorriu. – Filho, o que você sabe sobre civis?

– Bem... Não falamos a mesma língua. Disso eu sei.

– Muito bem-posto. Lembra-se da Madame Ruitman? Depois de terminar o Básico, tive uns dias de licença e fui pra casa. Visitei alguns dos nossos amigos, me despedi, e ela estava entre eles. Estava tagarelando e disse: "Então você está indo mesmo? Bem, se chegar a Longínqua, precisa procurar os meus amigos queridos, os Regatos". Eu disse a ela, tão gentilmente quanto possível, que isso seria improvável, pois os aracnídeos haviam ocupado Longínqua. Isso não a perturbou nem um pouco. Ela respondeu: "Ah, não tem problema; eles são civis!" – O Pai sorriu cinicamente.

– É, eu sei.

– Mas estou avançando na minha história. Eu te disse que estava ficando ainda mais transtornado. A morte da sua mãe me liberou para o que eu precisava fazer... Muito embora nós fôssemos mais ligados que a maioria, mesmo assim isso me libertou para fazer o que era preciso. Deixei os negócios com o Morales...

– O velho Morales? Será que *ele* consegue tomar conta?

– Consegue. Porque ele precisa. Muitos de nós estamos fazendo coisas que não sabíamos que podíamos. Você conhece o velho ditado de que é o olho do dono que engorda o gado. Dei um bom maço de ações pra ele... O resto, dividi em duas partes, em um fundo: metade para as Filhas da Caridade, metade pra você, quando resolver voltar e pegá-las. Se resolver fazer isso. Não importa. Tinha finalmente descoberto o que estava errado comigo. – Ele parou e então disse, muito suavemente: – Precisava fazer um ato de fé. Tinha que provar a mim mesmo que era um homem. Não apenas um animal econômico que produz e consome... mas um *homem*.

Nesse momento, antes que eu pudesse dizer qualquer coisa, os alto-falantes das paredes cantaram: "...*brilha o nome, brilha o nome de Rodger Young!*" Então, a voz de uma garota acrescentou: "Pessoal para a c. t. f. *Rodger Young*, dirijam-se ao veículo de embarque. Plataforma h. Nove minutos".

O Pai ficou em pé e agarrou a mochila.

– É o meu. Cuide-se, filho... E passe naqueles exames. Ou vai descobrir que ainda não é grande demais pra levar umas palmadas.

– Vou passar, pai.

Ele me abraçou, apressado.

– Vejo você quando a gente voltar!

E se foi, quicando.

* * *

Na antessala do escritório do Comandante, eu me apresentei a um sargento de esquadra que parecia bastante com o Sargento Ho, até na falta do braço. No entanto, ele também carecia do sorriso do Sargento Ho. Eu disse:

– Sargento de Carreira Juan Rico, para se apresentar ao Comandante, conforme ordenado.

Ele deu uma olhada para o relógio.

– Faz setenta e três minutos que seu veículo desceu. E então?

Então contei tudo. Ele fez bico e olhou pra mim, pensativo.

– Já ouvi cada uma das desculpas do livro, mas você acabou de escrever uma nova página. Seu pai, seu próprio pai, estava realmente se apresentando na sua antiga nave bem quando você era destacado?

– É a pura verdade, Sargento. Pode verificar: Cabo Emilio Rico.

– Não verificamos as declarações dos "jovens cavalheiros" por aqui. Apenas os expulsamos, se descobrimos, um dia, que não disseram a verdade. Certo, um rapaz que não se atrasasse pra ver seu velho partir não valeria muito mesmo. Esqueça isso.

– Obrigado, Sargento. Eu me apresento ao Comandante agora?

– Já se apresentou. – Ele fez uma marca de conferência numa lista. – Quem sabe, daqui a um mês, ele mande te chamar junto com umas duas dúzias de outros. Aqui está o número do seu quarto, e aqui uma lista de coisas pra você começar... E pode começar cortando fora essas divisas. Mas é melhor guardá-las; pode precisar delas mais tarde. A partir de agora você é "senhor", não "sargento".

– Sim, senhor.

– Não me chame de "senhor". *Eu* vou chamar *você* de "senhor". Só que você não vai gostar.

* * *

Não vou descrever a Escola de Formação de Oficiais. É como o Básico, só que elevado ao quadrado e ao cubo, mais os livros. Nas manhãs, nos portávamos como soldados rasos, fazendo as mesmas velhas coisas que fazíamos no Básico e em combate, e levando broncas pelo jeito que as fazíamos... de sargentos. De tarde, éramos cadetes e "cavalheiros", e falávamos e ouvíamos sobre uma lista sem fim de assuntos: Matemática, Ciência, Galactografia, Xenologia, Hipnopédia, Logística, Tática e Estratégia, Comunicação, Direito Militar, Avaliação do Terreno, Armas Especiais, Psicologia da Liderança, qualquer coisa, desde o cuidado e alimentação dos soldados até a razão de Xerxes ter perdido a grande guerra. E, em especial, como ser uma catástrofe de um homem só e ao mesmo tempo acompanhar outros cinquenta, cuidando deles, os amando, os liderando, os salvando... mas *nunca* os mimando.

Tínhamos camas, que usávamos bem pouco; tínhamos quartos com banheiro; e havia um funcionário civil para cada quatro candidatos, para fazer as camas, limpar os quartos, lustrar nossos sapatos, estender nossos uniformes e fazer pequenas tarefas. Esse serviço não pretendia ser um luxo, e realmente não era; o propósito era aliviar o estudante de coisas que qualquer graduado do Básico já conseguia fazer perfeitamente, de modo a sobrar mais tempo para fazer o que era claramente impossível.

Seis dias trabalharás e farás tudo o que for capaz,
No sétimo, tudo de novo e a amarração baterás.

Ou a versão do Exército, que termina: "...*e os estábulos limparás*", o que mostra quantos séculos faz que esse tipo de coisa vem acontecendo. Queria pegar só um daqueles civis que acham que não fazemos nada e botá-lo pra passar um mês na E. F. O.

Todos os dias, ao anoitecer, e o dia todo aos domingos, estudávamos até os olhos arderem e os ouvidos doerem... então dormíamos (quando dormíamos) com um alto-falante hipnopédico zumbindo debaixo do travesseiro.

Nossas canções de marcha eram, como não podiam deixar de ser, deprê: "Do Exército vou embora, do Exército vou embora! Melhor ficar atrás do arado a qualquer hora!" E: "Não vamos mais estudar a guerra", e "Não faça de meu menino um soldado, a mãe em prantos gritou", além da favorita de todas, o velho clássico "Cavalheiros nas fileiras", com o seu coro sobre o carneirinho perdido: "...Deus tenha piedade de quem for como nós. Baá! Iaá! Baá!"

Porém, de algum modo, não me lembro de estar infeliz. Acho que estava ocupado demais. Não houve aquela "colina" psicológica para superar, aquela que todo mundo encontra no Básico; havia apenas o medo sempre presente de ser reprovado. O meu despreparo em Matemática era o que mais me incomodava. Meu colega de quarto, um colono de Héspero com o nome estranhamente apropriado de "Anjo", ficava até tarde, noite após noite, me ensinando.

A maior parte dos instrutores, em especial os oficiais, era de inválidos. Os únicos que consigo lembrar terem um conjunto completo de braços, pernas, visão, audição etc. eram alguns dos praças graduados que atuavam como instrutores de combate... e, mesmo entre esses, nem todos. Nosso treinador de luta suja vinha sentado numa cadeira mecanizada, usando um colarinho de plástico, e estava completamente paralisado do pescoço pra baixo. Só que a língua dele não estava paralisada, ele tinha um olho fotográfico, e o jeito brutal com que podia analisar e criticar o que tinha visto compensava o seu pequeno impedimento.

Num primeiro momento, eu me perguntei por que aqueles candidatos óbvios à reforma por invalidez, com pagamento integral, não faziam isso e iam pra casa. Depois parei de me perguntar.

Acho que o ponto alto em todo o meu curso de cadete foi uma visita da Guarda-Marinha Ibañez, aquela dos olhos negros, oficial mais nova e piloto sob instrução da Corveta de Transporte *Mannerheim*. Parecendo incrivelmente empertigada, com o uniforme branco da Marinha, e mais ou menos do tamanho de um peso de papel, Carmencita apareceu enquanto minha classe estava perfilada para a chamada do anoitecer. Ela caminhou em frente às fileiras e você podia ouvir olhos estalando à medida que ela passava. Foi direto para o oficial de serviço e perguntou por mim, pronunciando o meu nome numa voz clara e penetrante.

O oficial de serviço, o Capitão Chandar, tinha a reputação de nunca ter sorrido nem para a própria mãe, mas sorriu para a pequena Carmen, repuxando e distorcendo o rosto, e reconheceu a minha existência… depois do quê, ela acenou seus longos cílios negros para ele, explicou que a sua nave estava de partida e será que ela podia, por favor, me levar pra jantar?

E eu me vi de posse de um altamente irregular e totalmente sem precedentes passe de três horas. Pode ser que a Marinha tenha desenvolvido técnicas de hipnose que ainda não chegaram a passar para o Exército. Ou a arma secreta de Carmen podia ser mais velha que isso e impraticável para a I. M. De qualquer modo, não apenas passei um tempo maravilhoso, mas também o meu prestígio com os colegas, não muito alto até então, subiu a alturas espantosas.

Foi uma noite magnífica e bem valeu ter ido mal em duas aulas na manhã seguinte. Só foi um pouco embaçada pelo fato de que ambos sabíamos a respeito de Carl… morto quando os insetos esmagaram a estação de pesquisas em Plutão. Mas apenas um pouco, pois já tínhamos aprendido a viver com essas coisas.

Uma coisa me pegou de surpresa: Carmen ficou à vontade e tirou o chapéu enquanto estávamos comendo, e o seu cabelo preto-azulado tinha sumido. Eu sabia que muitas garotas da Marinha raspavam a cabeça… Afinal, não é prático cuidar de um cabelo longo em uma nave de guerra e, mais importante, um piloto não pode se arriscar a ter o cabelo flutuando por aí, ficando no caminho, em alguma manobra em queda livre. Droga, eu raspava o meu próprio escalpo, só pela comodidade e limpeza. Mas minha imagem mental da pequena Carmen incluía aquela juba de cabelos cheios e ondulados.

Mas, sabe, logo que você se acostuma, fica até bonito. Quero dizer, se uma garota já tem boa aparência, ela continua com boa aparência com a cabeça lisa. E serve pra separar as garotas da Marinha das civis; um tipo de insígnia, como os crânios de ouro para as quedas em combate. Fazia Carmen parecer distinta, lhe dava dignidade e, pela primeira vez, eu assimilei por completo que ela era realmente uma oficial e uma combatente... além de uma garota muito bonita.

Voltei para o quartel com estrelas nos olhos e cheirando levemente a perfume. Carmen tinha me dado um beijo de despedida.

* * *

A única matéria da E. F. O. cujo conteúdo vou discutir é: História e Filosofia da Moral.

Fiquei surpreso de vê-la no currículo. H. F. M. não tinha nada a ver com combate e com como liderar um pelotão; a ligação dela com a guerra (o aspecto em que se liga) é no *por que* lutar... Um assunto já resolvido para qualquer candidato muito antes de ele chegar à E. F. O. Um homem da I. M. luta porque ele é um homem da I. M.

Concluí que a matéria devia ser uma repetição para o benefício daqueles (cerca de um terço) que nunca a tiveram na escola. Mais de vinte por cento dos cadetes da minha classe não eram da Terra (uma proporção muito maior de colonos se alista para servir em relação às pessoas nascidas na Terra; isso dá o que pensar) e, dos mais ou menos três quartos da Terra, alguns eram de territórios associados e outros lugares onde H. F. M. não precisava ser ensinada. Por isso, achei que seria moleza e que ela me daria um pouco de descanso das matérias difíceis, aquelas com casas decimais.

Errado de novo. Ao contrário da matéria no colégio, você tinha que passar. Mas não fazendo um exame. Tínhamos exames, redações, testes e tal… mas sem notas. O que você precisava era a opinião do instrutor de que você era merecedor de uma patente.

Caso fosse reprovado por ele, uma junta iria te entrevistar, investigando não apenas se você podia ser um oficial, mas se podia pertencer ao Exército em *qualquer* posto, não importando o quanto fosse rápido com uma arma… Decidindo se você devia receber instrução extra… ou apenas ser expulso e virar um civil.

História e Filosofia da Moral funciona como uma bomba de ação retardada. Você acorda no meio da noite e pensa: espera aí, o que ele quis dizer com *aquilo*? Até no colégio tinha sido assim; eu simplesmente não sabia do que o Coronel Dubois estava falando. Quando eu era garoto, achava uma cretinice que a matéria fosse parte do Departamento de Ciências. Não tinha nada a ver com física ou química; por que não a punham com os outros assuntos vagos, que era o lugar dela? O único motivo pelo qual eu prestava atenção era porque havia aqueles maravilhosos debates.

Não fiz ideia de que o "Prof." Dubois estava tentando me ensinar *por que* lutar até muito depois que eu tivesse, de qualquer forma, decidido lutar.

Bem, por que eu *deveria* lutar? Não era descabido expor a minha pele frágil à violência de estranhos inamistosos? Ainda mais quando o pagamento, em qualquer posto, mal dava para cobrir as despesas, os horários eram terríveis e as condições de trabalho piores ainda? Quando podia estar sentado em casa, deixando essas coisas serem resolvidas por sujeitos obtusos que *gostavam* dessas brincadeiras? Ainda mais quando os estranhos contra os quais lutava nunca tinham feito nada especificamente contra mim, até que eu apareci e comecei a chutar o carrinho de chá deles… Que tipo de besteira é essa?

Lutar porque eu era da i. m.? Cara, você está babando como os cachorros do Dr. Pavlov. Corta essa e comece a pensar.

O Major Reid, nosso instrutor, era um cego com o desconcertante hábito de olhar diretamente pra você e te chamar pelo nome. Estávamos revendo os eventos que se sucederam à guerra entre a Aliança Russo-Anglo-Americana e a Hegemonia Chinesa, de 1987 em diante, mas esse foi o dia em que ouvimos as notícias sobre a destruição de San Francisco e do Vale de San Joaquin; pensei que ele ia dizer algo pra nos animar. Afinal, mesmo um civil devia ser capaz de entender agora: eram os insetos ou nós. Lutar ou morrer.

O Major Reid não fez nenhum comentário a respeito de San Francisco. Fez um de nós, macacos, resumir o Tratado de Nova Délhi, discutir como ele negligenciou os prisioneiros de guerra... e, em consequência, fez com que o assunto fosse abandonado para sempre; o armistício se tornou um impasse e os prisioneiros ficaram onde estavam... de um lado; do outro lado, foram soltos e, durante as Desordens, deram um jeito de ir pra casa... ou não, caso não quisessem.

A vítima do Major Reid fez um sumário dos prisioneiros não libertados: sobreviventes de duas divisões de paraquedistas britânicos, alguns milhares de civis, capturados principalmente no Japão, nas Filipinas e na Rússia, e sentenciados por crimes "políticos".

– Além desses, houve muitos outros prisioneiros militares – a vítima do Major Reid continuou –, capturados durante e antes da guerra... Houve boatos de que alguns tinham sido capturados numa guerra anterior e nunca libertados. Nunca se soube o total de prisioneiros não libertados. As melhores estimativas dão um número por volta de sessenta e cinco mil.

– Por que "as melhores"?

– Hã, são as estimativas do nosso livro, senhor.

– Por favor, seja preciso em sua linguagem. O número foi maior ou menor que cem mil?

– Hã, não sei, senhor.

– E ninguém mais sabe. Foi maior que mil?

– Provavelmente, senhor. Quase com certeza.

– Com certeza absoluta... pois mais do que isso conseguiu escapar, deu um jeito de ir pra casa e teve seus nomes registrados. Vejo que não leu o seu texto com atenção. *Sr. Rico!*

Agora, eu era a vítima.

– Sim, senhor.

– Mil prisioneiros não libertados são motivo suficiente para começar ou recomeçar uma guerra? Tenha em mente que milhões de pessoas inocentes podem morrer, quase certamente vão morrer, caso a guerra seja começada ou recomeçada.

Não hesitei.

– Sim, *senhor*! Razão mais que suficiente.

– "Mais que suficiente." Muito bem, e *um* prisioneiro, não libertado pelo inimigo, é razão suficiente para começar ou recomeçar uma guerra?

Hesitei. Eu sabia a resposta da I. M... mas não achei que fosse a resposta que o Major Reid queria. Ele disse bruscamente:

– Vamos, vamos, senhor! Temos um limite superior de mil; eu lhe propus considerar um limite inferior de um. Mas não se pode pagar uma promissória que diz "algo entre uma e mil libras"... E começar uma guerra é *muito* mais sério do que pagar uma ninharia. Não seria criminoso colocar em perigo uma nação para salvar um homem? De fato, duas nações. Ainda mais quando ele pode não merecer? Ou pode morrer no meio-tempo? Milhares de pessoas são mortas todos os dias em acidentes... Então, por que hesitar sobre um homem? Responda! Responda "sim" ou responda "não". Está atrasando a aula.

Ele me deixou bravo. Dei a resposta do soldado de infantaria.

– Sim, senhor!

– "Sim", o quê?

– Não importa se são mil ou apenas um, senhor. A gente luta.

– A-ha! O número de prisioneiros é irrelevante. Ótimo. Agora prove a sua resposta.

Fiquei travado. *Sabia* que era a resposta certa. Só não sabia por quê. Ele continuou me acossando.

– Fale, Sr. Rico. Esta é uma ciência exata. Fez uma declaração matemática; deve prová-la. Alguém pode dizer que o senhor afirmou, por analogia, que uma batata vale o mesmo preço, não mais, não menos, que mil batatas. Não?

– Não, senhor!

– Por que não? Prove.

– Homens não são batatas.

– Ótimo, ótimo, Sr. Rico! Creio que já forçamos o seu cérebro fatigado o bastante por um dia. Traga para a aula amanhã uma demonstração escrita, em lógica simbólica, da sua resposta à minha pergunta original. Vou lhe dar uma pista. Veja a referência sete no capítulo de hoje. Sr. Salomon! Como a atual organização política evoluiu a partir das Desordens? E qual a sua justificativa moral?

Sally se atrapalhou na primeira parte. No entanto, ninguém pode dizer exatamente como a Federação surgiu; ela apenas cresceu. Com os governos nacionais em colapso no fim do século xx, alguma coisa tinha que preencher o vazio e, em muitos casos, foram os veteranos que voltavam. Eles haviam perdido uma guerra, a maioria não tinha emprego, muitos não podiam estar mais irritados com os termos do Tratado de Nova Délhi, especialmente com a sujeira que fizeram com os prisioneiros de guerra... e eles sabiam como lutar. No entanto, não foi uma revolução; foi mais como o que aconteceu na Rússia em 1917: o sistema entrou em colapso e alguém tomou o seu lugar.

O primeiro caso conhecido, em Aberdeen, na Escócia, foi típico. Alguns veteranos se reuniram como vigilantes para acabar com as arruaças e os saques, enforcaram algumas pessoas (incluindo dois veteranos) e decidiram deixar apenas veteranos fazerem parte do comitê. No começo, totalmente arbitrário. Confiavam um pouco uns nos outros e não confiavam em mais ninguém. O que começou como uma medida de emergência se tornou prática constitucional... em uma geração ou duas.

Como aqueles veteranos escoceses estavam descobrindo que era preciso enforcar alguns veteranos, deviam ter decidido que, se isso precisava ser feito, não iam deixar que nenhum civil "aproveitador maldito, negociante do mercado negro, ganhador de hora extra, fugido do exército, (impublicável)" pudesse dizer algo a respeito. Eles iam obedecer e pronto! Enquanto nós, macacos, endireitávamos as coisas! Pelo menos imagino isso, pois acho que ia me sentir da mesma forma... e os historiadores todos dizem que a hostilidade entre os civis e os soldados retornados era mais intensa do que podemos imaginar hoje.

Sally não contou isso pelo livro. O Major Reid acabou interrompendo.

— Traga um resumo para a classe amanhã, três mil palavras. Sr. Salomon, pode me dar uma razão, não histórica nem teórica, mas prática, de por que o direito de voto é hoje limitado a veteranos reformados?

– Hã, porque são pessoas selecionadas, senhor. Mais inteligentes.

– Despropósito!

– Senhor?

– É uma palavra comprida demais pra você? Eu disse que era uma bobagem. Membros do Serviço não são mais inteligentes que os civis. Em muitos casos, os civis são muito mais inteligentes. Esse foi o fiapo de justificativa usado pelos que tentaram dar um golpe de estado logo antes do Tratado de Nova Délhi, a tal "Revolta dos Cientistas": deixem a elite inteligente tomar conta das coisas e vocês terão a utopia. É claro que ela quebrou a sua cara idiota. Porque trabalhar com ciência, a despeito de seus benefícios sociais, não é em si uma virtude social; seus praticantes podem ser tão egocêntricos a ponto de ser desprovidos de responsabilidade social. Eu lhe dei uma pista, senhor; consegue apanhá-la?

Sally respondeu:

– Hã, os membros do Serviço são disciplinados, senhor.

O Major Reid foi gentil com ele.

– Sinto muito. Uma teoria atraente, porém não sustentada pelos fatos. Eu e você não podemos votar enquanto permanecermos no serviço e não há provas de que a disciplina militar faça um homem ter autodisciplina uma vez que esteja fora; a taxa de crimes dos veteranos é muito parecida com a dos civis. Além disso, está esquecendo que, em tempo de paz, a maior parte dos veteranos vem de serviços auxiliares não combatentes e não passaram por todo o rigor da disciplina militar; foram apenas atormentados, forçados a trabalhar demais e colocados em perigo. Mesmo assim, seus votos contam.

O Major Reid sorriu.

– Sr. Salomon, eu lhe fiz uma pergunta capciosa. A razão prática para continuarmos com este sistema é a mesma razão prática pra continuar com qualquer coisa: funciona de modo satisfatório.

"Não obstante, é instrutivo observar os detalhes. Durante toda a história, os homens têm se esforçado para colocar o direito soberano do voto nas mãos daqueles que o guardariam bem e o usariam com sabedoria, para o benefício de todos. Uma das primeiras tentativas foi a monarquia absoluta, defendida com veemência como o 'direito divino dos reis'.

"Houve algumas tentativas de escolher um monarca sábio, em vez de deixar isso para Deus, como quando os suecos escolheram um francês, o General Bernadotte, para governá-los. O problema disso é que o suprimento de Bernadottes é limitado.

"Exemplos históricos vão da monarquia absoluta até a total anarquia; a humanidade tentou milhares de jeitos e muitos mais foram propostos, alguns estranhos ao extremo, tal como o comunismo de formigas instigado por Platão sob o nome enganoso de *A República*. Contudo, a intenção foi sempre moralista: fornecer um governo estável e benevolente.

"Todos os sistemas buscam alcançar isso pela limitação do direito de voto àqueles que se *acreditava* ter a sabedoria para usá-lo de forma justa. Repito: *todos* os sistemas. Mesmo as assim chamadas 'democracias irrestritas' excluíam do direito de voto não menos que um quarto da população, por idade, nascimento, imposto censitário, ficha criminal e outros."

O Major Reid sorriu cinicamente.

– Nunca fui capaz de entender como um idiota de trinta anos pode votar mais sabiamente que um gênio de quinze... mas aquela foi a era do "direito divino do homem comum". Não importa, eles pagaram pela tolice.

"O direito soberano do voto já foi concedido por todo tipo de regra: local de nascimento, família de nascimento, raça, sexo, propriedade, educação, idade, religião etc. Todos esses sistemas funcionaram, e nenhum deles funcionou bem. Todos foram considerados tirânicos por muitos, todos finalmente entraram em colapso ou foram derrubados.

"Agora, aqui estamos nós com mais outro sistema… e o nosso funciona muito bem. Muitos reclamam, mas ninguém se rebela; a liberdade individual para todos é a maior na história, temos poucas leis, os impostos são baixos, o padrão de vida é tão alto quanto a produtividade permite, o crime nunca foi tão baixo. Por quê? Não porque nossos eleitores são mais inteligentes que as outras pessoas; já descartamos esse argumento. Sr. Tammany, pode nos dizer por que o nosso sistema funciona melhor que qualquer um dos usados por nossos ancestrais?

Não sei onde Clyde Tammany arranjou esse nome; diria que era hindu. Ele respondeu:

– Hã, eu me arriscaria a supor que é porque os eleitores são um pequeno grupo que sabe que a responsabilidade das decisões é dele… e então estudam os problemas.

– Sem suposições, por favor; esta é uma ciência exata. E a sua suposição está errada. Os nobres governantes de muitos outros sistemas eram um pequeno grupo com plena ciência da seriedade de seu poder. Além do mais, nossos cidadãos com direito a voto não são uma pequena fração em todo lugar; você sabe, ou deveria saber, que a porcentagem de cidadãos entre os adultos vai de mais de oitenta por cento em Iskander até menos de três por cento em algumas nações terranas. No entanto, o governo é praticamente igual em todo lugar. Nem são os eleitores pessoas selecionadas; eles não usam de especial sabedoria, talento ou treinamento em sua tarefa soberana. Então, qual a diferença entre os nossos eleitores e os que exerciam o direito de voto no passado?

Já tivemos suposições o bastante, vou dizer o óbvio: sob nosso sistema cada eleitor e político eleito é uma pessoa que demonstrou, por meio de serviço difícil e voluntário, que coloca o bem do grupo acima da vantagem pessoal.

"E essa é a única diferença prática.

"Pode lhes faltar sabedoria, podem não ter virtude cívica. Mas seu desempenho, em média, é muitíssimo melhor que o de qualquer outra classe de governantes na história."

O Major Reid parou para tocar o mostrador de um antiquado relógio de pulso, "lendo" os ponteiros.

– O horário está quase no fim e ainda temos que determinar a razão moral de nosso sucesso em governar a nós mesmos. Vejam bem, sucesso contínuo *nunca* é questão de sorte. Tenham em mente que isto é ciência, não fantasia; o universo é o que é, não o que desejamos que ele seja. Votar é exercer autoridade; é a suprema autoridade da qual todas as outras derivam... Tal como a minha para tornar as suas vidas miseráveis uma vez por dia. *Força*, se preferirem! O direito de voto é força, nua e crua, o poder das varas e do machado. Quer ela seja exercida por dez homens ou por dez bilhões, a autoridade política é *força*.

"Mas este universo é feito de dualidades casadas. Qual o complemento da autoridade, Sr. Rico?"

Dessa, eu sabia a resposta.

– A responsabilidade, senhor.

– Aplausos. Tanto por razões práticas como por razões morais matematicamente verificáveis, a autoridade e a responsabilidade devem ser iguais... ou uma ação de equilíbrio acontece tão certamente quanto a corrente flui entre pontos de potencial diferente. Permitir autoridade irresponsável é semear o desastre; manter um homem responsável por algo que ele não controla é se comportar com idiotice cega. As democracias irrestritas eram instáveis porque os cidadãos não eram responsáveis pelo modo como exerciam sua autoridade soberana... a não ser por meio da lógica trágica da história. O "imposto censitário" sem igual que temos de pagar era então desconhecido. Nenhuma tentativa era feita para determinar se um eleitor era socialmente responsável na mesma proporção de sua autoridade literalmente ilimitada. Caso votasse o impossível, no lugar disso aconteceria o desastroso possível... e a responsabilidade era então jogada sobre ele, querendo ou não, e destruía tanto a ele como a seu templo sem alicerces.

"Superficialmente, o nosso sistema é apenas um pouco diferente; temos democracia irrestrita por raça, cor, credo, nascimento, riqueza, sexo ou condenação, e qualquer um pode conquistar o poder soberano por meio de um período de serviço em geral curto e nem tão difícil... Nada mais que uma leve ginástica para nossos ancestrais, homens das cavernas. Essa ligeira diferença, porém, é a diferença entre um sistema que funciona, já que foi feito para corresponder aos fatos, e um que é inerentemente instável. Como o direito soberano de voto é o máximo em autoridade humana, nos asseguramos de que todos os que o exerçam aceitem o máximo em responsabilidade social: exigimos que cada pessoa que deseje exercer controle sobre o Estado aposte a sua própria vida para salvar a vida do Estado, e a perca, se for preciso. O máximo de responsabilidade que um humano pode aceitar é assim igualado ao máximo de autoridade que um humano pode exercer. Yin e yang, perfeitos e iguais."

O Major acrescentou:

– Alguém pode explicar por que nunca houve uma revolução contra o nosso sistema? A despeito do fato de que todos os governos na história as tenham enfrentado? A despeito do notório fato de que as reclamações são incessantes e feitas em voz alta e clara?

Um dos cadetes mais velhos fez uma tentativa:

– Senhor, uma revolução é impossível.

– Sim. Mas por quê?

– Porque uma revolução, um levante armado, exige não apenas insatisfação, mas também agressividade. Um revolucionário tem que estar disposto a lutar e morrer... ou é apenas um socialista de butique. Se você separa os agressivos e faz deles os cães pastores, as ovelhas nunca vão causar problemas.

– Bem colocado! Devemos sempre desconfiar de analogias, mas essa se aproxima dos fatos. Traga-me uma demonstração matemática amanhã. Temos tempo para mais uma pergunta; vocês perguntam e eu respondo. Alguém?

– Hã, senhor, por que não ir... Bem, ir até o limite? Exigir que todo mundo sirva e deixar que todos votem?

– Meu jovem, você pode restaurar a minha visão?

– Senhor? Ora, não, senhor!

– Você descobriria que isso é muito mais fácil do que instilar virtude moral, ou seja, responsabilidade social, em uma pessoa que não a tem, não a quer e se ressente de ter esse fardo imposto a ela. É por isso que tornamos o alistamento tão difícil e a exoneração tão fácil. Responsabilidade social acima do nível da família ou, no máximo, da tribo, exige imaginação... devoção, lealdade, todas as virtudes mais elevadas que uma pessoa precisa desenvolver por si mesma; se forem forçadas pra dentro dela, ela as vomita. No passado, tentaram usar exércitos de conscritos. Olhe na biblioteca o relatório psiquiátrico a respeito dos prisioneiros que sofreram lavagem cerebral na assim chamada "Guerra da Coreia", por volta de 1950... O Relatório Mayor. Traga uma análise para a classe. – Ele tocou seu relógio. – Dispensados.

O Major Reid nos mantinha ocupados.

No entanto, era interessante. Peguei uma daquelas tarefas tipo dissertação de mestrado que ele distribuía tão displicentemente; eu havia sugerido que as Cruzadas foram diferentes da maior parte das guerras. Ele me cortou e me passou isto:

Solicita-se: demonstrar que a guerra e a perfeição moral derivam da mesma herança genética.

Em resumo: todas as guerras surgem da pressão populacional. (Sim, mesmo as Cruzadas, embora você tenha que esmiuçar rotas de comércio, taxas de natalidade e várias outras coisas de modo a provar isso.) A moral, *todas* as regras morais corretas derivam do instinto de sobreviver; um comportamento moral é um comportamento de sobrevivência acima do nível do indivíduo, como no caso do pai que morre para salvar os filhos. No entanto, visto que a pressão populacional resulta do processo de sobrevivência por meio dos filhos, então a guerra, por resultar da pressão populacional, deriva do mesmo instinto herdado que produz todas as regras morais apropriadas para seres humanos.

Verificação da prova: é possível abolir a guerra por meio do alívio da pressão populacional (e assim abolir todos os mais que óbvios males da guerra) pela construção de um código moral sob o qual se limita a população aos recursos?

Sem entrar no mérito da utilidade ou moralidade do planejamento familiar, pode-se verificar por observação que qualquer espécie que interrompa seu próprio crescimento tem o seu espaço tomado por espécies que se expandem. Na história terrana, algumas populações humanas fizeram isso, e outros grupos vieram e as engoliram.

Apesar disso, vamos supor que a raça humana consiga equilibrar nascimentos e mortes, na medida exata para ocupar seus próprios planetas e, assim, se torne pacífica. O que aconteceria?

Em breve (lá pela quarta-feira) os insetos chegam, eliminam essa raça que "não vai mais estudar a guerra" e o universo nos esquece. O que ainda pode acontecer. Ou nos expandimos e acabamos com os insetos, ou eles se expandem e acabam com a gente... pois ambas as espécies são duras, inteligentes e querem as mesmas propriedades imobiliárias.

Você faz ideia de com que rapidez a pressão populacional pode nos fazer encher todo o universo ombro a ombro? A resposta vai te espantar, pois é apenas um piscar de olhos em termos da idade de nossa espécie.

Experimente calcular; é um crescimento como o de juros compostos.

Mas o Homem tem o "direito" de se expandir pelo universo?

O Homem é o que é, um animal selvagem com a vontade de sobreviver, e (até agora) a capacidade pra isso, contra toda a concorrência. A não ser que se aceite isso, qualquer coisa que se diga a respeito de moral, guerra, política, você escolhe, é besteira. A moral correta surge do conhecimento do que o Homem é, e não do que os fazedores do bem e os bem-intencionados gostariam que ele fosse.

O universo vai nos deixar saber, mais tarde, se o Homem tem ou não o "direito" de se expandir por ele.

Enquanto isso, a I. M. vai estar sempre lá, quicando e lutando, ao lado da nossa própria espécie.

* * *

Perto do final, cada um de nós foi embarcado para servir sob um comandante experiente, em condições de combate. Era um exame semifinal; o seu instrutor de bordo podia decidir que você não tinha o que era preciso. Você podia pleitear uma junta, mas nunca ouvi falar de ninguém que tivesse feito isso; ou voltavam com um "aprovado"... ou nunca mais os víamos.

Alguns não tinham sido reprovados; era só que foram mortos... pois as designações eram para naves prestes a entrar em ação. Tínhamos que ficar com as mochilas prontas: uma vez, durante o almoço, todos os cadetes oficiais da minha companhia foram chamados; saíram sem comer e eu descobri que havia me tornado cadete comandante de companhia.

Tal como as divisas de recruta, esta é uma honra desconfortável, mas, em menos de dois dias, chegou a minha vez.

Quiquei até o escritório do Comandante, com a mochila no ombro e me sentindo magnífico. Estava enjoado de ficar acordado até tarde, com meus olhos ardendo e sempre ficando pra trás, parecendo um idiota na aula; umas semanas na companhia animada de uma equipe de combate era justamente do que o Johnnie precisava!

Passei por alguns novos cadetes, indo acelerados para a aula numa formação apertada, cada um deles com aquele olhar sério com que ficam todos os candidatos da E. F. O. quando percebem que talvez tenham cometido um engano em tentar pra oficial. Percebi, então, que eu estava cantarolando. Eu me calei ao chegar perto do escritório.

Dois outros cadetes já estavam lá, Hassan e Byrd. Hassan, o Assassino, era o mais velho da nossa classe e parecia com algo que alguém tivesse deixado sair de uma lâmpada, enquanto Birdie não era muito maior que um pardal e parecia tão ameaçador quanto um.

Fomos conduzidos ao sacrossanto recinto. O Comandante estava na cadeira de rodas. Nunca o víamos fora dela, exceto na inspeção e parada dos sábados; acho que tinha dores quando andava. No entanto, isso não queria dizer que a gente não o visse. Você podia estar resolvendo um problema na lousa, se virar e descobrir aquela cadeira de rodas atrás de você, e o Coronel Nielssen observando os seus erros.

Ele nunca interrompia; havia uma ordem permanente para não se gritar "sentido!" Mas era desconcertante. Parecia haver uns seis dele.

O Comandante tinha o posto permanente de general de esquadra (sim, *aquele* Nielssen); seu posto como coronel era temporário, até a segunda reforma, de modo a permitir que fosse Comandante. Uma vez perguntei sobre isso a um sujeito da folha de pagamento e ele confirmou o que os regulamentos pareciam dizer: o Comandante recebia apenas o pagamento de um coronel… mas voltaria ao pagamento de um general de esquadra no dia em que decidisse se reformar de novo.

Bem, como Ace diz, tem gente pra tudo. Não consigo me imaginar preferindo receber metade do pagamento pelo privilégio de conduzir um rebanho de cadetes.

O Coronel Nielssen ergueu os olhos e disse:

– Bom dia, cavalheiros. Fiquem à vontade.

Eu me sentei, só que não fiquei à vontade. Ele deslizou até uma cafeteira, tirou quatro xícaras, e Hassan o ajudou a servi-las. Eu não queria café, mas um cadete não recusa a hospitalidade do Comandante.

Ele tomou um gole.

– Tenho as suas ordens, cavalheiros – anunciou –, e as suas patentes temporárias. – Ele prosseguiu: – Mas quero ter certeza de que entendem a situação.

Já haviam nos explicado. Seríamos oficiais apenas o bastante para instrução e teste: "extranumerários, em avaliação e temporários". Muito iniciantes, bastante supérfluos, em bom comportamento e extremamente temporários; seríamos cadetes de novo quando voltássemos e podíamos ser reprovados a qualquer momento pelos oficiais nos examinando.

Seríamos "terceiros tenentes temporários", um posto tão necessário quanto pés num peixe, entalados no fio de cabelo que há entre sargentos de esquadra e oficiais de verdade. Tão baixo quanto você pode estar e ainda ser chamado de "oficial". Se alguém fizesse continência para um terceiro tenente, é porque a luz devia estar ruim.

– Suas patentes dizem "terceiro tenente" – ele continuou –, mas o pagamento ainda é o mesmo e a única mudança no uniforme é uma estrela no ombro até menor que a insígnia de cadete. Vocês continuam sob instrução, já que ainda não foi decidido se estão prontos para o oficialato. – O Coronel sorriu. – Então, pra que chamar vocês de "terceiro tenente"?

Eu tinha me perguntado isso. Pra que essa fanfarronice de "patentes" que não eram patentes de verdade?

É claro que eu sabia a resposta do livro.

– Sr. Byrd? – o Comandante indagou.

– Hã… Pra nos colocar na linha de comando, senhor.

– Exato!

O Coronel deslizou até um quadro organizacional na parede. Era a pirâmide usual, com a cadeia de comando definida de cima até embaixo. Ele apontou para um retângulo conectado ao seu próprio por uma linha horizontal; nele, estava escrito: ASSISTENTE DO COMANDANTE (Senhorita Kendrick).

– Cavalheiros – ele continuou –, eu teria problemas para dirigir este lugar sem a Senhorita Kendrick. A cabeça dela é um arquivo de acesso rápido para tudo o que acontece por aqui. – Ele tocou um controle em sua cadeira, e falou para o ar. – Senhorita Kendrick, que nota o Cadete Byrd alcançou em direito militar no último período?

A resposta veio de imediato:

– Noventa e três por cento, Comandante.

– Obrigado. – Ele continuou: – Viram? Eu assino tudo em que a Senhorita Kendrick coloca a sua rubrica. Detestaria que um comitê de investigação descobrisse com que frequência ela assina o meu nome sem eu nem ver o papel. Diga-me, Sr. Byrd... se eu morrer de repente, a Senhorita Kendrick ia manter as coisas funcionando?

– Bem, hã... – Birdie parecia confuso. – Acho que, com assuntos de rotina, ela faria o que fosse preci...

– Ela não faria coisa nenhuma! – o Coronel trovejou. – Até que o Coronel Chauncey *dissesse* a ela o que fazer... do jeito *dele*. Ela é uma mulher muito inteligente e sabe o que você pelo jeito não sabe, isto é, que ela *não* está na linha de comando e não tem autoridade.

Ele continuou:

– "Linha de comando" não é apenas uma expressão; é tão real quanto um tapa na cara. Se eu o mandasse para o combate *como um cadete*, o máximo que você poderia fazer seria passar adiante as ordens de outra pessoa. Se o seu comandante de pelotão comprasse a dele e você desse uma ordem a um soldado raso, uma boa ordem, sensata e inteligente, você estaria errado e ele estaria tão errado quanto você se a obedecesse. Porque um cadete não pode estar na linha de comando. Um cadete não tem existência militar, não tem posto e não é um soldado. Ele é um estudante que vai se tornar um soldado... seja como oficial ou em seu antigo posto. Embora esteja sob a disciplina do Exército, ele não está *no* Exército. É por isso que...

Um zero. Uma argola sem aro. Se um cadete não estava nem no Exército...

– Coronel!

– Hã? Fale, meu jovem. Sr. Rico.

Havia espantado a mim mesmo, mas tinha que falar.

– Mas... se não estamos no Exército... então não somos da I. M. Senhor?

Ele olhou pra mim, surpreso.

– Isso o preocupa?

– Eu, hã, não creio que goste muito da ideia, senhor.

Eu não gostava nem um tiquinho. Era como se estivesse nu.

– Entendo. – Ele não parecia descontente. – Deixe que eu me preocupe com os aspectos jurídicos disso, filho.

– Mas...

– É uma ordem. Você não é tecnicamente da I. M., mas a I. M. não se esqueceu de você; a I. M. *nunca* esquece os seus, não importa onde estejam. Se você caísse morto neste instante, seria cremado como Segundo Tenente Juan Rico, da Infantaria Móvel, da... – O Coronel Nielssen se interrompeu. – Senhorita Kendrick, qual era a nave do Sr. Rico?

– A *Rodger Young*.

– Obrigado. – Ele acrescentou: – ...da C. T. F. T. *Rodger Young*, designado para a equipe de combate móvel Segundo Pelotão da Companhia George do Terceiro Regimento da Primeira Divisão da I. M., os "Rudes" – ele recitou com satisfação, não consultando nada depois de ter sido lembrado da minha nave. – Uma boa unidade, Sr. Rico; orgulhosa e suja. Sua classificação final voltaria a eles para o toque de silêncio e é assim que o seu nome apareceria na Galeria de Honra. É por isso que sempre comissionamos um cadete morto, filho. Assim, podemos mandá-lo de volta para seus companheiros.

Senti uma onda de alívio e saudade, e perdi algumas palavras.

– ... de boca fechada enquanto falo, vamos conseguir te pôr de volta na i. m., onde é seu lugar. Vocês precisam ser oficiais temporários para o seu cruzeiro de aprendiz, porque não há lugar para caronas numa queda de combate. Vocês vão lutar, vão receber ordens e vão *dar* ordens. Ordens *válidas*, porque terão um posto e serão destacados para servir naquela equipe; isso faz com que qualquer ordem que um de vocês dê, no cumprimento dos seus deveres designados, seja tão obrigatória quanto uma assinada pelo Comandante em Chefe.

"Mais ainda: uma vez que estão na linha de comando, precisam estar prontos imediatamente para assumir um comando superior. Se um de vocês estiver numa equipe de um pelotão, que é o mais provável no atual estado da guerra, e for subcomandante de pelotão quando o comandante do seu pelotão comprar a dele... então... *você*... é... o... *Comandante!*"

Ele balançou a cabeça.

– Não "comandante interino de pelotão". Não um cadete comandando um exercício. Não um "oficial mais novo sob instrução". De repente, você é o Velho, o Chefe, o Presente Oficial Comandante... e descobre com um choque de revirar o estômago que seres humanos, seus camaradas, estão dependendo *somente de você* pra lhes dizer o que fazer, como lutar, completar a missão e sair vivo. Esperam por uma voz de comando segura, enquanto os segundos passam... e é seu dever ser essa voz, tomar as decisões, dar as ordens certas... e não apenas certas, mas também num tom calmo e despreocupado. Porque é batata, cavalheiros, que a sua equipe está com problemas, *grandes* problemas! E uma voz estranha e demonstrando pânico pode tornar a melhor equipe de combate da galáxia um bando sem líder, sem lei, enlouquecido pelo medo.

"Toda essa carga impiedosa vai cair no seu colo sem aviso. Você vai precisar agir de imediato e vai ter apenas Deus acima de você. Não vá esperar que ele tome conta dos detalhes táticos; esse é o *seu* trabalho. Deus já vai fazer tudo o que um soldado tem o direito de esperar Dele, se ajudar a manter fora da sua voz o pânico que, com certeza, você vai sentir."

O Coronel fez uma pausa. Fiquei ensimesmado, Birdie parecia terrivelmente sério e tremendamente jovem, e Hassan estava carrancudo. Desejei estar de volta na sala de queda da *Rog*, com umas poucas divisas e numa sessão de discussões a todo vapor, depois de comer. Havia muito a ser dito sobre o trabalho do subcomandante de grupo; quando você o encara, é bem mais fácil *morrer* do que usar a cabeça.

O Comandante continuou:

– Esse é o momento da verdade, cavalheiros. Infelizmente, a ciência militar desconhece um método para distinguir um oficial de verdade de uma imitação falastrona com estrelas nos ombros, a não ser a prova de fogo. Os verdadeiros passam por ela... ou morrem como heróis; as imitações desmoronam.

"Algumas vezes, ao desmoronar, os desajustados morrem. Mas a tragédia está na perda de outros... Bons homens, sargentos e cabos e soldados, cuja única falha foi o azar fatal de se encontrarem sob o comando de um incompetente.

"Tentamos evitar isso. Primeiro, temos nossa regra inquebrável de que cada um dos candidatos precisa ser um soldado treinado, batizado sob fogo, um veterano de quedas de combate. Nenhum outro exército na história se ateve a essa regra, embora alguns tenham chegado perto. Saint Cyr, West Point, Sandhurst, Colorado Springs, enfim, a maior parte das grandes escolas militares do passado nem ao menos fingia segui-la; aceitavam rapazes civis e os treinavam, lhes davam uma patente e os mandavam sem experiência de combate para comandar homens... e algumas vezes descobriam, tarde demais, que aquele inteligente e jovem "oficial" era um tolo, um covarde ou um histérico.

"Não temos desajustados desse tipo, pelo menos. Sabemos que vocês são bons soldados, valentes e capazes, provados em combate... ou não estariam aqui. Sabemos que a sua inteligência e formação atendem ao mínimo aceitável. Com isso para começar, eliminamos o máximo possível dos "não competentes o bastante"; fazemos com que voltem logo a seus postos, antes de estragarmos bons soldados, forçando-os além da sua capacidade. O curso é muito duro... porque o que esperamos de vocês depois dele é mais duro ainda.

"Depois de um tempo, temos um pequeno grupo cujas chances parecem razoáveis. O principal critério que não é testado é um que não *temos* como testar aqui; aquele algo indefinível que é a diferença entre um líder em combate... e um que apenas parece, mas não tem a vocação. Por isso, fazemos um teste de campo.

"Cavalheiros! Os senhores chegaram a esse ponto. Estão preparados para fazer o juramento?"

Houve um instante de silêncio, e então Hassan, o Assassino, respondeu firme:

– Sim, Coronel – e Birdie e eu repetimos.

O Coronel franziu as sobrancelhas.

– Estive dizendo como vocês são maravilhosos: fisicamente perfeitos, mentalmente alertas, treinados, disciplinados, experientes. O próprio modelo de um jovem e talentoso oficial... – Ele bufou. – Bobagem! Vocês *podem* se tornar oficiais algum dia. Espero que sim... Não apenas detestamos jogar fora dinheiro, tempo e esforço, mas também, e *muito* mais importante, eu tremo em minhas botas cada vez que mandamos para a Esquadra um de vocês, quase oficiais meio crus, sabendo que monstro de Frankenstein eu posso estar soltando numa boa equipe de combate. Se entendessem o que estão para enfrentar, não estariam tão prontamente dispostos a fazer o juramento no segundo em que ouvem a pergunta. Vocês podiam se recusar e me forçar a mandá-los de volta a seus postos permanentes. Só que vocês *não* sabem.

"Então, vou tentar mais uma vez. Sr. Rico! Já pensou em como se sentiria sendo enviado para a corte marcial por perder um regimento?"

Fiquei apalermado.

– Hã… Não, senhor, nunca pensei.

Ser submetido à corte marcial, por *qualquer* razão, é oito vezes pior para um oficial do que para um soldado. Delitos que fariam um soldado ser chutado (talvez com chicotadas, talvez sem) valeriam a morte para um oficial. Melhor nem ter nascido!

– Pense nisso – ele disse, sério. – Quando sugeri que o seu comandante de pelotão poderia ser morto, não estava de modo algum citando o máximo em desastre militar. Sr. Hassan! Qual o maior número de níveis de comando já quebrados numa única batalha?

O Assassino ficou mais carrancudo do que nunca.

– Não tenho certeza, senhor. Não houve um momento na Operação Enxame em que um major comandou uma brigada, antes do "salve-se quem puder"?

– Houve, e seu nome era Fredericks. Recebeu uma condecoração e uma promoção. Mas se voltar à Segunda Guerra Global, vai achar um caso em que um oficial naval subalterno assumiu o comando de um grande navio e não apenas combateu, mas também enviou sinais como se fosse um almirante. Foi absolvido, apesar de haver oficiais superiores a ele na linha de comando que não estavam nem mesmo feridos. Circunstâncias especiais... uma interrupção nas comunicações. Só que estou pensando num caso no qual quatro níveis de comando foram extirpados em seis minutos; como se um comandante de pelotão piscasse os olhos e se visse comandando uma brigada. Algum de vocês sabe qual é?

Silêncio total.

– Muito bem. Foi numa daquelas guerrinhas que estouraram na esteira das guerras napoleônicas. Esse jovem oficial era o menos graduado numa nave da Marinha... A Marinha molhada, é claro. De fato, movida a vento. Esse jovenzinho tinha a idade da maioria do pessoal da sua classe e não era comissionado. Tinha o título de "terceiro tenente temporário". Notem que esse é o título que vocês estão a ponto de usar. Ele não tinha experiência de combate; havia quatro oficiais na cadeia de comando acima dele. Quando a batalha começou, seu oficial comandante foi ferido. O garoto o recolheu e o levou para fora da linha de fogo. Isso foi tudo. Fez a recolha de um camarada. Só que fez isso sem ser ordenado a deixar o posto. Todos os outros oficiais compraram a deles enquanto ele fazia isso, e ele foi julgado por "desertar de seu posto de serviço como *oficial comandante* na presença do inimigo". Condenado. Baixa com desonra.

Engasguei de susto.

– Por *isso*? Senhor.

– Por que não? É verdade que fazemos recolhas, mas fazemos isso sob circunstâncias diferentes de uma batalha da Marinha molhada, e o homem fazendo a recolha está seguindo ordens. Mas a recolha nunca é uma desculpa para fugir da batalha na presença do inimigo. A família desse rapaz tentou por cento e cinquenta anos que a sentença fosse revertida. Sem sucesso, é claro. Havia dúvidas sobre algumas circunstâncias, mas não havia dúvida de que ele havia deixado o posto durante a batalha, sem ordens. É verdade, ele estava verde como a grama... mas teve sorte de não ser enforcado. – O Coronel Nielssen me encarou com frieza. – Sr. Rico... isso poderia acontecer com *o senhor?*

Engoli em seco.

– Espero que não, senhor.

– Deixe-me dizer-lhe como isso poderia acontecer neste mesmo cruzeiro de aprendiz. Suponha que você esteja numa operação com várias naves, com todo um regimento na queda. Os oficiais fazem a queda primeiro, é claro. Há vantagens e desvantagens nisso, mas fazemos assim por razões de moral; nenhum soldado chega ao solo num planeta hostil sem um oficial. Suponha que os insetos saibam disso... e pode ser que saibam mesmo. Suponha que inventaram algum truque para eliminar aqueles que chegam ao chão primeiro... mas não bom o suficiente para eliminar toda a queda. Agora suponha, já que você é um extranumerário, que precisou pegar uma cápsula vaga qualquer em vez de ser disparado com a primeira onda. Onde isso te deixa?

– Hã, não tenho certeza, senhor.

– Você acabou de herdar o comando de um regimento. *O que vai fazer... com seu comando, senhor?* Fale rápido; os insetos não vão esperar!

– Hã... – Peguei uma resposta direta do livro e a recitei: – Vou assumir o comando e agir conforme as circunstâncias permitirem, senhor, de acordo com a situação tática conforme a vejo.

– Vai, é? – O Coronel resmungou. – E vai comprar uma campa também. Isso é tudo o que alguém pode fazer com um desastre desses. Mas espero que você caia lutando... e gritando ordens pra alguém, quer elas façam sentido ou não. Não esperamos que gatinhos briguem com gatos selvagens e vençam... Apenas esperamos que tentem. Muito bem, de pé. Levantem a mão direita.

Ele se esforçou para ficar em pé. Trinta segundos depois, éramos oficiais... "temporários, em avaliação e extranumerários".

* * *

Achei que o Comandante nos daria nossas insígnias e nos deixaria ir. Não precisávamos comprá-las: eram um empréstimo, assim como a patente temporária que representavam. Em vez disso, ele se recostou na cadeira e pareceu quase humano.

– Agora olhem, rapazes. Fiz todo esse discurso sobre como a coisa vai ser dura. Quero que se preocupem, que façam isso antes, planejem as medidas que podem tomar contra qualquer combinação de más notícias que possa aparecer no caminho, que cada um fique profundamente ciente de que a sua vida pertence aos seus homens e não é sua para jogar fora numa busca suicida de glória... e que a sua vida também não é sua para salvar, se a situação exigir que você a use. Quero que se preocupem até passar mal *antes* de uma queda, de modo que possam estar serenos quando os problemas começarem.

"Impossível, é claro. Exceto por uma coisa. Qual o único fator que pode salvá-los quando a carga for pesada demais? Alguém sabe?"

Ninguém respondeu.

– Ora, vamos lá! – O Coronel Nielssen disse, com desdém. – Vocês não são recrutas. Sr. Hassan!

– O seu sargento principal, senhor – o Assassino disse lentamente.

– É claro. Ele provavelmente é mais velho que você, fez mais quedas e, com certeza, conhece a equipe melhor que você. Como não está carregando o fardo aterrador do alto comando, pode estar pensando mais claro que você. Peçam o conselho dele. Vocês têm um circuito só pra isso.

"Fazer isso não vai diminuir a confiança dele em vocês; está acostumado a que o consultem. Agora, se você não fizer isso, ele vai achar que é um tolo, um sabe-tudo convencido… e com razão.

"Só que vocês não precisam *seguir* o conselho dele. Quer usem as ideias dele, quer elas sirvam de inspiração para outro plano, tomem a decisão e deem as ordens com segurança. A única coisa, *a única coisa* que pode encher de terror o coração de um bom sargento de pelotão é descobrir que está trabalhando para um chefe que não consegue se decidir.

"Nunca houve uma unidade militar em que oficiais e soldados fossem mais dependentes uns dos outros do que na i. m., e os sargentos são a cola que nos mantém unidos. Nunca se esqueçam disso."

O Comandante levou sua cadeira até um armário perto da mesa. Continha filas e filas de escaninhos, cada um com uma pequena caixa. Puxou uma e a abriu.

– Sr. Hassan…

– Senhor?

– Estas insígnias foram usadas pelo Capitão Terence O'Kelly em seu cruzeiro de aprendiz. Aceitaria usá-las?

– Senhor? – A voz do Assassino guinchou e eu pensei que aquele brutamonte ia começar a chorar. – Sim, senhor!

– Venha cá. – O Coronel Nielssen as colocou, e então disse: – Use-as com a mesma coragem que ele… mas *traga-as de volta*. Entendido?

– Sim, senhor. Farei o melhor que puder.

– Tenho certeza disso. Tem um aerocarro esperando na pista, e o seu veículo de embarque decola em vinte e oito minutos. Leve a cabo as suas ordens, senhor!

O Assassino fez continência e saiu; o Comandante se virou e apanhou outra caixa.

– Sr. Byrd, é supersticioso?

– Não, senhor.

– Mesmo? Eu sou, bastante. Suponho que não vai se importar de usar estas insígnias que já foram usadas por cinco oficiais, todos eles mortos em ação?

Birdie mal hesitou.

– Não, senhor.

– Ótimo. Porque esses cinco oficiais acumularam dezessete condecorações, desde a Medalha Terrana até o Leão Ferido. Venha cá. A estrela com a mancha castanha deve ser sempre usada no ombro esquerdo... e não tente limpá-la! Apenas tente não deixar a outra marcada do mesmo jeito. A não ser que seja preciso, e você vai saber quando for preciso. Aqui está uma lista dos que as usaram antes. Você tem trinta minutos até o seu transporte sair. Vá quicando até a Galeria de Honra e procure a folha de serviço de cada um.

– Sim, senhor.

– Leve a cabo as suas ordens, senhor!

Ele voltou-se para mim, me encarou e, de repente, disse:

– Alguma coisa em sua mente, filho? Fale!

– Hã... – Eu deixei escapar: – Senhor, aquele terceiro tenente temporário... aquele que foi exonerado com desonra. Como posso descobrir o que aconteceu?

– Ah. Não tinha a intenção de assustá-lo tanto, jovem; apenas queria despertá-lo. A batalha foi em 1º de junho de 1813, pelo antigo calendário, entre o USF *Chesapeake* e o HMF *Shannon*. Tente na *Enciclopédia Naval*; a sua nave tem uma.

Ele voltou-se para o armário das insígnias e franziu as sobrancelhas. Em seguida, disse:

– Sr. Rico, tenho uma carta de um dos seus professores do colégio, um oficial reformado, pedindo que você receba as insígnias que ele usou como terceiro tenente. Sinto dizer que terei de negar o pedido.

– Senhor? – Eu estava maravilhado em saber que o Coronel Dubois ainda se mantinha a par de mim... e também muito decepcionado.

– Porque *não posso*! Entreguei aquelas insígnias dois anos atrás... e elas nunca voltaram. Uma transação imobiliária. Hum... – Ele pegou uma caixa e olhou pra mim. – Você pode estrear um novo par. O metal não é importante; a importância do pedido está no fato do seu professor querer que as usasse.

– Como quiser, senhor.

– Ou – ele embalou a caixa nas mãos – você pode usar estas. Foram usadas cinco vezes... e todos os quatro últimos candidatos falharam... Nada de desonroso, apenas um azar dos diabos. Está disposto a tentar quebrar a maldição? Fazer com que virem insígnias de sorte?

Eu preferia fazer carinho num tubarão, mas respondi:

– Tudo bem, senhor. Vou tentar.

– Ótimo. – Ele as colocou em mim. – Obrigado, Sr. Rico. Sabe, estas foram minhas, fui eu que as usei primeiro... e ficaria muitíssimo feliz se fossem trazidas de volta com aquela corrente de azar quebrada, que você voltasse e se graduasse.

Eu me senti com três metros de altura.

– Vou tentar, senhor!

– Sei que vai. Agora pode levar a cabo as suas ordens, senhor. O mesmo aerocarro vai levar você e Byrd. Só um momento... Os seus livros de matemática estão na mochila?

– Senhor? Não, senhor.

– Pegue-os. O controlador de peso da sua nave já foi avisado da sua autorização de bagagem extra.

Fiz continência e saí, quicando. Havia me encolhido de volta ao meu tamanho tão logo ele falou de matemática.

Meus livros de matemática estavam em minha escrivaninha, amarrados num pacote e com uma lista de tarefas diárias enfiada sob o cordão. Fiquei com a impressão de que o Coronel Nielssen nunca deixava nada sem planejar... mas todo mundo sabia disso.

*   *   *

Birdie estava na pista, esperando pelo aerocarro. Olhou para os meus livros e sorriu.

– Que mal. Bom, se a gente ficar na mesma nave, vou te dar uma mão. Qual a sua?

– A *Tours.*

– Pena, eu vou pra *Moskva.*

Nós entramos, conferi o piloto e vi que estava pré-ajustado para o campo de pouso, fechei a porta e o carro decolou. Birdie acrescentou:

– Você podia estar pior: o Assassino levou não só os livros de matemática, mas também de duas outras matérias.

Birdie sem dúvida estava por dentro. Não estivera se exibindo quando se ofereceu pra me ajudar; tinha o perfil de um professor, exceto que as suas fitas provavam que também era um soldado.

Em vez de estudar matemática, Birdie a ensinava. Durante uma hora por dia ele era um membro do corpo docente, do mesmo jeito que o pequeno Shujumi ensinava judô no

Acampamento Currie. A I. M. não desperdiça nada; não podemos nos dar ao luxo. Birdie já era formado em matemática quando fez dezoito anos, então naturalmente recebeu serviço extra como instrutor; o que não impedia que levasse broncas no resto do tempo.

Não que levasse muitas. Birdie tinha aquela rara combinação de intelecto brilhante, ótima formação, bom senso e coragem, que marca um cadete como um general em potencial. Calculávamos que era batata que ele estaria comandando uma brigada antes dos trinta, com a guerra.

As minhas ambições, porém, não iam tão alto.

– Seria uma tremenda vergonha – eu disse – se o Assassino fosse reprovado. – Ao mesmo tempo que pensava que seria uma tremenda vergonha se *eu* fosse reprovado.

– Ele vai passar – Birdie respondeu, divertido. – Vão fazer com que ele passe pelo resto nem que precise ficar numa hipnocâmara e alimentado por um tubo. De qualquer modo, Hassan podia levar bomba e ser promovido por isso.

– Hã?

– Não sabia? O posto permanente do Assassino é primeiro-tenente; uma comissão de campanha, é claro. Ele volta pra ele, se for reprovado. Veja os regulamentos.

Eu conhecia os regulamentos. Se eu levasse bomba em matemática, ia voltar a ser sargento, o que é melhor que levar um peixe molhado na cara de qualquer forma que você pense nisso... e eu tinha pensado muito nisso, nas noites sem dormir depois de ter ido mal num teste.

Mas isto era diferente.

– Espera aí – protestei. – Ele deixou de ser *primeiro*-tenente permanente... e acabou de ser feito *terceiro*-tenente temporário... de modo a se tornar um *segundo*-tenente? Está maluco? Ou ele está?

Birdie sorriu.

– Nós dois estamos, mas só o bastante pra sermos da I. M.

– Mas... Não entendo.

– Claro que entende. O Assassino não tem nenhum estudo, a não ser pelo que recebeu da I. M.; então, até que altura ia conseguir chegar? Tenho certeza de que ele podia comandar um regimento em combate e fazer um trabalho muito bom... desde que outra pessoa planejasse a operação. Só que comandar em combate é apenas uma parcela do que um oficial faz, especialmente um alto oficial. Para conduzir uma guerra, ou mesmo para planejar uma só batalha e montar a operação, você precisa saber teoria dos jogos, análise operacional, lógica simbólica, síntese pessimista e uma dúzia de outras disciplinas intelectuais. Dá para aprender isso tudo sozinho, se tiver as bases. Só que você precisa ter essas bases, ou nunca vai passar de capitão ou, quem sabe, major. O Assassino sabe o que está fazendo.

– Imagino que sim – eu disse, lentamente. – Birdie, o Coronel Nielssen deve saber que Hassan era um oficial... é um oficial, na verdade.

– Hã? É claro.

– Ele não falou como se soubesse. Fez o mesmo discurso pra todos nós.

– Não é bem assim. Não notou que, quando o Comandante queria uma pergunta respondida de um determinado jeito, ele sempre a fazia pro Assassino?

Concluí que era assim mesmo.

– Birdie, qual o seu posto permanente?

O carro estava pousando; ele parou com uma mão no trinco e sorriu.

– Soldado Raso de Primeira Classe... Não posso levar bomba!

Soltei uma risada.

– E não vai! Não tem como!

Estava surpreso que ele não fosse nem ao menos cabo, mas um garoto tão inteligente e bem instruído quanto Birdie seria mandado para a E. F. O. logo que provasse o seu valor em combate... o que, com a guerra, podia ser apenas meses após seu aniversário de dezoito anos.

Birdie sorriu mais ainda.

– Vamos ver.

– Você vai se graduar. Eu e Hassan temos que nos preocupar, mas não você.

– Mesmo? E se a Senhorita Kendrick não gostar de mim? – Ele abriu a porta e pareceu espantado. – Ei! Estão tocando a minha chamada. Até mais!

– A gente se vê, Birdie.

Só que nunca mais o vi e ele não se graduou. Recebeu a patente duas semanas depois, e as insígnias voltaram com a décima oitava condecoração... o Leão Ferido, póstumo.

CAPÍTULO XIII

*Cês pensam que esta (excluído) unidade é um
(censurado) bando de crianças. Bem, ela não é!
Estão vendo?*

OBSERVAÇÃO ATRIBUÍDA A UM CABO HELÊNICO, DIANTE DOS MUROS DE TROIA, EM 1194 A.C.

A *Rodger Young* transporta um pelotão e fica lotada; a *Tours*
leva seis... e é espaçosa. Ela tem os tubos pra fazer a queda de
todos eles de uma vez e espaço de sobra o bastante para levar
o dobro e fazer uma segunda queda. Isso a deixaria bastante
apinhada, com a gente comendo em turnos, redes de dormir
nos corredores e nas salas de queda, água racionada, inspirar
enquanto o seu companheiro expira, e tira o cotovelo do meu
olho! Estou feliz de que não dobramos enquanto eu estava lá.

Mas ela tinha a velocidade e a capacidade de carga para
depositar essa lotação de tropas, ainda em condições de combate, em qualquer ponto do espaço da Federação e em grande parte do espaço dos insetos; na propulsão Cherenkov, ela
fazia Mike 400 ou até mais; digamos, de Sol a Capella, quarenta e seis anos-luz, em menos de seis semanas.

É claro, um transporte de tropas de seis pelotões não é grande, quando comparado a uma nave de combate ou uma de cruzeiro; essas naves são um meio-termo. A I. M. prefere corvetas pequenas e rápidas de um pelotão, que oferecem flexibilidade para qualquer operação, enquanto que, se isso fosse deixado para a Marinha decidir, teríamos apenas transportes de regimentos. São precisos quase tantos marinheiros para operar uma corveta quanto para um monstro grande o bastante para levar todo um regimento. Mais manutenção e limpeza, é claro, mas os soldados podem fazer isso. Afinal, esses soldados preguiçosos não fazem nada a não ser comer, dormir e lustrar botões; é bom pra eles ter um pouco de serviço regular. Assim diz a Marinha.

A opinião verdadeira deles é até mais radical: o Exército é obsoleto e devia ser abolido.

A Marinha não diz isso oficialmente, mas fale com um oficial naval em R&R que esteja se sentindo todo importante; você vai ouvir até dizer chega. Acham que podem lutar qualquer guerra, vencer, mandar alguns dos homens deles pra baixo e manter o planeta conquistado até que o Corpo Diplomático assuma.

Reconheço que os últimos brinquedos deles podem riscar qualquer planeta do céu; nunca os vi, mas acredito. Quem sabe eu seja tão obsoleto quanto o *Tyrannosaurus rex*. Não me sinto obsoleto e nós, macacos, podemos fazer coisas que a nave mais sofisticada não pode. Se o governo não quiser que a gente faça essas coisas, tenho certeza de que vai nos avisar.

Talvez seja bom que nem a Marinha nem a I. M. tenham a última palavra. Um homem não pode se candidatar a Marechal Sideral, a não ser que tenha comandado tanto um regimento como uma nave capitânia: passar pela I. M., ganhar os seus calombos e depois se tornar um oficial naval (acho que o pequeno Birdie tinha isso em mente), ou primeiro se tornar um piloto-astrogador e depois passar pelo Acampamento Currie etc.

Vou ouvir com respeito a qualquer um que tenha feito as duas coisas.

Como a maioria dos transportes de tropas, a *Tours* é uma nave mista; para mim, a mais espantosa mudança foi ter permissão para ir ao "Norte da Trinta". A antepara que separa o território das damas dos sujeitos grossos que se barbeiam não é necessariamente a número trinta, mas, por tradição, é chamada de "antepara trinta" em qualquer nave mista. O salão dos oficiais fica logo depois dela e o resto do território das damas é mais adiante. Na *Tours*, o salão dos oficiais também servia como refeitório para as mulheres alistadas, que comiam logo antes de nós, e, entre as refeições, era dividido entre uma sala de recreação para elas e uma sala de estar para as oficiais delas. Os oficiais masculinos tinham uma sala de estar chamada "sala de cartas" logo à ré da trinta.

Além do fato óbvio de que a queda e a recolha exigem os melhores pilotos (isto é, mulheres), há uma razão muito boa para oficiais navais femininos serem designadas para os transportes: é bom para o moral da tropa.

Vamos deixar de lado as tradições da i. m. por um momento. Você pode pensar em qualquer coisa mais idiota do que se deixar ser disparado de uma nave com nada além de violência e morte súbita do outro lado? Contudo, se alguém precisa fazer essa proeza idiota, você sabe de um jeito mais seguro de manter um homem estimulado a ponto de estar disposto a isso, do que o lembrando constantemente de que a única boa razão para os homens lutarem é uma realidade que vive e respira?

Numa nave mista, a última coisa que um soldado ouve antes de uma queda (talvez a última que vai ouvir na vida) é a voz de uma mulher, desejando sorte. Se não acha isso importante, então você deve ter se exonerado da raça humana.

A *Tours* tem quinze oficiais navais, oito damas e sete homens; havia oito oficiais da I. M., incluindo (fico feliz em dizer) eu mesmo. Não vou dizer que a "antepara trinta" fez com que eu me candidatasse à E. F. O., mas o privilégio de comer com as damas é um incentivo melhor que qualquer aumento no soldo. A Capitã era a presidente da mesa, e meu chefe, o Capitão Blackstone, era o vice-presidente. Não devido ao posto; três oficiais navais o ultrapassavam, mas como Oficial Comandante da força de ataque, ele era, na prática, mais graduado que qualquer um a não ser a Capitã.

Todas as refeições eram formais. Esperávamos na sala de cartas até dar a hora em ponto, seguíamos o Capitão Blackstone para dentro e ficávamos atrás de nossas cadeiras; a Capitã vinha, seguida por suas damas e, quando ela chegava à cabeceira da mesa, o Capitão Blackstone se curvava e dizia: "Madame Presidente... damas", e ela respondia, "Sr. Vice... cavalheiros", e o homem à direita de cada dama puxava a cadeira para ela.

Esse ritual deixava claro se tratar de um evento social, e não uma reunião de oficiais; dali em diante, eram usados postos ou títulos, exceto que os oficiais navais menos graduados e eu mesmo, entre os da I. M., éramos chamados de "Senhor" ou "Senhorita", com uma exceção que me confundiu.

Na minha primeira refeição a bordo, ouvi o Capitão Blackstone ser chamado de "Major", embora a insígnia em seu ombro mostrasse claramente "capitão". Eles me explicaram mais tarde: não pode haver dois capitães em uma nave, por isso um capitão do Exército é promovido socialmente de um posto em vez de se cometer o inconcebível ato de chamá-lo pelo título reservado ao único e exclusivo monarca. Se um capitão naval estiver a bordo, em qualquer função que não a de capitão da nave, ele ou ela é chamado de "Comodoro" mesmo que o capitão da nave seja apenas um reles tenente.

A I. M. cumpre isso evitando a necessidade no salão dos oficiais e ignorando esse costume bobo em nossa própria parte da nave.

A graduação desce pelos lados da mesa, com a Capitã na cabeceira e o Oficial Comandante da força de ataque na outra ponta, a guarda-marinha mais moderna à sua direita e eu à direita da Capitã. Eu teria ficado mais que feliz de me sentar junto à guarda-marinha, que era tremendamente bonita, mas o arranjo é uma chaperonagem proposital: nem ao menos fiquei sabendo o primeiro nome dela.

Sabia que eu, como o homem de menor posto, me sentava à direita da Capitã... mas não sabia que era eu quem devia puxar a cadeira pra ela. Em minha primeira refeição, ela ficou esperando e ninguém se sentou... até que o terceiro maquinista assistente me cutucou com o cotovelo. Não passava tanta vergonha desde um incidente lamentável no jardim de infância, mesmo que a Capitã Jorgenson tenha se comportado como se nada tivesse acontecido.

Quando a Capitã se levanta, a refeição está encerrada. Ela era muito boa nisso, mas uma vez ficou sentada por apenas alguns minutos e o Capitão Blackstone se aborreceu. Ele se levantou, mas a chamou:

– Capitã...

Ela parou.

– Sim, Major?

– A Capitã poderia dar ordens para que eu e meus oficiais sejamos servidos na sala de cartas?

Ela respondeu, friamente:

– Certamente, senhor.

E fomos. Mas nenhum oficial naval nos acompanhou.

No sábado seguinte, a Capitã exerceu o privilégio de inspecionar os homens da i. m. a bordo… o que capitães de transportes quase nunca fazem. No entanto, ela apenas caminhou pelas fileiras sem fazer comentários. Não era realmente uma tirana, e tinha um belo sorriso quando não estava sendo austera. O Capitão Blackstone havia designado o Segundo Tenente Graham, o "Ferrugem", para estalar o chicote em mim na matemática; de alguma forma, ela ficou sabendo, e disse ao Capitão Blackstone que eu devia me apresentar em seu escritório por uma hora, todos os dias, após o almoço, quando ela me ensinava matemática e berrava comigo quando meu "dever de casa" estava menos que perfeito.

Nossos seis pelotões estavam divididos em duas companhias que formavam metade de um batalhão; o Capitão Blackstone comandava a Companhia d, os Biltres de Blackie, além de comandar essa parte do batalhão. Nosso comandante de batalhão pela tabela organizacional, o Major Xera, estava com as companhias a e b, na nave irmã da *Tours*, a *Praia da Normandia*, talvez a meio céu de distância. Ele nos comandava apenas quando todo o batalhão fazia uma queda conjunta, exceto que o Capitão Blackstone enviava certos relatórios e cartas por meio dele. Outros assuntos iam direto para a Esquadra, a Divisão ou a Base, e Blackie tinha um sargento de esquadra naval capaz de fazer mágica para manter essas coisas em ordem e ajudá-lo a dirigir em combate tanto uma companhia como meio batalhão.

Detalhes administrativos não são nada simples num exército espalhado por muitos anos-luz e em centenas de naves. Na antiga *Valley Forge*, na *Rodger Young* e, agora, na *Tours*, eu estava no mesmo regimento, o Terceiro Regimento ("Bichinhos Mimados") da Primeira Divisão ("Polaris") da I. M. Dois batalhões, formados das unidades disponíveis, tinham sido chamados de "Terceiro Regimento" na Operação Enxame, mas eu não vi o "meu" regimento; tudo o que vi foi o Soldado de Primeira Classe Bamburger e um monte de insetos.

Posso receber a patente nos Bichinhos Mimados, envelhecer e me reformar nele... sem jamais ter visto o meu comandante de regimento. Os Rudes tinham um comandante de companhia, mas ele também comandava o primeiro pelotão ("Vespões") em outra corveta; eu não soube o nome dele até que o vi escrito nas minhas ordens para a E. F. O. Existe uma lenda sobre um "pelotão perdido", que entrou em R&R quando a sua corveta foi tirada de serviço. Seu comandante de companhia tinha acabado de ser promovido e os outros pelotões haviam sido destacados taticamente para outros lugares. Esqueci o que aconteceu com o tenente do pelotão, mas é comum aproveitar a ocasião do R&R para transferir um oficial; teoricamente, após ter sido rendido por um substituto, mas substitutos estão sempre em falta.

Dizem que esse pelotão desfrutou de um ano local de luxúria na Via Churchill, antes que alguém notasse a falta deles.

Não acredito nisso. Mas poderia acontecer.

A falta crônica de oficiais afetava intensamente os meus deveres nos Biltres de Blackie. A I. M. tem a menor porcentagem de oficiais de qualquer exército já registrado, e esse fator é apenas parte da nossa singular "cunha divisionária". C. D. é jargão militar, mas a ideia é simples: se você tem dez mil soldados, quantos lutam? E quantos apenas descascam batatas, dirigem caminhões, contam sepulturas e mexem com a papelada?

Na I. M., dez mil homens lutam.

Nas guerras em massa do século XX, algumas vezes precisavam de setenta mil homens (fato!) para permitir que dez mil lutassem.

Reconheço que precisamos da Marinha pra nos colocar onde lutamos; porém, uma força de ataque da I. M., mesmo numa corveta, é pelo menos três vezes maior que a tripulação da Marinha. Também precisamos de civis para nos abastecer e prestar serviços. Além disso, em qualquer momento, uns dez por cento de nós estão em R&R e alguns dos melhores de nós são enviados, por turnos, para servir como instrutores nos campos de treinamento.

Há uns poucos homens da I. M. em trabalhos de escritório, mas você vai sempre notar que eles têm um braço ou uma perna a menos, ou algo assim. Esses são aqueles (como o Sargento Ho e o Coronel Nielssen) que se recusam a se reformar, e realmente deviam contar como dois, pois liberam homens da I. M. em plena condição física, preenchendo vagas que requerem espírito de combate, mas não perfeição física. Fazem trabalhos que os civis não podem fazer, senão contrataríamos civis. Civis são que nem feijões: você os compra à medida que precisa deles pra qualquer serviço que exija apenas habilidade e discernimento.

Mas você não pode comprar espírito de combate.

É raro e usamos todo ele, não desperdiçamos nenhum. A I. M. é o menor exército na história em comparação com a população que protege. Você não pode comprar um soldado da I. M., não pode forçá-lo a se alistar, não pode coagi-lo... você não pode nem segurá-lo, se ele quiser ir embora. Ele pode se exonerar trinta segundos antes de uma queda, perder a coragem e não entrar na cápsula, e tudo o que acontece é que ele recebe as contas e nunca vai poder votar.

Na e. f. o., estudamos exércitos na história que eram conduzidos igual a escravos nas galés. O soldado da i. m., porém, é um homem livre; tudo o que o motiva vem de dentro: o respeito próprio, a necessidade de ser respeitado por seus companheiros e o orgulho de ser um deles, conhecido como moral, ou espírito de corpo.

A raiz do nosso moral é: "Todo mundo trabalha, todo mundo luta". Um homem da i. m. não mexe os pauzinhos para pegar um trabalho mole e seguro: não existe nenhum trabalho assim. Ah, um soldado vai se safar do que puder: qualquer soldado raso com um mínimo de miolos pra marcar a cadência na música pode pensar em razões pra não limpar compartimentos ou conferir estoques; esse é um antigo direito dos soldados.

Só que *todos* os trabalhos "moles e seguros" estão tomados por civis. Aquele soldado preguiçoso entra na cápsula sabendo que *todo mundo*, desde o general até o soldado raso, está fazendo a queda com ele. Talvez a anos-luz de distância e num dia diferente, ou talvez uma hora depois, não importa. O que importa é que *todos* fazem a queda. É por esse motivo que ele entra na cápsula, mesmo que não se dê conta disso.

Se algum dia nos desviarmos disso, a i. m. vai se despedaçar. Tudo o que nos mantém juntos é uma ideia, uma que nos une com mais força que o aço, mas o seu poder mágico depende de mantê-la intacta.

É essa regra do "todo mundo luta" que permite à i. m. se virar com tão poucos oficiais.

Sei mais sobre isso do que gostaria, porque fiz uma pergunta idiota na aula de História Militar e acabei com um dever que me forçou a desenterrar coisas que vão desde *De*

Bello Gallico até o clássico de Tsing, *O Colapso da Hegemonia Dourada*. Pense numa divisão ideal da i. m.; no papel, pois não vai achar uma em nenhum outro lugar. De quantos oficiais ela precisa? Esqueça as unidades de reforço de outras armas; elas podem não estar presentes na hora do vamos ver e elas não são como a i. m. Por exemplo, os talentos especiais ligados à Logística e Comunicações têm todos o posto de oficial. Se um homem-memória, um telepata, um sensitivo ou um homem-sorte vai ficar feliz de eu lhe prestar continência, vou fazer isso com todo o prazer; ele é mais valioso que eu e, nem que vivesse dois séculos, eu não poderia substituí-lo. Ou tome o Corpo k-9, que é formado de cinquenta por cento de "oficiais", mas cujos outros cinquenta por cento são neocães.

Nenhum deles está na linha de comando, então vamos considerar apenas nós, macacos, e ver o que é preciso pra nos liderar.

Essa divisão imaginária tem 10.800 homens em 216 pelotões, com um tenente para cada. Com três pelotões por companhia, ela precisa de 72 capitães; com quatro companhias por batalhão, precisa de 18 majores ou tenentes-coronéis. Seis regimentos com seis coronéis podem formar duas ou três brigadas, cada uma com um general de brigada, mais um general de divisão como chefe de tudo.

Você acaba com um total de 317 oficiais, de um total de 11.117 em todos os postos.

Não há lugares vagos e cada oficial comanda uma equipe. Os oficiais dão um total de três por cento, que é justo o que a i. m. tem, só que num arranjo um pouco diferente. De fato, um bom número de pelotões é comandado por sargentos, e muitos oficiais "usam mais de um chapéu", de modo a preencher alguns postos de estado-maior absolutamente necessários.

Mesmo um comandante de pelotão devia ter um "estado-maior": seu sargento de pelotão.

No entanto, ele consegue se virar sem um, e o sargento consegue se virar sem ele. Um general, porém, *precisa* ter um estado-maior; o trabalho é grande demais pra fazer sozinho. Ele precisa de um grande estado-maior de planejamento e de um pequeno estado-maior de combate. Já que nunca há oficiais suficientes, os comandantes de unidades da nave capitânia funcionam também como estado-maior de planejamento e são escolhidos dentre os melhores especialistas em Lógica Matemática da i. m., e que depois fazem a queda com suas próprias unidades. O general faz a queda com um pequeno estado-maior de combate, mais uma pequena equipe dos mais duros e quicantes soldados da i. m. O trabalho deles é impedir que o general seja incomodado por estranhos mal-educados enquanto está dirigindo a batalha. Às vezes, eles conseguem.

Além das posições necessárias no Estado-maior, qualquer equipe superior a um pelotão devia ter um subcomandante. Só que nunca há oficiais suficientes, então nos viramos com o que temos. Para preencher cada posição que é necessária em combate, com cada oficial desempenhando um só papel, precisaríamos de uma taxa de cinco por cento de oficiais... mas três por cento é tudo o que temos.

Em lugar daquele ideal de cinco por cento, que a i. m. nunca consegue atingir, muitos exércitos do passado comissionavam dez por cento dos seus números, ou até quinze por cento... e, às vezes, um absurdo de vinte por cento! Parece até história da carochinha, mas foi um fato, especialmente durante o século xx. Que tipo de exército tem mais "oficiais" do que cabos? (E mais praças graduados do que soldados rasos!)

Um exército organizado para perder guerras, se a história vale algo. Um exército que é mais organização, papelada e administração, com uma maioria de "soldados" que nunca lutam.

Mas o que *fazem* "oficiais" que não comandam em combate? Coisas sem importância, aparentemente: oficial do clube de oficiais, oficial de moral, oficial de atletismo, oficial de informação pública, oficial de recreação, oficial de cantina, oficial de transporte, oficial jurídico, capelão, assistente de capelão, subassistente de capelão, oficial encarregado de qualquer coisa que se possa imaginar, até mesmo... oficial de *creche*!

Na i. m., tais coisas são trabalho extra para oficiais de combate ou, caso sejam trabalhos *de verdade*, são feitos melhor, mais barato e sem desmoralizar uma unidade de combate, por meio da contratação de civis. Contudo, a situação ficou tão dúbia num exército de uma das grandes potências do século xx, que oficiais *de verdade*, aqueles que lideravam combatentes, recebiam uma insígnia especial para diferenciá-los dos enxames de militares de cadeira giratória.

* * *

A escassez de oficiais ficou cada vez pior com o desgaste da guerra, pois o índice de baixas é sempre mais alto entre os oficiais... e a i. m. *nunca* promove um homem a oficial apenas para preencher uma vaga. Com o passar do tempo, cada regimento de recruta deve fornecer a sua própria quota de oficiais, e a proporção não pode ser aumentada sem se rebaixar o padrão. A força de ataque da *Tours* precisava de treze oficiais: seis comandantes de pelotão, dois comandantes de companhia, mais dois subcomandantes, além do comandante da força de ataque, assessorado por um subcomandante e um adjunto.

O que ela tinha, eram seis... e mais eu.

QUADRO ORGANIZACIONAL
Força de Ataque "Meio Batalhão" –
Cap. Blackstone
("primeiro chapéu")
Sargento de Esquadra Naval

Companhia c – Carcajus de Carlton 1º Ten. Carlton	Companhia d – Biltres de Blackie Cap. Blackstone ("segundo chapéu")
1º Pel. – 1º Ten. Bayonne 2º Pel. – 2º Ten. Sukarno 3º Pel. – 2º Ten. N'gam	1º Pel. – 1º Ten. Silva, Hosp. 2º Pel. – 2º Ten. Khoroshen 3º Pel. – 2º Ten. Graham

Eu devia estar sob o Tenente Silva, mas ele foi para o hospital no dia em que eu me apresentei, com umas convulsões terríveis. Isso, porém, não queria necessariamente dizer que eu iria ficar com o pelotão dele. Um terceiro tenente temporário não é considerado uma vantagem. O Capitão Blackstone podia me colocar sob o Tenente Bayonne e pôr um sargento encarregado do seu primeiro pelotão, ou até "usar um terceiro chapéu" e ele mesmo ficar com o pelotão.

De fato, ele fez as duas coisas e, ainda assim, me designou para comandante do primeiro pelotão dos Biltres. Fez isso pegando emprestado o melhor sargento dos Carcajus para atuar como seu estado-maior de batalhão, então colocou o seu sargento de esquadra naval como sargento do primeiro pelotão, um trabalho dois graus abaixo das suas divisas. Depois, o Capitão Blackstone me contou isso de um modo que fez eu me sentir bem pequenininho: eu ia aparecer no Quadro Organizacional como o comandante do pelotão, mas ele mesmo e o sargento tomariam conta de tudo.

Enquanto eu me comportasse, poderia fingir que comandava. Iam me deixar até fazer a queda como comandante do pelotão... mas uma palavra do meu sargento de pelotão para o comandante da companhia e eu ia para o quebra-nozes.

Estava bom pra mim. Era o meu pelotão enquanto eu pudesse fazer um bom trabalho... e, se não pudesse, o quanto antes eu fosse jogado de lado, melhor pra todo mundo. Além do mais, era um tormento para os nervos muito menor do que assumir um pelotão por alguma catástrofe repentina no meio da batalha.

Encarei meu trabalho com toda a seriedade. Afinal, era o *meu* pelotão... Assim dizia o Quadro Organizacional. Só que ainda não havia aprendido a delegar autoridade e, por uma semana, fiquei na área dos soldados muito mais do que é saudável para uma equipe. Blackie me chamou à sua cabine.

– Filho, o que diabos pensa que está fazendo?

Respondi formalmente que estava tentando deixar o meu pelotão preparado para a ação.

– Mesmo? Bem, não é isso que está conseguindo. Está deixando os homens tão agitados quanto um ninho de vespas. Por que diabos acha que eu te dei o melhor sargento da Esquadra? Se você for pra sua cabine, se pendurar num cabide, e ficar lá!... até ouvir o "Preparar para Ação", ele vai te entregar aquele pelotão afinado que nem um violino.

– Como o Capitão quiser, senhor – concordei, de mau humor.

– E essa é a outra coisa. Não suporto um oficial que age que nem um maldito *caá-dete*. Pare com essa bobagem de me tratar na terceira pessoa. Guarde isso pros generais e pra Capitã. Pare de retesar os ombros e bater os calcanhares. Oficiais devem parecer à vontade, filho.

– Sim, senhor.

– E que esta seja a última vez que você diz "senhor" pra mim por uma semana inteira. O mesmo sobre prestar continência. Tire essa cara séria de *caá-dete* e ponha um sorriso nela.

– Sim, sen… Certo.

– Assim está melhor. Se encoste na antepara, se coce. Boceje. Faça qualquer coisa, menos se comportar que nem um soldadinho de chumbo.

Tentei… e dei um sorriso acanhado ao descobrir como é difícil quebrar um hábito. Era mais difícil me encostar na antepara do que ficar em posição de sentido. O Capitão Blackstone ficou me observando e, por fim, disse:

– Pratique isso. Um oficial não pode parecer assustado ou tenso; é contagioso. Agora me diga, Johnnie, do que o seu pelotão precisa. Deixa pra lá as coisas triviais; não estou interessado em saber se um homem tem o número regulamentar de meias no armário.

Pensei rapidamente.

– Hã… Por acaso sabe se o Tenente Silva pretendia promover o Brumby pra sargento?

– Por acaso, sei. Qual a *sua* opinião?

– Bem… Os registros mostram que ele tem sido comandante interino de grupo pelos últimos dois meses. Suas notas de eficiência são boas.

– Pedi a sua recomendação, rapaz.

– Bem, s… Desculpe. Nunca vi o trabalho dele no solo, então não posso ter uma opinião de verdade; qualquer um pode ser um bom soldado na sala de queda. Mas, pelo que eu vejo, ele tem sido sargento interino por tempo demais pra que possa ser rebaixado a segundo cabo e ainda ver um comandante de esquadra ser promovido acima dele. Precisa receber aquela terceira listra antes de fazermos a queda… ou ser transferido quando voltarmos. Até antes, se houver a chance de uma transferência no espaço.

Blackie grunhiu.

– Para um terceiro tenente, você é bastante generoso em dar os meus Biltres pros outros.

Fiquei vermelho.

– Mesmo assim, é um ponto fraco no meu pelotão. Ele precisa ser ou promovido ou transferido. Não quero o Brumby de volta a seu antigo trabalho, com alguém sendo promovido por cima dele; é bem capaz que fique contrariado e eu fique com um ponto mais fraco ainda. Se ele não puder ter outra divisa, precisa ser mandado pro D. R., para o quadro. Assim não vai se sentir humilhado e vai ter uma chance justa de ser sargento em outra equipe… em vez de um beco sem saída aqui.

– Mesmo? – Blackie não soou exatamente desdenhoso.

– Depois dessa análise magistral, aplique os seus poderes de dedução e me diga por que o Tenente Silva não o transferiu três semanas atrás, quando chegamos a Santuário.

Eu havia me perguntado isso. A hora certa para transferir um homem é o mais cedo possível depois de você ter decidido que ele vai sair… e sem aviso. É melhor para o homem e para a equipe, assim diz o livro. Respondi lentamente:

– O Tenente Silva já estava doente na época, Capitão?

– Não.

As peças se encaixavam.

– Capitão, recomendo Brumby para promoção imediata.

As sobrancelhas dele saltaram.

– Um minuto atrás, você estava pra jogá-lo fora como um inútil.

– Hã, não exatamente. Eu disse que precisava ser uma coisa ou outra… mas não sabia qual das duas. Agora, eu sei.

– Continue.

– Hã, estou supondo que o Tenente Silva seja um oficial eficiente...

– *Hummmf!* Para sua informação, rapaz, o "Rápido" Silva tem uma série contínua de "Excelente, Recomendado para Promoção" no Formulário Trinta e Um.

– Mas eu sabia que ele era bom – continuei – porque herdei um bom pelotão. Um bom oficial pode não promover um homem por... ah, por muitas razões e, mesmo assim, não registrar essas dúvidas por escrito. Só que, neste caso, se ele não achasse uma boa ideia recomendar o Brumby pra sargento, não o teria mantido com a equipe, de modo que o colocaria pra fora da nave na primeira oportunidade. Mas não fez isso. Por isso, sei que pretendia promover o Brumby. – Acrescentei: – Mas não entendo por que não fez isso três semanas atrás, de modo que ele pudesse usar a terceira divisa no R&R.

O Capitão Blackstone sorriu.

– Isso é porque você não *me* considera eficiente.

– S... Como assim?

– Não importa. Você matou a cobra e mostrou o pau, e eu não espero que um *caá-dete* ainda fresco saiba todos os truques. Mas ouça e aprenda, filho. Enquanto esta guerra durar, *nunca* promova um homem logo antes de voltar à Base.

– Hã... Por que não, Capitão?

– Você falou sobre mandar o Brumby para o Depósito de Reposição, caso ele não devesse ser promovido. Mas é justamente pra lá que ele teria ido, se o *tivéssemos* promovido três semanas atrás. Você não sabe o quanto o D. R. tem fome de praças graduados. Dê uma olhada no arquivo de despachos e vai achar um pedido de enviarmos dois sargentos para o quadro. Com um sargento de pelotão sendo destacado para a E. F. O., mais outra posição de sargento vazia, eu estava abaixo do efetivo e podia recusar. – Ele sorriu, com raiva. – É uma guerra dura, filho, e a sua própria gente vai roubar os seus melhores homens, se não ficar de olho. – Ele tirou duas folhas de papel de uma gaveta. – Veja...

Uma era uma carta de Silva para o Capitão Blackstone, recomendando Brumby para sargento; tinha a data de um mês atrás.

A outra era a ordem de promoção de Brumby para sargento... com a data do dia *seguinte* ao que partimos de Santuário.

– Concorda com isso? – perguntou.

– Hã? Ah, sim, sem dúvida!

– Fiquei esperando que você achasse o ponto fraco na sua equipe, e me dissesse o que precisava ser feito. Fico contente que tenha descoberto, mas apenas medianamente, porque um oficial tarimbado teria visto isso de imediato a partir do Quadro Organizacional e da caderneta dele. Não ligue, é assim que você ganha experiência. Agora, é isto que vai fazer: escreva uma carta igual à do Silva, com a data de ontem. Diga ao seu sargento de pelotão pra contar ao Brumby que você o indicou para uma terceira listra... e não comente que o Silva tinha feito o mesmo. Você não sabia disso quando fez a recomendação, então vamos deixar desse jeito. Quando eu for tomar o juramento dele, vou contar que seus dois oficiais o recomendaram, cada um em separado... o que vai deixar o Brumby contente. Certo, algo mais?

– Hã... Não na organização... a não ser que o Tenente Silva planejasse promover o Naidi para o lugar do Brumby. Nesse caso, podíamos promover um s. p. c. pra segundo cabo... e assim poderíamos promover quatro soldados rasos para s. p. c., incluindo três vagas que já existem. Não sei se a sua política é manter o Quadro Organizacional sem furos ou não?

– Pode ser – Blackie disse, em tom suave –, já que eu e você sabemos que alguns desses rapazes não vão ter muitos dias para aproveitar a promoção. Apenas se lembre de que não tornamos um homem um Soldado de Primeira Classe até ele ter estado em combate... Não nos Biltres de Blackie, não senhor. Veja isso com o seu sargento de pelotão e me avise. Sem pressa... Qualquer hora antes de irmos dormir. Agora... Algo mais?

– Bem... Capitão, estou preocupado com os trajes.

– Eu também. De todos os pelotões.

– Não sei dos outros pelotões, mas com cinco recrutas para adaptar, mais quatro trajes danificados ou trocados, e mais dois rejeitados na semana passada e substituídos pelos do estoque... Bem, não vejo como o Cunha e o Navarre podem aquecer esse tanto, fazer os testes de rotina em quarenta e um outros e ter todos prontos para nossa data estimada. Mesmo se não aparecer nenhum problema...

– Os problemas sempre aparecem.

– Sim, Capitão. Mas são duzentas e oitenta e seis horas-homem só para aquecer e adaptar, e mais cento e vinte e três horas de testes de rotina. E sempre leva mais tempo.

– Bem, o que *você* acha que pode ser feito? Os outros pelotões vão te ajudar, se terminarem com os trajes deles antes do tempo. Do que eu duvido. Nem pense em pedir ajuda aos Carcajus; é mais fácil que nós é que acabemos tendo que dar ajuda a eles.

– Hã... Capitão, não sei o que vai achar disso, já que me disse pra não ficar na área dos soldados. Mas, quando era cabo, eu era assistente do sargento de Material Bélico e Armaduras.

– Continue.

– Bem, no finalzinho eu *era* o sargento de M. B. A. Estava apenas quebrando o galho... não sou um mecânico de

M. B. A. formado. Mas sou um assistente muito bom e, se me fosse permitido, bem, posso aquecer os trajes novos ou fazer os testes de rotina... e liberar esse tempo para o Cunha e o Navarre resolverem os problemas.

Blackie se reclinou e sorriu.

– Fiz uma busca minuciosa nos regulamentos... e não consegui achar nada dizendo que um oficial não pode sujar as mãos. – Ele acrescentou: – Falo isso porque alguns "jovens cavalheiros" que têm sido designados para mim aparentemente leram um regulamento assim. Tudo certo, pegue um macacão... Não há necessidade de sujar o uniforme junto com as mãos. Vá à popa e ache o seu sargento de pelotão, conte sobre o Brumby e mande que prepare recomendações para fechar os buracos no Q. O., no caso de eu decidir confirmar a sua recomendação do Brumby. Então diga a ele que você vai usar todo o seu tempo no M. B. A., e que você quer que ele tome conta do resto. Diga que, se tiver problemas, é para procurá-lo no arsenal. Não conte que você me consultou... Apenas dê as ordens. Compreende?

– Sim, sen... Sim.

– Certo, trate disso. Quando passar pela sala de cartas, dê os meus cumprimentos ao Ferrugem e diga pra ele arrastar aquela carcaça preguiçosa pra cá.

* * *

Nunca estive tão ocupado como nas duas semanas seguintes... nem mesmo no campo de treinamento. Trabalhar como mecânico de Material Bélico e Armaduras, umas dez horas por dia, não era tudo o que eu fazia. Matemática, é claro... e não tinha jeito de escapar disso, com a Capitã me ensinando. Refeições... digamos, uma hora e meia por dia.

Mais a mecânica de continuar vivo: fazer a barba, tomar banho, colocar botões nos uniformes e tentar achar o mestre-de-armas da Marinha, conseguir que ele destrancasse a lavanderia e procurar uniformes limpos dez minutos antes da inspeção. (É uma lei não escrita da Marinha que todas as instalações *sempre* devem estar trancadas quando forem mais necessárias.)

Montar guarda, parada, inspeções, um mínimo de rotina do pelotão, tomam outra hora por dia. Só que, além disso, eu era o "George". Toda unidade tem um "George". É o oficial mais novo e pega todos os serviços extras: oficial de atletismo, censor de correspondência, árbitro de competições, oficial de escola, oficial de cursos por correspondência, promotor nas cortes marciais, tesoureiro do fundo de auxílio mútuo, curador das publicações registradas, oficial de estoques, oficial do refeitório dos soldados *et cetera ad infinitum nauseam.*

Graham, o Ferrugem, tinha sido o "George" até que alegremente me passou o cargo. Só que ele não ficou tão alegre quando insisti em fazer um inventário visual de tudo pelo que eu precisaria assinar. Insinuou que, se eu não tivesse bom senso suficiente para aceitar um inventário assinado por um oficial de carreira, então quem sabe uma ordem direta mudasse o meu tom. Então fiquei sério e lhe disse para colocar as ordens por escrito… com uma cópia autenticada, de modo que eu pudesse manter a original e endossar a cópia para o comandante da unidade.

Ferrugem voltou atrás, furioso; mesmo um segundo tenente não seria tão burro a ponto de colocar ordens dessas por escrito. Eu também não estava feliz, já que ele era meu colega de quarto e, na época, ainda era o meu instrutor de matemática, mas fizemos o inventário visual. Levei uma bronca do Tenente

Carlton por ser tão estupidamente formal, mas ele abriu o seu cofre e me deixou conferir as publicações registradas. O Capitão Blackstone abriu o dele sem comentários, e não deu pra saber se ele aprovava ou não o meu inventário visual.

As publicações estavam em ordem, mas os ativos de responsabilidade do "George", não. Pobre Ferrugem! Ele havia aceitado a contagem do seu predecessor e agora esta contagem não batia... e o outro oficial não tinha apenas ido embora, estava morto. Ferrugem passou uma noite sem dormir (e eu também!), então foi até Blackie e contou a verdade.

Depois de dar um esporro nele, Blackie foi ver os itens que faltavam e achou jeitos de descartar a maioria como "perdido em combate". Isso reduziu o débito de Ferrugem ao pagamento de uns poucos dias... mas Blackie o manteve no cargo, dessa forma postergando o acerto de contas indefinidamente.

Nem todos os serviços do "George" causavam tanta dor de cabeça. Não havia cortes marciais; boas equipes de combate não precisam delas. Não havia correspondência a censurar, pois a nave estava na propulsão Cherenkov. O mesmo para o fundo de auxílio mútuo, pela mesma razão. O atletismo, eu deleguei a Brumby; árbitro era "se e quando". O refeitório dos soldados era excelente; eu rubricava os menus e, de vez em quando, inspecionava a cozinha, ou seja, filava um sanduíche sem tirar o macacão, quando trabalhava até tarde no arsenal. Os cursos por correspondência significavam um monte de papelada, pois vários estavam continuando seus estudos, com ou sem guerra, mas deleguei isso ao meu sargento de pelotão e os registros eram mantidos pelo s. p. c. que funcionava como seu escriturário.

Apesar disso, os serviços de "George" absorviam umas duas horas por dia, de tantos que eram.

Você vê onde isso me deixou: dez horas de m. b. a., três de matemática, uma e meia de refeições, uma de cuidados pessoais, uma de pequenos deveres militares, duas de "George", oito de sono; total: vinte e seis horas e meia. E a nave nem ao menos seguia o dia de vinte e cinco horas de Santuário: logo que partimos, entramos no padrão de Greenwich e no calendário universal.

O único corte possível era no meu tempo dormindo.

Estava sentado na sala de cartas, à uma da madrugada, lutando com a matemática, quando o Capitão Blackstone entrou. Eu disse:

– Boa noite, Capitão.

– Bom dia, você quer dizer. Que diabos é que você tem, filho? Insônia?

– Hã, não exatamente.

Ele apanhou uma pilha de papéis, comentando:

– O seu sargento não pode tomar conta da papelada? Ah, entendo. Vá pra cama.

– Mas, Capitão...

– Sente-se de novo. Johnnie, estava mesmo querendo falar com você. Nunca te vejo aqui na sala de cartas, ao anoitecer. Passo pelo seu quarto, e você está na escrivaninha. Quando o Ferrugem vai dormir, você vem pra cá. Qual é o problema?

– Bem... É só que parece que nunca consigo fazer tudo o que preciso.

– Ninguém consegue. Como vai o trabalho no arsenal?

– Muito bem. Acho que vamos conseguir.

– Também acho. Olha, filho, você precisa ter um senso de proporção. Você tem dois deveres essenciais. O primeiro é ver que o equipamento do seu pelotão esteja pronto, e você está fazendo isso. Não precisa se preocupar com o seu pelotão em si, já te disse. O segundo, e que é tão importante quanto o primeiro, é você estar pronto para o combate. Nesse, você está pisando na bola.

– Vou estar pronto, Capitão.

– Besteira da grossa. Você não tem se exercitado e está perdendo sono. É assim que se treina pra uma queda? Quando você comanda um pelotão, filho, você tem que estar quicando. De agora em diante você vai se exercitar das dezesseis e trinta até as dezoito, todos os dias. Vai estar na sua cama, com as luzes apagadas, às vinte e três… e, se ficar acordado na cama por mais de quinze minutos, duas noites seguidas, vai se apresentar ao médico para tratamento. Ordens.

– Sim, senhor.

Eu sentia as anteparas se fechando sobre mim e acrescentei, desesperado:

– Capitão, não vejo *como* posso estar na cama às vinte e três… e ainda assim conseguir fazer tudo.

– Então não vai fazer tudo. Como eu disse, filho, precisa ter um senso de proporção. Me conte de que forma você gasta o seu tempo.

Então eu contei. Ele balançou a cabeça.

– Bem como eu pensei. – Ele pegou o meu "dever de casa" de matemática e o atirou na minha frente. – Tome isto como exemplo. É claro, você quer trabalhar nisso. Mas pra que trabalhar tão duro antes de entrarmos em ação?

– Bem, eu pensei…

– "Pensar" foi justo o que você não fez. Há quatro possibilidades, e apenas uma exige que você termine essas lições. A primeira: você pode comprar uma campa. A segunda: você pode comprar um pedacinho de uma e ser reformado com uma patente honorária. A terceira: você pode voltar bem… mas ganhar, no seu Formulário Trinta e Um, um "reprovado" do seu examinador, ou seja, de mim. Que é justamente o que você está pedindo neste momento. Ora, filho, não vou deixar você nem fazer uma queda se aparecer com olhos vermelhos de falta de sono e músculos flácidos de passar o dia numa cadeira. A quarta possibilidade é que você se emende... caso em que eu poderia te dar uma chance de comandar um pelotão. Então, vamos supor que você faça isso, dê o maior espetáculo desde que Aquiles matou Heitor e eu te aprove. Apenas neste último caso você vai ter que terminar essas lições de matemática. Então, deixe isso pra viagem de volta.

"Está resolvido. Vou falar com a Capitã. A partir deste instante, você está dispensado do resto desses serviços. No caminho pra casa, pode passar o seu tempo com a matemática. Se voltarmos pra casa. Mas você não vai chegar a lugar nenhum se não aprender a pôr em primeiro lugar as coisas mais importantes. Vá pra cama!"

* * *

Uma semana depois, fizemos o encontro, saindo da propulsão e deslizando próximo da velocidade da luz, enquanto a esquadra trocava sinais. Recebemos instruções, o plano de batalha, nossa missão e nossas ordens, uma pilha de palavras tão longa quanto um romance... e nos mandaram não fazer a queda.

Ah, íamos fazer parte da operação, mas descendo como cavalheiros, confortavelmente sentados em veículos de recolha. Podíamos fazer isso porque a Federação já controlava a superfície: as Segunda, Terceira e Quinta Divisões da I. M. a tomaram... pagando à vista.

A propriedade descrita não parecia valer o preço. O Planeta P é menor que a Terra, com uma gravidade na superfície de 0,7. É, na maior parte, oceano e rochas, com um frio ártico, uma flora liquenácea e nenhuma fauna de interesse. Seu ar não é respirável por muito tempo, estando contaminado com óxido nitroso e ozônio demais. Seu único continente tem cerca de metade do tamanho da Austrália, mais um monte de ilhas sem valor. Devia precisar de tanta terraformação quanto Vênus, antes de podermos usá-lo.

No entanto, não estávamos comprando a propriedade para morar; fomos lá porque os insetos estavam lá... e eles estavam lá por nossa causa, segundo o Estado-Maior, que nos disse que o Planeta P era uma base avançada incompleta (prob. 87±6%) para ser usada contra nós.

Já que o planeta não era um prêmio, o jeito rotineiro de se livrar dessa base dos insetos seria a Marinha ficar a uma distância segura e tornar esse esferoide feioso inabitável tanto para homens como para insetos. Só que o Comandante em Chefe tinha outras ideias.

A operação era uma incursão. Parece incrível chamar de "incursão" uma batalha envolvendo centenas de naves e milhares de baixas, especialmente quando, no meio-tempo, a Marinha e um monte de outros soldados estavam mantendo as coisas agitadas por muitos anos-luz dentro do espaço dos insetos, de modo a impedi-los de reforçar o Planeta P.

O Comandante em Chefe, porém, não estava desperdiçando homens; esta incursão gigante podia decidir quem ia vencer a guerra, fosse no ano que vem ou daqui a trinta anos. Precisávamos saber mais sobre a psicologia dos insetos. Vamos ter que eliminar cada inseto da galáxia? Ou seria possível dar uma surra neles e impor a paz? Não sabíamos; nossa compreensão deles era tão limitada quanto a nossa compreensão dos cupins.

Para conhecer a psicologia deles, precisávamos nos comunicar com eles, compreender as suas motivações, descobrir por que lutavam e sob que condições desistiriam. Para isso, o Corpo de Guerra Psicológica precisava de prisioneiros.

Operários são fáceis de capturar, mas um operário dos insetos é pouco mais que uma máquina com vida. Guerreiros podem ser capturados se queimarmos fora membros o bastante para deixá-los sem ação... mas, sem um controlador, eles são quase tão idiotas quanto os operários. Com esses prisioneiros, nossos cientistas haviam aprendido coisas importantes: o desenvolvimento daquele gás oleoso que matava apenas os insetos veio da análise bioquímica de operários e guerreiros, e tínhamos conseguido outras armas novas a partir dessa pesquisa, mesmo no curto tempo desde que eu me tornei soldado. No entanto, para descobrir por que os insetos lutavam, precisávamos estudar os membros da sua casta de cérebros. Além disso, esperávamos trocar prisioneiros.

Até o momento, jamais havíamos capturado um inseto cérebro vivo. Tínhamos ou limpado suas colônias a partir da superfície, como em Sheol, ou (como aconteceu vezes demais) os atacantes haviam descido em seus buracos e não voltaram. Tínhamos perdido uma porção de homens corajosos dessa forma.

E perdido muitos mais por falha na recolha. Às vezes, uma unidade no solo tem as suas naves postas fora de combate no céu. O que acontece com essa unidade? Talvez morra até o último homem. O mais provável, porém, é que lutem até que a energia e a munição se esgotem, e então os sobreviventes são capturados tão facilmente quanto besouros virados de costas.

Por meio de nossos cobeligerantes, os magrelos, sabíamos que muitos soldados desaparecidos estavam vivos como prisioneiros. Tínhamos a esperança de que fossem milhares, e a certeza de centenas. A Inteligência acreditava que todos os prisioneiros eram levados para Klendathu: os insetos têm tanta curiosidade sobre a gente quanto nós sobre eles. Uma raça de indivíduos capaz de construir cidades, espaçonaves, exércitos deve ser até mais misteriosa para uma entidade coletiva do que uma entidade coletiva é para nós.

Fosse como fosse, queríamos aqueles prisioneiros de volta! Na lógica cruel do universo, isso pode ser uma fraqueza. Talvez alguma raça que não se dê ao trabalho de resgatar um indivíduo possa explorar esse traço humano para nos eliminar. Os magrelos tinham apenas um pouco dessa peculiaridade, e os insetos não pareciam tê-la de modo algum. Ninguém *jamais* testemunhou um inseto vindo em socorro de outro porque ele estava ferido; eles cooperam perfeitamente durante o combate, mas as unidades são abandonadas no instante em que deixam de ser úteis.

Nosso comportamento é diferente: com que frequência você vê uma manchete destas? DOIS MORREM TENTANDO SALVAR CRIANÇA QUE SE AFOGAVA. Quando alguém se perde nas montanhas, centenas de pessoas vão procurá-lo e muitas vezes morrem duas ou três. No entanto, da próxima vez que alguém se perde, aparece o mesmo tanto de voluntários.

Aritmética ruim... mas muito humana. Aparece em todo o nosso folclore, todas as religiões humanas, toda a nossa literatura, uma convicção racial de que, quando um humano precisa de socorro, os outros não devem pensar no preço.

Fraqueza? Pode ser que seja a força sem igual que nos leve a conquistar a galáxia.

Fraqueza ou força, os insetos não a têm; não havia perspectiva de trocar combatentes por combatentes.

Numa poliarquia de colmeia, porém, algumas castas são valiosas... ou assim nosso pessoal da guerra psicológica esperava. Se pudéssemos capturar insetos cérebros, vivos e intactos, podíamos ser capazes de negociar em bons termos.

E imagine se capturássemos uma rainha!

Qual seria o valor de troca de uma rainha? Um regimento de soldados? Ninguém sabia, mas o plano de batalha nos ordenava a capturar a "realeza" dos insetos, cérebros e rainhas, a qualquer custo, na aposta de que poderíamos trocá-los por seres humanos.

O terceiro propósito da Operação Realeza era desenvolver métodos: como ir lá embaixo, como fazê-los sair, como vencer sem usar armas totais. Soldado por guerreiro, podíamos derrotá-los acima do solo; nave por nave, nossa Marinha era melhor; mas, até o momento, não havíamos tido sorte quando tentamos descer em seus buracos.

Se falhássemos em trocar prisioneiros em quaisquer condições, então ainda teríamos que: (a) vencer a guerra, (b) fazer isso de um modo que nos desse uma chance de resgatar nossa gente, ou, podemos muito bem admitir, (c) morrer tentando e perder. O Planeta P era um teste de campo para determinar se podíamos aprender como arrancá-los do chão.

As instruções foram lidas para todos os homens e eles as ouviram de novo no sono, durante a preparação hipnótica. Por isso, ainda que todos soubéssemos que a Operação Realeza era o trabalho de base para um possível resgate de nossos companheiros, também sabíamos que o Planeta P não tinha prisioneiros humanos, pois nunca havia sido atacado. Dessa forma, não havia razão para cavar uma medalha numa esperança sem sentido de participar pessoalmente de um resgate. Era apenas outra caçada aos insetos, mas conduzida em massa e com novas técnicas. Íamos descascar aquele planeta igual a uma cebola, até *sabermos* que cada um dos insetos tinha sido desentocado.

A Marinha havia bombardeado as ilhas e a parte não ocupada do continente até essas áreas se tornarem vidro radioativo; podíamos enfrentar os insetos sem nos preocupar com a retaguarda. A Marinha também mantinha uma patrulha em órbitas polares apertadas sobre o planeta, nos protegendo, escoltando transportes, vigiando a superfície para ter certeza de que os insetos não iam sair por trás de nós, mesmo com aquele bombardeio.

Conforme o plano de batalha, as ordens para os Biltres de Blackie nos encarregavam de dar suporte à missão principal, quando ordenados ou quando a oportunidade se apresentasse, substituindo outra companhia numa área capturada, protegendo unidades das outras forças naquela área, mantendo contato com as demais unidades da I. M. à nossa volta... e esmagando qualquer inseto que botasse a cabeça feiosa pra fora.

* * *

Dessa forma, descemos em conforto, numa aterrissagem sem oposição. Conduzi o meu pelotão pra fora num passo rápido de armadura mecanizada. Blackie foi à frente, para encontrar o comandante da companhia que estávamos rendendo, apreender a situação e avaliar o terreno. Seguiu rumo ao horizonte que nem um coelho do mato assustado.

Fiz Cunha enviar os batedores de seu primeiro grupo de combate para localizar os cantos dianteiros da minha área de patrulha, e mandei o meu sargento de pelotão para a minha esquerda, a fim de fazer contato com uma patrulha do Quinto Regimento. Nós, do Terceiro Regimento, tínhamos que manter um quadriculado de quatrocentos e oitenta quilômetros de largura e cento e trinta de profundidade. O meu pedaço era um retângulo de sessenta e quatro quilômetros de profundidade por vinte e sete de largura, no canto dianteiro do flanco esquerdo extremo. Os Carcajus estavam por trás de nós, o pelotão do Tenente Khoroshen à direita e o Ferrugem depois dele.

Nosso Primeiro Regimento já havia rendido um regimento da Quinta Divisão à nossa frente, com uma sobreposição de "parede de tijolos" que os colocava tanto no meu canto como à minha frente. "À frente", "atrás", "direita" e "esquerda" se referiam à orientação de indicadores de posição inerciais em cada traje de comando, configurados para se encaixar no quadriculado do plano de batalha. Não tínhamos uma frente verdadeira, apenas uma área, e o único combate no momento estava acontecendo a várias centenas de quilômetros dali, às nossas direita e retaguarda arbitrárias.

Em algum lugar naquela direção, provavelmente a trezentos quilômetros, estava o Segundo Pelotão da Companhia G do Segundo Batalhão do Terceiro Regimento, mais conhecido como "os Rudes".

Ou os Rudes podiam estar a quarenta anos-luz de distância. A organização tática nunca coincide com o Quadro Organizacional. Tudo o que eu conhecia do plano era que algo chamado "Segundo Batalhão" estava em nosso flanco direito depois dos rapazes da *Praia da Normandia*, mas aquele batalhão podia ter sido emprestado de outra divisão. O Marechal Sideral joga seu xadrez sem consultar as peças.

De qualquer modo, eu não devia estar pensando nos Rudes: já tinha tudo de que podia dar conta como um Biltre. Meu pelotão estava bem, por enquanto, tão seguro quanto se pode estar num planeta hostil, mas eu tinha muito a fazer antes que a primeira esquadra de Cunha alcançasse o canto mais afastado. Eu precisava:

1. Localizar o comandante do pelotão que estava mantendo a minha área até agora.
2. Estabelecer cantos e identificá-los para os comandantes de GC e de esquadra.
3. Fazer contato de ligação com oito comandantes de pelotão em meus lados e cantos, cinco dos quais já deviam estar em posição (os do Quinto e do Primeiro Regimentos), e três (Khoroshen, dos Biltres, mais Bayonne e Sukarno, dos Carcajus) que estavam agora assumindo posição.
4. Espalhar meus próprios rapazes para suas posições iniciais, tão rápido quanto possível e pelas rotas mais curtas.

O último tinha de ser feito primeiro, já que a coluna aberta em que desembarcamos não faria isso. A última esquadra de Brumby precisava se dispor no flanco esquerdo; a primeira esquadra de Cunha precisava se espalhar desde direto em frente até obliquamente à esquerda; as outras quatro esquadras deviam se espalhar entre as duas.

Essa é uma disposição retangular padrão, e tínhamos simulado como alcançá-la rapidamente na sala de queda. Usando o circuito dos praças graduados, gritei:

– Cunha! Brumby! Hora de espalhar os homens.

– Grupo um, recebido e entendido!

– Grupo dois, recebido e entendido!

– Comandantes de grupo, assumam… e previnam cada um dos recrutas. Vocês vão passar por um monte de Querubins. Não quero que atirem neles por engano!

Fiz o movimento de morder pra baixo, para acessar o meu circuito privado, e disse:

– Sarja, fez contato na esquerda?

– Sim, senhor. Eles me veem, eles veem o senhor.

– Ótimo. Não vejo um rádio-farol em nosso canto de referência...

– Faltando.

– ...então oriente o Cunha pelo traçador. O mesmo para o líder dos batedores. É o Hughes. E mande o Hughes instalar um novo rádio-farol.

Eu me perguntei por que o Terceiro ou o Quinto não haviam substituído aquele rádio-farol de referência, no meu canto à frente e à esquerda, onde os três regimentos se encontravam.

Não adiantava ficar falando. Continuei:

– Verificação do indicador de posição. Você está na direção: dois, sete, cinco; quilômetros: dezenove.

– Senhor, o inverso é nove, seis; quilômetros: quase dezenove.

– Próximo o bastante. Ainda não achei meu correspondente, então estou me afastando pra frente, na máxima. Tome conta da loja.

– Pode deixar, Sr. Rico.

Avancei à velocidade máxima, enquanto clicava para o circuito dos oficiais:

– Quadrado Preto Um, responda. Preto Um, Querubins de Qang, estão me recebendo? Respondam.

Eu queria falar com o comandante do pelotão que estávamos rendendo... e não era pra nenhuma formalidade de "assumindo o comando, senhor": queria uma conversa sem firulas.

Não gostava do que tinha visto.

Ou os chefões tinham sido otimistas em acreditar que havíamos montado uma força descomunal contra uma base pequena e ainda incompleta dos insetos... ou os Biltres tinham sido premiados com o lugar onde a casa caiu. Nos poucos momentos desde que saíra do veículo, tinha identificado meia dúzia de trajes blindados no chão... vazios, eu esperava, possivelmente com homens mortos, mas, de qualquer forma, mais que demais.

Além disso, minha tela do radar tático mostrava um pelotão completo (o meu) se colocando em posição, mas apenas uns poucos retornando para a recolha ou ainda em seus postos. Também não podia ver nenhuma sistemática em seus movimentos.

Eu era responsável por mais de 1.700 quilômetros quadrados de terreno hostil, e queria demais descobrir tudo o que pudesse, *antes* que as minhas esquadras se aprofundassem nele. O plano de batalha havia ordenado uma nova doutrina tática que me deixou apreensivo: não fechar os túneis dos insetos. Blackie havia nos explicado isso como se tivesse sido uma ideia genial dele mesmo, mas duvido que gostasse dela.

A estratégia era simples e, suponho, lógica... se pudéssemos sustentar as perdas: deixar os insetos saírem, ir ao encontro deles e matá-los na superfície, deixar que eles continuassem saindo, não jogar bombas nos buracos, não jogar gás nos buracos... deixar que eles saíssem. Depois de um tempo... um dia, dois dias, uma semana... se realmente tivéssemos uma força descomunal, iam parar de sair. O Estado-Maior de Planejamento estimou (não me pergunte como!) que os insetos iam gastar de setenta a noventa por cento de seus guerreiros antes que parassem de tentar nos expulsar da superfície.

Então, nós começaríamos a descascar, matando os guerreiros sobreviventes, à medida que descíamos, e tentando capturar a "realeza" viva. Sabíamos qual a aparência da casta dos cérebros; tínhamos visto eles mortos (em fotos) e sabíamos que não podiam correr: pernas pouco funcionais, corpos inchados que eram quase só sistema nervoso. As rainhas, nenhum humano tinha visto, mas a Unidade de Guerra Biológica havia preparado desenhos de como elas deviam ser: monstros repulsivos, maiores que um cavalo e completamente imóveis.

Além de cérebros e rainhas, podia haver outras castas da "realeza". Fosse como fosse, incite seus guerreiros a sair e morrer, então capture com vida qualquer coisa que não seja um guerreiro ou operário.

Um plano necessário e muito bonito, no papel. O que esse plano significava pra mim era que eu tinha uma área de vinte e sete por sessenta e quatro quilômetros que podia estar crivada de buracos destampados dos insetos. Queria coordenadas de cada um deles.

Se houvesse demais... bem, eu podia acidentalmente tampar uns poucos e deixar os meus rapazes se concentrarem em vigiar o resto. Um soldado num traje de assalto pode cobrir bastante terreno, mas pode olhar apenas pra uma coisa de cada vez; ele não é um super-homem.

Quiquei vários quilômetros à frente da primeira esquadra, ainda chamando o comandante de pelotão dos Querubins, de vez em quando chamando *qualquer* oficial dos Querubins e descrevendo o padrão do meu rádio-farol (traço, ponto, traço, traço).

Ninguém respondia...

Por fim, consegui uma resposta, do meu chefe:

– Johnnie! Pare com o barulho. Fale comigo no circuito de conferência.

Assim fiz, e Blackie me disse secamente para desistir de tentar achar o comandante dos Querubins para o Quadrado Preto Um; não havia comandante nenhum. Ah, podia haver um graduado vivo em algum lugar, mas a cadeia de comando tinha se quebrado.

Pelo livro, alguém sempre sobe de posto. No entanto, *acontece*, quando muitos elos são quebrados. Como o Coronel Nielssen havia me prevenido, num passado distante... quase um mês atrás.

O Capitão Qang havia entrado em ação com três oficiais além dele; só restava um agora (meu colega de classe, Abe Moise) e Blackie estava tentando descobrir, por meio dele, o que havia acontecido. Abe não foi de muita ajuda. Quando me juntei à conferência e me identifiquei, Abe pensou que eu era seu comandante de batalhão e fez um relatório tão preciso a ponto de quase partir o coração, especialmente porque não fazia sentido nenhum.

Blackie interrompeu e me disse para assumir.

– Esqueça o relatório de rendição. A situação é o que você vir que é... Então, mexa-se por aí e *veja*.

– Certo, Chefe!

Eu cortei através de minha própria área, na direção do canto oposto, o canto de referência, tão rápido quanto podia, chaveando circuitos na minha primeira quicada:

– Sarja! Como ficou aquele rádio-farol?

– Não tem onde pôr um rádio-farol naquele canto, senhor. Tem uma cratera recente lá, escala seis.

Assobiei pra mim mesmo. Você podia colocar a *Tours* dentro de uma cratera tamanho seis. Um dos truques que os insetos usavam contra nós, quando estávamos duelando, nós na superfície, eles abaixo dela, eram as minas terrestres. (Pareciam nunca usar mísseis, exceto a partir de naves no espaço.) Se você estivesse próximo do local, o choque do solo te pegaria; se estivesse no ar quando uma explodisse, a onda de choque podia revirar os seus giroscópios e botar o seu traje fora de controle.

Nunca tinha visto uma cratera maior que a escala quatro. A teoria era que eles não se arriscavam a usar explosões grandes demais, por causa dos danos a seu hábitat troglodita, mesmo que o reforçassem.

– Ponha um rádio-farol descentrado – ordenei. – Avise aos comandantes de grupo e de esquadra.

– Já pus, senhor. Direção: um, um, zero; quilômetros: dois ponto um. Traço, ponto, ponto. Já deve ser capaz de vê-lo, na direção cerca de três, três, cinco de onde está. – Ele soava tão calmo quanto um sargento instrutor num exercício, e eu me perguntei se estava deixando minha voz ficar estridente.

Encontrei-o na minha tela, acima da minha sobrancelha esquerda: um longo e dois curtos.

– O.k. Vejo que a primeira esquadra do Cunha está quase em posição. Desmembre essa esquadra e a coloque patrulhando a cratera. Iguale as áreas. O Brumby vai ter que pegar mais seis quilômetros de profundidade.

Pensei, aborrecido, que cada homem já tinha que patrulhar trinta e seis quilômetros quadrados; espalhar a manteiga tão fina assim queria dizer quarenta e quatro quilômetros quadrados por homem… e um inseto pode sair por um buraco de menos de um metro e meio.

Acrescentei:

– A cratera está muito "quente"?

– Âmbar-vermelho na borda. Não entrei nela, senhor.

– Fique fora dela. Vou dar uma olhada depois. – Âmbar-vermelho mataria um homem desprotegido, mas um soldado na armadura pode aguentar por um bom tempo. Se havia aquele tanto de radiação na borda, o fundo ia sem dúvida fritar seus olhos. – Diga ao Naidi para trazer o Malan e o Bjork de volta para a zona âmbar, e pra eles instalarem ausculadores de solo.

Dois dos meus cinco recrutas estavam naquela esquadra… e recrutas são que nem cachorrinhos: metem o nariz nas coisas.

– Diz pro Naidi que estou interessado em duas coisas: movimento dentro da cratera... e ruídos no chão, em volta dela. – A gente não mandaria soldados através de um buraco tão radioativo que a mera passagem os mataria, mas os insetos fariam isso, se pudessem nos pegar desse jeito. – Mande o Naidi me informar. Eu e você, quero dizer.

– Sim, senhor. – Meu sargento de pelotão acrescentou: – Posso dar uma sugestão?

– Claro. E não pare pra pedir permissão da próxima vez.

– O Navarre pode tomar conta do resto do primeiro grupo. O Sargento Cunha poderia ficar com a esquadra na cratera e deixar o Naidi livre pra supervisionar a escuta do solo.

Eu sabia o que ele estava pensando. Naidi era cabo há tão pouco tempo que nunca havia comandado uma esquadra em terra. Não era bem o homem certo para cobrir o que parecia ser o ponto de maior perigo no Quadrado Preto Um. O sargento queria trazer Naidi de volta, pela mesma razão que eu fiz isso com os recrutas.

Eu me perguntei se ele sabia o que eu estava pensando. Aquele "quebra-nozes"... Ele estava usando o mesmo traje que usava como assessor de Blackie no batalhão, e tinha um circuito a mais que eu: um circuito privado com o Capitão Blackstone.

Blackie provavelmente estava conectado e escutando por esse circuito extra. Estava na cara que o meu sargento não concordava com o meu posicionamento do pelotão. Caso eu não aceitasse o seu conselho, a próxima coisa que ouvisse podia ser a voz de Blackie, interrompendo: "Sargento, assuma. Sr. Rico, considere-se rendido".

Mas... Que droga! Um cabo que não tinha permissão para dirigir a sua esquadra não era um cabo... e um comandante de pelotão que era apenas um boneco de ventríloquo para o seu sargento era um traje vazio!

Não fiquei remoendo isso. Pensei rápido e respondi na mesma hora:

– Não posso desperdiçar um cabo pra ser babá de dois recrutas. Nem um sargento pra se encarregar de quatro soldados e um segundo cabo.

– Mas...

– Espera. Quero o sentinela da cratera rendido a cada hora. Quero que nossa primeira patrulha de varredura seja rápida. Os comandantes de esquadra vão informar sobre qualquer buraco encontrado e dar as posições deles, pra que os comandantes de grupo, o sargento de pelotão e o comandante do pelotão possam checá-los à medida que cheguem neles. Se não forem muitos, vamos colocar um vigia em cada um deles. Vou decidir depois.

– Sim, senhor.

– Na segunda volta, quero uma patrulha lenta, tão apertada quanto possível, para pegar os buracos que não vimos na primeira varredura. Os subcomandantes de esquadra vão usar os visores nessa passagem. Os comandantes de esquadra vão pegar a posição de qualquer soldado, ou traje, no chão. Os Querubins podem ter deixado algum ferido vivo. Mas ninguém vai parar nem pra checar o estado físico até que eu ordene. Temos que saber a situação dos insetos primeiro.

– Sim, senhor.

– Sugestões?

– Só uma – ele respondeu. – Acho que os subcomandantes de esquadra deviam usar os visores naquela primeira passagem rápida.

– Muito bem, faça assim. – A sugestão dele fazia sentido, já que a temperatura do ar na superfície era muito abaixo da que os insetos usam em seus túneis; uma saída de ar camuflada devia aparecer que nem um gêiser na visão infravermelha. Olhei para a minha tela. – Os rapazes do Cunha estão quase no limite. Comece a sua parada.

– Muito bem, senhor!

– Desligo.

Cliquei para o circuito amplo e prossegui para a cratera, escutando todo mundo de uma vez, enquanto o meu sargento de pelotão revisava o pré-plano: cortando fora uma esquadra, mandando-a para a cratera, colocando o resto do primeiro grupo numa contramarcha de duas esquadras, enquanto mantinha o segundo grupo numa varredura rotacional, como planejado, mas com seis quilômetros a mais de profundidade; ele deu ordem para os grupos se mexerem, largou-os e pegou a primeira esquadra quando ela chegava à cratera no canto de referência; deu a ela as instruções; cortou de volta para os comandantes de grupo com tempo o bastante para lhes dar as novas posições de rádio-farol nas quais iam manobrar.

Fez isso com a precisão elegante de um tambor-mor numa parada e o fez mais rápido e com menos palavras do que eu teria feito. Um procedimento de formação aberta, com trajes mecanizados, com um pelotão espalhado por muitos quilômetros de terreno, é muito mais difícil do que marchar emproado numa parada... mesmo assim, precisa ser exato, ou você vai explodir a cabeça do seu companheiro durante o combate... ou, neste caso, varrer parte do terreno duas vezes e deixar escapar a outra parte.

Mas o coordenador tem apenas uma tela de radar da sua formação; pode ver com os próprios olhos apenas os homens mais próximos. Enquanto escutava, eu observava em minha própria tela: vaga-lumes rastejando sobre meu rosto em linhas precisas. "Rastejando" porque mesmo sessenta e cinco quilômetros por hora é um lento rastejar quando você comprime uma formação de trinta quilômetros de largura numa tela que um homem possa ver.

Estava escutando todo mundo ao mesmo tempo, pois queria ouvir a conversa dentro das esquadras.

Não havia nenhuma. Cunha e Brumby deram seus comandos secundários e se calaram. Os cabos falavam apenas quando precisavam mudar algo nas esquadras; os subcomandantes de GC e de esquadra faziam correções ocasionais de intervalo ou alinhamento, e os soldados rasos não diziam absolutamente nada.

Eu ouvia a respiração de cinquenta homens como se fosse o som mudo das ondas, quebrado apenas por ordens necessárias, dadas com o mínimo possível de palavras. Blackie tinha razão: recebi o pelotão "afinado que nem um violino".

Eles não precisavam de *mim*! Podia ir pra casa e meu pelotão ficaria tão bem quanto comigo.

Quem sabe, até melhor...

Não tinha certeza se havia feito o certo ao me recusar a tirar Cunha da guarda da cratera. Se aparecesse algum problema ali e aqueles rapazes não pudessem ser alcançados a tempo, a desculpa de que eu tinha feito isso "pelo livro" era inútil. Se você morre, ou deixa alguém morrer, "pelo livro" é tão definitivo quanto de qualquer outro jeito.

Será que os Rudes tinham uma vaga de terceiro sargento aberta?

*   *   *

A maior parte do Quadrado Preto Um era tão plana quanto a pradaria em torno do Acampamento Currie, além de muito mais estéril. Eu dava graças por isso, já que era nossa única chance de ver um inseto saindo de baixo e pegá-lo primeiro. Estávamos espalhados por uma área tão ampla, que intervalos de mais de seis quilômetros entre os homens e de uns seis minutos entre as passagens da varredura rápida eram a patrulha mais apertada que podíamos fazer. Não era apertado o bastante; qualquer lugar podia ficar fora de observação por, pelo menos, três ou quatro minutos entre as passagens... e um monte de insetos consegue sair de um buraco de nada em três ou quatro minutos.

O radar pode ver mais longe que o olho, claro, mas não com a mesma precisão.

Para piorar, não nos atrevíamos a usar nada além de armas seletivas de curto alcance: nossos próprios companheiros estavam espalhados ao redor, em todas as direções. Se um inseto pipocasse e você mandasse ver com algo letal, era certo que não muito adiante desse inseto haveria um soldado; isso limitava bastante o alcance e a força do terror que você se atrevia a usar. Nessa operação, apenas oficiais e sargentos de pelotão estavam armados com foguetes e, mesmo assim, não esperávamos usá-los. Se um foguete não consegue achar o seu alvo, tem o desagradável hábito de continuar a busca até encontrar um... e não consegue distinguir amigo de inimigo: o cérebro que pode ser enfiado num foguetinho desses não é lá muito inteligente.

Eu teria alegremente trocado aquela patrulha de área, com milhares de homens da i. m. à nossa volta, por um simples ataque de um pelotão, no qual você sabe onde a sua própria gente está e o resto é um alvo inimigo.

Não perdi tempo me lamentando; nem por um momento parei de quicar na direção daquela cratera no canto de referência, ao mesmo tempo que ficava de olho no chão e tentava ficar de olho também no radar. Não encontrei nenhum buraco dos insetos, mas pulei sobre um riacho seco, quase um cânion, que podia esconder um bocado deles. Não parei para ver; apenas passei as coordenadas para o meu sargento de pelotão, com instruções para que mandasse alguém dar uma olhada.

A cratera era até maior do que eu havia imaginado: a *Tours* teria se perdido dentro dela. Mudei o meu contador de radiação para cascata direcional, fiz leituras do fundo e das laterais: de vermelho até múltiplos de vermelho, saindo da escala. Muito insalubre para uma longa exposição, mesmo para um homem de armadura. Com o telêmetro do capacete, estimei a largura e a profundidade, então rondei em volta, tentando achar bocas de túneis.

Não achei nenhuma, mas esbarrei com guardas da cratera colocados por outros pelotões, do Quinto e do Primeiro Regimentos. Assim, arranjei para dividir a vigilância por setores, de modo que os sentinelas combinados pudessem gritar por socorro aos três pelotões, a intermediação disso sendo feita pelo Primeiro Tenente do Campo, dos "Caçadores de Cabeças", à nossa esquerda. Então, peguei o segundo cabo de Naidi e metade de sua esquadra (inclusive os recrutas), e os mandei de volta ao pelotão, relatando tudo isso ao meu chefe e ao meu sargento de pelotão.

– Capitão – eu disse a Blackie –, não estamos pegando nenhuma vibração no solo. Vou entrar na cratera e procurar buracos. As leituras mostram que não vou tomar uma dosagem muito grande se eu…

– Meu jovem, fique longe dessa cratera.

– Mas, Capitão, eu só queria…

– Quieto. Você não vai descobrir nada de útil. Fique fora.

– Sim, senhor.

As nove horas seguintes foram um tédio. Havíamos sido pré-condicionados para quarenta horas de serviço (duas revoluções do Planeta P) por meio de sono forçado, nível elevado de açúcar no sangue e doutrinação hipnótica. E, é claro, os trajes são autossuficientes para necessidades pessoais. Eles não aguentam tanto tempo, mas cada homem estava carregando unidades de força extra e supercartuchos de ar a alta pressão, para a recarga. No entanto, uma patrulha sem ação é maçante, e a gente se distrai fácil.

Fiz tudo em que pude pensar, colocando Cunha e Brumby se alternando como sargentos de coordenação (deixando, assim, o comandante e o sargento do pelotão livres para andar por tudo lá). Dei ordens para que as varreduras fossem repetidas em padrões preparados para que cada homem sempre examinasse terreno que fosse novo para ele. Quando se combinam as combinações, há inúmeros padrões para se cobrir uma área dada. Além disso, consultei o meu sargento de pelotão e anunciei pontos extras na competição de esquadra de honra para o primeiro buraco encontrado, o primeiro inseto destruído etc. Truques de campo de treinamento, mas quando ficar alerta significa ficar vivo, vale qualquer coisa para evitar a monotonia.

Acabamos recebendo a visita de uma unidade especial, com três engenheiros de combate em um aerocarro de uso geral, escoltando um talento: um sensitivo espacial. Blackie tinha me deixado de sobreaviso para a visita:

– Proteja essa unidade e providencie o que eles quiserem.

– Sim, senhor. Do que eles vão precisar?

– Como vou saber? Se o Major Landry quiser que você tire a pele e dance com os ossos de fora, obedeça!

– Sim, senhor. Major Landry.

Passei adiante e preparei guarda-costas divididos em áreas. Então, fui ao encontro deles quando pousaram, porque estava curioso: nunca tinha visto um talento especial trabalhando. Eles pousaram no meu lado direito e desembarcaram. O Major Landry e dois oficiais usavam armaduras e lança-chamas manuais, mas o talento não tinha nem armadura nem armas, apenas uma máscara de oxigênio. Estava vestido num velho uniforme de serviço sem insígnia e parecia tremendamente entediado com tudo. Não nos apresentaram. Parecia um garoto de dezesseis anos... até que cheguei perto e vi um emaranhado de rugas em volta dos olhos cansados.

Assim que ele saiu, tirou fora a máscara de oxigênio. Eu fiquei horrorizado e falei com o Major Landry, capacete a capacete, sem rádio.

– Major... o ar por aqui está "quente". Além disso, fomos avisados de...

– Quieto – disse o Major. – Ele já sabe.

Fiquei calado. O talento caminhou um pouco, virou-se e puxou o lábio inferior. Seus olhos estavam fechados e parecia estar perdido em pensamentos.

Ele os abriu e disse, irritado:

– Como é que alguém pode trabalhar com toda essa gente idiota pulando pra cima e pra baixo?

O Major Landry disse, ríspido:

– Bote o seu pessoal no chão.

Engoli em seco e ia começar a argumentar... então cortei para o circuito geral:

– Primeiro Pelotão dos Biltres! *Pro chão e congelar!*

É um mérito do Tenente Silva que tudo o que ouvi foi um eco duplo da minha ordem, à medida que era repassada até o nível de esquadra. Perguntei:

– Major, posso deixar os homens se moverem no chão?

– Não. E cale-se.

Dali a pouco, o sensitivo voltou ao carro, recolocando a máscara. Não havia espaço pra mim, mas me deixaram (ordenaram, na verdade) agarrar nele e ser rebocado; nós nos deslocamos uns três quilômetros. De novo, o sensitivo tirou a máscara e andou por ali. Desta vez, falou com um dos engenheiros de combate, que ficou concordando e desenhando numa prancheta.

A unidade de missão especial pousou umas doze vezes em minha área, cada vez seguindo a mesma rotina aparentemente sem sentido. Depois, foram para o quadriculado do Quinto Regimento. Logo antes de irem embora, o oficial que ficou rascunhando puxou uma folha do fundo de sua caixa de rascunhos e me entregou.

– Aqui está a sua parte do mapa. Essa faixa vermelha larga é a única avenida dos insetos na sua área. Está a uns trezentos metros de profundidade, no ponto em que entra na sua área, mas vai sempre subindo em direção à sua retaguarda esquerda e sai dela a menos de cento e cinquenta. A rede em azul-claro que se junta a ela é uma grande colônia dos insetos; marquei os únicos lugares em que ela chega a menos de trinta metros da superfície. Você pode colocar alguns auscultadores ali, até a gente poder ir lá e cuidar disso.

Fiquei olhando para o mapa.

– Esse mapa é confiável?

O oficial engenheiro deu uma olhada para o sensitivo, e então me disse bem baixinho:

– É claro que é, seu idiota! O que está tentando fazer? Deixar ele nervoso?

Eles se foram, enquanto eu examinava o mapa. O engenheiro desenhista havia feito um esboço duplo e a caixa os tinha combinado numa imagem estéreo dos primeiros trezentos metros debaixo da superfície. Eu estava tão estupefato que precisei ser lembrado de tirar o pelotão do "congelar". Então, retirei os auscultadores da cratera, peguei dois homens de cada esquadra e lhes dei as coordenadas daquele mapa infernal, para que escutassem ao longo da estrada dos insetos e sobre a cidade.

Informei Blackie e ele me interrompeu quando comecei a descrever os túneis dos insetos por coordenadas:

– O Major Landry já me transmitiu uma cópia. É só me dar as coordenadas dos seus postos de escuta.

Assim fiz. Ele disse:

– Não está mau, Johnnie. Mas também não está exatamente como eu quero. Você pôs mais auscultadores do que precisa sobre os túneis mapeados. Ponha quatro deles ao longo daquela pista de corrida dos insetos, mais quatro num losango em volta da cidade. Isso te deixa com quatro sobrando. Ponha um no triângulo formado entre o seu canto direito da retaguarda e o túnel principal; os outros três, na área maior do outro lado do túnel.

– Sim, senhor. – Acrescentei: – Capitão, podemos nos fiar neste mapa?

– O que te incomoda?

– Bem... é que parece magia. Hã, magia negra.

– Ah. Olhe, filho, tenho uma mensagem especial do Marechal Sideral pra você. Ele disse pra te falar que esse mapa é oficial... e que ele vai se preocupar com todo o resto, de modo que você possa dedicar todo o seu tempo ao seu pelotão. Está me entendendo?

– Hã, sim, Capitão.

– Mas os insetos conseguem escavar bem rápido, então dê atenção especial aos postos de escuta *fora* da área dos túneis. Qualquer barulho nesses quatro postos externos, mais alto que o rugido de uma borboleta, é pra ser informado imediatamente, não importa a sua natureza.

– Sim, senhor.

– No caso de você nunca ter ouvido, quando eles cavam, fazem um ruído que nem o de toucinho fritando. Pare com as varreduras da sua patrulha. Coloque um homem na observação visual da cratera. Deixe metade do pelotão dormir por duas horas, enquanto a outra metade forma pares para se revezar escutando.

– Sim, senhor.

– Você pode ver mais alguns engenheiros de combate. Aqui está o plano revisado. Uma companhia de sapadores vai explodir e tapar aquele túnel principal no ponto em que ele chega mais perto da superfície: talvez no seu flanco esquerdo, talvez depois, no território dos "Caçadores de Cabeças". Ao mesmo tempo, outra companhia de engenheiros vai fazer o mesmo no lugar onde aquele túnel se bifurca, uns cinquenta quilômetros à sua direita, no campo do Primeiro Regimento. Quando os tampões estiverem em posição, um bom pedaço da rua principal deles e uma colônia grandinha vão ficar isolados. Enquanto isso, o mesmo tipo de coisa vai acontecer num bocado de outros lugares. Depois disso... vamos ver. Ou os insetos saem pra superfície e temos uma batalha campal, ou ficam sentadinhos bem onde estão e a gente desce atrás deles, um setor de cada vez.

– Entendo.

Não tinha certeza de que entendia mesmo, mas entendia a minha parte: rearranjar meus postos de escuta e deixar metade do meu pelotão dormir. E aí uma caçada aos insetos... na superfície, se tivéssemos sorte, debaixo dela, se fosse preciso.

– Mande o seu flanco estabelecer contato com a companhia de sapadores, quando ela chegar. Forneça ajuda, se eles quiserem.

– Certo, Capitão! – concordei, com entusiasmo.

Os engenheiros de combate são uma unidade quase tão

boa quanto a infantaria; é um prazer trabalhar com eles. Num aperto, eles lutam, talvez não com tanta perícia, mas bravamente. Ou iam em frente com seu trabalho, sem sequer levantar a cabeça, enquanto a batalha rugia em torno. Eles têm um lema não oficial, muito cínico e muito antigo: "Primeiro nós as cavamos, depois morremos nelas", além do seu lema oficial: "Podemos fazer!" Os dois lemas são a verdade literal.

– Mãos à obra, filho.

Doze postos de escuta significavam que eu podia colocar meia esquadra em cada posto, com um cabo ou seu assistente, mais três soldados rasos, e então deixar dois, de cada grupo de quatro, dormindo, enquanto os outros dois se revezavam na escuta. Navarre e o outro subcomandante de grupo de combate podiam vigiar a cratera e dormir, um por vez, enquanto os sargentos de GC podiam se revezar tomando conta do pelotão. O rearranjo não levou mais de dez minutos, depois de eu ter explicado o plano e dado as coordenadas aos sargentos, pois ninguém precisou se deslocar muito. Avisei a todo mundo pra ficar de olhos abertos para uma companhia de engenheiros. Tão logo cada grupo informou que seus postos de escuta estavam em operação, cliquei para o circuito amplo:

– Números ímpares! Deitar e preparar para dormir... Um... dois... três... quatro... cinco... dormir!

Um traje não é uma cama, mas serve. Uma boa coisa sobre a preparação hipnótica para o combate é que, no improvável evento de uma chance de descanso, um homem pode ser posto para dormir instantaneamente por um comando pós-hipnótico acionado por alguém que não seja um hipnotizador... e despertado com a mesma rapidez, alerta e pronto para lutar. É algo que salva vidas, porque um homem pode ficar tão exausto em combate a ponto de atirar em coisas que não estão lá, e não conseguir ver aquilo contra o que devia estar lutando.

Eu, porém, não tinha intenção de dormir. Não havia recebido ordens para isso... e nem havia pedido. A simples ideia de dormir, quando sabia que talvez muitos milhares de insetos estivessem apenas a dezenas de metros de mim, fazia o meu estômago pular. Quem sabe aquele sensitivo fosse infalível, quem sabe os insetos não pudessem nos alcançar sem alertar nossos postos de escuta.

Quem sabe... Mas eu não queria arriscar.

Cliquei para o meu circuito privado.

– Sarja...

– Sim, senhor?

– Também pode tirar uma soneca. Vou ficar de guarda. Deitar e preparar para dormir... um... dois...

– Desculpe-me, senhor. Tenho uma sugestão.

– Sim?

– Se entendi o plano revisado, não se espera nenhuma ação nas próximas quatro horas. O senhor poderia dormir agora e aí...

– Esqueça isso, Sarja! Não vou dormir. Vou fazer a ronda dos postos de escuta e ficar de olho naquela companhia de sapadores.

– Muito bem, senhor.

– Vou checar o número três enquanto estou aqui. Você fica aí com o Brumby e descansa um pouco, enquanto eu...

– *Johnnie!*

Eu me interrompi.

– Sim, Capitão? – Será que o Velho estava escutando a conversa?

– Todos os postos estão instalados?

– Sim, Capitão, e os números ímpares estão dormindo. Estou para inspecionar cada um dos postos. Depois...

– Deixe o seu sargento fazer isso. Quero que você descanse.

– Mas, Capitão…

– Deitar. Esta é uma ordem direta. Preparar para dormir… um… dois… três… *Johnnie!*

– Capitão, com a sua permissão, eu gostaria de inspecionar os meus postos primeiro. Depois, vou descansar, se o senhor insiste, mas eu preferia ficar acordado. Eu…

Blackie soltou uma gargalhada no meu ouvido.

– Olhe, filho, você dormiu por uma hora e dez minutos.

– *Senhor?*

– Olhe a hora. – Eu o fiz… e me senti um idiota. – Está bem acordado, filho?

– Sim, senhor. Acho que sim.

– As coisas se precipitaram. Chame os números ímpares e coloque os pares pra dormir. Com sorte, vão ter uma hora. Faça a troca, inspecione os seus postos e me chame de volta.

Fiz isso e comecei a minha ronda sem trocar uma palavra com o meu sargento de pelotão. Estava chateado tanto com ele como com Blackie. Com meu comandante de companhia, por ter me colocado pra dormir contra a minha vontade. E, quanto ao meu sargento de pelotão, eu desconfiava que isso não teria acontecido se ele não fosse o chefe de verdade e eu apenas uma figura decorativa.

No entanto, após ter verificado os postos três e um (nada de sons de nenhum tipo, ambos estavam adiante da área dos insetos), esfriei a cabeça. Afinal, era bobagem culpar um sargento, mesmo um sargento de esquadra naval, por algo que um capitão fez.

– Sarja…

– Sim, Sr. Rico?

– Quer tirar uma soneca com os números pares? Eu te acordo um minuto ou dois antes deles.

Ele hesitou um pouco.

– Senhor, eu gostaria de inspecionar eu mesmo os postos de escuta.

– Já não fez isso?

– Não, senhor. Passei a última hora dormindo.

– *Hã?*

Ele parecia constrangido.

– O Capitão me deu ordens pra descansar. Pôs o Brumby temporariamente no comando e me colocou pra dormir logo depois de ter rendido o senhor.

Comecei a responder, mas então não consegui deixar de rir.

– Sarja? Vamos os dois achar algum canto e voltar a dormir. Estamos perdendo o nosso tempo; o Capitão Blackie está dirigindo o pelotão.

– Já percebi, senhor – ele respondeu, formal –, que o Capitão Blackstone sempre tem um motivo pra tudo o que faz.

Concordei com a cabeça, pensativo, esquecendo que estava a quinze quilômetros do meu ouvinte.

– Sim. Você está certo, ele sempre tem um motivo. Hum… Já que ele nos colocou, os dois, pra dormir, deve nos querer acordados e alertas agora.

– Creio que seja verdade.

– Hum… alguma ideia de por quê?

Ele demorou um pouco para responder.

– Sr. Rico – ele disse, lentamente –, se o Capitão soubesse, ia nos contar; nunca soube de ele segurar informações. Só que, às vezes, ele faz coisas de um determinado jeito, sem ser capaz de explicar a razão. Os palpites do Capitão… bem, eles ganharam o meu respeito.

– É mesmo? Os comandantes de esquadra são todos números pares; estão dormindo.

– Sim, senhor.

— Alerte o subcomandante de cada esquadra. Não vamos acordar ninguém... mas, quando acordarmos, os segundos podem ser importantes.

— É pra já.

Verifiquei o posto que faltava adiante e, em seguida, cobri os quatro postos que enquadravam a colônia dos insetos, plugando meus fones em paralelo com os dos auscultadores. Precisei me forçar a escutar, pois você podia *ouvi-los*, bem ali embaixo, chilreando uns com os outros. Minha vontade era sair correndo, e mal conseguia não deixar transparecer.

Fiquei pensando se aquele "talento especial" não era nada mais que um homem com uma audição incrivelmente boa.

Bem, não importava como havia conseguido, os insetos estavam onde ele disse que estariam. Lá na E. F. O., tínhamos recebido demonstrações de sons gravados dos insetos; estes quatro postos estavam captando os sons de ninho típicos de uma grande colônia deles, aquele chilrear que podia ser a fala dos insetos (mas pra quê precisariam falar se eram todos controlados a distância pela casta dos cérebros?), um farfalhar igual ao de gravetos e folhas secas, além de um ranger agudo, de fundo, que sempre ouvimos em uma colônia e que tinha de ser maquinaria... quem sabe o ar-condicionado deles.

Nada do silvo cheio de estalidos que fazem quando estão escavando rochas.

Os sons ao longo da avenida dos insetos eram diferentes dos sons da colônia: um ronco grave de fundo, que aumentava até um rugido de tempos em tempos, como se fosse a passagem de tráfego pesado. Escutei no posto número cinco, e aí tive uma ideia, que testei mandando o homem de prontidão em cada um dos quatro postos ao longo do túnel gritar "*marca!*" pra mim a cada vez que o ronco chegasse ao máximo.

Daí a pouco, informei:

– Capitão...

– Sim, Johnnie?

– O tráfego ao longo da pista de corrida dos insetos está todo indo na mesma direção, de mim para o senhor. A velocidade é de mais ou menos cento e setenta e cinco quilômetros por hora, uma carga passa mais ou menos a cada minuto.

– Bem perto – ele concordou. – Eu medi um, sete, três, com intervalo de cinquenta e oito segundos.

– Ah. – Me senti apequenado, e mudei de assunto. – Ainda não vi aquela companhia de sapadores.

– Nem vai ver. Escolheram um lugar na retaguarda central da área dos "Caçadores de Cabeças". Desculpe, eu devia ter avisado. Mais alguma coisa?

– Não, senhor.

Desligamos e eu me senti melhor. Até Blackie podia se esquecer de algo... e não havia nada de *errado* com a minha ideia. Saí da zona do túnel para inspecionar o posto de escuta à direita e à retaguarda da área dos insetos, o posto doze.

Como nos outros, havia dois homens dormindo, um escutando e outro de plantão. Eu disse para o que estava de plantão:

– Pegando alguma coisa?

– Não, senhor.

O homem escutando, um dos meus cinco recrutas, olhou pra cima e disse:

– Sr. Rico, acho que este captador acabou de dar defeito.

– Vou checar – eu disse, e ele se afastou para que eu pudesse encaixar o meu conector junto com o dele.

"Toucinho fritando" tão alto que dava pra sentir o cheiro!

Acionei o circuito geral...

– Primeiro pelotão, *acordar*! Acordar, chamar e informar!

...e mudei para o circuito dos oficiais.

– Capitão! Capitão Blackstone! *Urgente!*

– Com calma, Johnnie. Informe.

– Sons de "toucinho fritando", senhor – respondi, fazendo um esforço desesperado para manter a voz serena. – Posto doze, nas coordenadas Esther Nove, Quadrado Preto Um.

– Esther Nove – ele concordou. – Decibéis?

Olhei apressadamente para o medidor.

– Não sei, Capitão. Fora da escala. Soa como se estivessem bem debaixo dos meus pés!

– Ótimo! – ele comemorou... e eu me perguntei como alguém podia se sentir assim. – A melhor notícia que tivemos hoje! Agora escute, filho. Acorde os seus rapazes...

– Já estão acordados, senhor!

– Muito bem. Traga de volta dois auscultadores e os coloque para fazer testes pontuais em torno do posto doze. Tente descobrir onde é que os insetos vão sair. *E fique longe desse lugar!* Entendido?

– Ouvi, senhor – eu disse, com cautela. – Mas não entendi.

O Capitão soltou um suspiro.

– Johnnie, você ainda vai me deixar de cabelo branco. Olhe, filho, nós *queremos* que eles saiam; quanto mais, melhor. Você não tem o poder de fogo pra cuidar deles, a não ser explodindo o túnel quando chegarem à superfície... e isso é exatamente o que *não pode fazer*! Se eles saírem em massa, nem um regimento vai conseguir cuidar deles. Mas isso é justo o que o General quer, e ele tem uma brigada de armas pesadas em órbita, esperando por isso. Então, descubra o ponto onde eles vão sair, recue e mantenha o lugar sob observação. Se for sortudo o bastante para ter uma ruptura de porte na sua área, o seu reconhecimento vai ser transmitido até o topo. Então, continue com sorte e continue vivo! Entendido?

– Sim, senhor. Localizar a ruptura. Recuar e evitar contato. Observar e informar.

– Mãos à obra!

Trouxe de volta os auscultadores nove e dez, do trecho central da "Avenida dos Insetos", e os coloquei fechando nas coordenadas de Esther Nove à direita e à esquerda, parando a cada quilômetro para ver se ouviam "toucinho fritando". Ao mesmo tempo, movi o posto doze na direção da retaguarda, verificando se o som diminuía com a distância.

Nesse meio-tempo, o meu sargento reagrupava o pelotão na área dianteira, entre a colônia dos insetos e a cratera; todos os homens, menos os doze que estavam na escuta do chão. Já que estávamos sob ordens para não atacar, tanto ele como eu nos preocupávamos com a possibilidade de o pelotão estar disperso demais para apoio mútuo. Assim, nós o reorganizamos numa linha compacta de oito quilômetros de comprimento, com o grupo de combate de Brumby à esquerda, mais próximo da colônia dos insetos. Isso colocava os homens a pouco mais de duzentos metros uns dos outros (quase ombro a ombro, para a I. M.), e ainda deixava nove dos homens nos postos de escuta, a uma distância na qual podiam receber apoio de um flanco ou do outro. Apenas os três auscultadores trabalhando comigo estavam fora de alcance de socorro imediato.

Avisei Bayonne, dos Carcajus, e Do Campo, dos Caçadores de Cabeças, que eu não estava mais patrulhando e a razão. Em seguida, informei o Capitão Blackstone do nosso reagrupamento.

Ele resmungou:

– Como quiser. Já tem uma previsão da ruptura?

– Parece estar centrada na região de Esther Dez, Capitão, mas é difícil de precisar. Os sons estão muito altos numa área de uns cinco quilômetros de largura... e que parece estar crescendo. Estou tentando cercá-la num nível de intensidade logo abaixo do fundo da escala. – Acrescentei: – Será que estão cavando um novo túnel horizontal, logo abaixo da superfície?

Ele pareceu surpreso.

– É possível. Espero que não; queremos que saiam. – E acrescentou: – Se o centro do ruído se mover, me avise. Confira isso.

– Sim, senhor. Capitão...

– Hã? Diga.

– O senhor disse pra não atacar os insetos quando saírem. Se eles saírem. O que é pra gente fazer? Ficar assistindo?

Houve um atraso um tanto longo, quinze ou vinte segundos, e pode ser que ele tenha consultado o "andar de cima". Por fim, respondeu:

– Sr. Rico, não deve atacar em Esther Dez nem perto de Esther Dez. Em qualquer outro lugar, a ideia é caçar insetos.

– Sim, senhor – concordei alegremente. – Caçamos insetos!

– Johnnie! – ele disse, em tom ríspido. – Se você sair caçando medalhas em vez de insetos, e eu descobrir, vai ter um Formulário Trinta e Um bastante triste!

– Capitão – respondi, com toda a sinceridade –, eu não quero ganhar uma medalha *nunca*. A ideia é caçar insetos.

– Exato. Agora pare de me amolar.

Chamei o meu sargento de pelotão, expliquei os novos limites com que íamos trabalhar, e mandei que ele passasse a palavra adiante e confirmasse se o traje de cada homem estava recém-carregado de ar e de energia.

– Acabamos de fazer isso, senhor. Sugiro rendermos os homens com o senhor. – Ele indicou três substitutos.

O que era razoável, pois os meus auscultadores não haviam tido tempo de se recarregar. Só que os substitutos que ele escolheu eram todos batedores.

Em silêncio, xinguei a mim mesmo pela minha completa estupidez. O traje de um batedor é tão rápido quanto um de comando, o dobro da velocidade de um traje de assalto. Eu estava com uma incômoda sensação de que havia deixado de fazer algo, e vinha atribuindo isso ao nervosismo que sempre sinto perto dos insetos.

Agora, eu sabia. Aqui estava eu, a quinze quilômetros do meu pelotão, com um grupo de três homens... todos em trajes de assalto. Quando os insetos aparecessem, ia me defrontar com uma decisão impossível... a não ser que os homens comigo pudessem se reagrupar tão rápido quanto eu.

– Boa ideia – concordei –, mas não preciso mais de três homens. Mande o Hughes, agora mesmo. Mande que renda o Nyberg. Use os outros três batedores para render os postos de escuta que estão mais à dianteira.

– Só o Hughes? – ele disse, hesitante.

– O Hugues é o bastante. Eu mesmo vou tomar conta de um dos auscultadores. Dois de nós conseguem envolver a área; já sabemos onde estão. – Acrescentei: – Mande o Hughes pra cá, quicando.

Pelos próximos trinta e sete minutos, nada aconteceu. Hughes e eu oscilamos pra lá e pra cá, ao longo dos arcos à frente e atrás de Esther Dez, ouvindo cinco segundos de cada vez e então mudando de lugar. Não era mais preciso assentar o microfone na rocha: era só encostá-lo no solo e pegar o som de "toucinho fritando" alto e claro. A área do barulho se expandia, mas o centro não mudava. Uma vez, chamei o Capitão Blackstone, para avisá-lo de que o som havia parado de repente, e voltei a chamá-lo, três minutos depois, para avisar que havia recomeçado. No resto do tempo, eu usava o circuito dos batedores e deixava o meu sargento tomar conta do pelotão e dos postos de escuta próximos dele.

Ao final desse tempo, tudo aconteceu de uma vez.

* * *

No circuito dos batedores, uma voz gritou:

– "Toucinho fritando"! Alberto Dois!

Cliquei e chamei:

– Capitão! "Toucinho fritando", em Alberto Dois, Preto Um! – Cliquei para a ligação com os pelotões à minha volta: – Mensagem de ligação! "Toucinho fritando", em Alberto Dois, Quadrado Preto Um!

Imediatamente, ouvi Do Campo informando:

– Sons de "toucinho fritando" em Adolfo Três, Verde Doze.

Passei isso para Blackie e cortei de volta para o circuito dos batedores. Ouvi:

– Insetos! *Insetos! socorro!*

– Onde?

Sem resposta. Cliquei de novo.

– Sarja! Quem informou insetos?

Ele respondeu, na hora:

– Saindo da cidade deles… em Bancoc Seis.

– *Fogo neles!* – Cliquei de volta para Blackie. – Insetos em Bancoc Seis, Preto Um. Estou atacando!

– Ouvi a sua ordem – ele respondeu, calmamente. – E sobre Esther Dez?

– Esther Dez está…

O chão sumiu debaixo dos meus pés e afundei em meio a insetos.

Não sabia o que havia acontecido comigo. Não estava machucado: foi um pouco como cair nos galhos de uma árvore... só que estes galhos estavam vivos e ficavam me acotovelando enquanto os meus giroscópios reclamavam e tentavam me manter na vertical. Caí de três a cinco metros, fundo o bastante para não enxergar a luz do dia.

Então, uma enxurrada de monstros vivos me carregou de volta para a luz... e o treinamento valeu a pena: aterrissei de pé, falando e lutando:

– Ruptura em Esther Dez... Não, Esther Onze, onde estou agora. Um buraco grande e estão jorrando pra fora. Centenas. Mais que centenas. – Eu tinha um lança-chamas em cada mão e estava queimando os insetos enquanto informava.

– Cai fora daí, Johnnie!

– Entendido! – E comecei a pular.

E parei. Detive o salto a tempo, parei de queimar e olhei com atenção... pois de repente me dei conta de que era para eu estar morto.

– Correção – eu disse, olhando, sem acreditar. – A ruptura em Esther Onze é uma finta. Nenhum guerreiro.

– Repita.

– Esther Onze, Preto Um. Até o momento, a ruptura aqui é totalmente de operários. Sem guerreiros. Estou cercado de insetos e ainda estão jorrando, mas nenhum está armado e todos os que estão perto de mim têm as características típicas de operários. Não fui atacado. – Acrescentei: – Capitão, acha que pode ter sido apenas uma distração? Com a verdadeira ruptura acontecendo em outro lugar?

– Pode ser – ele admitiu. – O seu relatório está sendo passado para a Divisão, então deixe que eles pensem nisso. Circule por aí e confira o que você informou. Não presuma que são todos operários... Pode descobrir o contrário da pior forma.

– Certo, Capitão.

Pulei alto e longe, querendo sair daquela massa de monstros inofensivos, porém repugnantes.

A planície rochosa estava coberta de formas pretas rastejantes em todas as direções. Intervim no controle dos jatos e aumentei o salto, gritando:

– Hughes! Informe!

– Insetos, Sr. Rico. Zilhões deles! Estou queimando todos!

– Hughes, dê uma boa olhada nesses insetos. Algum deles está reagindo? Não são todos operários?

– Hã... – Atingi o solo e quiquei de novo. Ele continuou: – Ei! Tem razão, senhor! Como é que sabia?

– Reagrupe-se com a sua esquadra, Hughes. – Cliquei de novo. – Capitão, vários milhares de insetos saíram próximos daqui, de um número indeterminado de aberturas. Não fui atacado. Repito, não fui atacado de modo algum. Se houver guerreiros entre eles, não estão atirando e estão usando os operários como camuflagem.

Não houve resposta.

Uma luz extremamente brilhante surgiu ao longe, à minha esquerda, logo seguida por outra igual, ainda mais distante, mas lá pra direita e pra frente. Automaticamente, anotei hora e direção.

– Capitão Blackstone, responda!

No topo do meu salto, tentei pegar o rádio-farol dele, mas o horizonte estava atravancado de colinas no Quadrado Preto Dois. Cliquei de novo e chamei:

– Sarja! Pode retransmitir para o Capitão o que eu digo?

Nesse preciso instante, o rádio-farol do meu sargento de pelotão se apagou.

Rumei para aquelas coordenadas tão rápido quanto pude forçar o traje a ir. Não havia prestado muita atenção à minha tela; meu sargento estava com o pelotão e eu estivera ocupado, primeiro com a escuta do chão e, mais recentemente, com umas poucas centenas de insetos. Eu havia suprimido tudo, com exceção dos rádio-faróis dos graduados, para me permitir enxergar melhor.

Examinei essa visualização reduzida e vi Brumby e Cunha, seus comandantes de esquadra e os assistentes de grupo de combate.

– Cunha! Cadê o sargento de pelotão?

– Está fazendo o reconhecimento de um buraco, senhor.

– Diga que estou a caminho, reagrupando. – Mudei de circuito, sem esperar. – Primeiro Pelotão dos Biltres para Segundo Pelotão... Respondam!

– Que é? – o Tenente Khoroshen grunhiu.

– Não consigo alcançar o Capitão.

– Nem vai conseguir, ele está fora de combate.

– Morto?

– Não. Mas perdeu a energia, então está fora.

– Ah. Então, agora você é o comandante da companhia?

– Certo, certo, e daí? Quer ajuda?

– Hã... não. Não, senhor.

– Então calado – Khoroshen me disse –, até que precise de ajuda. Pegamos mais do que podemos cuidar aqui.

– O.k.

Subitamente, descobri que *eu* tinha mais do que podia cuidar. Enquanto falava com Khoroshen, mudei para a visualização completa e de curto alcance, pois estava quase em cima do meu pelotão... e então vi meu primeiro grupo de combate desaparecer, um a um, com o rádio-farol de Brumby sumindo primeiro.

– Cunha! O que está havendo com o primeiro grupo?

A voz dele parecia tensa:

– Estão seguindo o sargento de pelotão lá pra baixo.

Se tem alguma coisa no livro que fale disso, eu não sei qual é. Será que Brumby tinha agido sem ordens? Ou havia recebido ordens que eu não ouvi? Bem, o homem já estava dentro de um buraco dos insetos, fora de vista e de escuta... Isto é hora pra se preocupar com firulas jurídicas? Íamos acertar essas coisas amanhã. Se algum de nós tivesse um amanhã...

– Muito bem – eu disse. – Estou de volta, agora. Informe.

Meu último salto me colocou entre eles. Vi um inseto à minha direita e peguei-o antes de pousar. Esse não era um operário... estava disparando enquanto corria.

– Perdi três homens – Cunha respondeu, arfando. – Não sei quantos o Brumby perdeu. Os insetos saíram de três lugares de uma vez... Foi quando sofremos as baixas. Mas estamos acabando com os que sobraram...

Uma tremenda onda de choque me apanhou, bem quando eu quicava de novo, me atirando pro lado. Três minutos e trinta e sete segundos... Digamos, uns cinquenta quilômetros. Será que eram os nossos sapadores "colocando as rolhas"?

– Primeiro grupo! Preparem-se pra outra onda de choque! – Pousei desajeitado, quase em cima de um grupo de três ou quatro insetos. Não estavam mortos, mas não estavam lutando; apenas se contorciam. Deixei uma granada de presente e quiquei de novo. – Fogo neles, *agora*! – gritei. – Estão tontos. E cuidado com a próxima...

A segunda explosão me acertou bem quando eu dizia isso. Não foi tão violenta.

– Cunha! Faça a chamada do seu grupo. E todo mundo, continue quicando e acabando com eles.

A chamada foi lenta e irregular... Muitos desaparecidos, pelo que eu podia ver no monitor de estado físico dos homens. No entanto, estávamos acabando com os insetos com precisão e rapidez. Circulei ao longo da borda e peguei meia dúzia de insetos, o último dos quais se tornou subitamente ativo logo antes de eu queimá-lo. Por que ficaram mais atordoados que a gente com a concussão? Porque não usavam blindagem? Ou era o inseto cérebro, em algum lugar lá embaixo, que estava atordoado?

A chamada mostrou dezenove efetivos, mais dois mortos, dois feridos e três fora de combate por danos ao traje. Navarre estava consertando dois desses últimos, canibalizando unidades de força dos mortos e feridos. O defeito do terceiro traje era de rádio e radar, e não podia ser reparado, de modo que Navarre designou o homem para guardar os feridos, a coisa mais próxima de uma recolha que podíamos fazer até que fôssemos rendidos.

Enquanto isso, eu e o Sargento Cunha estávamos inspecionando os três lugares de onde os insetos tinham saído de seus ninhos lá embaixo. Uma comparação com o mapa subterrâneo mostrou, como se podia imaginar, que haviam cortado saídas nos lugares em que os túneis chegavam mais perto da superfície.

Um buraco havia se fechado: era uma pilha de rochas soltas, agora. O segundo não mostrava atividade dos insetos. Mandei Cunha colocar um segundo cabo e um soldado raso ali, com ordens para matar insetos que aparecessem sozinhos, e fechar o buraco com uma bomba, se começassem a sair aos montes. O Marechal Sideral podia ficar sentado lá em cima e decidir que a gente não devia fechar os buracos, mas eu tinha um problema, não uma teoria.

Em seguida, dei uma olhada no terceiro buraco, aquele que havia engolido o sargento e metade do meu pelotão.

Ali, um corredor dos insetos chegava a pouco mais de cinco metros da superfície, e eles tinham apenas removido o teto de uns quinze metros de túnel. Para onde a rocha ia ou o que causava o barulho de "toucinho fritando" enquanto escavavam, eu não fazia ideia. O teto rochoso tinha desaparecido e os lados do buraco eram inclinados e cheios de sulcos. O mapa mostrava o que devia ter acontecido: os outros dois buracos saíam de pequenos túneis laterais, enquanto este túnel era parte do labirinto principal deles, de modo que os outros dois haviam sido distrações e o ataque principal tinha vindo dali.

Será que esses insetos conseguiam ver através de rocha maciça?

Não havia nada à vista no fundo daquele buraco, nem inseto nem humano. Cunha apontou a direção em que o segundo GC havia seguido. Fazia sete minutos e quarenta segundos que o sargento de pelotão havia descido e um pouco mais de sete desde que Brumby tinha ido atrás dele. Tentei ver algo dentro da escuridão, engoli em seco e segurei o estômago.

– Sargento, assuma o seu grupo de combate – eu disse, tentando soar animador. – Se precisar de ajuda, chame o Tenente Khoroshen.

– Ordens, senhor?

– Nenhuma. A não ser que venha alguma de cima. Estou descendo para encontrar o segundo grupo... então posso ficar fora de contato por um tempo.

Em seguida, pulei no buraco de uma vez, pois estava perdendo a coragem.

Atrás de mim, ouvi:

– *Grupo!*

– Primeira esquadra!

– Segunda esquadra!

– Terceira esquadra!

– Por esquadras! *Sigam-me!* – e Cunha também pulou no buraco.

A gente se sente bem menos sozinho desse jeito.

* * *

Mandei Cunha deixar dois homens na abertura para cobrir nossa retaguarda: um no chão do túnel e outro na superfície. Então, eu os liderei pelo túnel que o segundo GC havia seguido, avançando tão rápido quanto possível... o que não era nada rápido, já que o teto estava bem sobre nossas cabeças. Num traje mecanizado, um homem pode se mover mais ou menos como se estivesse patinando, sem erguer os pés, mas isso não é fácil nem natural: podíamos ter ido mais rápido sem a armadura.

Precisamos imediatamente dos visores... confirmando algo sobre o que se havia especulado: os insetos veem por infravermelho. Usando os visores, o túnel escuro ficava bem iluminado. Até esse ponto, o túnel não tinha nenhuma característica especial, apenas paredes de rocha vitrificada formando um arco sobre o chão liso e plano.

Chegamos a um túnel que cruzava esse em que estávamos e eu parei logo antes. Havia doutrinas sobre como você devia posicionar uma força de ataque em subterrâneos... mas que valor elas tinham? A única certeza era que o sujeito que escreveu as doutrinas nunca as havia experimentado... porque, antes da Operação Realeza, ninguém tinha voltado para dizer se algo funcionava ou não.

Uma doutrina dizia para guardar cada interseção igual a esta. Só que eu já havia usado dois homens para guardar a nossa saída de emergência; se deixasse dez por cento da minha força em cada interseção, de dez em dez por cento, depressinha eu estaria morto.

Decidi nos manter juntos... e também que nenhum de nós seria capturado. Não pelos insetos. Bem melhor uma bela e limpa transação imobiliária... E, com essa decisão, tirei um peso da cabeça e parei de me preocupar.

Tentei ver algo dentro da interseção, olhando com cuidado para os dois lados. Nada de insetos. Então chamei no meu circuito dos graduados:

– Brumby!

O resultado foi espantoso. Você mal ouve a própria voz quando usa o rádio do traje, já que fica isolado do sinal. Ali, no entanto, na rede subterrânea de corredores lisos, o sinal voltava pra mim como se todo o complexo fosse uma enorme guia de ondas:

– BRRRRUMMBY!

Meus ouvidos zumbiram com o barulho.

E depois zumbiram mais ainda:

– SR. RRRICCCO!

– Não tão alto – eu disse, tentando, eu mesmo, falar baixinho. – Onde você está?

Brumby respondeu, menos ensurdecedor:

– Senhor, eu não sei. Nós nos perdemos.

– Bem, fique calmo. Estamos indo te pegar. Não pode estar muito longe. O sargento de pelotão está com você?

– Não, senhor. Nós nunca...

– Espere. – Cliquei para o meu circuito privado. – Sarja...

– Estou recebendo, senhor. – Sua voz soava calma e ele mantinha o volume baixo. – Eu e o Brumby estamos em contato pelo rádio, mas não conseguimos nos encontrar.

– Onde você está?

Ele hesitou um pouco.

– Senhor, meu conselho é que se encontre com o grupo do Brumby... e então voltem pra superfície.

– Responda a minha pergunta.

– Sr. Rico, podia passar uma semana aqui embaixo e não me encontrar... E eu não consigo me mover. O senhor precisa...

– Corta essa, Sarja! Está ferido?

– Não, senhor, mas...

– Então por que não pode se mover? Problemas com insetos?

– Um bocado. Eles não podem me pegar agora... mas eu não posso sair. Então, acho que é melhor o senhor...

– Sarja, está perdendo tempo! Tenho certeza de que sabe exatamente quais curvas seguiu. Agora me diga, enquanto eu olho no mapa. E me dê uma leitura do seu indicador de posição inercial. Esta é uma ordem direta. Informe.

Ele o fez, precisa e concisamente. Acendi a lanterna do capacete, joguei os visores pra cima e acompanhei a descrição no mapa.

– Certo – respondi, dali a pouco. – Você está quase diretamente embaixo da gente, descendo dois níveis... e eu sei qual caminho seguir. Vamos praí assim que apanharmos o segundo grupo. Aguente aí. – Cliquei de novo. – Brumby...

– Aqui, senhor.

– Quando chegou à primeira interseção do túnel, você foi pra direita, esquerda ou direto em frente?

– Direto em frente, senhor.

– Certo. Cunha, traga os homens. Brumby, problemas com insetos?

– Agora não, senhor. Mas foi assim que nos perdemos. A gente se engalfinhou com uma penca deles... e, quando acabou, não sabíamos mais qual lado era qual.

Ia perguntar sobre as baixas, mas decidi que as más notícias podiam esperar; queria reunir o meu pelotão e sair dali. Uma cidade de insetos sem insetos à vista era, de algum modo, mais inquietante do que os insetos que esperávamos encontrar. Brumby nos guiou através das duas bifurcações seguintes e eu joguei bombas de tropeço em cada um dos corredores que não usamos. "Tropeço" é um derivado do gás de nervos que tínhamos usado contra os insetos no passado, só que, em vez de matar, dá a qualquer inseto que passe através dele um tipo de tremor incontrolável. Fomos equipados com esse gás apenas para esta operação, e eu teria trocado uma tonelada dele por uns poucos quilos da coisa de verdade. Ainda assim, servia para proteger nossos flancos.

Num trecho longo do túnel, perdi contato com Brumby. Imagino que foi alguma esquisitice na reflexão das ondas de rádio, pois o peguei de novo na interseção seguinte.

Só que, neste ponto, ele não podia nos dizer pra que lado ir. Esse era o lugar, ou próximo do lugar, em que os insetos os atacaram.

E, nesse lugar, os insetos nos atacaram.

Não sei de onde vieram. Num instante, tudo estava quieto. Então ouvi o grito de "Insetos! *Insetos!*" atrás de mim, na coluna. Eu me virei... e, de repente, os insetos estavam em todo lugar. Suspeito que aquelas paredes lisas não eram tão sólidas quanto pareciam. Esse é o único jeito de explicar a forma como eles, de repente, estavam a toda a nossa volta e entre nós.

Não podíamos usar os lança-chamas, não podíamos usar bombas; tínhamos grandes chances de atingir uns aos outros. Os insetos, porém, não tinham esses escrúpulos entre eles, se pudessem pegar um de nós. Só que tínhamos mãos e tínhamos pés...

Não pode ter durado mais que um minuto, e então não havia mais insetos, só pedaços deles no chão... e quatro homens da i. m. caídos.

Um deles era o Sargento Brumby, morto. Durante a confusão, o segundo grupo havia se juntado a nós. Não estavam muito longe, mantendo-se bem juntos para não se perderem ainda mais no labirinto, e tinham ouvido a luta. Ouvindo, foram capazes de localizá-la pelo som, como não haviam conseguido fazer pelo rádio.

Cunha e eu nos certificamos de que nossas baixas estavam mesmo mortas, então combinamos os dois grupos de combate em um grupo de quatro esquadras e descemos... e encontramos os insetos que tinham o nosso sargento de pelotão sitiado.

Aquela luta não durou tempo nenhum, porque ele tinha nos avisado do que esperar. Havia capturado um inseto cérebro e estava usando seu corpo inchado como escudo. Ele não podia sair, mas eles não podiam atacá-lo sem (muito literalmente) cometer suicídio, atingindo o próprio cérebro.

Não tínhamos essa desvantagem; atacamos os insetos por trás.

Nesse momento, eu estava olhando para a coisa horrenda que ele segurava e me sentindo triunfante, apesar de nossas perdas, quando, de repente, ouvi aquele barulho de "toucinho fritando" bem perto. Um pedaço enorme do teto caiu em cima de mim e, no que me dizia respeito, a Operação Realeza estava encerrada.

*   *   *

Acordei na cama e pensei que estava de volta à Escola de Formação de Oficiais e havia acabado de ter um pesadelo especialmente longo e complicado com os insetos. Só que não estava na E. F. O.: estava na enfermaria temporária do transporte de tropas *Argonne*, e realmente tive um pelotão todo meu durante quase doze horas.

Agora, porém, era apenas mais um paciente, sofrendo de envenenamento por óxido nitroso e superexposição à radiação, por ter ficado fora da armadura por mais de uma hora, até que fosse recolhido, mais algumas costelas quebradas e uma pancada na cabeça que havia me colocado fora de combate.

Levou muito tempo para entender direito tudo o que aconteceu na Operação Realeza, e algumas coisas eu nunca vou saber. Por exemplo, por que Brumby levou o seu grupo de combate para os subterrâneos? Brumby está morto e Naidi comprou a campa ao lado dele, e eu estou simplesmente feliz que eles tivessem apanhado suas divisas e as estivessem usando naquele dia no Planeta P em que nada saiu de acordo com o plano.

Descobri, mais tarde, por que o meu sargento de pelotão resolveu descer para a cidade dos insetos: tinha me ouvido informando ao Capitão Blackstone que a "ruptura de porte" era, na verdade, uma finta, composta de operários enviados para serem massacrados. Quando insetos guerreiros de verdade irromperam onde ele estava, ele concluiu (corretamente e minutos antes que o Estado-Maior chegasse à mesma conclusão) que os insetos estavam fazendo uma tentativa desesperada, ou não iam gastar seus operários apenas para atrair nosso fogo.

Ele viu que o contra-ataque deles, feito a partir da cidade dos insetos, não tinha força suficiente, concluiu que o inimigo não tinha muitas reservas... e decidiu que, nesse único momento dourado, um homem agindo sozinho podia ter uma chance de atacar de surpresa, encontrar a "realeza" e capturá-la. Lembre-se, esse era todo o propósito da operação; tínhamos força mais que suficiente para simplesmente esterilizar o Planeta P, mas o nosso objetivo era capturar as castas reais e aprender como ir lá embaixo. Assim, ele tentou fazer isso, agarrou aquele momento único... e teve sucesso nas duas coisas.

Isso resultou em um "missão cumprida" para o Primeiro Pelotão dos Biltres. Não muitos pelotões, dentre muitas, muitas centenas, podiam dizer isso: nenhuma rainha foi capturada (os insetos as mataram antes) e apenas seis cérebros. Nenhum dos seis chegou a ser trocado, pois não viveram o bastante. No entanto, os rapazes da Guerra Psicológica conseguiram seus espécimes vivos, então acho que a Operação Realeza foi um sucesso.

Meu sargento de pelotão recebeu uma patente de campanha. Não me ofereceram uma (nem teria aceitado), mas não fiquei surpreso ao saber que ele havia sido promovido. O Capitão Blackie havia me dito que eu estava pegando "o melhor sargento da Esquadra" e eu nunca tive dúvida nenhuma de que Blackie tinha razão. Já havia encontrado o meu sargento de pelotão antes. Acho que nenhum Biltre sabia disso... não por mim e certamente não por ele. Duvido que o próprio Blackie soubesse. Mas eu conhecia o meu sargento de pelotão desde o meu primeiro dia como recruta.

O nome dele é Zim.

* * *

Minha parte na Operação Realeza não me pareceu um sucesso. Fiquei na *Argonne* mais de um mês, primeiro como paciente e depois como "disponível, sem unidade", antes de conseguirem me entregar, com algumas dezenas de outros, em Santuário. Isso me deu tempo demais pra pensar... na maior parte do tempo, sobre as baixas, e sobre que droga de trabalho eu havia feito em meu pouco tempo em solo comandando um pelotão. Sabia que não tinha conseguido manter tudo equilibrado igual o Tenente costumava fazer... Ora, eu nem conseguira dar um jeito de ser ferido enquanto ainda lutava: tinha deixado um pedaço de rocha cair na minha cabeça.

E as baixas... Eu não sabia quantas eram; sabia apenas que, quando fiz a chamada, tinha só quatro esquadras, quando havia começado com seis. Não sabia quantas baixas mais tivemos antes de Zim levá-los para a superfície, antes que os Biltres fossem rendidos e recolhidos.

Nem ao menos sabia se o Capitão Blackstone ainda estava vivo (estava; de fato, ele tinha retornado ao comando por volta do momento em que eu fui lá pra baixo) e não fazia ideia de qual era o procedimento quando um candidato estava vivo e o examinador morto. No entanto, eu tinha certeza de que o meu Formulário Trinta e Um me tornaria um terceiro sargento de novo. Realmente, não parecia fazer diferença que meus livros de matemática estivessem em outra nave.

Mesmo assim, quando me deixaram sair da cama, na primeira semana que passei na *Argonne*, depois de ter ficado vadiando e remoendo pensamentos por um dia, peguei emprestados alguns livros de um dos oficiais mais novos e comecei a trabalhar. Matemática é trabalho duro e ocupa a mente. E não faz mal aprender tudo o que puder a respeito, não importa em que posto você esteja: tudo de alguma importância está fundamentado na matemática.

Quando finalmente me apresentei na E. F. O. e devolvi minhas insígnias, descobri que ainda era um cadete, em vez de sargento. Blackie deve ter me dado o benefício da dúvida.

Meu colega de quarto, Anjo, estava em nosso quarto com os pés na mesa... e, em frente a seus pés, havia um pacote: meus livros de matemática. Ele ergueu os olhos e pareceu surpreso.

– Oi, Juan! A gente pensou que você tinha comprado a sua!

– Eu? Os insetos não gostam tanto de mim. Quando você embarca?

– Ora, eu já fui e já voltei – Anjo protestou. – Saí um dia depois de você, fiz três quedas e já estou de volta faz uma semana. Por que demorou tanto?

– Peguei o caminho mais longo pra casa. Passei um mês como passageiro.

– Tem gente que tem sorte. Em quais quedas você esteve?

– Nenhuma – admiti.

Ele me encarou.

– Tem gente que tem *toda* a sorte!

*   *   *

Quem sabe, talvez o Anjo estivesse certo: no fim das contas, me graduei. No entanto, ele mesmo forneceu um pouco da sorte, me ensinando com paciência. Acho que a minha "sorte", em geral, foram as pessoas: Anjo e Jelly e o Tenente e Carl e o Tenente-Coronel Dubois, sim, e meu pai, e Blackie... e Brumby... e Ace... e sempre o Sargento Zim. Capitão Zim, agora, com o posto permanente de Primeiro Tenente. Não teria sido *direito* que eu acabasse superior a ele.

Eu e Bennie Montez, um colega de classe, estávamos no campo de pouso da Esquadra no dia seguinte à nossa graduação, esperando para embarcar em nossas naves. Ainda éramos segundos tenentes tão novatos que ficávamos nervosos de receber continência dos outros, e eu disfarçava isso lendo uma lista das naves em órbita de Santuário... uma lista tão longa que ficava claro que algo de grande estava para acontecer, muito embora ninguém tivesse se dado ao trabalho de me contar. Eu me sentia animado. Meus dois maiores desejos tinham sido realizados de uma vez: havia sido enviado pra minha antiga unidade e meu pai ainda estava lá. E agora isto, o que quer que fosse, queria dizer que estava prestes a receber o polimento da prática sob o Tenente Jelal, com uma queda importante por vir.

Estava tão orgulhoso de tudo que não conseguia falar a respeito, então fiquei examinando as listas. Ufa, que monte de naves! Estavam separadas por tipos; eram muitas para se achar de outra forma. Comecei a ler a lista das naves de transporte de tropas, as únicas que importam para a I. M.

Lá estava a *Mannerheim*! Será que havia chance de ver Carmen? Provavelmente não, mas podia enviar uma mensagem e descobrir.

Naves grandes: a nova *Valley Forge* e a nova *Ypres, Maratona, El Alamein, Iwo, Gallipoli, Leyte, Marne, Tours, Gettysburg, Hastings, Alamo, Waterloo*... todos os lugares em que os pés de poeira tinham feito seus nomes brilharem.

Naves pequenas, as batizadas em homenagem aos próprios pés de poeira: *Horácio, Alvin York, Swamp Fox*, a *Rog*, abençoada seja, *Coronel Bowie, Devereux, Vercingetorix, Sandino, Aubrey Cousens, Kamehameha, Audie Murphy, Xenofonte, Aguinaldo*...

Comentei:

– Devia ter uma chamada Magsaysay.

Bennie disse:

– Como?

– Ramón Magsaysay – expliquei. – Grande homem e grande soldado... Provavelmente seria o chefe da guerra psicológica, se estivesse vivo hoje. Nunca estudou história?

– Bem – admitiu Bennie –, aprendi que Simón Bolívar construiu as Pirâmides, acabou com a Invencível Armada e fez a primeira viagem à Lua.

– Esqueceu que ele se casou com Cleópatra.

– Ah, isso. É. Bem, acho que cada nação tem a sua própria versão da história.

– Tenho certeza disso.

Acrescentei algo pra mim mesmo e Bennie perguntou:

– O que disse?

– Desculpe, Bernardo. É só um velho ditado na minha língua. Acho que dá para traduzir, mais ou menos, como: "Casa é onde está o seu coração".

– Mas que língua era?

– Tagalog. Minha língua nativa.

– Não falam inglês padrão de onde você vem?

– Ah, claro. Pra negócios e na escola e tal. Só falamos um pouco a velha língua, em casa. Tradições, você sabe.

– É, eu sei. Minha família conversa em *español* do mesmo jeito. Mas de onde você...? – O alto-falante começou a tocar "Meadowland" e Bennie abriu um sorriso. – Tenho um encontro com uma nave! Cuide-se, camarada! Até mais.

– Cuidado com os insetos!

Eu me virei e continuei lendo os nomes das naves: *Pal Maleter, Montgomery, Tchaka, Gerônimo...*

Então ouvi o som mais doce do mundo: "*...brilha o nome, brilha o nome de Rodger Young!*"

Agarrei a minha mochila e me apressei. "Casa é onde está o seu coração". Eu estava indo pra casa.

CAPÍTULO XIV

Sou eu guardador do meu irmão?

GÊNESIS 4:9

E ele lhes disse: Qual dentre vós será o homem que tendo uma ovelha, se num sábado ela cair numa cova, não lançará mão dela, e a levantará?

MATEUS 12:11

Pois, quanto mais vale um homem do que uma ovelha?

MATEUS 12:12

Em Nome de Deus, o Beneficente, o Misericordioso... aquele que salva a vida de um, será como se tivesse salvado toda a humanidade.

O CORÃO, SURA 5, 32

A cada ano, ganhamos um pouco. Você precisa ter um senso de proporção.

– Está na hora, senhor.

Meu oficial subalterno sob instrução, Candidato ou "Terceiro Tenente" Pata de Urso, estava junto à minha porta. Parecia e soava terrivelmente jovem, e era tão inofensivo quanto seus ancestrais caçadores de escalpo.

– Certo, Jimmie.

Eu já estava de armadura. Rumamos para a popa, para a sala de queda. No caminho, eu disse:

– Uma palavrinha, Jimmie. Fique grudado em mim e fora do meu caminho. Divirta-se e use toda a sua munição. Se acontecer de eu comprar a minha, você é o chefe... mas, se for esperto, vai deixar o seu sargento de pelotão te dar os sinais.

– Sim, senhor.

Quando entramos, o sargento de pelotão os colocou em posição de sentido e prestou continência. Eu a devolvi, e disse:

– À vontade.

E comecei a passar pelo primeiro grupo de combate enquanto Jimmie examinava o segundo. Depois, também inspecionei o segundo GC, conferindo tudo em cada homem. Meu sargento de pelotão é muito mais cuidadoso que eu, por isso não encontrei nada, nunca encontrava, mas faz com que os homens se sintam melhor se o Velho deles examina tudo com cuidado. Além disso, é o meu trabalho.

Então, fui para a frente, no meio dos dois grupos de combate.

– Outra caçada aos insetos, rapazes. Esta é um pouco diferente, como vocês sabem. Não podemos usar uma bomba supernova em Klendathu, já que eles ainda têm prisioneiros nossos. Por isso, desta vez vamos descer, ficar lá, manter a posição, tomar o território deles. O veículo não vai descer pra nos recolher; em vez disso, vai trazer mais munição e rações. Se vocês forem feitos prisioneiros, fiquem de cabeça erguida e sigam as regras, porque vão ter toda a unidade por trás de vocês, vão ter toda a Federação por trás de vocês; vamos lá buscar vocês. É com isso que os rapazes da *Swamp Fox* e da *Montgomery* estão contando. Aqueles que ainda estão vivos estão esperando, sabendo que vamos aparecer. E aqui estamos nós. Agora, vamos lá pegá-los.

"Não se esqueçam de que vamos ter ajuda de todos os lados e ajuda de sobra acima de nós. Tudo com que precisamos nos preocupar é com nosso pequeno pedaço, exatamente como ensaiamos.

"Uma última coisa: recebi uma carta do Capitão Jelal logo antes de partirmos. Ele diz que as novas pernas funcionam bem. Mas também me pediu pra dizer *a vocês* que ele pensa em vocês... e espera que os seus nomes *brilhem*!

"E eu também. Cinco minutos para o Padre."

Senti que começava a tremer. Foi um alívio quando pude colocar os homens de novo em posição de sentido e acrescentar:

– Por grupos... bombordo e estibordo... preparar para queda!

Eu estava bem enquanto inspecionava cada homem em seu casulo de um lado, com Jimmie e o sargento de pelotão cuidando do outro. Então fechamos Jimmie na cápsula número três da linha central. Logo que o rosto dele estava coberto, os tremores me pegaram pra valer.

Meu sargento de pelotão pôs o braço em volta dos meus ombros blindados.

– Tal qual um treino, Filho.

– Sei disso, pai. – Parei de tremer na hora. – É a espera, só isso.

– Eu sei. Quatro minutos. Vamos para as cápsulas, senhor?

– Agora mesmo, pai.

Dei um rápido abraço nele, e deixei a tripulação da Marinha nos fechar. Os tremores não voltaram. Logo eu estava pronto para informar:

– Passadiço! Rudes de Rico... prontos para a queda!

– Trinta e um segundos, Tenente. – Ela acrescentou: – Boa sorte, rapazes! Desta vez vamos pegá-los!

– Certo, Capitã.

– O.k., que tal um pouco de música enquanto esperam? Ela colocou a música:

"Para a eterna glória da Infantaria..."

NOTA HISTÓRICA

YOUNG, RODGER W., soldado raso, 148º Regimento de Infantaria da 37ª Divisão de Infantaria (os Ohio Buckeyes); nascido em Tiffin, Ohio, E. U. A., em 28 de abril de 1918; morto em 31 de julho de 1943, na Ilha Nova Geórgia, arquipélago das Ilhas Salomão, no Pacífico Sul, enquanto atacava e destruía sozinho um ninho de metralhadoras inimigo. Seu pelotão havia sido imobilizado por fogo intenso dessa posição; o soldado Young foi ferido pela primeira rajada, rastejou em direção à casamata, foi ferido uma segunda vez, mas continuou a avançar, disparando seu fuzil enquanto isso. Aproximou-se da casamata, atacou-a e a destruiu com granadas de mão. Ao fazer isso, porém, foi ferido uma terceira vez e morreu.

Sua ação audaz e galante em face de dificuldades esmagadoras permitiu a seus companheiros escapar sem perdas. Recebeu, postumamente, a Medalha de Honra do Congresso dos E. U. A.

Robert Anson Heinlein completaria 100 anos este ano*. Nascido em 1907, morto em 1988, ele foi um dos grandes autores da ficção científica mundial. Por ocasião do centenário de seu nascimento, conversamos com Ugo Bellagamba e Éric Picholle, que acabavam de lançar na França a primeira tiragem de seu livro Solutions non satisfaisantes, anatomie de Robert Heinlein [Soluções insatisfatórias, anatomia de Robert Heinlein] pela editora Moutons Électriques. Vamos recordar este escritor singular no mundo da ficção científica.

ACTUSF: O que Robert A. Heinlein representa para cada um de vocês?

UGO BELLAGAMBA: Éric vai dizer que ele é o maior dos escritores de ficção científica. Eu concordo com ele, substancialmente, mas minha formulação seria diferente: não existe praticamente nenhum autor, em toda a história da ficção científica, que tenha abordado um espectro de temas e de desafios narrativos tão vasto quanto o de Robert A. Heinlein. E igualmente raros são aqueles que o fizeram com um talento comparável ao dele. Robert A. Heinlein é, a meu ver, um autor de ouro, com o olhar aprumado no real e a imaginação solidamente alicerçada nas estrelas. Mesmo que alguns de seus contemporâneos ou sucessores tenham, por vezes, demonstrado mais sutileza ou pertinência que ele,

---

* Entrevista concedida em 2007.

isso sempre foi feito de maneira pontual. No longo prazo, é ele, sem dúvida, que mostra a mais poderosa capacidade especulativa.

Éric Picholle: Ele é, antes de mais nada, o maior dentre os escritores de ficção científica. Mas é também um incrível artífice de ideias, um provocador intelectual que me obriga incessantemente a rever meus preconceitos sobre a sociedade. Sua obra acompanhou a maior parte dos desafios do século 20, da condição feminina à descolonização, passando pela mecânica quântica, pelas armas de destruição em massa e, claro, pela conquista do espaço.

Actusf: Como vocês o descobriram?

Ugo Bellagamba: Minha verdadeira descoberta de Robert Heinlein foi bastante tardia. Claro, eu já lera, na adolescência, *Double star, The door into summer, Tropas estelares* e alguns de seus *juvenile**, mas não tinha chegado a mergulhar nas águas profundas de sua obra. Eu era fã de Silverberg desde bem cedo, de Simak, de Dick, de Asimov, de Jeury, de Herbert, de Cordwainer Smith (cuja obra é muito pessoal), mas... não de Heinlein. Era somente um leitor ocasional. E, depois disso, eu o mantive afastado, estupidamente influenciado pelo que diziam dele: fascista, militarista, misógino, cafona. Era de bom-tom desprezá-lo. Mais tarde, conversando com Éric, por ocasião de diversos projetos compartilhados sobre a academia e a ficção científica (colóquios, encontros interdisciplinares, oficinas de escrita etc.), percebi que existia ali um verdadeiro terreno de pesquisas, que eu, tendo me tornado um historiador das ideias, sentia-me obrigado a explorar. E, leitura após leitura, descobri o que a

---

*   "juvenis". Em inglês no original.

obra de Robert Heinlein representava de fato e quem era o homem que se escondia por trás dela: antifascista de longa data, paladino da liberdade de consciência e de sexualidade, defensor encarniçado da ficção científica, irredutível diante de qualquer dogma, fosse político ou religioso. E tudo está ali, basta saber ler.

ÉRIC PICHOLLE: Ainda criança, tive a sorte de topar com velhas edições de certos *juvenile* na biblioteca. Eu ainda não tinha entendido bem o que era a ficção científica, mas já de cara adorei *Red planet*. Foi somente bem mais tarde que tomei consciência da profundidade da obra de Heinlein e de sua importância. O verdadeiro choque intelectual foi a leitura de *Expanded universe*, em meados dos anos 1980.

ACTUSF: Por que vocês quiseram fazer esse livro?

ÉRIC PICHOLLE: Heinlein tem uma bela expressão: "*to pay forward*"*…

UGO BELLAGAMBA: Porque nós tivemos a ocasião de fazê-lo, simplesmente: [o editor] André-François Ruaud queria lançar uma coleção de ensaios sobre os grandes autores da história da ficção científica. Sendo bons ladrões, não foi preciso nos pedir duas vezes. Para mim, o aspecto "patrimonial" era o que mais seduzia: realizar um trabalho de historiador no próprio seio de meu gênero de predileção era, apesar dos riscos, irresistível. Acho que até fui eu mesmo quem lançou a proposta, em detrimento dos outros textos que eu tinha em andamento. Não me arrependo.

ACTUSF: Aparentemente, existe um debate a respeito dos inícios de Heinlein na ficção científica. Em sua opinião,

---

* "Passar adiante" (um benefício recebido). Em inglês no original.

como tudo começou?

ÉRIC PICHOLLE & UGO BELLAGAMBA: Mais que um debate, existe uma lenda, cuidadosamente cultivada: em 1939, falido, Heinlein sentou-se pela primeira vez à máquina de escrever para participar de um concurso de novelas cujo primeiro prêmio era de $50; resultado: "Life-Line". Ele decide que seria melhor enviá-la à Astounding, e John Campbell a compra por $70; e pronto, ele nunca mais procuraria um "trabalho honesto".

A realidade é mais prosaica. "Life-line" está longe de ser o primeiro texto de Robert Heinlein. Sua primeira ficção conhecida é "Week-end watch", essa sim escrita para um concurso de novelas em 1929, promovido entre a tripulação do porta-aviões Lexington. Heinlein não ganhou o concurso e – precisamos admitir – provavelmente foi merecido: "Week-End Watch" é uma vaga história de espionagem com uma cena de briga e pouca coisa mais. Em 1938, Heinlein já tinha escrito até mesmo um romance completo, *For us the living*.

Depois disso... É bem possível que sua segunda esposa, Leslyn, tenha tomado as rédeas. Heinlein a apresentava como "a melhor *story doctor** da América". Em todo caso, em pouco tempo ele analisou e corrigiu seus próprios defeitos, apressando-se em "perder" o manuscrito do romance (o qual um editor recentemente se autorizou a exumar e publicar) e encontrando definitivamente seu caminho. O texto seguinte é "Life-Line" — e a realidade encontra a lenda.

ACTUSF: Qual o lugar de Heinlein na história da ficção científica? Qual foi sua contribuição?

---

*   "Médica de histórias". Em inglês no original.

ÉRIC PICHOLLE: Heinlein é um dos pais-fundadores da ficção científica moderna. Ele inventou um bom número das técnicas narrativas que, hoje, nos parecem tão evidentes que quase as confundimos com a própria ficção científica; ele removeu o gênero do gueto dos *pulps**, impôs seu rigor ao cinema, inspirou as primeiras grandes séries televisivas de ficção científica, como *Tom Corbett, space cadet*. Mas seu legado mais espetacular talvez seja ter inoculado o vírus do espaço em toda uma geração de jovens leitores – a geração Apolo. Heinlein é o homem que nos vendeu a Lua!

UGO BELLAGAMBA: Qual foi sua contribuição? O simples fato de ser necessário fazer essa pergunta prova que nosso livro era necessário. Ironias à parte, vamos encarar as coisas: alguém perguntaria, hoje em dia, qual foi a contribuição de Isaac Asimov, Arthur C. Clarke ou Philip K. Dick, entre outros? A resposta é tão evidente que traz logo um sorriso ao rosto, e somente um neófito poderia ignorá-la: Asimov, os *Robôs* e *Fundação*, Clarke a exploração do sistema solar ou *Rama*, Dick as imitações do real e os simulacros. Heinlein é contemporâneo dos outros três; ele dialogou, trocou ideias com eles. Todos o respeitavam como a um irmão, ou mesmo um mestre. Sua contribuição foi decisiva: a tomada de consciência a respeito da comunidade de valores, de métodos, de combates, entre todos os autores da ficção científica. Essa aptidão para interrogar o real sem perder de vista a necessidade de oferecer uma diversão de qualidade. Seu lugar é no centro.

ACTUSF: O que caracteriza o autor e seu estilo de escrita?
ÉRIC PICHOLLE & UGO BELLAGAMBA: Parágrafo

---

*   Revistas de histórias fantásticas impressas em papel barato.

por parágrafo, a escrita de Heinlein é um modelo de sobriedade. Sua eficácia é reforçada por imagens simples, mas poderosas. Ao mesmo tempo, a partir dos anos 1960 e de *Um estranho numa terra estranha*, a construção de seus livros torna-se eminentemente complexa, com um grande número de interpretações simultâneas. O que melhor caracteriza o autor é, provavelmente, aquilo que ele chama de seu "patriotismo", não tanto em relação a seu país e mais na escala de toda a humanidade. Quando considera que é seu dever, ele é capaz de largar tudo e se consagrar de corpo e alma às prioridades do momento. Ele jamais perdeu sua confiança no Homem, em sua capacidade de superar seus erros, de enfrentar suas contradições, de crescer ao mesmo tempo em que essa capacidade se expande. O niilismo e o pessimismo, tão comuns atualmente, jamais existiram para ele.

ACTUSF: Falem-nos das relações entre Robert A. Heinlein e o Exército. Ele foi frequentemente criticado pelo aspecto militarista de *Tropas estelares*. Em sua opinião, essas críticas são ou não legítimas? Seus outros livros também são militaristas?

ÉRIC PICHOLLE & UGO BELLAGAMBA: A primeira carreira escolhida por Robert Heinlein foi a de oficial da Marinha. Ele era filho da Primeira Guerra Mundial e sempre teve a firme intenção de pôr seu corpo entre seu país, seus entes queridos, e os perigos que sentia se elevarem. Para ele, essa era uma responsabilidade que não podia ser delegada, e ele não tolerava que um "fujão" se permitisse criticar aqueles que se colocavam na linha de frente. *Tropas estelares* é dedicado "a todos os sargentos do mundo", ou seja, aos sub-oficiais, aos que fazem o serviço sujo e pagam muito caro por seus próprios erros – e pelos erros dos Estados-maiores.

Ele foi reformado em 1934, mas, durante a guerra, alistou-se como engenheiro civil em um laboratório da Marinha americana, na Filadélfia, e não escreveu nada de ficção (ao contrário, por exemplo, de Isaac Asimov, que também fora recrutado, e que escreveu ali os primeiros episódios de *Fundação*).

Ainda assim, seus posicionamentos em relação ao Exército dependiam do contexto. Em 1940 ou 1941, bem antes de Pearl Harbor, ele era claramente belicista: não seria concebível, nem por um segundo, abandonar a Europa aos nazistas. Por outro lado, em 1945, com a guerra terminada, ele foi capaz de escrever um artigo como "Why buy a stone ax?" (literalmente, "Para que comprar um machado de pedra?") para explicar que todos os equipamentos militares clássicos (aviões, tanques, navios...) agora estavam obsoletos e que seria melhor evitar desperdiçar dinheiro neles. Dá para imaginar o entusiasmo dos militares e dos vendedores de canhões...

Da mesma maneira, no início dos anos 1980 ele se convenceu de que a União Soviética era mais fraca economicamente do que se pensava, e fez o possível para incentivar uma nova corrida armamentista. Junto com Jerry Pournelle e Larry Nive, ele se tornou um dos promotores do projeto Star Wars[*]; eles arrastaram em sua esteira políticos, engenheiros, generais, astronautas, até que milhares de dólares fossem investidos em puras fantasias de ficção científica. Neste caso, seu militarismo pode ser considerado um cálcu-

---

[*]   Star Wars, nome pelo qual a Iniciativa Estratégica de Defesa (do inglês: Strategic Defense Initiative, SDI) ficou informalmente conhecida, foi um programa militar norte-americano em que se planejava construir um sistema de defesa capaz de impedir um ataque nuclear contra o território dos Estados Unidos.

lo político. Deixaremos aos historiadores a tarefa de decidir qual foi o papel desse evento na implosão da URSS, mas uma coisa é certa: contra todas as expectativas, ela estava morta e enterrada em menos de uma década!

Voltando a *Tropas estelares*, trata-se também de um livro que pode ser lido em vários níveis. Primeiramente, é um romance de aventura, uma história relativamente simples de guerra no futuro. Militarista? Mesmo nesse nível, tudo depende da apreciação. Podemos ler nele uma ode à autorrenúncia e às qualidades que constituem o bom soldado disciplinado, mas também podemos nos dizer que Heinlein descreve Rico como um bronco e um perfeito cretino... Mais importante, a nosso ver, é o contexto político. O romance foi publicado em 1959, portanto *antes* do envolvimento americano no Vietnã. Se quisermos ultrapassar um pouco a superfície, ele coloca duas questões:

(1) Uma guerra distante é longa, dura, suja, e cria problemas infindáveis de logística. Para Heinlein, é preciso ser irresponsável para ir se alistar no Sudeste da Ásia. Em outros termos, o que ele pergunta a seus compatriotas, enquanto ainda é tempo, é: vocês têm mesmo certeza de que é isso que querem?

(2) Seriam canalhas irremissíveis os "adultos" que, no quentinho de sua *american way of life*, deixam, com a consciência tranquila, que meninos sejam enviados para a morte no fim do mundo? Releia o romance nas entrelinhas, acompanhando não os soldados, mas os civis. A mensagem é clara: por que diabos essas pessoas deveriam ter o direito de voto – de votar a morte dos outros? Militarismo? Certamente não: nesse mundo, não somente o direito de voto não é reservado aos ex-militares (95% dos veteranos realizaram um serviço civil), mas os militares da ativa também não dispõem dele!

Mas politicamente incorreto, para dizer o mínimo...

ACTUSF: A Segunda Guerra Mundial mudou alguma coisa no estilo do escritor?

ÉRIC PICHOLLE & UGO BELLAGAMBA: Robert Heinlein era completamente obcecado pela bomba atômica. Poucos dias depois de Hiroshima, ele foi fazer *agit-prop** em Los Alamos! Nos meses que se seguiram, dedicou-se inteiramente à ação política em favor do estabelecimento de um Estado mundial ou, ao menos, de um controle supranacional das armas de destruição em massa. Sua escrita dessa época é bastante particular, ora quase profética, apocalíptica, ora pé no chão, como o manual de ação política para uso do cidadão comum que ele compôs em 1946, *How to be a politician*. A maior parte desses textos não encontrou editor (o manual foi publicado a título póstumo como *Take back your government*). Ocorreu efetivamente uma ruptura de estilo quando ele voltou a escrever ficção, mas ela se deveu mais a uma mudança de alvo: no pós-guerra, surgiram os primeiros livros de ficção científica com capa dura, e Heinlein passou da novela ao romance, para o público juvenil em particular; duas novelas da época visavam principalmente a abrir o acesso da ficção científica aos *slicks*, revistas em papel brilhante que pagavam melhor que os *pulps*, mas também a Hollywood etc.

ACTUSF: Quais são as obras importantes da bibliografia do autor, na opinião de vocês? E por quê?

UGO BELLAGAMBA: No que me diz respeito, além de seus quatro prêmios Hugo (*Estrela oculta, Tropas estelares, Um*

---

* Abreviação de "agitação e propaganda", termo usado por marxistas-leninistas. Em inglês no original.

estranho numa terra estranha e *Revolta na Lua*), eu diria que uma das chaves de seu trabalho, tanto no plano estrutural quanto em suas fontes de inspiração, é *A história do futuro*.

ÉRIC PICHOLLE: Da idade do ouro, eu destacaria principalmente certas novelas, como "The man who traveled in elephants", "We also walk dogs" ou "They" (um texto entre o fantástico e o maravilhoso, um outro de pura ficção científica, o último quase metafísico...). Também dou muita importância ao complexo ciclo do "Mundo como mito", cujos primeiros volumes, *Time enough for love* e *The number of the Beast*, infelizmente jamais foram traduzidos [para o francês], tornando os episódios seguintes, *The cat who walks through walls* e, principalmente, *To sail beyond the sunset*, praticamente incompreensíveis para o público francês. Mas não devemos esquecer os *juvenile*, nem os romances mais simples dos anos cinquenta, como *The door into summer*, que, junto com *Double star*, constituem perfeitas portas de entrada na ficção científica para aqueles que não a conhecem. Nem "Solution unsatisfactory", que discute as consequências geopolíticas da arma nuclear... em 1941. Pondo de lado a ficção científica, trata-se de um marco importante da história das ideias. Em suma: a exceção seriam as obras sem importância!

ACTUSF: Vocês podem nos falar da *História do futuro*? Qual era sua ambição?

UGO BELLAGAMBA: O problema da *História do futuro* é inverso do que existe no resto da obra de Heinlein. Ela é quase demasiadamente conhecida. Demasiadamente lida. Assim, só a consideramos ao pé da letra: uma saga meio antiquada sobre o futuro da humanidade e a corrida, recheada de emboscadas, que a leva às estrelas. Por exemplo, o próprio fato de que ela começa com a Lua parece torná-la... estreita aos olhos da nova geração de leitores. Como assim, um bilionário que deseja chegar a nosso satélite? E daí? Richard Branson está em circulação, não é? O fim, pelo menos o do ciclo primordial, com os primeiros contatos extraterrestres e a nave geracional que se perde, deixa a impressão de um roteiro clássico. Já visto, já lido. Hoje em dia, que seja, mas em 1940? Para algumas pessoas, Heinlein jamais fez melhor depois disso; para outras, ele estava apenas começando. Acredito sinceramente que não é assim que se deve abordá-lo. As novelas e os contos que compõem o ciclo fundador, ao qual se acrescentam textos mais tardios que retomam o personagem-chave de Lazarus Long, não têm nenhuma pretensão à profecia (aliás, a boa ficção científica nunca a teve); pelo contrário, eles "futurizam" o presente do autor, exprimem sua visão do mundo contemporâneo e de seus desafios. Acima de tudo, eles estão literalmente mergulhados em sua cultura americana e, assim, em sua própria história nacional. *The past through tomorrow*[*]: o título americano é mais eloquente! Se nos dermos ao trabalho de analisar a obra com base nessas considerações culturais, ela desdobra suas informações de maneira tão completa quanto teria feito uma amostra de DNA: o espírito pioneiro, a vontade de expandir as fronteiras, a apologia da livre-empresa, a inalienabilidade da soberania individual, a apropriação da terra pelo trabalho, a rejeição ao despotismo, a teoria da conspiração, todos os traços fundamentais da cultura americana, desde as primeiras colônias até a independência, encontrados em filigrana nas ações dos personagens principais. Delos D. Harriman é um empreendedor lúcido que sabe reunir em torno de seus projetos as competências de que necessita. Lazarus Long é um

---

[*] "O passado por meio do amanhã".

anarquista de coração de ouro, que guarda uma arma sob o kilt e, na aparência, só trabalha para si mesmo. O ideal americano situa-se em algum ponto entre os dois. Todavia, em última análise, se *História do futuro* permanece legível hoje em dia, é antes de tudo porque conta histórias palpitantes que ocorrem com personagens fora do comum, justamente. Voltamos assim ao "pé da letra" do qual partíramos. Não há por que se espantar, pois é nisso que está sua força: ela nos instrui sem nos darmos conta disso. Essa certamente era sua ambição.

ÉRIC PICHOLLE: Ugo disse tudo...

ACTUSF: Que tipo de pessoa era Robert A. Heinlein, sob o ponto de vista humano?

ÉRIC PICHOLLE & UGO BELLAGAMBA: É uma personalidade complexa, e até mesmo paradoxal, com um sólido bom senso mas também aspectos quase místicos.

É um sedutor, muito livre sexualmente (ao menos até seu terceiro casamento, com Virginia), que adorava o nudismo e as viagens, sempre pronto a experimentar de tudo ao menos uma vez. Generoso também, muito hospitaleiro, abrindo sua casa a uma meia dúzia de amigos às vezes por meses inteiros, capaz de atenções delicadas, fazendo questão de memorizar o nome de todas as pessoas que encontrava, assumindo como ponto de honra o apoio a seus amigos e colegas.

São incontáveis os testemunhos de autores iniciantes comovidos por encontrarem o Mestre e saindo de lá nas nuvens quando ele lhes demonstrava, em poucas palavras, que sabia quem eles eram e que lera seus textos; bem como os de escritores experientes que, como Theodore Sturgeon, em pleno bloqueio criativo, viu chegar em sua caixa de correio dezenas de ideias de histórias e um cheque que o colocou de volta nos trilhos; ou como Philip K. Dick, mais uma vez, que ele presenteou com uma máquina de escrever... Para esse último, com o qual porém nem sempre estava de acordo, Heinlein é "aquilo que a humanidade tem de melhor"...

Mas há também o lado sombrio, a dureza de suas reações quando ele se sentia traído. Quarenta anos depois, Alexei Panshin ainda guardava uma lembrança dolorosa da maneira como Heinlein tentou proibir a publicação de seu *Heinlein in dimension*. Robert Heinlein concedia facilmente sua confiança, mas a retomava com igual facilidade. E era melhor não se opor a ele nos assuntos que lhe pareciam vitais: até mesmo Arthur C. Clarke, que questionava a viabilidade técnica do projeto Star Wars, sofreu as consequências disso. A indulgência não era seu forte. Por um pequeno deslize, ele podia decidir se "deslembrar" de alguém: para ele, a pessoa deixava de existir.

ACTUSF: Acredito que Heinlein tenha tido uma curta carreira política. Ela chegou a influenciar sua obra?

ÉRIC PICHOLLE & UGO BELLAGAMBA: Curta e, sobretudo, infeliz. Robert Heinlein se afiliou ao movimento EPIC (End Poverty in California), de Upton Sinclair. Como o nome sugere, tratava-se de um partido muito à esquerda para a América dos anos 1930, socialista e mesmo autogestionário. A experiência do EPIC é particularmente interessante, pois revela um aspecto da personalidade de Robert Heinlein que reencontramos em seguida em sua obra: o senso de envolvimento. Com efeito, ele não se contentou em fazer uma militância de porta em porta. Ele dirigiu seu boletim, *EPIC News*, impresso em mais de dois milhões de exemplares: bem depois de Upton Sinclair ter abandonado o movimento, Heinlein apresentou-se à deputação em Hollywood. Já na época, ele não fazia nada pela metade...

Sua primeira tentativa literária fracassada, *For us the living*, é o fruto direto desse engajamento socialista. Ela é menos um romance que um manifesto. Trata-se de um objeto literário bastante fascinante, insuportável na forma, com longas arengas demonstrativas sobre as ideias político-econômicas do autor; ao mesmo tempo, em segundo plano, é recheado de ideias de ficção científica. Um bom número de elementos de *História do futuro* já estão esboçados ali.

Ele nunca mais repetiu esse erro. Mas colocou em cena de bom grado homens políticos e militantes, como em *Double star*, cujo realismo deve muito a essa experiência em primeira mão.

ACTUSF: Quais eram as relações dele com os outros autores de sua época?

ÉRIC PICHOLLE & UGO BELLAGAMBA: Já evocamos os "jovens", como Sturgeon ou Dick. Poderíamos citar ainda Ray Bradbury, cujo primeiro texto profissional ele ajudou a publicar, e tal. Para esses autores, ele representava de certa forma o papel de padrinho e protetor. E também de quebra-gelo: foi em grande parte Heinlein quem desbloqueou os mercados que permitiram que essa geração de autores vivesse de fato da ficção científica.

Muitos devotavam a Robert Heinlein a mesma admiração que ele próprio sentia, por exemplo, com relação a E.E. "Doc" Smith. Ele chegou a lhe compor um panegírico, "Greater Than Life", e usou Doc (olha só, um furo de reportagem para o *Actusf!*) como modelo para o personagem de Lazarus Long. (Quanto a suas relações com Lovecraft, recomendamos a biografia escrita por Roland C. Wagner: *H.P.L. (1890 – 1991)...*)

Inversamente, a geração seguinte, a "new wave" de Brian Aldiss, tentou ridicularizá-lo, por vezes de maneira bastante violenta. Na França, para toda uma geração de autores de ficção científica "política", Heinlein era o repulsor absoluto. Com a distância, essas coisas parecem engraçadas...

Ele mantinha boas relações profissionais com seus contemporâneos, às vezes manchadas por uma ponta de inveja, como no caso de Asimov. Antes da guerra, Heinlein chegou a reunir em sua casa a Mañana Literary Society, uma espécie de sociedade de debates e de ajuda mútua entre escritores de ficção científica; dentre os frequentadores, encontravam-se nomes como Jack Williamson, Cleve Cartmill, L. Ron Hubbard, Tony Boucher, Henry Kuttner, Ray Bradbury e John Parsons.

ACTUSF: Robert A. Heinlein morreu em 1988. Ele ainda é um autor bastante lido ou anda esquecido? Qual é seu lugar hoje em dia?

UGO BELLAGAMBA: Insuficiente, o que é uma pena. E não somente em relação aos leitores. Seria desejável que a obra de Robert A. Heinlein constituísse o objeto de mais pesquisas acadêmicas. Em sociologia, em literatura comparada, em história das ideias, em narratologia, ela oferece um material de primeiríssima linha. Claro, Robert Heinlein ainda é lido hoje na França. Mas são sempre as mesmas obras, ou quase. Esforços de edição um pouco mais audaciosos foram empreendidos, sobretudo por Sébastien Guillot. Outros talvez sigam esse caminho, se as vendas permitirem. Mas já posso entrever as críticas: então é isso, vamos ter que engolir tudo o que Heinlein escreveu?

E por que não? Por que não separar, com conhecimento de causa, o joio do trigo, com a certeza de que esse exercício não ressalta da mais legítima subjetividade? Como esperar compreender o alcance de uma obra se só conhecermos seus sucessos? O fracasso, como os de *For us the living* ou de *Sixth column*, é às vezes mais rico em ensinamentos que o texto premiado. Os *juvenile* estão longe de ser tão simplistas e previsíveis quanto muitos romances atuais, consumidos rápido demais. E os tardios, apesar de sua aparente verborragia, têm claramente o sabor dos desafios impossíveis.

Desde quando, na França, renunciamos a julgar as coisas pelo que são e não pelo que se diz delas? A pátria do espírito crítico necessita mesmo, no século 21, das lições de um americano culto do século passado?

ÉRIC PICHOLLE: Nos Estados Unidos, Heinlein ainda é o autor de ficção científica por excelência. A convenção de seu centenário, em julho passado, reuniu mais de 600 pessoas em Kansas City, um terço delas profissionais do espaço. É preciso admitir que ele continua muito subestimado na França, a tal ponto que muitos textos importantes jamais foram traduzidos.

Mas, mais importante que seu lugar atual, ao que me parece, é o lugar que lhe dedicará a posteridade. Para mim, não há dúvida: se apenas um escritor de ficção científica sobreviver, será ele. Muito além das fronteiras do gênero, trata-se de uma das plumas essenciais do século 20, uma daquelas que concretamente transformaram o mundo. Nós apenas começamos a nos dar conta disso.

ENTREVISTA CONCEDIDA A JÉRÔME VINCENT EM SETEMBRO 2007. PUBLICADA ORIGINALMENTE EM ACTUSF.COM. TRADUÇÃO DO FRANCÊS: JULIA VIDILE.

TROPAS ESTELARES

TÍTULO ORIGINAL:
Starship Troopers

COPIDESQUE:
Mariana Rolier

REVISÃO:
Isadora Prospero
Hebe Ester Lucas

PROJETO GRÁFICO E DIAGRAMAÇÃO:
Desenho Editorial

CAPA:
Butcher Billy

MONTAGEM DE CAPA:
Pedro Fracchetta

DIREÇÃO EXECUTIVA:
Betty Fromer

DIREÇÃO EDITORIAL:
Adriano Fromer Piazzi

DIREÇÃO DE CONTEÚDO:
Luciana Fracchetta

EDITORIAL:
Daniel Lameira
Tiago Lyra
Andréa Bergamaschi
Débora Dutra Vieira
Luiza Araujo

COMUNICAÇÃO:
Fernando Barone
Nathália Bergocce
Júlia Forbes

COMERCIAL:
Giovani das Graças
Lidiana Pessoa
Roberta Saraiva
Gustavo Mendonça

FINANCEIRO:
Roberta Martins
Sandro Hannes

Copyright © Robert A. Heinlein, 1959
Copyright © Editora Aleph, 2015
(edição em língua portuguesa para o Brasil)

Todos os direitos reservados.
Proibida a reprodução, no todo ou em parte,
através de quaisquer meios.

**DADOS INTERNACIONAIS DE CATALOGAÇÃO NA
PUBLICAÇÃO (CIP) DE ACORDO COM ISBD**

H468t
Heinlein, Robert A. Tropas estelares / Robert A.
Heinlein ; traduzido por Carlos Angelo. - 2. ed. - São
Paulo : Aleph, 2021. 368 p. ; 14cm x 21cm.

Tradução de: Starship troopers
ISBN: 978-85-7657-492-7

1. Literatura norte-americana. 2. Ficção científica. I.
Angelo, Carlos. II. Título.

CDD 813
2021-3431 CDU 821.111(73)-3

ELABORADO POR ODILIO HILARIO MOREIRA JUNIOR -
CRB-8/9949

ÍNDICES PARA CATÁLOGO SISTEMÁTICO:
1. Literatura americana : Ficção 813
2. Literatura americana : Ficção 821.111(73)-3

EDITORA ALEPH

Rua Tabapuã, 81 - cj. 134
04533-010 – São Paulo – SP – Brasil
Tel.: [55 11] 3743-3202
www.editoraaleph.com.br

TIPOGRAFIA:
Caslon [texto]
Replica Pro [entretitulos]

PAPEL:
Pólen Soft 80 g/m^2 [miolo]
Cartão Supremo 250 g/m^2 [capa]

IMPRESSÃO:
Rettec Artes Gráficas e Editora Ltda. [outubro de 2021]

1ª EDIÇÃO:
agosto de 2015 [1 reimpressão]